綠色

第三卷

歐陽昱

不想見大海的人，或者只愛坐在電視機旁、電影院裏看大海的人，怎麼能夠體會到大海的雄渾壯闊和它的崇高的危險呢？難道我不喜歡這種危險嗎？與其這麼平淡地度過一生，不若速死。上帝造了我，給了我一個凡人的身體，一個凡人的頭腦，遺憾的是他沒給我一只非凡人的筆。我就不能自己造它一只嗎？能夠的，能夠的。那個作家寫的廢稿燒灶曾燒了一年，你寫的廢稿恐怕還沒有半個荷包。你若成不了作家，至少你可以成為一個廢稿制造者吧。

綠，摘自《大稿》原稿39頁

　　吃過晚飯，如我所料，H君又來了。他的之後，必定是W君，我想。果然不到一分鐘，W君也接踵而至。

　　「咱們去G君那兒吧。」H suggested。

　　「G君？哪一個G君？」

　　「我跟你講過的那個曾在獄中自學英語的G君，不記得了？」

　　「是有這麼個G君。忘記了他是為了什麼入獄的。是犯了什麼法？」

　　「不就是為了玩朋友的事嗎。他和女朋友發生了關係。當晚女的回去洗澡，流得滿腳盆都是血。第二天他就不跟別人玩了。女方氣不過，告了他的狀。就這樣被關進了監獄。」

　　「可這件事不足以構成罪證呀。」

　　「他拿了刀吵。據說發生關係前他曾用刀威逼過。」

　　「可這樣的事沒人作證，一面之詞也不可信呀。倘若男方只承認發生過關係而一口咬定並沒有威逼，這件事恐怕就難以判他的罪，還判三年呢。」

　　「你要知道，這事兒發生在78年，並不是法律定下來的現在。再說女方的爸爸是縣委的什麼幹部。」

　　「中國的法律是根橡皮筋，」W君插嘴道。「沒有律，只有法，隨大官們意志而改變的法。」

　　三個人走到街上，W君談起他最近聽到的一個新聞。

　　「XX的弟弟在一個海軍研究所工作，前不久推出了一項研究成果，請示海軍部是否將研究的圖紙上報，海軍部指示圖紙暫時保管，等海軍部專程派人來取。於是他們便按照命令，小心翼翼地把圖紙鎖在保險櫃裏。一天，來了一輛小轎車，在研究所門口停住，從車裏威風凜凜走出一個不到我領子長的小孩，全身海

軍軍官服，自稱是海軍部參謀，前來取圖紙。所裏的老研究員見到這個情景，不住搖頭。」

「這和過去封建世襲制有什麼兩樣！這些官兒子！」H君咒罵道。

「算了吧。你我如果當了官也好不了多少。你要是教育部長，你肯眼瞅著自己的孩子在工廠裏打鐵？」孤鶩君駁他道。

一輛吉普車引擎「突突」地響著從旁邊開過，尾燈照著17-40727。

「這不是咱們局的車嗎？」孤鶩君問。

「Oui，」H答。

「是周師傅的車嗎？」

「不是他的，他現在不開車了。調到供銷科當幹部了。大哭了一場，抱著他的車。他就是這樣個人，家裏面百事不管，他的個車一天要抹洗幾道。不管哪個局長的馬屁都不拍，跟一般人的關係還要好些。另一個司機比他就聰明多了。曉得拍，外面回來總是給這個局長那個科長帶一點東西。曉得半夜裏敲局長的門：『X局長，是我呀，你要的東西買到了』」。

「記得有段時間很少派周師傅出車，那一個出車的機會反而多了。」

「那當然！他自然受局長歡迎些。」

說著說著不覺過了十字大街。

「T君的女朋友把他丟了，你曉不曉得這事兒？」H問孤鶩。

「不曉得。」

「是這樣的，曉得吧。最近才丟的，玩了也有好幾年，原來兩個感情也蠻好哇。酒場上結識的。T在沙陽勞改，她花70多元路費去探看他，很不錯哇。社會上的壓力當然大嘞。T是57年

的，女朋友同年。」

「那難怪，已經24歲的人了，早過了那種朦朧、混沌、純潔、幻想的時代了。這個年齡是看清了生活、懂得了生活、順從了生活的年齡。她若還在20歲內，也許她還耐得下這最後一年，等他出獄，然後雙雙成親。可惜的是，她已隨俗了。也許過去她的和他保持朋友關係，和她家庭的對抗，和社會的反抗不過是一種清高的表示，或一時熱情的衝動。現在她看清這種清高不值一錢，人活在世上畢竟還是吃穿住為頭等大事，能夠吃得好點、穿得好點、住得好點就是人生之幸福。和一個囚犯結婚怎麼會有這樣的幸福呢？」

「認為愛情最純潔、最崇高、最美麗的人也只有那些17、8歲的人。到了23、4歲，誰都知道愛情是怎麼回事，」W君冷冷地插言道。

離開大街，走進一所學校大門，通過黑暗的廣場，出後門，越過公路，便來到G君的住所。

H進門之前喊了一聲G君，屋裏有個人應聲回答，跟著門開了。把他們讓進堂屋的G君看起來面熟。接著他引著他們三個進了他自己的房間。孤鶩君第一眼看見的是門左邊兩副沒有彈簧椅墊的沙發木框，靠窗桌上順牆一排書，床上的被子沒疊，仍是起床時的樣子，沙發框架上貼了一幅手寫的白居易詩，一邊配上一張穿超短裙、裸著大腿的溜冰小女孩。窗邊一幅畫，畫的是一只綠毛紅喙的鸚鵡立在花叢中。那花孤鶩君想了好半天，搜索枯腸，還是叫不出名字。G君左眉梢有道刀痕，兩眼轉動得很快，眼神有些兇狠的意味在裏頭。雖是笑，兩道眉毛總壓得很低，蓋在眼臉上。

開始是一番客套，請吃煙；花生；瓜子；等等。「去把他

叫來談吧，」H君向G君努一努嘴。彷彿事先約好似的，G出去了。「談你的生意嗎？」孤鶩問。「哎，」H答。孤鶩明白了H此行的目的，不覺感到有些厭煩。你談你的「生意」，幹嘛把我帶來？原先還以為G是一個很神秘的人物，具有廣博的知識，此來定會大談特談一番，正好見識見識這黃城的藏龍臥虎。不想來是這麼一回事。

G一人回來，說那人一會就來。H君首先將注意力集中到那首詩上。

「幹嘛不買一幅呢？」H問。

「買一幅還不如自己寫一幅，自己寫的總比買的有意思。在報紙上寫還要好看些，在這張白紙上一落筆就不好看了。」G毫無謙虛之意，他大概還未領教過H君的奇妙書法吧。

寫的是白居易的「離離原上草」，但字寫得很一般。三個人都沒表態說好或不好。假若不好又何必昧著良心恭維人呢。

學了三年英語。桌上那堆書裏倒有些英語書，什麼《大學基礎英語》、《英語學習》、《中國建設》、《北京周報》、《R密件》，等等。那本《R密件》是原版，像沒被動過，《英語學習》的書頁翻得有折皺了，顯示出主人的英語程度大約略高於初級。LS君不知哪來的興趣，翻開那本《英語學習》便讀起來，讀了幾句，便問孤鶩君聽不聽得懂。此時，孤鶩君正想著別的什麼，並沒聽見他讀的東西，只隨口應道：「可以，聽得懂。」

「這哪有英語味，」G以權威的口吻批評道。

孤鶩君對這一切全不注意，眼睛望著地面某個地方，心裏只想走。G領進了「那個人」。一身黃軍裝，寬臉，黑鬍子，黑軍棉鞋，看樣子像個當過兵的，而且父親也是個當兵的，更確切點說是當官的。H和新來者談了半天8080，他們的行話被進來的二

個客人打斷。一個穿軍大衣，脫去後露出裏面的灰上衣，塞在衣領裏的圍巾，小眼睛，圍著鬍子的嘻開的嘴，同H打著招呼。另一個上身黑呢衣，頭髮比呢子還黑，一根大鼻子懸在兩顆彈子球樣的眼珠下。

小眼睛對H解釋說：

「你當然找不著我。因為我的家搬了。在魯局長對面。」

「你為什麼要強調住在魯局長對面而不是王伙夫頭對面呢？」H譏刺道。

「樓上住的是XXX（一個在黃城有權勢的人），」小眼睛補充道。

「幹嘛不說住在離縣長一公里遠的地方呢？」H的譏刺更辣了。

「聽說了沒有，咱們廠的王麻子住在廁所裏，」G打斷他們說。

「不知道這事。可那麼樣住呢？」

「麼樣住？住都住了。還要收房租。老王麼樣說：『屎都乾了哇』。只要想一想這個地方曾經是千人蹲萬人屙的地方！」G叫道。

「廠裏也真不像話，」大鼻子說道。

孤鶩君始終一言不發。LS君倒在椅子裏看小說。H最後起身說：「該走了。」三人又前往HX君。

HX君裏在軍大衣裏面，扣子一直扣到領子。第一句話就是：「你們幹嘛現在來？」

臺燈下攤開的書中擱一支紅鉛筆，是《柏拉圖對話錄》。桌上的書堆中有《中國歷代文論選》，一至四集。有《馬克思文藝理論》，有《辭海》（文學分冊），盡是文藝理論方面的叢書。

開始一場逗笑。

　　H君用一把綠梳子梳頭。把HX的捲髮梳向右邊，左邊開一條溝。

　　「真醜，醜死了。我的頭髮怎麼了？我的頭髮有個性，」HX君說。

　　看看HX君，他的頭髮後面起著好看的小波紋。

　　然後是嘲笑綠窗簾。這顏色俗氣。誰說俗氣，柔和，跟屋裏的色調正配。你還是要和女朋友玩下去，我看了她的相，挺不錯。怎麼，垮了。我早就說這家夥不行。你看看你這態度，剛才勸他玩下去，現在又說女孩子的壞話，這不明顯是奉承麼？我們這一屆沒結婚的不多了。我們這一屆沒玩朋友的也不多。

　　「X跛子現在發跡了，醫道很不錯呀，」LS君說。「頭回他碰到我，一副得意的樣子說：『我生了個兒子啵』。『好哇，祝賀你呀。』『結了婚冒？』『沒有。』『玩了朋友冒？』『沒有。』『該玩了喇。』見你的鬼，你聽他說話的口氣，那種居高臨下的味道。」

　　「C跛子還算好，到現在沒玩，也倒楣。被朋友棄了，」孤鶩君嘆道。

　　「他的女朋友棄了他，可也替他辦了件好事。他原想調出來，但他是廠裏的主心骨，不放，叫莫他父親是地區勞動局局長，可硬不過縣裏。她找她的同學Q某，Q母正管C的廠，這樣把他調出來，調到廣播局。她也受蠻大壓力呀，考上外貿學校，她的叔叔在省外貿局當幹部，說：『你要是還和他玩下去，以後把你分得遠遠的』」，H君敘述道。

　　「她還算有良心的喇，」LS君慨嘆。

　　H好鬧的脾性發作了，打開HX的抽屜找吃的，找到幾包酥

糖，也不管HX的反對，就一人一包吃起來。

分手時他挖苦地說：「對不起打擾了你的酥糖。」

＊　＊　＊

「我現在處於這樣一種狀態：無論怎樣看書，學習，總不能專下心來，總不能集中注意力，思想的另一半被憂鬱、不安所控制，永遠也不能擺脫。是呀，再也不像過去，看過的東西過目不忘，現在是今天學的東西明天就忘掉了。而且，沒有什麼思想、主義、事跡能夠使我激動，或長久地激動，缺乏熱情，缺乏信仰，缺乏志向，不知怎麼，心裏一天到晚惶惶然，好像恐懼著什麼，彷彿前途上充滿了暗礁、險灘，在遙遠的不知道的某個地方，墳墓張開大嘴準備把我吞沒，我怕呀。再說，文學是所有道路最艱險的。倘若像你說的那樣，從現在起立志搞文學，奮鬥九年，到三十五出名，那還不錯。倘若沒有成功呢，那我可就完了，三十五的人，不僅撈不到一官半職，技術活也比不上別人，真可怕呀。先前我想，要是沒有看這些小說、文藝評論、詩歌等等，而去學木匠，學其他手藝，現在肯定受人歡迎，又吃香，所以思來想去，覺得走『隨俗』這一條路是既保險又合算，申請書已經寫了，過幾時黨一入，那等得了多久呢？再努把力，提升上去。地位提高了，找女朋友自然不難，建立一個和美的小家庭，有吃有穿，三不知還有人上門送東西，怎麼不好呢？文學這條路太艱險了。有的時候，人老沉溺在對過去的悔恨當中，什麼這不該這樣做，要是像那樣幹就好了。恨自己性格太軟弱，太苟且偷安，隨遇而安。可恨又有什麼用？解決什麼問題？對，你說得對，十七、八歲的人對將來的希望與幻想多於對過去的緬懷與悔

恨，而二十七、八的人對過去的緬懷和悔恨多於對將來的希望與幻想。希望什麼？我的希望沒有誰多？然而有一個實現了嗎？全破滅了。還希望什麼呢？人間的幸福我也都已嘗過，除了榮譽和權力。榮譽和權力！努力喲，管它三七二十一，從現在起，就朝這個方向努力，總有一天會達到這個目的的，會的！會的！我就是缺少志氣，是嗎？是的。我很少立志，這你知道，可能來自我那從小被欺侮、蹂躪、殘害的自尊心。我沒有自尊心。靠腦力賺錢，可我不知道自己的腦力是不是超過體力了。況且現在我幹的是技術活，一半需要腦力，一半需要體力。這我已經滿足。現在難道你還沒看清局勢？有權有勢的人永遠有權有勢，他們把兒子送進大學、提幹、塞進機關，他們要什麼錢？他們吃的魚、肉、雞蛋，哪一樣沒有阿諛逢迎的人送上門？他們買三分錢一斤的木柴，可以打家具的木料！這你知道！對，他們現在乾脆不走進大學這條道。那有什麼意思，讀書要瘦人，還不如直接發黨票，從工廠轉進機關。咳，提這些幹什麼！XXX就是最好的例子。人人眼紅當兵的時候，他當了兵，我那時還為這哭了。幹部聲名狼藉，工人聲譽高漲的時候，他當了司機。現在，他人成了翹二郎腿、坐辦公室的幹部。你去比他呢？有什麼比頭？這一切都是命，人抗不過這個命。環境就是如此，你還想改變得了環境？算了吧，老老實實地隨俗喲。」

　　LS君一邊吃著酥糖，一邊高談闊論他的人生觀。

　　「有時候也想幹它一番驚天動地的事業。當然不想像WQ那樣幹愚昧的打、砸、搶，做偷雞摸狗的事。我們這些人還多多少少喝了點墨水，看了些政治理論書籍，懂得一些哲學思想，曉得一些哲學流派，也有自己思想的。調到這兒來之前，我們幾個血氣方剛的熱血青年常聚在一起，一談到當前政治的腐敗和社會

的黑暗，個個恨得咬牙切齒，痛心疾首，一致同意建立一個『人民公正法庭』，專門打擊那些在地方上民憤極大，魚肉鄉裏的貪官。我們準備半夜裏出動，搗毀他們家裏的器具，用棍棒叫他們的皮肉吃苦，就像三K黨或黑社會的人幹的那樣。當時我為這還作了不少計畫，出了不少主意的咧。不過，後來想到這件事，心裏怕得很。咳，有時真想自殺一死了事。活著有什麼意思？就這麼無目的地、年復一年地等待老的到來。要麼幹一番驚天動地的事業，要麼就默默無聞地像一只小爬蟲似的過一生算事。活得平平淡淡，又感到精神上永不滿足，這種狀態真使人難受啊。」

這番話不覺也勾起孤鶩的心思。扳起指頭算一算，今年二十七。庸庸碌碌的二十七年！唯一可以慰藉的是大學生這個招牌，可大學生又說明得了什麼問題？在各方面和他的工人朋友比他都差得遠，淺薄。他像一只蜘蛛，徒勞地在風頭上織網，結果是一次又一次地被大風吹垮。人們羨慕他，說他順利，他不知他順利在哪裏。他是個愛好文學的人，可他在文學上像個醉漢，在東倒西歪不知方向地瞎碰瞎撞。他讀過許多名著，但很快就忘掉了，他寫的東西乾癟無味，平板生澀，既無華辭麗句，他簡直不會用詞！又無妙言雋語，他的頭腦貧乏得可憐！他還一味地幻想將來會成為一個文學家，至少一個小說家。然而他卻連人物的神貌、穿著都不會描寫。他說他讀過高中，其實他的中文水平還不及一個初中生。他的語法只考69分，他會掩飾地說他不喜歡語法，他從不關心它。每天，早晨天一亮，在他甦醒的那一刹那，一個思想便反覆地撞擊著他的大腦：「你會成為一個文學家嗎？你會成為一個文學家嗎？」司各特、狄更斯等世界名作家，據說在美美地睡過一覺後，會在枕上構思出奇特的情節，或動人的人物形象。是睡眠時間不足吧？他自省道。可有時睡眠時間超過9

小時，醒來時，他的大腦仍舊是一張白紙，茫然一片，長時間的睡眠並不能給他任何靈感。過去時常湧進大腦的幻想現在已消失殆盡，他的大腦從來沒有像今天這樣衰竭過，枯萎過，乾涸過，筋疲力盡過。也許是極少思考的緣故吧。可是，光像這樣的自責只能起到使自己更心灰意懶的作用。難道有誰天生就能做文學家的？史蒂文森若是一個天才，就不必做那種依樣畫葫蘆的描紅練習。哈代也不必依照某個作家的忠告專門研究某一個名作家的作品以學習技巧。其實，只要大腦健全，都可以當作家。我的智力難道就比誰差些嗎？不。他說。他要奮進，要拼搏，要在而立之年到來之前拼搏一次，這是一次大的拼搏，然而他的決心已經下定，每年至少要求一次小的拼搏，五年一次大的拼搏。三十五歲一定要出人頭地，否則，跳江自殺。9年呀，從這一分鐘起，努力吧，他在心中喊道。他感到周身的血液沸騰了，心跳得發痛，熱血一剎那間模糊了眼睛，這種感情他已有許多年沒有感到過了，過去他很容易激動，他現在把那種激動叫做愚蠢的衝動。而現在的這種激動卻有一種新的力量，有一種崇高的意味在裏面，這種激動能使他忘掉疲勞，忘掉寒冷，忘掉個人的煩惱，憂傷，向前奮進，奮進，奮進！

＊＊＊

昨晚寫完這篇充滿了一時熱狂的誓文後，翻譯到一點半，字斟句酌、反覆推敲、仔細琢磨，揣想句中含意，這一次雖然譯文改得最慢，感受到的趣味卻比以往的大得多。多多少少對自己的信心增強了，沒有什麼不可解決的難題，只要肯動腦筋、肯冥思苦想、鍥而不舍。人真怪，前天夜晚在床上翻來覆去地滾了一

夜，哮喘得睡不著覺，甚至還想到死，一剎那間的想法。變得越來越短促的呼吸、震耳的喘息、如塞滿棉花的胸膛，彷彿惡鬼在暗中控制著我，用他的魔爪扼住我的咽喉，企圖叫我早早進地獄。昨天夜裏像沒事人樣，若不是考慮到第二天早點起床，便不會1點半便上床的，病對人的影響確實厲害，頭天什麼都不想幹，大腦也是昏昏沉沉，看不進一個字；坐也不舒服，站也不舒服；在街上走，彷彿幽靈一般……

回到家，擰亮燈，走到桌邊，桌上亂堆著一堆東西：8包酥糖已經包在塑料包裏，一旁臥著錄音機，一本法漢對照的《居里夫人》橫斜地放在上面，遮住了磁帶窗，插頭線彎彎曲曲蛇一般從插座到機尾。用手摸一摸，這邊拔掉了。靠窗牆根的一疊書誰看？盡是《電子技術原理》、《半導體管收音機測量與修理》、《怎樣修理晶體管收音機》之類的書，沙漠一般無趣。緊貼這疊書是一本《西方文論選》，上壓前天新買的病歷，病歷上是個鋁盒，鋁盒裏裝著中午吃剩的花生。昨天晚上受了一種什麼思想的支配，把本來準備看兩頁的文論選冷落在那兒。「談什麼文論？讀什麼文學原理？咱們廠的那位『作家』曉得誰是亞裏斯多德？柏拉圖是哪兒人？他哪裏讀過福樓拜、莎士比亞呢？可是他寫的小說偏偏發表了，寫的人是些什麼東西嘞。全是兒童遊戲似的故事！我看要想當作家首先不要讀什麼文論，頭等大事便是寫作、練筆，要能夠做到把萬物形諸筆端。什麼主題、性格！要緊的是寫故事，寫得像，寫得吸引人，這便是感動！大學文科學出來的學生有幾個寫得出好小說？大學的文科好比是監獄，人一進去便給你套上這個文學原理的枷鎖，那條原則的桎梏，到他畢業出來，他還剩下什麼，活脫脫一個沒有思想的廢物！要寫便寫！學什麼文學批評嘮。」這是誰說的話？大約我們兩人都有，反正意

見一致，有什麼必要標上哪個的標籤？這就是支配我做這事的動機。再過來是一疊厚厚的白紙，是X君送來的。剛剛提筆時對我自己筆下的這疊薄紙產生了畏懼，用什麼寫？有什麼可寫？現在想，沒有什麼可寫便是寫的。蕭伯納每天寫滿5大張紙，堅持40年。我無蕭伯納之才，難道也無蕭伯納之毅力？今天無論如何要寫滿五大張！何況以後再也不用發愁沒有紙用。瞧這厚厚的一摞紙。X君是個好人。原來人家送你東西你就把他當好人。你也不免太庸俗了一點。倘若人家不僅不送你這些東西，反而批評你不該向他提出這種不正當的要求，那你不是要大大動怒嗎？可見，你的心眼還是相當窄小的。這從你現在寫下的這些東西也可以看出，你寫的這些東西真是半文錢不值，難道你還指望靠寫這種無聊的東西把你自己變為一個偉大的作家？可是，生活不就是這樣，細細回味一天的始末，有多少值得咀嚼的呢？倘若沒有圍繞著你的這些書，中國的、外國的，倘若沒有這音樂，你的生活不跟豬圈的豬毫無二致了嗎？吃、睡、睡、吃。那該是件多麼令人痛苦的事啊。但偏偏少不了這兩樣。你何曾有過這樣的念頭：「我真庸俗，還要吃飯，而且想吃好些。」當你坐在飯桌旁邊時；你又何曾這樣想過：「我這不是太無聊嗎，竟要上床睡覺，我該把畢生的精力投入到事業中去才對呀，」當你瞌睡得東倒西歪的時候。這些七情六欲不滿足，何以讀書，又以從事創造？哈，你立刻為你自己找到一個很好的詞。你眼睛落到窗臺邊的石膏裸體女人像上，她豐滿的臀部、隆起的雙乳，一只手握住一束浴巾，剛剛把豆臍以下遮住，另一只手臂揚起，露出光潔的腋窩，富有挑逗性的腰的曲線，你不由自主地伸出一只手去摸了那兒一下，冰冷冰冷，毫無肉感，你立即縮回手，感到一陣厭惡，同時又有些羞愧。想一想你是個有了女朋友的人，並且是個受大

學教育的有文化的人，你竟敢在夜深人靜的時候去摸一個石膏裸體的臀部。多麼下流！多麼無恥！多麼淫邪！多麼道德敗壞！假若男人在玩女朋友的同時結交另外的女朋友是對自己朋友的不忠，那麼你的這種行為簡直是對你們間純潔愛情的褻瀆、背叛！但是，難道這種行為的動機不就像人們吃飯睡覺時的動機一樣純出自然嗎？倘若我知道摸過她後會跟著有這樣一番良心的譴責，定不會再做類似的愚行。實際上，我不能否認在同這個冰冷無情的marble breast接觸時，我是想起了她的，我那個美人兒。我是把這個石膏當成了她的incarnation。我想著她不在身邊，然而她在近旁。她就是她，一個可以給人帶來暫時快感的她。然而人真像我們前些時說的那樣「性欲便是愛情的基礎，無性欲便無愛情」嗎？這豈不把人同動物等同起來？我是不同意佛羅伊德那種「人的一生即為性與對死的恐懼所支配」的觀念的。

「人畢竟不是動物，人有思想，」賓戈君說，當他今天下午來時，我們坐在桌邊一面吃花生一面談著。

「道德觀念正在改變。過去人們想也不敢想，現在人們做了。年輕的姑娘沒結婚便和朋友發生關係。這在目前已經是合法、合理的，誰也不會為之皺眉、吐唾沫，」我說。

「可我們那兒有的人做事出奇得很。車隊有一對年輕人玩朋友，就有幾個人捉他們的奸，硬把他們捉住了。為這事，男的調下車燒鍋爐，幹了很久才調回來當修理。現在怎麼樣？人家還不是結了婚，兩個人過得蠻好。這種事兒簡直叫人難以理解，」賓戈君說。

已經過了夜十二點，溫度似乎並沒下降，穿著布鞋腳也不感到冷，聽得到外面屋檐化雪的水啪嗒打在地上的聲音。明天不至於不通車，至少中班車會開。到中午再大的凌冰也會化。過年的

時候還抱怨：「怎麼今年沒下雪？要是下場大雪該多好。既添上一些年意，又能拍它幾張雪景的照片。」蒼天僅僅吝嗇地賜下一層薄雪，還不如這張紙薄。倒是乾冷了好些時，整天陰沉沉的，刮著刺骨的北風。記得有一晚兩條腿連腳凍得像是屬於別人的，睡了一夜也沒暖和過來。昨天晚上8點多鐘，忽然外面傳來刷刷刷刷的脆響，有點像老鼠在瓦上跑動，又有點像秋天風吹枯葉，還有點像女人走路時裙裾的窸窣，還有點像人在撒沙，又什麼都不像，因為這些想象或比喻全是人事後的牽強附會，全不能準確地描繪出當時的情景。反正一聽這響動，我便驚問道：「呀，莫不是下雪籽了？」H君忙開門出去看，轉身回來說：「是在下雪籽，還夾著雨。」後來夜深時，雪籽的敲擊died away，只剩下一片萬籟俱寂。第二天清早，也就是今天清早，弟弟敲門說：「7.30早過了，還不起來，你昨晚上叫人7.30叫你的。好大的雪啊。都有幾寸深。還在下。」「什麼？」我費力地從枕上擡起瞌睡的頭，望了望窗外，紅瓦頂望不見，就是灰蒙蒙的一片，彷彿天已塌下來，雲吞沒了對面的整棟房子。「寸多深的雪？」那該有多冷呀，不覺更往被窩裏縮了幾分，真暖和呀。與冰冷的雪相對照，我這溫暖的被窩更顯得寶貴可愛了。直到9點才起床，表慢了20分鐘。打開門才發現一切都變了：廚房煙囪冒出的幾縷藍煙懶懶地在落滿了雪的瓦上逗留徘徊著；廁所邊的一棵光禿禿的大樹一下子胖了許多，每根瘦枝幹都承著潔白的鑲邊。寫詩吧。可是哪有一點欲念。在雪地裏來來回回走了好幾遭，去車站買票，兩只棉鞋全打濕了，街成了一條盛著齊踝深的半溶化的雪渣水。行人來來往往，都不認識。全老盯著前面走的一個姑娘，不知怎麼，路相有點像她。捲曲的頭髮也令我想她。暖烘烘的，散發著體香。這不是荒唐嗎，去注意一個素不相識的路人！

　　晚上，他們為我餞行。龍王山是我們飲酒的所在。那條大道上風好尖利呀。LS君說：「你若將來成名，我們一定把這條道命名為『瀑布大道』。」「為什麼？」孤鶩問。LS君看了他一眼，他方才明白過來。「那天晚上你在山上不是堅持說這聚光燈照臨的街頭遠看就如一席瀑布嗎？H當時還說這是某某街，我當時說他沒有想象力。」四個人直接去了他們命名的「死席」。

　　「死席」由一張石桌，四張石凳組成，俯視一片荒塚，也不一定是荒塚，在眾多的無碑的孤墳中，還有些矗立著高大紀念碑的墳墓，但總是墳墓。只從山上往下看的第一眼的印象是：「雪像一片海洋，山腳下那一排房子的樣式看起來很像靜待港邊的巨型兵艦。水兵可能已經入睡了吧。」他帶著詩意地說。

　　「什麼水兵？你使人想起蘇小明。」孤鶩君譏刺道。接著他說：「人們對雪的比喻無非是雪像大海，雪像白雲，比如我就說這兒的景象看去和含鄱口往下望時的雲海一個樣。等等。對了，這兒不是雪，是世界上最大的棉花曬花場。不不，這比喻不形象。算了，乾脆這片蓋了雪的土地還不如說成是被人用石灰刷了一道。哎，也不行。甭比喻了，」他放棄了這個企圖。

　　四個人站在石桌邊喝酒，桌上一袋花生米，一袋滷肉，一袋點心。酒是佐餐酒。風似乎熄了，聽不到一絲響動。

　　「這兒有什麼美？景色如此單調，既沒旋律，又沒節奏。」

　　「也許，沒旋律、沒節奏正是美的所在。是嗎，美學家？」

　　「哪裏，美的東西必然有節奏和旋律，否則就不是美。」

　　「Thirty, the promise of a decade of loneliness。」

　　「看下面這些房子，亮著燈，互相隔離，孤獨得可怕，難道住在那大房子裏的人比眼前這小房子中的人更快活更安靜嗎？」

　　「酒已過了三巡，還沒為這些死者乾杯呢。來，為所有的死

者，乾杯。祝他們安息。」

「來，為早逝的唐璜乾杯。嘻嘻嘻。」

「來，為唐璜早逝乾杯！」

「來，為二位進行第三次拼搏乾杯！為二位將在事業上有所成乾杯！為這次將考取電大乾杯！」

「為最後一次拼搏乾杯！」

「不，為第三次拼搏乾杯。同時也為隨之而來的三十次拼搏乾杯！」

「我們走吧，且走且飲。」

「做詩好嗎？我起句：四座活著的墳，在雪地上踽踽地行。」

「這哪是詩？」

沉默。沉默。

「為我死去的弟弟乾杯。他只活了8個月。要是活到現在，該有25了。」

「為我的兩個死去的弟弟乾杯。一個憋死，一個得病死了。要是活到現在，該有27了。」

下了山，一詩吟不成，又湊一詩。最後H吟成一句：「瓦面雪漣漪。」

「好句，好句。今天晚上我們公推他為桂冠詩人。」LS君叫道。

「且慢，」HX君慢吞吞地評論道：「句子是好，可『面』字用得不好，聽起來不舒服。應該用『瓦瓦』。」

「是啊，瓦面，正面還是反面，要不，瓦正面雪漣漪，怎麼樣？」孤鶩君說道。哈哈哈哈，引來一陣大笑。

「別笑了，就瓦瓦雪漣漪，那麼下句呢？」

021

「下句我看，道道水泥灣。不好，那麼路路水淋漓。」

「不好。淋漓是往下，不是在路上，我看，樹樹水淋漓。」

「好！好！就這麼定了。」說著不覺來到HX君的住所

「哎，我吟成了一首。你看：『踏雪嚓嚓嚓，飲酒嘩嘩嘩，凍冰凝萬樹，瑞雪溶千家。』」

「哎，憑你這詩就看出你沒有詩人的氣質，」HX君尖利地說。

＊　＊　＊

她躺在他身邊，說：「我就是這樣的人，人家對我過分熱情我便很討厭、很不喜歡，人家對我冷漠、生氣，我反倒喜歡起他來。」

「你這就好比人們對雪花的態度。儘管雪花對他們冷若冰霜，毫無感情，人們卻偏熱情洋溢地讚美、歌頌它。我倒情願做雪花。」事實上，對她要求的次數越多，被拒絕的次數便越多。相反，不理她，裝著對她生氣，要她走，她卻偎著你，眼睛直勾勾地盯著你，手甚至摸你的……。總之，盡一切可能的方法使你軟化，使你重新回到她的懷抱。她不喜歡直截了當的舉動，而喜歡聽諛美之詞，伴隨著親熱的表示，據說這樣可以更快地激起性欲。他覺得奇怪，這不就是人體的一種需要嗎？毫無保留地提出，毫無保留地接受不就完了，為何一定要事先假惺惺地來一番恭維、挑逗的話？難道這就是與動物區別的地方？這就是崇高愛情的體現？不過，她後來的行為多多少少證明她情操高於你。在fruitless sexual intercourse之後，她還是擁抱你，依偎著你，說：「要是能夠這樣睡一整個晚上該有多好！」你呢，卻巴不得她快

些走。原來你所要求的不過是洩欲。一種獸性的發洩。你說：
「這些天盡想你。」她說：「想我？你說假話！你是在想性交。
你除了這才不會想我。一這樣了後你啥都忘掉了。」你搬出了擋
箭牌：「那麼從這學期起，你去學校會我，難道也是我為了這樣
事先布置的，啊？」你心裏同時說：「她說的有8分對，不然，
為什麼和她躺在一個被窩裏你便老想著這樣的事？」可你還能想
什麼別的事呢？她就在身邊，她的頭髮、熱乎乎的龐兒、暖烘烘
的body，這些都足以使一個男子忘情。其實你當時心中的欲火並
沒有燒起來，這是事實。只是覺得我非得這樣，無論如何非得這
樣，不知道這種動機來自何處，也不管它對不對頭。這就好比站
在溜滑的板上，不管願不願意，就身不由己地往下滑。開始時，
她不是催你給她講點什麼有趣的事，別老是親呀吻的，她的話似
乎不同尋常，似乎有聖潔的味道。你不是把去年你們五個人裸體
在沙灘上游泳的事兒告訴她了嗎？她聽了後直搖頭，吃驚不小，
接著又好奇地打聽其中的細節，還評論說那簡直和野人一般。你
不是還給她勾劃出一幅這樣的圖畫嗎？一對年輕的夫婦，裸著
體，同著他們三歲的裸體的小男孩，一起在人跡罕至的沙灘邊，
對著落日飲宴。他們三人剛洗浴上岸，此時正赤條條並排躺在乾
燥的沙灘上，小孩夾在中間，面前是汽水、啤酒和滷菜等食物。
她反對說那樣的事永不會發生在她身上。至多她只走到這一步：
穿三角褲衩戴奶罩。這是她的頂點。她永遠不能想象、也不敢相
信竟有諸如我敘述的事發生，還是在二十世紀八十年代的今天。
但80年代的今天又怎麼樣？下了一場雪便不賣票，說班車停了。
今天江上起霧，船便不能開，漢口的車便過不了江，車站便通知
買了車票的請退票。你還算個意志堅定、頭腦清醒的，沒有像那
些匆匆忙忙、冒冒失失、慌慌張張、膽小怕事的乘客，一上來便

退票走了。正是中午12點，雲縫中太陽剛剛露臉，站在堤上雖看不見大江，但落了一層雪的沙灘小樹林間似乎沒有大霧滯留的跡象。你便肯定，要不了多久，霧便會散，哪有不散的霧？霧散，輪渡就會開，久待的班車就會過來。還是等吧，這樣你一直等了2個小時，才算搭著了車。你從此相信正確的判斷力和堅強的毅力便是成功的基礎。然而，學習成功的基礎你並不是不具備，你成功了嗎？沒有。是什麼原因呢？沒有毅力？有！沒有持久力？有！沒有刻苦精神？有！沒有的卻是沒有問到的東西。沒有精益求精的精神。沒有不恥下問的精神！沒有苦苦鑽研的精神。沒有singleness of aim的精神。可是，下個學期該怎麼對付新的課程，這是一個亟需解決的問題。目標已定，三點：（1）向分數進擊。這跟第一年的立誓又有些不同。第一年要拿分數第一名的思想僅僅是虛榮心的表現。而今年的這個向分數進擊是在大人的勸解、自己的失敗和對未來的權衡諸因素綜觀後得出的結論。有了好分數便可以在某種程度上證明你的學識，並為將來分配工作創造較好的條件。目前的大學又只講分數，你有什麼辦法，順應潮流吧！（2）向聯大譯員或研究生進擊！儘管說過與其研究別人的作品，還不如自己寫出作品來讓後人去研究，然而就目前的水平還達不到那一個地步，其間的準備工作至少得五年，或更多。再說，據傳以後大學留校當老師者皆從研究生中抽，而研究生只招大學畢業工作兩年的人，對於你自己來說，走研究生這條道好像是比較合適與明智的。這學期開有精讀、美國文學、英語報刊選讀。三者當中，精讀當然要讀得精，掌握每一個新學常用詞的用法，掌握各種語法現象和修辭現象，努力吃透課文，美國文學課首先要弄清美國文學的淵源、發展，及其他科學對它的影響。當然，少不了要記一大串人名地名生死日期等等累贅的東西。報

刊選讀著重快讀、理解快、抓大意快，還要學點新聞寫作的手
法。這一學期老師講的要全部記下來並記在腦子裏，完全為了考
試，這也是不得已的辦法，現在分數考得好不好，與記老師筆記
記得詳不詳細關係重大。鄙視這一點是徒勞的，要想得高分，還
是隨大流、對老師惟命是從罷！德語、法語合起來一個小時。英
語寫作？一天一個小時，這一天也不能少。做得到嗎？過去立過
同樣的誓從沒實現過。但這一學期及以後的一年必須遵守這一
點。必須！記住了嗎？中文有古文、小說和寫作。要精，要少，
不要囫圇吞棗，要消化咀嚼。新的學期應有新的特點：首先，提
倡多思。決不可不經思考便開始看下一部書。其次，著重提高理
解力，應把理解力放在記憶之先。好冷呀！「咚咚咚」，狠狠地
跺腳，兩只腳凍得生疼生疼。風從四面八方穿過半開不開的窗中
吹進來。溶化的雪水積在車檐，變成許多欲滴不滴的水珠，時時
大串大串斜飛進來，濺得人滿臉滿身，又沒處躲。那些水珠是半
混濁的，經風吹乾，便成了泥跡。這就是中國的長途客車！沒一
扇窗子能夠完全嚴實。靠門的一扇乾脆全敞著！窗邊的老頭縮在
黃軍大衣裏，奇怪，你大概是因為有大衣不怕冷，竟有心殘酷地
欣賞這種景色。細看時那老頭臉都吹得透紅，鼻子上似有清涕，
也是夠可憐的。開車司機不巧是原來汽校的同學，長得又粗又
壯。一下子記不起他的姓名。在車上七顛八簸，漸漸記起他叫萬
文建。過了大東門，車裏走得只剩四個乘客包括我在內。到車頭
跟他拉了陣子家常。開客車，一個月平均100多元。比貨車好。
這就是所有的中心。「嗨，其實當客車司機比讀大學還強，」她
嘆氣道，當她聽完我的敘述。

＊＊＊

《酒店裏》

　　哪兒去呢？隨便哪兒都行。外面有陰雨，屋裏有陰鬱。那咱倆——Well，去酒店怎麼樣？行，去吧。臉，一張張跟雨水一般灰白的臉在眼前幽靈般地閃過。什麼？ghost？手扶拖拉機濺起丈高的水開過來了，機聲把頸下的一點肉震得顫動起來。我哪裏有什麼肉，一個窮工人罷了。就這家怎麼樣？仰頭看：「邀月小酒家」，灰蒙蒙的天空，像塊大油布，哪裏有月？這雨也真討厭，涼鞋裏灌飽了泥水，走起路來，嘰呱嘰呱。沒有傘，雨水順頭髮貼著臉流下去，一直流到頸子裏頭，有些熱乎乎起來。

　　來，我買。算了算了，我買，我當工人再窮也比你個做學生的強。好吧，隨你便。「轟」，眼前一大堆黑忽忽的東西向四面迸射開去，接著「嗡嗡嗡」地在空中轉了幾圈，又聚在面前桌上吃過的空碗上。碗裏有幾塊啃剩的骨頭，沾著些蒸肉粉，浸在油膩膩的半碗黃湯裏。桌子上一塊一塊的油跡，肘子尖部都沒地方放。手剛伸出來想把碗清一清，「轟」地一聲，黑忽忽的東西又炸開了，眼前暫時出現了映著日光燈的白晃晃的碗。對不起，四塊乾子，二兩花生米，是不在這裏拿？嗯，一個生著葫蘆頭，晃著大屁股的女侍從桌邊站起來，把沾滿白粉的雙手（她正在包餃子）往臀部兩邊一抹，牙齒縫裏「吱」地吹了一聲口哨，便過去稱花生米。

　　窗邊那個大圓桌抹得乾乾淨淨，早有兩個人坐在那裏，面前豎著幾瓶啤酒。個狗日的，好過癮的啤酒啊，我咽著唾沫暗暗罵道。可惜附近沒有賣的，他說。來嘞，這一杯淡淡的苦酒，喝下肚保管煩惱忘得一乾二淨，比啤酒效果還大。他怎麼不作聲，

我想。你問一下，你自己為什麼不作聲，難道真因為你讀了大學，跟他之間疏遠了嗎？吃吵。好的，不客氣。怎麼你變得如此客氣。那個老太婆坐在角落裏搞什麼東西？旁邊圍著幾個人，是年輕人。門外走進一個青年女子。長得不錯，大大的眼睛，可有些悲哀的意味，高跟鞋，挺時髦的，是短裙子。喝吵，你在看什麼？哦，是的，是的，沒什麼。她並不看我，哼，她自己也並不是長得非常好。又來了個男的，傍著她坐下，挺殷勤呢。見你的鬼。女的就是喜歡人對她殷勤。來呀，喝呀。什麼？原來不是他在說話，他的頭扭向另一邊，窗邊的另一個角落裏。一個看去不過十六歲的小男孩正用起子撬啤酒瓶蓋。卜，蓋子的一角撬動了，立刻湧出一圈白沫，他慌得把瓶子口朝下，就往碗裏倒。蓋子開了一角，並沒有全部脫離瓶口，裏面的酒倒不出來，就在瓶口周圍翻著白沫，把倒酒的人急壞了。他用起子在那上面狠命一敲，「砰」，瓶口敲掉了，「嘩啦」一瓶酒決口般湧出來，濺得他和他的兩個同伴滿臉滿身都是酒沫。鄉裏人，他嘀咕了一聲，繼續小心啜飲著酒。

　　談話呢，我在心裏小聲叫道。沉默。喝悶酒，這不是第一次了。朋友關係還好吧？垮了。再另外想個辦法行嗎？管它，你也該聽聽家裏的話。我？我可受不了這種種的束縛，去吧，家庭，去吧，朋友，去吧，愛情，一切都去吧，人生。越活得久，生趣越少，難道不是這樣嗎？是呀，什麼都激不起我的興趣。心好像起了繭。管它呢，喝下這一杯再說。來，乾杯。是誰最先提出人生的意義是什麼的？這家夥一定是個大傻瓜。要不，就是個瘋子。還有什麼問題提得比這個更無意義的？問我為什麼活著？活著就是活著，別問好了。像你像我像他像她，吃了，睡了，生活了，工作了，思想了，最後，完了，有個什麼終極的意義？一個

小工人，去思索意義，簡直是荒誕無稽，像你們大學生，還有閒功夫來思索意義。這思索意義的重擔自然而然地落在你們肩上。我們大學生？去你的吧。意義？你告訴我沒日沒夜地死記硬背馬列哲學的意義何在？你告訴我學習的終極意義何在？是要把自己變成一座冷冰冰的圖書館，還是把自己變成一個沽名釣譽的俗人？算了吧，我和你一樣，都逃不脫人生這張網，還是讓咱們將手裏這杯冷酒咽下去吧。

我比你處境更困難，一個小工人，偏學些天文地理，雕蟲小技，起不了一點作用，倒光惹人笑話。你學點技術唄，媽說。把工作搞好點，聽廠長書記的話，又紅又專，總有你出頭之日，人說。我偏不。人要做他自己喜愛的工作才能做得好。行嗎。在這個社會裏？像我們這種人，命運操在人家手裏，人家把咱們像面團一樣想捏成什麼樣就捏個什麼樣。喝吧，喝吧。讓咱們來吟詩怎麼樣？不要什麼格律，我先來：歡笑，歡笑，人生就是胡鬧，樂得大唱大跳。好！莫想，莫想，人生不過夢一場，無所幸福無所傷。三個影子在牆角上晃動啤酒瓶在空中飄啤酒流著流著不是啤酒是白酒好冷呀雨刷刷刷地鞭著窗玻璃青光是電轟隆隆雷聲聾了耳朵一碗青光一地的水人躺在泥濘裏草地幾匹驢子在悠閒地吃草啊誰大叫了一聲鮮紅的血頭髮花白老太婆在招他的手二十六好準呀算命是迷信沒那事你是青龍什麼發福什麼時候三十五六哼，你結過婚沒有我談過許多朋友那算得了什麼你算命婆可算不出來青龍下水真真是如此麼真真是如此有你時來運轉的時候當大官走紅道等著吧好小夥子兩角錢聽共產黨的話什麼算命幾時也沾了政治的光高跟鞋透過透明的襯衣豐滿的乳房一顆一顆肥碩的屁股看什麼沒人說黑色的頭髮夜晚最深濃的夜站在肩頭哈哈哈喝乾這一杯酒影子在牆上晃起來起來回去吧你看這像什麼話去你媽的老子

要沖破什麼酒瓶不肚皮要脹破了酒喝得太多

　　手扶拖拉機轟咣青光什麼青龍水不是出水總有那麼一天還沒有到呢瓢潑的大雨酒瓢潑的流淌床帳子肉酒骨頭一灘泥濘一個人影雲好厚啊

　　酒酒酒

＊　＊　＊

　　早上為啥要同她鬧，自己既知道，又不知道。是她的遲起？還是自己等待的落空？說了那麼多生氣的話，大約刺傷了她的心吧。她可一聲不做，是被你氣勢洶洶的模樣嚇住了？還是為顧全大局忍氣吞聲？有一刻她用嘲笑的口吻說：「哼，你也只有這樣了。還能把我怎麼辦呢？」你收拾好東西，氣鼓鼓地要走，被她伸過來的手攔住；她的依偎、她的吻、她的無言的溫柔不到一秒鐘就把你治得服服帖帖。你們倆人又和好如初了。你話到嘴邊又咽了回去，你本想說：「你真是一個偉大的女子，在你的手中，我成了一團泥巴，你可以隨意地把我捏成一個脾氣暴躁的紅臉漢子，又改成一頭溫馴的綿羊，你真是一個偉大的女人。我們男人在你面前多麼微不足道，多麼卑劣渺小哇。」

　　外面下著大雪。四個包包她替我分擔了兩個較輕的。給十姨送東西沒人，（十姨還沒回來），去了鄒媽媽家。一掀門簾，就見滿屋子的人。美美姐懷裏抱著一個胖娃娃，一見雍姑娘，便伸出兩只小胳膊，「咯咯咯」笑得眼睛成了兩條縫，高興得不得了。那娃娃見了我卻一聲不吭，只把兩只小圓眼眨也不眨地盯我看。剛在路上她還給我講過小孩子們喜歡她的趣事。她單位一個調皮的姑娘見了別的大人從來不喊叔叔阿姨，唯獨見了她便喊

「雍阿姨」，喊得怪好聽的。還有一個小男孩脾氣怪倔的，誰要惹煩了他，那可花也花不來。碰上「雍阿姨」，這小男孩就變得乖乖的。這兒又是一個證明：根本不認識的小孩和她一見如故，二見就老相識了。喲，剛剛搭車時，車窗邊一個婦女抱的小姑娘長得很逗人喜歡。她正好站在小姑娘身邊。小姑娘一見了她，大眼睛忽閃幾下，臉上立時出現一些細細的笑紋，可愛極了。她湊在我耳朵邊說：「這小姑娘長得真有味。」

鄒媽媽那兒中午吃的幾個菜都很有味：帶魚、叉燒肉（糖滷肉再用油炸）、皮蛋、白菜蝦仁湯。雪下得更大了，在一點鐘的時候。我們起身告辭，前往舅家。讓她別再送，她有些猶豫，把東西全交給我，看我臉上有不快之色，便又追上來要陪我一起去。想她一道去，我心裏是這樣想的。她猶豫的神氣讓我生氣。真關心我怕我東西多了會累壞，就應該毫不猶豫呀。要是換了我……？算了吧，這麼大的雪還要一個姑娘陪你走這麼遠，像話嗎？還是一個人走？不行，東西這麼重，還是同你一起走。那……只好這樣了。

到舅家時，舅媽正睡午覺，舅舅在裏屋睡。我們把包放在地上，站著。舅媽和衣在床上坐了會兒，起來，進裏屋去了。驪驪和一個男的在外屋談話，見咱倆來了，過來倒茶，又扭開電視。舅媽往外屋指指，欲言又止的樣子說：「噓，她的同學，噓，別作聲！哪裏，還不算的，他爸爸不同意。」

驪驪的同學過來加入我們看電視，穿黃棉襖，大概是個軍人。驪驪半倚半躺在床上。雍姑娘和我一人占了茶几邊的一張靠椅。雍姑娘一見舅媽，便說我是看他東西多才陪他來，其實同時我也在對舅媽說明了這點：「你看，這麼大的雪讓她送我。」我有點討厭雍姑娘的這種自我標榜，並找著了一個機會對她當面說

了。她好像並不在意。她太愛面子了！

旺年沒回家，骊骊說是跟爸爸鬧了。要走時才略略知道一二。旺年的朋友家想把婚事辦得闊氣一些，還要200元錢給女方辦酒，舅家不同意。另外女方索取一架縫紉機。兩人的住房現在也是一個問題。家具都沒有。舅舅發脾氣說一個錢也不給，還算了個帳，一個小孩養到16歲要花6000元。他工作到現在頂多和舅媽一起賺2萬多元，扣姑娘兒子的一萬三四千，「還哪有存錢？」舅媽說從去年2月起病休到現在只40%的工資。吃了一餐豆絲、腌菜。舅舅不講，他看見媽送來的東西，說：「哎，又送什麼呢？你看，我家今年臘肉可多。」他指指窗上吊的肉條。「17元錢的呢。」他拆開麻片袋，揀了塊放在口裏，舅媽也揀了塊放在口裏。她家今年的花生是市場上買的供應，黑糊糊的，顆粒都不飽滿。

舅舅氣得要命，說要寫信給兒子的機關，把事情揭穿，看他們將來怎麼做人。舅媽袒護旺年，要舅舅不要再講。舅舅說這回春節去見了親家母，親家母第一句話便是：「你家好貴腳！」他說：「她這人哪，哼！我這一輩子再不進她的屋。」舅舅說本來一定不去的，可是，才來不久的姨爹採取斷然措施，放了十塊錢，……。

＊＊＊

昨天晚上寫了些什麼東西？雜亂無章、漫無頭緒，東鱗西瓜、天南地北地亂扯了一遍；零零碎碎好像從各個垃圾堆收集攏來的東西。又一次失敗了。早上爬起來的第一個思想就是這，又失敗了。靠這支禿筆你就真的以為可以幹一番大事業了？描寫一

個嬰孩的動作你都感到棘手，更不用說描寫較大場面的事件了。像這樣隨手拈來、信馬由韁地寫去，收得到多大的效果呢？打開箱子，寫的廢紙起碼有兩本大字典厚。廢紙！廢紙！這樣寫沒有益處，就從現在這秒鐘起住筆吧！

「你的那個子朋友談得怎麼樣了？」他問。

「不行，又垮了。女方和父親還專門為這事和他大吵大鬧，指著他的鼻子說：『你是個窮工人，你家裏也是個窮工人，我怎麼能讓我的女兒跟你談朋友呢？癩蛤蟆還想吃天鵝肉！』女方的父親是縣裏一個局的局長，你知道。他做得也有點過份。」

「依我看，他倒很直率。現在就是這麼回事嘛。何必心裏已經有了那樣的想法甚至更壞的想法，表面上還要裝得冠冕堂皇，說漂亮話呢？」

「那你這話也不大對，」另一個插進來說。「這未免太過份了些吧，這個女孩子的父親。」

「沒有什麼過份的，如今姑娘們要找工作好、條件好、有地位的男朋友，這也是合情合理的。誰不想過一個幸福生活，情願和比自己差的男人受罪呢？再說，條件差的人也不一定就找不到朋友，還不是找得到，一個蘿蔔一個坑，一根火柴點一盞燈。

* * *

1. 他自稱詩人，不僅言談舉止像詩人，穿著打扮也像詩人。天氣暖和時，淺棕色花格子拉鏈外套，天藍色高領毛線衣，也拉著閃亮的拉鏈。天氣冷時，鮮藍的羽絨衣，太空人樣的帽子，一走動，手臂摩擦衣服表面，發出 種聲音，使我聽了不寒而慄。無論何時，皮鞋擦得油光鋥亮、頭髮梳得一絲不亂。他說：「對

於一個人來說，風度是最重要的。」

2. 他喜歡人們叫他gentleman。自己在各方面也學著gentleman的派頭。一舉手一投足，莫不要顯出高雅但又嚴肅的意味。他看書時，常常慢慢舉起手來，慢慢翻過手掌，使手掌朝下，輕輕按在髮上，向後掠去，掠過去，如此往復，同時，另一隻手捏著一根便宜的白塑料煙嘴，吸一口，神氣十足地吐出來，把煙嘴夾在大拇指和中指間，食指輕巧地彈一下煙身，發出指甲擊打塑料的聲音。他一般不參加人們的談話，因為他不屑於參加。如果要參加，他的第一句話總是：「你說錯了。應該是……」他不相信自己會錯，改正別人是他義不容辭的責任。

3. 今夜我出去散步時已是8點多鐘。操場上奇怪地安靜。我有點害怕起來，甚至把自己的腳步聲聽成某個地方傳來的他人的腳步。時時停腳四顧，恐懼地觀望一叢叢昏暗的樹林、凝神傾聽周圍的動靜，但我又什麼也看不到、聽不見，遠處通往湖邊的牆的缺口那兒，好像有個人影停住不動。我一動，他就動，我停下來，他也停下來，我嚇得不敢前行。這人是幹什麼的呢？等著埋伏襲擊我？我想起腕上的手錶和袋中的錢。但四野的靜寂又使我放心，誰會來這兒，除了相愛的情人呢？我朝上走去，影影綽綽的人影消失了。原來是一棵大樹。每一棵樹背後彷彿隱藏著什麼。我只要猜想後面藏著的東西，心便禁不住跳起來。腿也有些軟了。我想往前走，又想折回去。我忽然把自己當成了國民黨兵，手裏端著沖鋒槍，對著周圍的草木大喊：共黨快出來，饒了你，說著便劈裏啪啦對著草叢裏亂放一氣。然後迅速脫離，我走到湖濱大道上，什麼也沒發生。

4. 他個子矮小，長年累月穿一套黑色制服。他對人類充滿仇恨。小三角眼像兩塊黑煤，永遠放著陰森森的光。兩道掃帚眉一

見歡笑便可怕地撐起。整個面部籠罩在黑沉沉的陰影中。他有毒樹根一樣的執著，敢於惡毒地直勾勾地盯著任何人的眼睛，直到對方低頭或轉臉。他心眼狹隘得比針尖還細，容不得半點相反意見。他又十分敏感，人家隨便說的一句話，他以為是說自己的，便記在心裏，幾年都忘不了。

5. 他樂天知足，過著逍遙自在的生活。當那些刻苦的學生埋頭到深夜時，他早已甜甜地睡去。他十分守時，飯後便上床，必睡三個小時；晚上，十點半鐘準時熄燈上床，雷打不動。無論是在復習最緊張的階段，還是在日常的學習當中，他總是過著他那無拘無束、有條有理的懶散生活。

6. 他是個不修邊幅、懶懶散散的人。平常不是上衣最下的扣子忘了扣，就是褲襠口大敞，一只褲腿捲了兩捲，另一只長得老被腳後跟踩；胸前結著稀飯的乾殼，眼角上有眼屎。衣裳一放半月不洗，越積越滿，等到洗時，就像小山似地攞出去，一定要到身上癢得不行才想起洗澡。這時會大叫一聲：「哎呀，一個月沒洗了。」停下來又有點不信。「兩個月？」想不出頭緒來，終於說：「管它呢。」不到考試，他不忙，床的利用率達到百分之九十。吃中飯就上床，呆到4點；8點一過又上床，一直呆到次晨7點。到了考試，他就要忙壞了。又是借書借筆記，東抄抄西看看，一直忙到深夜，臉上老是陰沉沉的，要到考試以後，你才看得見他的笑容。

7. 他的客人長得五短身材、粗黑的眉毛、四方臉，唇上有硬硬的胡荏，不苟言笑；上身穿件藍工作服，胸前一枚鐵路徽章，褲子是青灰的條紋的確涼布，翻毛黃皮鞋，散步回來後便彎腰坐在床沿看雜誌。一直看到11點，Jz走後，他洗臉腳上床，躺在床上還在看。（使我產生一個想法：他喜歡文學，但假若看的是我

的，他喜歡嗎？）

＊＊＊

「你們聽說沒有，現在國外的替身演員做出的特技神作可驚人哪。有一個爬上幾百米高的埃菲爾鐵塔，快到頂時，被一陣強風吹落下來，摔成肉餅。據說家裏得了一大筆錢。」

「這是肯定了的。幹這種危險的差事，要沒有一大筆錢作交易，誰幹？你說誰幹好不好？」Jz說

「還有一個替身演員，在1000多米高空飛行的飛機翼翅上站立，做各種驚險動作，身上不系任何繩子！甚至和另一個人徒手搏鬥。可怕不可怕？」

「咳，資本主義國家嘛。什麼都是為了錢，」L說。

「我跟你說，要是給我這樣的機會，我願意幹。死了就算了。屋裏可以得一大筆錢吧；沒死就從此發大財。怎麼不合算呢？比咱們這渾渾噩噩、庸庸碌碌地生活總要強吧，」Jz說。

我捏筆的手在顫抖、我的心也在顫抖，好像做了一件有罪的事。還記得在鄉間曾寫過的那些東西吧？竟被Yh發現了，相信惡人，得到的只有惡報。可是，你私自記錄別人的言行對別人是不是一種汙辱或損害呢？我想憑良心說，不是。只想借此了解每一個人，大概奧・亨利說得還是對的吧：人最好還是寫夢裏的或是什麼鳥講出來的故事，這就可以逃避指責和批判。無怪乎魯迅的第一篇小說要采用《狂人日記》的形式。

「你上哪兒去？提這麼個白塑料壺，打酒？」

「哪裏。打油。」

「哦，打煤油準備挑燈夜戰呀？」

「不是的，是為W君買的。他的煤油不是作你的那個用途。他的有第二個用途，灌煤油爐。」

「等到他挑燈夜戰，咱們外語班就該全班熬通宵了，」S君笑著說。

「看了《鄉情》沒有？」我問L君。

「沒看。這有個原因，你知道，在《鄉情》之前放了意大利的片子《父子之情》，所以一看了《鄉情》的開頭，便覺得索然寡味，全不如前一場。」

哦，我恍然大悟。記得我看完《無名的裘德》後，有好幾天都覺得失掉了什麼，精神上有種說不出的空虛、傷感的意味，什麼別的書拿起來又放下，一點也看不進去。

*　*　*

把Hamlet合上，放到一旁。我的大腦已經有些昏昏沉沉了。打了幾個大呵欠，難道這麼快就想睡了？還不過8.40呢。寫什麼好呢？確實不知道。總聽人家說，生活中只要留心，處處都是素材，俯拾皆是。可是我的素材呢？彷彿枯竭了。也沒有。下午，縮在翻毛皮鞋裏的腳凍得發痛。Gz午覺冷醒了，繞著樓梯上上下下跑了一遍，才暖和過來。上午，瞌睡的課堂。米爾冬先生失去了往常的充沛精力和趾高氣揚的神氣。是不是因為他夫人進來的緣故？她穿著那件乳白色的羽絨衣，看上去像水手的救生衣。眼圈邊不知塗上什麼，又黑又青，像沒睡好覺似的。她找個角落坐下。這一次一聲不做，臉上毫無表情地注視著她的丈夫講課。米爾冬先生朝她的方向看了兩眼，仍舊繼續講他的課。偶爾也向那邊投去一瞥，但做得讓人看不出，似乎瞧的時間一長，就會引起學

生的懷疑，他是不是分心了？他們之間一定發生了什麼事，我猜
想。米夫人今天注視著她丈夫的樣子很有些怪異。她上身不動，
頭不動，眼睛也不轉。直直地凝視著他，臉上表情很嚴肅。眼睛
裏有種捉摸不定的光，像是怨恨，又像是冷漠，還像是輕蔑。總
之，這眼光非常陌生，是我從前沒有見過的。過去她來，臉上總
是笑容可掬，專注地、帶著自豪地驕傲的神態注視著自己的丈
夫。不時地插上幾句嘴。顯得急不可待的樣子。自從上次被丈夫
當眾用粉筆擲了以後，她的熱情減了許多。我寫這幹什麼？這不
是無聊得很嗎？這也應該叫素材？晚餐時溝裏的水漲滿，是洗澡
堂流出來的，蒸騰著熱氣，蓋過了路面；這裏那裏的紅瓦邊緣上
堆積著未化盡的雪；操場還未幹透，爛泥上印有雜踏的足跡；食
堂側邊的那些大樹仍是裸露著枝幹，已經這樣在風中站立了一個
冬天；眼前一棵梧桐，殘留著幾片葉，風吹日曬，顏色褪得不像
樣子；這就是生活。這就是圍繞著我的生活！不，這不是的。我
沖出房門，皮鞋沉重地敲打著樓板，走廊響起「咚咚」的聲音，
一直響下三層樓梯，響到大門，便被冬天乾冷的空氣凍脆，減弱
了。圖書館閱覽室！中年女管理員那樣瞧著我，先和我目光相
遇，有一剎那我想她臉上掠過一絲打招呼的笑，但沒有，她眼睛
低了一點，好像眼光落到我的領子上，或者是第二顆扣子上。笑
一笑和她打個招呼吧，太遲。那似笑非笑的樣子她好像從來就
掛在臉上的。要是和她先打招呼，她不答理，那不是挺難為情
嗎？可她過去借書時挺好、挺和氣的，可說是有求必應，算個熟
人了。但，手已伸進荷包摸索學生證，臉上肯定也是一副公事公
辦的樣子無疑。這不，她已伸出一只手，準備接學生證，另一只
手去取兌換憑證。哦，又回來了，闊別近一個月的閱覽室。第一
眼看見的書笑吟吟地望著我，張開兩臂迎上來，我的手裏已經有

三本雜誌：《世界文學》、《蘇聯文學》、《文學評論》，一氣讀了三篇博爾豪斯寫的短篇小說，寫得真過癮，尤其第二篇《刀疤》，構思新穎、奇巧，結尾耐人尋味，敘述故事的方法也獨具一格，新鮮別致。一個光會說空話的共產黨員同一個經驗豐富的地下黨員工作了一段時間，最後他出賣了後者。後者在即將束手就擒的時刻，用半月形刀在他臉上刻下了一條半月形的刀痕，後來慷慨就義。面帶刀痕的叛徒也就是故事的敘述者以被害的那個地下黨人的口吻講了這個事。這種安排出人意料，使人看了以後不覺拍案叫絕。

我感到有一股悶火在燒。我要寫作。我有創作欲。鈴怎麼響得這麼急，好像失了火似的。又這麼早。表才指在5點嘛。一面抱怨好像頗有理，一面又自知理虧，你的表本來就慢15分鐘，老規矩，每天下午如此。鈴聲再晚一點響多好，不，打鈴的人戴的是我的表──哦，電鈴是事先計算好，自動報時的，下班時間不改動，這些說了又有什麼用？

無聊，想不到自己竟到了黔驢技窮的地步，寫這些無聊的東西。可以休矣！然而這樣的生活也可以休嗎？

* * *

她，何時闖進了我的腦子？不能用這個「闖」字，是你貪婪的思想像貓抓住了她的形象。「闖？」是你自己闖進了她的……。不敢冒昧地想象。橢圓的臉，柔和單純的線條，梳子梳得一絲不亂、黑得發亮的長髮，素淨大方的灰上衣。嘴唇稍厚，正像兩扇堅實的城門，嚴嚴實實地封住了不好輕舉妄動的牙兵舌將。從來沒有一對眼睛像她的放射著如此溫柔、多情、沉靜、閒

雅的光。盯住她的眼，只消一會，你就會消溶在她那如夏日晴空般的碧藍中，猶如躺在草地上看天時的感覺一樣。那是一片藍汪汪的海水，是清靈靈的山泉，從她的眼中流出，頃刻洗淨了你的心靈。你在人世的沙漠中一刻不停地奔波、忙碌，你來不及采擷路旁的野花，處處留下你匆匆的足跡。

＊＊＊

　　筆久不用，一用便感生疏；大腦久不用，一用便感笨拙。剛才做英文作文就有這種感覺。先看了一遍昨天的草稿，決定了取捨。第二稿才開了個頭，就進行不下去。我要表現的究竟是什麼？是那種漫無頭緒的思想，還是要說明某個問題？眼前這篇文章既沒有鮮明的人物性格，沒有引人入勝的故事情節，也沒有含意深刻的語句，沒有富有教育性的事件。這叫什麼文章，意識流？連寫文章的基本功都沒有打好，就去好高騖遠地獵奇，畢竟不是正道。閉上眼睛拚命想，直到耳朵響起一片震得人頭暈的嗡嗡聲，眼前出現一面高大的黃色的石壁，從四面團團地把我圍在裏面，一分一分向裏擠壓，睫毛已經觸到冰涼的石壁了！頭不能夠自如地轉動，猶如卡在木枷內。憑感覺能猜到這石壁是無頂的，無窮無盡的高，腳下的地面開始鬆動，往下陷，往下陷，全身像一段腌過的臘肉不由自主地隨著往下退去的地面移動。嗡嗡嗡，嗡嗡嗡，無數雜亂的音符在石壁內碰撞、跳躍，發出刺耳、尖銳的嘯聲。小時候在半睡半醒中常有這種情況，大了後不曾經歷過。然而這種毫無結果的冥思苦想、搜索枯腸卻帶來這樣可怕的效果。

　　硬逼出來的東西，一般是缺少生命的東西。你得苦苦思索，

想不出來便東拉西扯，沒有扯的乾脆寫些捉摸不定的思想。最後勉勉強強寫下來了，全不讓人滿意，卻花了兩個小時，寶貴的兩個小時。

心靈又一次受到沖擊，當S在發言中讀到江蘇師院去年有四名考取聯合國譯員。好像有誰朝心的大門捶了一下，於是紙一般的大門土崩瓦解、飛灰煙滅了，希望的熱流乘勢奔湧而出，在血管中瘋狂地奔流起來。兩個膝頭幾乎看不見地磕碰著，全身四肢緊緊縮攏，好像是冷，其實是熱。正像一個打擺子的人樣。何況新上任的班主任正不停地強調不要談朋友，甚至用帶威脅的語言告訴大家將來的分配也決不因任何有這種關係而提供方便。她談來談去就那麼幾句話，什麼跟大家熟悉啊，將來慢慢就會好的，什麼要抓業務學習更要抓思想學習呀；什麼早上要做早操；下午也要做下午操呀，反來復去，就是那麼幾句話。

我的腦子裏完全被新湧進來的思想攪亂了。一年！一年的時間綽綽有余，只要抓緊時間。於是……埃菲爾鐵塔、自由女神像、倫敦橋，倏地從腦海裏閃過。但我立刻說：「不許胡思亂想！不許想入非非！白日做夢！」所有的幻象頓時消失。靠這樣寫作，寫得出什麼東西嗎？功課、作業怎麼辦？丟下不管。那考試呢？那麼將來的分配呢？那麼，翻譯，至少可以打打中文的底子吧，作為一種練習。只要想一想你有沒有具備一個小說家的才能就夠了。閉上眼睛，你能想象出一個美人的形象並如實地寫下來嗎？不能。那麼，你還幻想什麼呢？幻想什麼呢？你以為你有天賦，結果發現那根本是一種不足為奇的平庸之才。人是多麼愛幻想哦。總是尋求現實中實際達不到的東西，心裏還滿以為一定達得到，只要經過努力。如果是庸才，即使努力到死，還是一個庸才；天賦好的人，即便一天不看書，知道的想到的也比別

人多。死記硬背這一點你別比人強，靠著一個好記性。然而這也已經不可仗恃。「考上譯員還可以帶家眷出國，」多麼誘人的前景！對於我來說難道還有什麼比在世界各地周遊更幸福的事嗎？沒有了。我沒有能力寫小說，我可以寫遊記、可以寫散文、寫詩。為什麼不呢？我的心在流淚、在破碎。太淺薄、太無能、太愚昧、太剛愎、太優柔寡斷、太軟弱、太驕傲、太不配作為一個人活在這世上了。我不知道該怎麼辦，不知道，不知道。上蒼啊，你如果有眼，你如果有嘴，請你明鑒我的一切，啟發我、引領我，給我指一條光明的途吧！錢，我不希望；好的地位，我不希望。我只希望有一個好的大腦，能自如地思想，啊，我的腦子混亂極了，混亂極了。

＊＊＊

　　第二節課接近尾聲的時候，米爾冬先生咕咕嚕嚕講了幾句含糊不清的話，但並不是含糊不清到聽不懂其中的意思。就像有時候透過紗窗隨風飄進來的一縷某種氣味，當然只是那麼極淡極淡的一縷，你至少能準確無誤地分出它是從廚房菜盤裏來的而不是校園繁花盛開的樹的饋贈。他今天說話的這種聲調在我耳裏聽來頗有些異樣，失去了平日的威風和力度，我擡頭看了看他，見他眼睛望著腳下的地，（第一次我看見他垂下眼睛），嘴唇微微顫抖，囁嚅地說出這麼幾個字：「我妻子等會兒來，要告訴你們一個壞消息。」

　　「什麼？」L好像不相信自己的耳朵，趕忙側過身子問。

　　「我也不知道。」我則豎起耳朵想捉住他下面說的話，但這時整個教室響起一陣嗡嗡的交頭接耳聲，我只聽到零零星星幾個

不相連貫的字：「可能……去……領導不教……不教……。」

「不教了？」這不可能，我隨即肯定道。她若不教，那誰接手她的工作？就算她教得不好，但她畢竟是移居加拿大七年以上的移民，無論從哪個方面講，她都比我們學校現有的任何老師差不了多少，至少在口語上比所有的人都強。這不會的。那麼，她不教是個什麼原因呢？真是個讓人猜不透的謎呀。

「嘿！」一聲雷打樣的吼叫把我從沉思中驚醒過來，窗玻璃片震得索索發響。擡頭望去，就見幾個學生從米爾冬先生身邊嘻嘻哈哈地跑開，而米爾冬本人臉脹得通紅，狠狠地瞪了他們一眼，不再看任何人便轉頭去和仍舊站在旁邊沒動的幾個老實的、等著問問題的學生交談。他內心很不平靜呀，我想。一定發生了什麼重大的事情。這種感覺被上課鈴響過後好一陣子米夫人沒有出現的靜默加重了。正當大家懷著惴惴不安、好奇焦急的心情等待下文的時候，她在門邊出現了。她第一次沒有同大家打招呼，發出她愉快的「嗨」。她使人難以覺察地點了點頭，走到桌邊，手指抖抖索索地在包裹找尋她的課本，裝得聚精會神的樣子。她好容易找到課本，眼睛陌生地朝教室看了一眼，便埋下來，低聲地說：「今天上小故事。」她的聲音裏有一種令人心碎的顫抖，她沉默了一會兒，好像不知道該怎麼辦，便把目光移到書上，但她剛一開口，她所有的力量全部消失，便快步走到門口，拉開門，走出去，小心關上門，不弄出響聲。我相信我看見淚花在她的眼眶裏打轉。全班不知究竟發生了什麼事，有一會兒沉默著不動，彷彿驚呆了。接著，兩個大一點的女生走出教室去，J君跑到講臺上來了一段滑稽小劇，惹得男女同學都哈哈大笑起來。

又過了一會兒，她重新進來，手裏拿了一杯水，放在講臺上，低聲說：「我口有些渴，我去，我去……。」她喉頭哽咽，

臉上出現很痛苦的表情。這時，她因為放杯子，背朝著全體同學，等她轉過來，剛要開口，攙眼又看見了這些熟悉的面影，她再也忍不住內心的感情，「哇」地一聲哭出來，趕緊走出房間。

過了好久，約摸有20分鐘的樣子，她回來時已經好多了。然而她的眼睛裏失去了光澤，臉上憔悴了許多，裏得很緊的衣服也出現無數皺紋。

下課時她才宣布她將不再教我們，於下星期去科威特。「那Jason怎麼辦？」

「等我到科威特settle後就接去。」

這到底是怎麼回事，大家都在猜測。有的說她家裏一定發生了什麼不幸的事，有的說她和學校鬧矛盾，不願教下去，有的甚至大膽猜測，說她可能跟丈夫鬧翻，準備離婚，但誰也說不準。直到下午Yao君告訴我說她在加拿大欠了4000美元的錢，因為她和丈夫用分期付款買的一所房子和小汽車，沒付清，現在人家催錢了。所以她到科威特去工作一些時，在那兒可以直接賺美金，來這裏不行。不久前規定，外國人所賺的人民幣只有30%可兌換成美元。這樣他們本來可以用這兒賺的工資還債的希望也落了空。她只好採取這個步驟。

我這才明白她最後說的一句話：「Well, this is life。」

＊　＊　＊

在盥洗室裏碰到他，他沖我笑笑，準備走。自這個學期開學我第一次看見他以後，我發現他有些變化。比如說，他不再像往常一樣碰了面不僅打招呼，不僅站住，不僅談文學，還掏出他的詩，懷著期待讚揚或批評的心情站住一邊。他乾脆省掉了所有這

些程序，僅僅微笑著點個頭，便匆匆擦肩而過。我問他想不想看晚上的電影，談話就這樣開始了。「不看了，我已經發現了一個新大陸。」

「什麼新大陸？」

「嗨，這個新大陸是最近才發現的，現在除了這新大陸，別的我都不關心。這你猜不出來的，我對什麼人都沒講過。」

「愛情的新大陸？」

「怎麼會是愛情的呢？我這個人從來也不會為了愛情而瘋狂，永遠也不會的。詩人的心是博愛的心，他愛的不是某一個人，而是普天下的人，怎麼會為了一個女人而瘋狂呢？哦，決不是為了愛情的緣故。這個……我想……應該現實點。」

聽到這最後結結巴巴說出的幾個字，我不覺看了他一眼。他穿件軍大衣，扣子全敞著，露著綠毛線圍脖，頭髮梳理的樣式使人感覺到他比過去更成熟了些，更失掉了某些活潑天真的氣質。

「回去，跟他們談了談，」他繼續道。「說實話要擔的風險太大了，可這條艱險的路恐怕不是我走的。你說得對，文學是個浩瀚的海洋，要游到大洋彼岸是要付出極高的代價的，像Jz今天下午說的，他一個朋友的父親搞了一輩子文學，到頭來還是給雜誌的畫頁上題蠅頭小楷，一無所成，抗日時寫的唯一一篇小說乘火車時被日本人搶去了，有時候還沒游到一半就淹死了，游不游得到一半是個問題。我那時候就是為羅曼‧羅蘭的故事激動，他年輕時曾發誓三十歲寫不出名就自殺……。後來，當然，他成功了。可是我成功得了嗎？算了，我決定完全放棄文學。去年77屆有五個數學系的學生考上研究生，真羨慕他們哪。同學們紛紛來信勸我朝自己專業努力，我也確實想往這方面搞，搞出一點成績來。不，不，當然不會，我怎麼會不愛文學呢？請相信，我愛文

學勝過愛自己的眼睛，愛自己的生命。有哪一天我不讀詩我是能
夠安靜地過下去的？我只是說，這一年半是決定性的一年半，決
定將來的分配、前途，我不能不考慮這個呀。你知道，這些想法
我跟他們（指班上的同學）都是不講的。『知我者謂我多憂，不
知我者謂我何求』，跟他們說幹什麼？好了，不談了，打擾你這
麼半天。以後有時間到我們這兒來玩吧。」他道了別便分手了。

＊　＊　＊

　　「我同學來信告訴我，從79屆起，不再從畢業生裏招收
研究生，而是從工作兩年後的大學生中招。這個消息比較可
靠……。」

　　下面的話我已無心再聽，我的心結又紊亂了。事情果真這
樣，那我現在作的一番努力將前功盡棄，一無所獲，白白浪費一
年寶貴的時間。這一年本來是可以用來好好用心練筆，潛心鑽研
一兩本名著，把原先的底子打得更牢實一些。到底是名利的欲望
占了上風，竟拋棄了自己所崇拜、所願獻身的事業。一年嘛，僅
僅一年，關係不大，何況準備考研究生並不意味著同文學背道而
馳，搞得好還可相得益彰。呸！沒有恒心，沒有毅力，利欲熏
心，你還要找這樣一些理由來作借口，裝飾打扮自己真該感到羞
愧才是。那該怎麼辦呢？聽從誰的意志呢？「文學是一條危險叢
生的道路，又得不到絲毫的現實利益。」誰說的？記不得了。還
沒有嘗到它的險處。不想見大海的人，或者只愛坐在電視機旁、
電影院裏看大海的人，怎麼能夠體會到大海的雄渾壯闊和它的崇
高的危險呢？難道我不喜歡這種危險嗎？與其這麼平淡地度過一
生，不若速死。上帝造了我，給了我一個凡人的身體，一個凡人

的頭腦，遺憾的是他沒給我一只非凡人的筆。我就不能自己造它一只嗎？能夠的，能夠的。那個作家寫的廢稿燒灶曾燒了一年，你寫的廢稿恐怕還沒有半個荷包。你若成不了作家，至少你可以成為一個廢稿製造者吧。放棄，放棄這種無謂的打算。今年只求一個目標：向聯大譯員進攻。那時候，到了休假期，就可以在世界各地遊覽，這枝筆不就可以用起來，描寫各地的美好的風光，像吉普林和毛姆那樣。這樣的生活才是吸引人、永不令人厭倦的。自然，啊，大自然，除了你，我還能愛誰呢？炊煙裊裊升起，筆直筆直的，彷彿掠過一絲極微細的風，它全身顫抖了一下，怕冷似地縮緊、膨脹，變得彎彎曲曲，像只壓縮了的彈簧，但它始終在上升，上升，斜斜地，斜斜地，越來越大，越來越寬，越來越散，溶進灰色的雲中。灰雲下是仍殘留著蕭索秋氣的林木，縱橫交錯的枝條，織成褐色的樹網，透進其中看得見破碎的天空，這兒一點那兒一片的常綠喬木。湖面上有冬訓的划船隊員，在教練員厲聲吆喝下，揮動著木槳，「刷」、「刷」、「刷」，像一片被晚霞染紅的雲，從平靜如藍天的湖面上悠過去，留下一道長長的尾巴，很快便合攏來，形成一面完好無缺的鏡子。是誰說「破了的鏡子，即使合攏，也有破痕」？湖水是個例外。春天，春天並沒有來到人間。我看腳下的湖水，清澈如薄膜，好像只要願意，伸手去揭開，便可大把地撈取鋪在沙底上的玉白螺釘。坐在石階上，靠近水邊讀書，鼻孔裏呼吸著清新的水氣，臉上感受著微微的沁人心脾的風，時間在那一刻似乎停止了，我忽然發現沒有哪兒一個小時有這麼長，但又這麼短！因為我該跑步了，在那面陡峭的、覆蓋著深深的枯草、叢生著密密的常綠灌木、聳立著高大的黃桷樹的山坡，飄過來一股醉人的花香，瞬時即消。折回來，跑到那個地方，花香又一次出現，味道

更濃，更醇，更美。但消失得更快，只有一步之差。我的眼前又一次出現了去年滿山遍野的黃菊花，那沒人采摘，只有鳥鳴啾其中的黃菊……。

還沒有一羽枝條長了新葉，但無論如何春躲在光禿的樹上的影子是看得出來的。那一層若有若無、乍明乍暗的綠意……但枝條看上去都是暗紅的。不信，你去看。寫不下去了，外面又是吹笛子，又是拉二胡，調子是「沒有共產黨就沒有新中國」。哎，歌頌，歌頌，一天到晚的歌頌，吹笛子的，難道你不覺得吹最後一個音調耗掉了你好多個細胞，那音的震動力也同時耗掉了別人好多細胞嗎？你知道嗎？

＊＊＊

沿著通湖的大道跑去。道上沒人，只有我。道右邊的大樓空空如也，巨大的梳齒形表面像緊蹙的眉溝，反映出大樓內心的憂愁和懊惱——對人們無情地將它拋棄的憂傷和懊惱。門窗緊閉，生氣全無，還沒到大門，迎面撲來一股水腥氣，再跑幾步，就全身浸淫在湖水澄鮮的氛圍中。湖面上沒有一縷纖風，湖水自然也沒有半絲清漣，像明鏡一面——且慢，描寫湖水難道除了以鏡作譬就到了山窮水盡的地步了嗎？人們習慣了按常規辦事，方便就是他們的準則。何必再去想它像個什麼呢？像一面明鏡不就夠好了嗎？獨創！可誰曾有過真正的獨創，即完全超塵拔俗、不食人間煙火的獨創呢？以前曾佩服得五體投地的王勃的兩句「落霞與孤鶩齊飛，長天共秋水一色」，卻原來是套用鮑照的二句五律而來。獨創？那就眼前景說，湖像什麼？湖就是第二面天空，是人間的天空。仰頭看看，不。此時天空布滿了灰雲，凝滯不

動，有的地方重山疊嶺，有的地方綻開樹縫葉隙，而湖水所反映的是一律的白，閃閃發亮的白，看不見一片倒影的雲影。假若是一個春景柔媚的日子，一丸初生的、如在清泉裏洗過澡的嫩陽，靜靜曬在露水打濕的黃裏透青的新草、曬在好似長著千萬個處子乳頭的舒展的樹枝，曬開桃花的睡眼，傾瀉進更濃的色彩，曬開櫻花的嬌唇，引出馥郁的芬芳；這時候，藍天早已浴淨洗畢，碧藍一片，俯瞰著下界，它就會發現：又多了一個天，一個一模一樣、碧藍碧藍的天。那時，最討厭的莫過於遠處那道堤岸的水平線，一道令人生疑的水平線！但同時也是勾人幻想的水平線。不管它多麼遠，剛觸到它，思想便到了跟前，一把鍬，插下油黑的泥土，「吱吱」地響；「咕哇」鍬起一大塊土；這樣接續不斷，傾刻間，長蛇般的黑影倏地消失，天和水連成一片，——嗨，心裏這才像除去了一個堵塞物。可這算創造性嗎？當然不算。要想有所創造，必先有所繼承。前人的知識皆應為我所知，皆應為我所用，也許，加上創造的決心，便可以……誰知道呢？God only knows！

　　下午，在電影場開「五講四美」月動員大會。沒小凳子，找了塊石頭坐下。面前是黑壓壓的一片人頭，臉都朝向一個方向：長長的、鋪白桌布的主席臺。第一個發言的人便用標準的普通話，語調裏具有一種權威的意味，一種威脅的意味。他不斷加重語氣，發出警告，好像他面前這一群人不過是一個巨大的孩子，在他的赫赫權勢下嚇得發抖，不敢作聲。他越發驕橫了，他的每一個字音都咬得再也不能更普通話，他的每一句話彷彿有一股魔力，把人們釘在地上，俯首帖耳，畢恭畢敬。我真厭倦了他的聲音，真厭倦了。倘若他失了勢呢？一個思想突然從腦中閃過。他的嗓子該不會再像這樣，算了吧，睡覺是最好的藥

物。於是我睡了。

　　醒來時，ZZZ來到我旁邊，手裏拿一本《文學概論》。他是個熱愛文學的青年，頭髮在額前卷成波浪狀，富有藝術的情趣。我們很快交談起來。

　　「這次春節回家，我的一個女同學問我『看過《紅與黑》沒有？』我說：『這還沒有看過』。你說她問得巧不巧。像我這愛搞文學的人，難道連這《紅與黑》都沒看過？她又問『那《簡愛》呢？』『還不是看了。』我說。後來她才告訴我，現在是男必讀《紅與黑》，女必讀《簡愛》，不然就難得交朋友。嗨，在咱們這兒，清規戒律太嚴了。原先中學裏更是如此。我以前在學校裏交了幾個女朋友，晚上一起出去看電影，或是沿湘江散散步，老師就為這把我找去談話，說什麼你年紀還輕，不要搞這些事，她們哪是好東西。她們幾個都是蠻好的同學，現在還有幾個和我通信，人都不錯，心好。中學的老師最壞，原先我們班上有個同學只要在課堂上說話或者做小動作，那個老師就罵『壞蛋、流氓』。總是這樣，有一次還打他呀。打一下便罵一聲。後來這個同學報了仇。他現在當了個普通工人，有一天他尾隨這個老師來到一家飯館，老師在桌邊吃飯，他推自行車到（他）後面，說『蔣老師』，老師剛側過臉來就被他『啪』地打了一耳光；又喊一聲『蔣老師』，再回過臉來又挨了一下，然後我的同學騎上車跑了。當時老師的丈夫還在一邊呢。是的，這老師是個女的。其實學校越是對學生嚴加管束，學校這樣的事反而越多。學生們背地裏罵老師，說某某男老師同某某女老師如何如何，把男女關係當作衡量道德的唯一標準。哦，想起了一件事，我一個同學想對他的女朋友報復，他家很有錢。他中學時就追求那個姑娘，其實她長得不怎麼樣，他追求她，被他的一個女指導員看出來了。指

導員關心他，主動提出去跟女孩子說，但那女孩了一口咬定沒有這回事。後來，兩人上了不同的大學，雙方通信，有一次，我同學去找他的朋友，在她學校裏，她不在宿舍，他就留了張條子，寫的假名字，其實同宿舍的女生都知道這事，因為平常他寫給她的信或寄的相片女的當作吹噓的材料，都亮給她的同學看了。所以他一離開，女同學中間就議論紛紛，恰好這時候女校長來了，這個大學規模不大，她看見同學那樣，知道發生了什麼事，就追問，知道了內幕。第二天全校開會批評這個女生，這個女生便把他寄的所有的書信，一大捆當眾攤出。其實，這個女的根本不愛他，只是為了玩弄他的感情。他知道後決定報復，他看了《巴馬修道院》，影響很深。可哪知，去年女的發現得了乳腺癌。也算天報應吧。他後來還對我說，該去看看她，要知道，在病中人是最需要安慰的。我們還一起去看了一場電影呢。是呀，他的一個朋友還警告他說，如果你繼續和那個女的保持關係，我就和你絕交。」

＊　＊　＊

開學十多天，沒有哪一天有昨夜那麼快活、那樣興奮、那麼令人心醉神迷，那樣令人忘乎所以。我忘記了時間，忘記了疲勞，全副身心都投入到翻譯英國詩歌中去了。我查字典、尋詞語、擷精取華、細雕細琢，用了三個小時，方才改了一半《羅莎蘭》那首小詩。看看時候不早，腦力也到了山窮水盡的地步，便換了一種方式：譯中文詩。前日讀了幾首樂府五言詩，頗覺清新可愛，且明白如話，意義曉暢，當時曾尋思能否試譯一下。我翻到樂府詩，就徑直譯起來，不到半小時譯完了兩首，前前後後檢

查一遍，頗有自得之感，搖頭晃腦，情不自禁手舞足蹈起來，感受到平生從未經歷過的一種幸福，一種只有創造性的勞動才能帶來的幸福。在這種勞動中，你忘掉了一切，榮譽、地位、金錢，全都置諸腦後，你只有一個思想，美，使我的藝術品至善至美，達到爐火純青的地步。

能夠使我忘掉世界一切煩惱的乃是這創造美的勞動！

＊　＊　＊

她告訴我：「呀，我還忘了對你說，我們那兒新調來兩個大學生，一個重慶的，一個上海的，當然都是女的。都分在我們房間。上海的那一個到的那天，是所裏一個人領上樓的，啪啪地打門，也不做聲，我便沒去給他開。等他下樓的腳步聲消失後，我才開門往外看了看，哪知門外站著兩個人。一個就是這個上海的女大學生，另一個是她的男朋友，長得瘦長瘦長的，還蠻精神。你不知道她們在一起怎麼睡。說起來都不好出口。他們住的是中間那個大房，X住的房是通過他們房的，她對我說晚上他們就一人一邊地睡在相對的兩張床上。有時候還看見女孩子和衣坐在被子裏打毛線，男的在她身邊。哪裏只住一天呢。一住就住了一個多星期，後來還是有人跟領導反映，把男的安頓到另一個地方去。男的可好，什麼都替女孩做，洗腳水都打。倆人好得形影不離。別人說：看哪，多好的一對呀！你們將來也會這樣的吧。我說那我沒有這種福……。好了，你又要笑我了。人家說曉得她們晚上怎麼睡覺，說話時裝得正經八兩的樣子，我頂討厭這種人。她們是朋友，即便在一起睡了，又怎麼樣，是兩廂情願的嗆。何況又是那樣在相愛。」

＊　＊　＊

　　我的大腦混亂不堪，像一座亂堆放著各種雜誌、各種報刊、各種書籍的書架，沒有規律，沒有系統，沒有秩序，雜亂無章，亂七八糟。又一次深深陷入不可解脫的苦惱中。無休止地學習，從一本書跳到另一本書，從早上粘在桌子邊，一直粘到夜深，像只蝸牛樣踏著滯重的步子，一面嘟嚷，一面來回走動，死記硬背。自己把自己搞得昏頭昏腦，懶懶欲睡。這些讀過的書已經堆得有山那麼高了，它們分裝在一輛輛載重卡車上，列隊通過大腦，然後消失得無影無蹤，或許有，是夢一般的影子。20歲以前的大腦是肥沃的土壤，不僅吸收力強，而且纖維質好，保持力也久，而現在的大腦猶如乾旱的土壤，只剩下砂土石礫，無論往上面澆灌什麼養料，都被蒸發、被漏掉，這是一個令人不寒而栗的景象！實踐再一次強有力地證明舊有的方式已經不適於目前的形勢，大腦已不再是青春的寵兒，而是老年的果實，衰果。這樣地學習，有效用嗎？也許癥結所在是沒有精讀什麼書吧。永遠地害怕著，永遠地顫栗著，拿起一本書，怕讀、怕的是讀過後又忘了，如果讀過後仍舊忘掉，那讀書又有何益？可這樣的事經常發生。經常發生！可惡啊自己的大腦！就算整本書讀完又怎麼樣呢？就算你知道了它的中心思想，它的手法、它的情節，這又有什麼用呢？就算你把英詩譯成中詩，中詩譯成英詩，這又怎樣呢？這個大腦好像沒有一個造工良好的書架。總想著分數、想著將來要分的工作，想著錢，人哪裏有一分鐘跟這些東西分開喇！瞧他們在那兒拼起命來背誦的樣子！又可憐，又——算了，你自己跟他們不就是一樣嗎？

　　湖水柔軟得緞面一般，發出天堂的光彩，蕩著細細的漣漪。清澈透明，空無所有，水下的綠藻和砂石歷歷可數。朵朵白雲在綠藻中穿行，漾著、蕩著、揉著、旋著，一會大，一會小，變成千奇百怪的形狀，像大塊的棉花糖，像碎落的殘花，像哈哈大笑的臉，像無數對青年的擁抱，像山、像樹、像野獸、像一堆重疊的瓷器、什麼也不像，因為我什麼也沒想。它閃閃發光，伸到遠方。那兒的煙囪插入雲霄，噴吐著殷紅的濃煙，燒紅了半邊天，像一只巨大的舌頭──現代工廠的舌頭。對岸密密層層的樹像落日，使人睜不開眼的落日，一條纖瘦的黑雲，宛如黑色的紗巾系在落日的腰上，在中間被黃金的光輝所熔斷。上面，是一片純淨無比、澄鮮無比的虛空，透明的黃色；再上，罩著落霞，這是落日的帽子，邊緣全染上了金色。落日越下沉，金色愈濃──

＊　＊　＊

　　這時，太陽升起來了。記錯了，不是升起來，是從雲層後面露出來。密密麻麻的樹林子背後，是一片透明的藍霧，與城市、田野、小溪、橋梁、村莊、湖水溶在一起。我們掐花束，荊棘拉手。我往她油黑的頭髮裏別了一朵金黃的雛菊，順手扯了一根銀髮下來。銀髮！25歲！「你的更多！」她說。

　　山下，路口，有一棵樹，什麼名字，叫不上來。「像什麼？」我說：「像展翅欲飛的仙鶴，像──」語塞了。

　　「像一只展開翅膀，埋著腦袋，向獵物俯衝的貓頭鷹，」她說。

　　「像一團煙，」〔我想不起來，自己加上的，寫時〕。

　　「轉過一面，像什麼？」

　　「像隻仰頭吃葉子的長頸鹿。你瞧，這樣看。」她在樹身的中間比劃著。「還像一隻叉開五指的大手，還像，還像——我也說不出來了。」

　　下了山，走上大道。遠處山凹裏有一條長長的麥田。像什麼？「像誰順風抖下的綠綢子，」我說。

　　她凝視良久，說：「像一塊綠色的石棉瓦。還像——還像一條大青蟲，胖胖的，拖著長長的尾巴，唔。」她指著那漸漸細窄的田頭。

　　我跟著滔滔不絕地說下去：「對，對極了。像隻青蛙。像隻綠色的魚。」

　　「哪裏有綠色的魚？你見過？」

　　「沒見過，但海裏一定有。」

　　前面聳立著幾棵挨得緊緊生在一起的大樹。像什麼？

　　「像一團烏雲。」

　　「對，」她贊同道。

　　「可我看——像一面大篩子，瞧，透過篩眼可以看見藍天。」

　　又到了一處灌木叢生的地方。有一棵不知名的小灌木開著鮮亮的綠葉，像什麼？

　　「像綠色的小燈泡，」她說。

　　吃過飯，辛穆要睡午覺。

　　「Go to bed，」他對Gz說，然後嘰嘰咕咕地兩人談起話來。這很叫人難堪。

　　她低聲說：「咱們走吧。」

　　我們到了游泳池，坐在水泥板搭成的窄窄走道上，腳就在水上面晃蕩。

「挨緊些，」她柔聲說。

「可四面八方都是人。」

「我真想一下子倒在你懷裏。真想。讓你吻我，擁抱我──」

「我也想，我要和你接吻。舌頭緊貼你的舌頭，擁抱你，解開你的衣裳，嘴含住你的乳房，（為什麼寫到這兒我要往周圍看，好像怕有誰偷看，其實除了盲目的黃昏，還有誰呢？）我要吻到你感情激動，然後把它放在你的裏面，輕輕地，像這輕輕波動的水，然後讓高山上的流泉飛瀉，讓你享受那最終的一剎那。」我感到臉在發燒，等待著她的詈罵，她眼中的惱怒。可她臉色更柔和了。「你不怪我？」她用更緊的貼攏回答了我。

「我真想，」她說。「我怕咱倆已經到了高潮。」她用手摸了摸湖邊露水未乾的草地，欲坐不坐。

「上山，」我說。

在密匝匝的林中，我們度過了最痛苦的歡樂。有一個路人。我們離開了。

「你說什麼最幸福？」我問她。「是有照相機還是沒有？」上午當她有些後悔沒有帶相機時。

「有照相機並不幸福。他們欣賞的只是照相機，只是他們自己，他們欣賞的不是大自然的美。他們不懂得大自然的美。」

「我有個感覺，咱倆只要一性交，就會帶來令人痛苦的空虛。現在這樣最好。」我對她說。「我回到了初戀的時候，但又不完全是初戀的感覺。初戀時我從不想這一類的事兒。」

「我也是。」

「但現在一激動，就想到這事兒上來。我真不知道這是壞還是好。哎，下一次我到你那兒去，我憋不住了。」

「不，不行，你不能去。你答應過不去的。你知道這一去，

咱們的誓言就成了一句空話。」

「如果我真的去了呢？你難道會拒絕我？」

「看你，我怎麼會呢？那我們又像以前那樣了，那多不好，我還是希望結婚之後，合法的。」

＊＊＊

「聽說沒有。有個女生亂搞男女關係，懷了孕，受到處分，是我們學校的呢。」

「是嗎？在哪兒？出了通報？」

「在四樓樓梯口。」

樓梯口上果然貼著一張四方的紙，上面寫著XX班女生XXX於79年，在看電影時認識了武鋼工人XX，以後經常交往，致使懷孕。私自不上課，到衛生院打胎，云云。

我心中湧起一種說不出的滋味。忽聽得一個年輕的聲音嘻嘻笑著說：「好呀，這家夥。罰她一下看她還敢不敢繼續搞下去。」

轉回頭，見是同班最小的一個同學。「別這樣笑人家了，」我告訴他。

路上，碰見A，談起來這件事。

「這有什麼呢？那姑娘沒錯，根本沒錯。她是為了愛情呦，」A評論道。

「對，你說得對。」

「我說呀，」T帶著政治家的風度說。「中國和美國走兩個極端，美國太松，中國太緊，應該互相調劑一下。」

「懲罰還可以，不算重，」L說。

　　T大談起他的見聞：「XX師範學院有個女生就把孩子生在宿舍自己床上。孩子被一個沒有子女的老師收養了。她是和一個老師在『開門辦學』時發生的關係。那個老師受到了處分。她並沒有被開除，只不過受到輕微處分，現在還不是畢業了。還有個男生，是個黨員幹部，深夜闖進女生睡覺的陽臺，是夏天，正要和一個女生，你知道，只穿一條三角褲，戴奶罩，發生關係，女生醒了，跟他打起來，奇的是，同房的女生當時都醒了，卻沒有一個做聲或是動彈一下，都嚇壞了。」

　　離開了宿舍，走到大自然中來。我的腦海翻騰開了。這個女生現在怎樣了？名字已在全院公開，她還敢擡頭看人？她怎麼過日子？怎麼學習？她還能繼續愛她的那位工人嗎？那個工人想必要受到比她更重的處罰。倆人相愛為什麼就不能？〔你知道我現在唯一希望的是什麼，就在寫的時候，──好，停了！那千人罵、萬人咒的廣播。恨透了你、恨透了你，你把所有的寂靜都扼殺了，滾！滾！滾！永生永世地到地獄去！我真想哭呀，痛痛快快地哭一場。這個世界不是我的，連一小塊安靜的地方也不讓我有。我發誓永遠永遠也不到這片大草地上來，來聽那惡魔般的廣播喇叭。當然，為什麼不原諒他們呢，這些工人，工作了一天，在吃飯時聽聽音樂。對一個人幸福的事，對第一個人就是痛苦。還是一個人跑到遠遠的地方去，自己既不擾亂人家，人家也不能擾亂我的平靜。想起那個喇叭我就想起了文化大革命間那噴吐著血霧的大喇叭。我要詛咒一千遍這些製造這種大喇叭的人。也不解恨呀！〕那個女孩真可憐！她的精神支柱一定已經垮了，有誰還會理她，有誰還會喜歡她，沒有！冷眼、嘲諷、咒罵、白眼、一切一切都或明或暗地向她襲來，這種情景該是多麼可怕。你為什麼要同情她，因為你和她有同感？然而你幸運，沒被人發覺。

你認為幸運嗎？其實你認為這是最不幸的。讓人知道了，也好。光明正大地宣告愛情就是這樣的，有精神的愛，也有肉體的愛。背著人偷偷摸摸地，在人前都裝得正人君子一般，這實在叫人難以忍受，難以忍受。人在世上跟那些螞蟻差不多，生來是要為人所踐踏的。又和那些蠶一樣，自己把自己縛在繭子中。恨呀，我恨這世界，我願死！

本來還想寫下去的，無奈心情完全被那個喇叭破壞了。停筆。

＊＊＊

語言實驗室：

見過放跌打丸的盒子沒有？一顆一顆的丸藥放在用馬糞紙折疊成的小盒內，就像咱們的語言實驗室樣。教室有三長排桌子，從講臺一直排到後面，與後牆間留下一個走道。每一長排都有6組桌子。每組由兩張桌子拼成。排與排之間、排與牆之間都留下一定空間，作為走道。每一張桌子上的兩側都豎安著兩塊石棉隔音板。在隔音板之間朝講臺的方向，裝有一塊玻璃。因此，從後門看去〔外班許多好奇的同學都這樣看，因為前門照常不開的〕，每張桌子就像只小匣子，或一間縮小的房間。

坐在其中一張桌子面前（就說坐在後邊吧），你可以看到桌子的左邊角落裏有一架固定的錄音機，黑色的機身、黃色的按鍵。右邊角落裏是一只小盒子，上有紅色的小指示燈泡和白色的小開關以及兩只大黑膠木的旋鈕。

＊＊＊

《沒有意義的一天》

　　有痛苦，我找誰傾訴去？有悲傷，我向誰訴說？有心曲，我向誰吐露？笛子有憂愁，可借吹笛者的嘴發泄；大樹有憂愁，可借南來北往的風傾吐，我向誰，向誰傾訴？一個惡夢：

　　門關得緊緊的，她摟著我往床上倒，或者不如說我摟著她往床上倒，乾脆是，我倆一起摟抱著往情海裏跳，——不，往冰窟窿裏跳。昏黃的燈光在頭上耀，它不會說話，可它一定聽得到，它的眼一定看得見，男的全身像火在燃燒，把灼紅的唇去燒她的兩片枯葉，她撇開臉，把嘴一翹，說你把我的唇都要燒焦。男的默不作聲了。心裏的火惟有碰到另一顆心裏的火才能燃燒。一個是火，一個是水，火哪禁得住冷水澆。「你，我發覺，你現在對我冷淡了，算了吧，咱們不要這樣胡鬧。」說著，他爬起來，掙扎著爬起床，兩支胳膊卻被她抱，是虛情假意的抱。可憐一顆軟弱的男心，拗不過女子的虛嬌。她說：「你，你也應該隨便點。都這麼多年了。而且，一顆心竟像女子一樣敏感纖小。」啊，都這麼多年了！那麼，咱們的愛情就應該老？就像時辰一到花自然落了？什麼叫隨便？你坐一邊，我坐一邊，中間隔著一座地和天。你打你的毛線，我把我的書念，這就是你的隨便？有柔情，沒有愛戀？她說得好：「總還是有那個老感情在呦。」哦，冰冷的女人，女人的冰冷！你再摟得我緊，也是枉然。我知道你血液裏流動的是牛奶，是想永葆自己青春的牛奶。「別愛得太厲害，別太過份，要不我們就會老得太快。啊，你想老得慢點，那你最好永遠別愛，就像那花永不開。Terrible。「我告訴你一件事。昨天……。」「什麼？」

「昨天……算了，我，還是，不……。」

「告訴我！」

他壓到她的身上，她的臉被欲火點燃，把他的照亮，但沒有把他的點燃。他透過她那熾烈的欲火，已經清清楚楚地讀到那中間赫然寫著的大字──他不說，他只會問：「什麼？告訴我。」

「是，是，這個……，」

他又一次看見她洋溢著欲望的眼光，柔情卻貪婪的，他感到全身在發熱，不由得壓緊了一些，貼緊了一些，他知道自己內心的欲望復活了。這欲望曾像一只腳被拴住的小鳥剛剛飛出籠子就被扯了回來，幾次飛出幾次被扯了回來。然而每一次扯回來的結果只是使下一次飛行得更遠，更強烈有力。「我夢見了一個夢，」她說。

「什麼？我倆在一起？湖邊？油桶邊？買褲子？在一起？床上？」

「都不是。是，我告訴你……，」她聲音降低到比蚊子嗡嗡還低的程度。「一接觸你就流水了，到處都是，我還要，當時，我還要。後來是早上了，一想到你，我就有種奇異的感覺，覺得那兒在擴張，褲子濕了。我那時真想見到你，你如果那時來了就好，現在我沒有那種感覺了。」

那時來了就好！你不如把我做成你喜歡的形狀，隨時需要隨時滿足吧。我哪兒是人！

「哎喲！哎喲！我太愛你了！」她呻吟著說。「太──」一句話沒說完，幾秒鐘前她所表現出的那種瘋狂、如癡如醉、神經激動的神情已經消失了，也就是說她的愛情消失了。

「我真愛你，在那一剎那間，就在那一剎那間！」她宣布道。「確實，我是比過去冷了，可這有什麼辦法，哪能熱得起

來。再說，你也不喜歡那種虛偽的熱情。你像一個女人樣，這麼敏感。」

「如果我做得像一個男人，你那時會說：『怎麼這麼粗魯！』，如果我表現得像一個女人，你又會說：『怎麼一點男子氣也沒有！』我該怎麼做人，還是得你從頭教起囉！真是無所適從。」

我此時真是恨她恨之入骨，恨之入骨！愛，這就是所謂的愛。這是徹頭徹尾的性愛！而一個女人的性愛尤其使人毛骨悚然。它使你低頭、彎腰、跪下來、乞求、磕頭、屈服，然後耗乾你的一切，完後反而要責怪你，指責你不道德。要麼就要你乖乖聽候她那生殖器的擺布！可惡、可厭，可恨，可殺呀！這萬惡的性！然而不是你自己要去的嗎？你難道心裏就沒想到這一點，當你下午二點半鐘走上汽車時？看書，一個字看不進；睡覺，長時間睡不著。去，去，去！這個字在腦中攪纏著，翻動著，旋轉著，產生了一股巨大的推動力。也許，還會像上次一樣，大自然的美景會叫我甦醒，驅除這些邪念吧。不能，不能。這一次的欲念就像春天的濕氣，擺不脫，是思想的陽光曬不乾的。為什麼要去？她會怎麼想？「不要去了，不要去了，不然，咱們定下的諾言又要打破，兩個多月的清心寡欲的生活又要付之一炬。」我聽見她的聲音在游泳池的欄桿旁說。「然而要是我去了，要是我一定要和你……。」我又聽見自己的聲音在說。「我也不知道該怎麼辦。」她怎麼會拒絕我呢，怎麼會呢。我看見她打開門，撲進我的懷裏，滾到床上，扯開褲子，就性交──可怕，可怕！怎麼又想到這一點上來了。你的思想怎麼就卑汙到這樣的地步〔我寫到這裏，害怕地朝後看了看，我自己的影子隨著身體的移動動了一下。啊，社會是一個大索，個人被纏得透不過氣來！〕你

怎麼竟膽敢想這些東西？回去，轉回去。啊，真可怕，terrible，terrible！腳似乎成了她的，被她無形地拽著，像無助的風箏往那兒飄，往欲望之壑墜落。他們在幹什麼，這些人！一大群穿著灰藍工作服的人聚在馬路邊，面對著不遠處的足球場。寬闊的胸脯，纜繩一般結實的胸膛，棒槌一樣的小腿，腳下踩著被泥染黑的足球，粗獷的面部輪廓，豪放的臉部表情，漠視一切的眼光——我想起了武鬥中戰死的勇士，同樣灰黃的臉，露出堅硬的鋼牙。我在他們面前像個什麼？像隻小狗，小貓。像片秋風下的黃葉，像隻被欲水漬透的紅蘿蔔。不要罵自己。多羨慕他們！多羨慕！小時候不是愛踢足球愛得發狂嗎？衝啊，「呼」，飛起一腳，「嘭噹！」足球撞在球門架上的巨響。童年過去了，這些豪放、粗獷的臉。難道那後面就沒有欲望？在家裏，在床上，不就像野獸一樣？我不相信他們沒有。有的！有的！像我一樣。我有我的愛人，為什麼就不能去愛，為什麼讓你們笑？Gz和Yao君似乎很以自己沒玩朋友而驕傲，還有許多其他的人也都一樣。這並不是什麼值得驕傲的事。沒有女人的愛，不能夠愛女人，這應是一件非常痛苦的事，非常遺憾的事。他們嘴上唱著這樣的高調，其實心裏何曾沒有想過一個女人，眼睛又何曾沒有悄悄地瞟過一個女人呢？虛偽呀，虛偽？為什麼對一個自己所愛的人不能大膽地表白，大膽地獻出自己的愛情呢？可你這算愛情嗎？算嗎？吻，抱，性交——這些算愛情了嗎？應該坐著暢談祖國的大好形勢，應該談貝多芬、莎士比亞，談魯迅、高爾基，談上帝，談一切一切的高尚東西，互相幫助，互相關心，就是不能帶這些邪念。可是，孩子們是哪兒來的？愛情是哪兒產生的？多麼希望一刀將自己的那只生殖器切斷，當我站在輪渡裏的小便池邊時。這樣，罪惡之源就可以斷絕了，這樣至少也就純潔了一些。難道

你忘了，曾經有一個人因為痛悔過去幹的不正當的男女關係，將自己的小便切除了，還受過重重的處罰呢？真是不可理解。偷偷摸摸尋歡作樂，反為人稱道。光明正大地袒露心跡，卻遭人指責。這是什麼社會？這是什麼社會喲。薩特，我崇拜你，崇拜你。你不接受諾貝爾獎，說明你視金錢名聲若糞土；你不履行結婚手續就同相愛的人同居，而且同居一生，說明你的愛情是真正不受法律束縛而又真正純潔高尚的。她說什麼：「等到結了婚，咱倆隨便怎麼都行，我讓你盡情地在我身上……隨你的便，可這是現在，我們還沒結婚，你明白嗎？」我記起了托爾斯泰的話：「結婚就是合法的縱欲。」合法的縱欲！多可怕的字眼！我願把我自己的愛情只交給一個女人，但我永遠也不能忍受這合法的縱欲。「也許，到了那時，我就不會找你了，不會向你要求這些事了，因為法律宣布我倆結婚之日即是我倆愛情消滅之時，」我對她說。「我真不想和你結婚，而要永遠地像情人一樣生活，像我們初戀時一樣。我住一個地方，你住一個地方，生了小孩由我帶，你以為我笨，不會養小孩？你放心好了。我只要有了小孩和書，就可以生活下去。」「你當真那樣體貼我？到時候我吃什麼東西你就買給我什麼吃？你不說我嘴饞？」渾身打著顫，當我想象著我們的婚後生活。錢是有了，房子也有，總之，什麼都有。然而，什麼都沒有。沒有共同語言，沒有思想交流，沒有一切一切心靈上的東西，精神上的東西，只有錢、錢、錢。大商店裏喇叭在播放著《藍色的多瑙河》，人群形成無數條洪流，把我吞噬了，吞噬在這荒如沙漠般的鬧市。沒有一個親人，沒有一聲熟悉的話，沒有一張熟悉的臉，西伯利亞、南極！眼眶裏充滿了淚水，我逃也似地在街上疾走著。高跟鞋，棕色的、白色的、黑色的；捲髮，花菜式的、垂柳式的、掃帚似的；摟著，抱著，用眼

光性交。這一切都是錢、錢、錢。什麼大減價，什麼立體聲，什麼緊俏煙，錢，一個字，錢。我，一個乞丐，一個遊民，一個無家可歸的人，在荒涼的城市裏走著，耳朵裏灌注著地獄的聲音。我怎麼不死，讓哪一輛車在我身上碾過，讓我終身殘廢，住在地洞裏，永不見天日。Terrible，terrible。可是，死在車下，就要連累司機。這我是絕對不幹的。要死，就死得無聲無臭，像一隻蚊子或一片樹葉。還不是跟那些空頭偉人一樣。有什麼了不起的。沒有幹偉大的事，至少沒幹壞事。幹偉大的事的人有時幹的是偉大的壞事。那個現代最偉大的詩人，他是什麼東西？一個有才能的野獸罷了！住在這個地球上的人有誰能夠擺脫肉體的束縛喲。就連那個詩人以及其他許許多多有才能的人一樣，都是自己肉體的俘虜！真正在肉體和靈魂方面偉大的人沒有幾個，除非上帝。難怪人們要憑空創造一個上帝。原來是因為世界上本來沒有哇。

　　回去，回去！思想在說。繼續走，繼續走，欲望在催。下了車，朝碼頭走去。是去買字典的，買了字典還回來。過了江，是去拿毛衣的，拿了毛衣便送去。上了30路車。算了，什麼也不拿，直接對她說，我來了，看她有什麼反應。

　　「喲，是你呀。」她開門時這樣說。眼睛盯著我，從頭到腳地打量我。說話顯得有些不暢通，好像喉頭被什麼東西哽住了。她忘記回答我的問話，只仰起頭，眼睛盯著天花板，呆呆地想了一刻。臉上漸漸露出笑容，彷彿領會了什麼似的。我從笑容中知道她領會到了什麼。「哼，我知道你的來意，你是渴了，饑了，來這兒尋歡的。」我真恨不得大聲地對她講：「不，不，我在車上就想好了，決不做這些事，決不。」

　　「你怎麼想起來這兒了呢？」她問道。

　　「我本來有很多借口。我可以去十姨那兒拿毛衣，然後到這

裏來對你說：『看，媽媽的毛衣我送來了。』我還可以告訴你，過幾天我們就要去西山春遊，問你有什麼東西帶回家。可是，我想乾脆什麼借口也不用最好，因為我來這兒就是想來這兒，想來看你一眼，沒別的。」

　　她去弄飯了。埋著頭忙著。卻一聲不吭。「你想聽我念我改的詩嗎？」我討好地說。

　　「等一下再說吧。」她忙，或者，她不感興趣。

　　野獸，野獸。我在心底裏對自己大叫道。我的神經錯亂了。一切都為野獸控制了。她的獸欲和我的獸欲交織在一起。她得到了滿足，我沒有。她得意的一副樣子，多麼可厭。我失意的一副樣子，同樣地多麼可厭！還是走吧，明天一早，趁沒人知道，走吧。留下了一張字條。……沒有這樣做。臨睡前她的兩吻救了我。多麼可怕，早晨。

　　「我不喜歡你這兒，真的，一點也不喜歡。這間屋子不僅使我回想起許許多多令人不愉快的事兒，而且像一座監牢，禁錮了我的想象。我多麼懷念你在我那兒和我一同度過的時日喲。」

　　她不做聲，她對這些都慣了。

　　再來，再進行那獸欲的發泄。到這時，她已換上了另一副面孔。平常那溫柔、多情、嬌好的外表不見了。展現在面前的是一張被欲望的熱血燒紅得發亮的臉，一副醜陋無比的臉。這張臉一味地要求，一味地責備，一味地擺出一副監工的模樣。我總感覺到像一架機器似的，被人擺布著。「這樣，那樣，左邊，右邊，進去，出來！」「去你的吧，」我奔出了房，自由了！自由了！

　　心卻壓著千鈞盤石，萬斤重負。這是什麼愛情？連唯一剩下的一點性愛也成了交易品，也被它主宰了。夠了！夠了！這愛情我已把它看了個透！情欲！

　　我仍渴望著那湖邊的相會。那小道上的徜徉。在大自然裏，愛情才真正顯出魅力，才真正祛除了邪念。我感謝大自然。我恨她那小屋，恨得入骨，恨得咬牙切齒。但願永遠不再在那門檻上踏一步。她的那些食物的招待能給我增加肉體的營養，同時卻起著消耗精神的作用。我要的不是這些，不是這些。我要的是那純潔的愛，是互相相通的心靈。「可你做的與你說的不一樣！」她反駁說。

　　我能說什麼呢？做的是和說的不一樣。倘若我沒去，什麼事也沒發生。不會有這又一次的離開她。這心靈上的被拋棄感。然而，即便不去，心裏的思念仍舊未斷，還會想到那些惡念，實際上仍是犯罪。可怕，可怕。要想擺脫這些邪念，最好不做人。死掉。

　　也許，是因為自己沒有一個高遠的目標？可什麼才算高遠的目標？考聯大？錢！地位！這是明擺著的。考研究生？Nothing！不過為了得到更高的地位罷了。當小說家，做創造性的工作？哦，多麼渴望，多麼渴望喲。為什麼不按照自己的心願做？因為……。因為什麼？因為怕學習得不好，將來分的工作不好？意志不堅定，最大的弱點。怎麼變得這麼優柔寡斷了？……。

　　惡夢醒了，我還是坐在這兒，在日光燈下，用那支紅筆寫字。

＊＊＊

　　湖對岸生長著郁郁蓊蓊的林木。近水邊　排綠葉尚未長出的柏林，形成暗褐色的屏障。屏障越到頂端越稀疏，屏障後面高聳

著一座座圓屋頂似的大樹，濃綠得發黑。還有一些雜樹。在一個地方，就像在舞臺上幕布拉開時一樣，屏障從中間斷開，露出華麗的巍峨的樓房和式樣古樸的亭臺。不遠處的一只煙囪像輕輕嘆氣似的，舒出一股裊裊的輕煙。屏障前鑲著一長條青綠的麥地。一道閃閃發亮的白光像劍似的橫在麥田和水之間。現在，白光消失了。

　　大路上有一輛自行車駛過來。一看，是米爾冬先生和他的小兒子傑森。彼此打過招呼，就站在湖邊談起話來。傑森早就按捺不住了，爸爸一把他抱下車，他就滿有精神地「登登登」直往湖岸跑去，一直跑到最邊邊上。「回來，傑森。」「讓他去，沒問題，」他的爸爸說。這時飛來一只蝙蝠，在空中打著旋，時而起時而落，時而擦著水面掠過。「咦，從沒有見過bat像這樣貼著水飛的。」傑森看著這只黑色的小東西都看呆了。「It's a bat. A bat. It's not a bird.」「Ba——t，」傑森學著爸爸的聲音，但是學得不像。一會兒，我倆談著話，把小傑森給忘了。忽聽得小石子打在自行車鋼圈上發出的「咯啷啷」聲。轉頭一看，一個中年婦女騎著車過去了，只見傑森一只小手捏著一把石頭，另一只手就挑出來往外扔呢。「回來，」他爸爸的聲音很嚴厲。傑森臉上的笑容立刻消失了，小臉嚇得發白。那只捏石頭的手一松，「呼啦啦」石子撒了一地。接著他就擺著兩只手跑過來。「你幹嘛用石子打那個Lady？把腰彎下來，彎下來！」傑森第一次沒彎好腰，第二次才把頭勾到鏈盒那兒，屁股翹得高高的。他爸爸揚起一只大手，照準屁股「啪啪」就是兩下，聽聲音還不輕呢。

　　他告訴我他的妻子來信，說她很想念我們。他說這話時，聲音有些顫抖，臉微微地轉過去。在跟他的談話中，我看不到他平常的那種不耐煩、驕橫和幽默，他完全成了另外一個人，一個溫

和、善良、推心置腹的朋友。不過，我們之間還是有些拘束。也許是語言方面的吧。總覺得如非事先把話想好再跟他講，就會鬧笑話。這一次只有一回找到詞來表達我要表達的意思。還有一次把your time的簡縮式yours說成了your。暗暗的有些臉紅。末了，他們要走，回去吃晚飯。傑森硬是不要坐在車上，甚至哭喊起來。只到讓他下了車他才安靜。

＊＊＊

舅舅比平常看去老得多了。整整齊齊往後倒去的頭髮更稀疏了；有一兩絲凌亂地垂在額前；顴骨下多了兩片淺淺的陰影；緊閉的嘴角兩邊凸出兩塊硬肉；眼睛常常停在某個地方，彷彿在回想什麼；煙有時也忘記吸了。夾在手指間燒去一大半……。

米爾冬大踏步邁進教室：一件平常只能透過西服可見一斑的灰毛線衣；兩瓣白襯領翻在外邊；頭髮往後梳得一絲不亂；臉上泛著紅光；那件從來不見換過的灰褲子繃在肥大的臀部；一雙乳白紅邊的登山鞋——鞋底高，鞋頭尖，形狀象只鞋樺。

他全身上下都換了（精細的人，了解他的人一看就明白，他的更衣是有雙重理由的：festival and girl）：一件店裏買的的確涼仿軍衣，領口敞開，露出裏邊怎麼也撫不平的皺縮的紅運動衫領；一條深藍色暗條紋的滌綸直統褲，分明地現出兩道疊得筆挺的褲線；一雙白邊染成泥黃色的黑燈芯絨北京布鞋。頭髮剃得過短，看得見硬直的髮毛下發白的頭皮；額上的長髮業已剪去，額上幾道深紋再也藏不住了；嘴巴一張，連忙又合上，那一口大牙，特別是一天天分得更開的門齒給他一種很不舒服的感覺。眼睛突出不說，視網膜上蒙了一層淺黃的薄膜，好像兩

顆黃子彈似的。

　　他把自己這樣罵了一頓，然後出了門。

　　她長得很美：臉像十五的月，一樣圓，一樣白；眼睛裏露著動人的風采；頭髮黑油油、亮閃閃，微微卷曲地披在肩上。

　　她長得很美：眼睛是一汪清水托出兩顆黑寶石，熠熠放光。身材苗條得猶如一棵正抽條的細竹；腳步輕盈得如同心跳。

　　她長得很美：濃密的棕髮霧似地繚繞在肩上、耳旁和額前；一對大眼是霧中的明燈。嘴巴小巧，一笑，露一口白牙。

＊ ＊ ＊

　　從現在到吃晚飯之間，好像隔了一個世紀似的。現在是凌晨1點差7分。那時是5點一刻。時時有冷風從關得緊緊的門下飆出來，刮得門前那張廢報紙嘶嘶拉拉的響。紙像活了似的，撕破的口子一張一合，疊成兩截的地方抖抖索索，我起了一身雞皮疙瘩。背後就是Luke他們的房。一會兒前，室內的氣流把門往裏輕輕地拉開，又「呼」地一聲推關上。反反覆覆，使整個走廊時時響起空洞單調的聲音。我常疑心背後有個人在越過肩膀盯著我，監視著我，偷看我寫什麼。回頭看時，什麼也沒有，只有走廊盒子似的盡頭，有幾件衣服在黃色的電燈光下，發出暗淡的藍色。哦，對了，我沿著湖濱大道跑步。忽然憶起有一次W君和我同遊東湖的事。那是個晴朗的下午，不像今天，剛下過雨，天還陰著。那時藍色的湖水上漂著蝴蝶翅膀──三角彩帆。運動員伸直手臂，像耶穌受難相，不同的是面朝裏罷了，抓住帆的兩邊，操縱著船的方向。有的因為操縱得不好，平仰在水面。W君當時說了一句很有意思的話，充滿了哲理，惜乎無論如何記不起來

了。真想對他說：「我嫉妒你。你看你不管到哪裏，就能從細微處、不顯眼的東西中得到真理性的啟示。很有哲學家的氣質。」為什麼我就不能像他那樣，在這看慣了的湖水和兩排梧桐中也看出什麼意義來呢？大自然給人們什麼呢？平安、靜謐、柔美、欣欣向榮、蕭索冷落——這不是都挺熟悉的嗎？其實大自然就是大自然。他什麼人也不教、他不負這個責任，因為他從來不領誰的工資，不必做這個工作。是我們自己應該動腦筋，或者說無病呻吟、無事生非地把人世的事情硬同大自然的進行比較。管他呢，只要比較得恰當，能喚起人的感情，也未嘗不可。想起原先還記了個「雷切」的筆名，又寫了多少謳歌nature的詩，又給予nature以多少注意呢？「葉公好龍」罷了。可是，那種市儈性地到大自然中轉悠一下，希望得到大自然賞賜的人不是很討厭嗎？幹嘛一到林中或水邊或山間徜徉就要規定寫一篇詩或散文或小說之類呢？這跟做商人的又有什麼兩樣？一些同學學習純粹是趕任務，跟我一樣，好像把規定的書看完就是學到了什麼。彷彿學習的含義就在於一天二十小時坐在桌邊從一本書換到另一本書。恨這種學習方式。死人的、庸人的、呆子似的學習！她該下班了吧？那天晚上，一雙眼像黑寶石在燈下閃閃發亮，在兩顆櫻乳的襯托下，迷人極了。半個身子在摟抱下顫抖。怎麼想起這個來了？真奇怪。似乎是，剛剛一輛自行車過去了，車屁股上坐了個女的，不是高跟。幹嘛一定要關心是不是穿的高跟呢？美不應該跟物質的東西，起碼不應該與人造的東西相提並論。穿高跟鞋、燙髮等等全是裝飾的美，莫若赤裸裸的、一絲不掛，就如大自然一切美的東西那樣來得自然。所以她不穿上衣比平時好看得多。不行，無論如何記不起後來又想到些什麼，好像是，這些事情都很有哲理，是平常不大進入這個石頭腦殼的，當時一個思想接著一個思

想地進行下去，饒有興味，竟懶得動筆往小本子上記。還不是想晚飯一完就動筆寫，還怕忘了？可是哪樣樣事事都順心如意。ZZZ來約我去看七院文藝演出。「要早去，不然位子就沒了。」

　　早去是早去了，還帶本書，可一個字也沒看，跟他在人堆裏讀了半天詩。左前面隔兩個人坐著個女同學，豐腴、白嫩的大臉，左嘴角上挑著一顆痣，格外顯得嫵媚。老轉過身來跟後邊的一個同伴談話，頭仰著，眼睛微閉著，只看得見兩道縫，一般是白的，偶爾是黑的，那就意味著她朝這邊看了。人家朝你這邊看？倒不如說你朝人家那邊看。你有什麼值得人家看的？醜八怪。沒見那邊穿紅衣服的那個女孩子，站在那兒，扭動腰身，齜牙笑著，做出一副嬌樣子，好像意識到周圍的人在瞧她似的。其實長得很一般，額頭低到眉毛上，兩片厚嘴唇。別笑別人，她那種賣弄風情來自沒有自知之明，跟你差不多。你好歹現在認識到了，可能過不了一下，你就要忘記。她還是不斷回頭。相信不可能是看我。ZZZ的眼睛好像盯著她那個方向。明白了，年輕人嘛！

　　下面的凳子變得更硬了，硌得屁股生疼，脖子也伸酸了。人人都這樣伸長著脖子，前面的人不自覺，有的坐兩個杌，有的把杌豎起來，把所有的書墊上去不說，外加一團衣服。不管怎樣，財院那個不起眼的小女歌唱家的歌聲還是能夠灌到耳朵裏來，確實妙極了，使人頭皮有過電發麻的感覺。觀眾熱烈地鼓掌。到底大眾還是有點欣賞力的。武大的那個男青年的草帽舞熱情奔放、很好地刻劃了一個失意青年的心理。還有咱們學院的那個胖獨唱家，全堂的人都激動了，大為捧場，叫他忘了是在唱憂傷的曲子，竟笑得合不攏嘴來。後邊唱的九個歌倒確實不錯。湖醫的器樂合奏很不錯，好了，1點40了，屁股坐得好疼呀！

＊＊＊

　　我剛剛對自己說了什麼？哦，我說，從明天起再不能在十一點至十二點之間看書，效果非常差。下死勁擰大腿、用手指的骨節敲後腦勺、深呼吸、長時間屏住呼吸、金雞獨立地看書、踱方步地看書，這一切都不起作用。大腦好像已經達到了飽和，睡眠的液汁釀熟了。可是一想到那種沉沉睡去一覺天亮的可怕的寄生生活，想到早晨起床前腦子裏的問題：「又過去了一天，可你幹了些什麼？」，想到那可憎的一天天膨脹的腹部和紅活起來的臉龐，我就忍不住要對自己講：不能那樣生活，不能！養一身肥膘又有什麼用？跟豬一樣！人最寶貴的東西是什麼？是他的大腦……。

　　身上起了一陣顫栗，因為想起吃晚飯時，A君講的一個故事：「下鄉的第一天晚上，住的那間房，那兒，兩個人，我和我哥，抱了一捆稻草。早上我蠻早就醒了，就手撐著床起來，這只手其實已經挨在它身上了。當時那誰知道！我把被子疊好，剛剛移開就看到下面有一盤蛇，不是無毒的，是劇毒的，當時我驚呆了。好半天一動不動，那條蛇晚上就和我睡在一起呀，就在我背下，難怪我是覺得有些不舒服。沒有喊他，一來他睡熟了，不想把他喊醒。二來，「個把媽的，」他忽然改用武漢腔了。「那就要掉底子吵！我連那條蛇動都沒動，想都冒想到要把它殺了。過了一會子後，我找了一把大火鉗把它夾到外面去丟了。事後回想起來那條蛇肯定是夜裏鑽到被窩裏頭去的。十月份嘛，正是要冬眠還沒完全冬眠的時候。後來幾天自然是有些不好過。以後事多了，也就淡忘了。」

　　我身上一陣陣地起雞皮疙瘩。一下子想起在鄉下的一天。我一個人剛從城裏回村，打開房門第一眼看到的就是一條蛇蛻的皮。很大的一條，根據皮看來足有笛子那麼粗。可我是個膽小鬼，還寫了封信給鄒媽媽，訴說了自己的憂慮和恐懼。

　　拿一本書，帶本袖珍字典，一邊慢慢地走過樹廊中，一邊細細地閱讀細細地思忖，對我來說，簡直是一種享受。我走到湖邊，在石階上選了一塊較不髒的石上坐下來，覺得好像有個人在水邊洗什麼東西。這時那個人似乎轉過頭來朝向我，說：「你是這個學院的學生吧？」我擡頭看時，只見是一個穿著玄色衣裳的老人。「是的，」我回答說。「還沒畢業吧？」「沒有。」「嗨，我的兒子老早就畢業了。68年畢業的。」就這樣我們就談開了。一個年輕人和一個老年人之間的談話是最容易進行的了。一個願談，一個只消帶耳朵聽就行了，再加上一張好奇的嘴。

　　「我兒子學的美專。讀了17年書呀。就在解放路那個電影院旁邊的學校裏頭讀了五年。落了分到黃城地區，管十幾個縣，搞地區文教局地區圖書館館長。拿了十幾年的五十二塊。當大學生其實也不比武鋼的工人強，不過是活松快些，精神上好過些。我就是武大的工人搞了好多年。73歲時退的休。我今年76了，看不出來？63歲時候領導看我幹不得廚房的活，就說：『你去看門吧』，一看就看了十年。這麼著退了休冒得事幹悶得慌，哎，做慣了，餵幾隻貓呢，做點這做點那呢。這魚不是拿回去餵貓嗎？」他手裏捏著一條頭尾全無的魚，被水泡得發白。頭尾處皮開肉綻，發散出一股難聞的臭氣。身邊地上的尼龍紙上有一堆已經洗好的魚，面前還有一堆沒洗的。右邊岸坡上靠著根竹竿，竿子頂端縛著一面小網。「這是你網的？」「哪裏，這都是大魚吃得不要的。大魚把頭一咬，小魚一滑，它就懶得追了。這個湖裏

魚多得很，還怕大魚找不到小魚吃。哪裏，我有兩個，大的，文
化革命中死了。那時候得了個病不好，末了挨整，等到查出是胃
癌，已經冒得救了。正咱我跟兒媳家一起住。也有三個。大的是
個姑娘，在省委那裏一個工廠當工人，前日考起了電大，結婚
了。老三學不進。人長得蠻漂亮。就是那個在學校裏推垃圾車的
那個。」我看了看這個老人：一頂皺縮的黑帽，很齊整的一身黑
衣；手指因為長年累月幹活的關係，直不起來，又粗又大，象肥
大的螞蟥。他用僵曲的手勾了一勾水撩在布鞋上，也是黑的，洗
去上面的泥，這才看清，布鞋面是帆布的，要不就是塑料或別的
什麼。這個老人的二兒子恰好在黃城。他對黃城好像有些興趣，
這個老人。常常提說家裏哪個也讀過大學。

一晃就跟他談了半個多小時，於是起身告辭，我像往常一樣
結束了十五分鐘的跑步，真不舒服。道上布滿了蚊陣。在山邊蚊
群尤烈。嗡嗡聲簡直可以跟板胡媲美。不敢呼吸，否則，一張開
鼻孔就有無數的蚊蟲送進來；不敢打開眼睛，否則也要遭受同樣
的命運。水邊的蚊蟲在空中起舞，雖空中無一絲風，卻舞得象被
風掀動的黑煙。大自然美，這得承認，可同時又產生了醜，這也
不可否認。美醜是共存的。

在去餐廳的路上，遠遠看見一個人在廚房倒渣滓的地方蹲
著。第二眼就告訴我，那人不是別人，正是我剛才在水邊見到的
老人。他正起勁地用雙手捧起一堆尚未腐爛完的爛菜葉、不要的
爛蒜苗捆，好像在找尋什麼。我把頭扭了過去，何必讓他因為認
出了我而到難為情呢。幹這種事的人十有九個是不願看見熟人
的。他會不會因為我cut him dead而生我的氣呢？不至於吧。

* * *

　　她年約50；頭髮在額前分開，呈一個小小的三角形，對比之下，下巴似乎大了些。黑邊眼鏡更增添了臉的灰白。眼睛在鏡片後打量著人，印著兩個光斑。下唇比上唇稍微出來些，顯得有些強硬。嘴角總是似笑非笑地翕動。

　　他年近四十五六，留著小平頭，穿一身半新半舊、沒有軍徽的草綠軍服。這使他臉上帶上一種冷峻、嚴肅、不苟言笑的神情。

　　寫不下去了，描寫人的相貌真是難啦，難極了。怎麼平常天天見的人，這會兒就描寫不出來了呢？他笑的時候是怎麼樣的？是不張嘴只動眉毛的笑還是露一口牙的笑？他生氣時又是怎麼樣的？在一千個人中我可以認他出來，在一枝筆下我卻寫他不出。每個人的鼻子眼睛眉毛好像都是一模一樣，沒有區別。這大約跟繪畫中手最難畫的道理一樣吧。

　　他呢，有一副堅毅的額頭，粗短的黑髮，尖尖的下頦，寬寬的面頰，他一對眼睛很大很長，在鏡片後面看起來像橫著從側面看的骨牌（骰子）。牙關永遠咬得緊緊，嘴唇配合得很好，下唇伸出來，用勁擠上唇，上唇擠彎了一點，但並不讓步，於是兩片嘴唇便牢牢咬在一處，嘴角間形成一道弧線，看去像一顆大菱角。

＊＊＊

　　「不去看電影了？噯，去吧。我現在跟以前看法不同了，有電影就看。你知道，這些電影也許一生只看一次，肯定只看一次。所以，還是值得看一看。再說，看電影的過程中還可以學點

東西呢。」

「唉，這些時太忙，簡直沒時間，」他嘆了口氣。

洗了個冷水澡，真舒服啊。

「你怎麼來這晚？開映好久了。」

（他們這房裏燈太亮，一盞日光燈配上一個籃球那麼大的燈罩，使人覺得身上火辣辣的。正坐在他倆對面，一邊一個，總感到他們的眼睛盯在這兒，腦子裏本有許多東西要說，現在也不知跑到哪兒去了。遠處，一架手風琴在喋喋不休地絮聒著。已經十一點一刻了。）

「喂，你覺得你們班上那個姓R的女同學怎麼樣？」

「怎麼問起這來？難道你跟她有什麼關係嗎？」

「我沒有什麼關係，我的同學可有。」

「怎麼講？」

「不過給她寫了封信，談不上是愛情信吧。你知道她怎麼處理了？她把它上交了。咱們班上有個同學給你們班另一位女士寫了信，也遭到同樣下場。那個女士你知道她怎麼在上級面前說嗎？她說我現在工作學習都很忙，不打算談情說愛。我真不相信自己的耳朵。怎麼世界上還有這樣的人呢。我說不清楚我對這些人的感覺。不過，」他放低了嗓門。「坦率地說，我是很討厭她們的。還有一件事也很笑人。你還記得朗誦『太陽是火紅的，星星是明亮的』那一位吧？不記得？就是彈琵琶的。對，有時還吹笛子。正是那個頭很大、個兒高的。你不知道她剛進校時說的一句話才叫笑人。哈哈哈，他說，他說：『我第一次進武漢市時以為城裏的姑娘個個都很漂亮。』我把這講給我的同學聽，他們都笑得前仰後合。他有一次，大概看我照的那張三寸的照片挺好的，也照了一張照片。放大到三寸，不，四寸。便傳給全班同學

看。我們班那些人你也知道，都是些愛說愛笑的滑稽小夥子。大
家七嘴八舌，這個說漂亮，那個說俊俏，還有的說掛到街上去準
有一打姑娘愛上。他大概動心了，私下裏以為確實長得不錯，當
然面上沒有顯出來，就把相片連同一封信偷偷遞給77級外班的一
個女生，也並不怎樣。誰知道那個女生以後是不是退了信和相片
呢。反正從那以後他就不管到哪裏都追那個女的，操場、食堂、
圖書館，最後人家害怕了，怕長此以往終會鬧出事來，也去告了
上級。還有一件事。上次乘車不買票來這兒我的那個文科同學，
他搞郵政遊戲，跟南昌一個大學的女生通上了信，來來往往寫了
好幾封，他用的落款是史玉，聽起來像個女的名字。前不久，他
的一位同學有事到南昌，專門去看了那個女同學，還受到蠻熱情
的招待呢。他把他的同學大大吹捧了一番。結果，那個女的又寫
了一封信。其實，我這個同學並不想繼續保持這種關係。他是個
浪漫的人。他要過他理想的生活，我也說不清他的這種生活的意
思。對，對，對，就是那種想怎麼幹就怎麼幹的自由自在無憂無
慮的生活。你知道他對愛情有什麼看法嗎？他說：『如果要我在
愛情和道德間作出選擇，我寧願選擇前者。只要有真正好的姑
娘，我就可以置道德於不顧。』他也有過一些小小的經歷。進大
學前，有個中學的女同學對他很好，替他弄學習資料等等。上大
學後就互相來信。第一封是XX同志，接下去便是XX同學、XX學
友、親愛的XX。後來他厭倦了她，工人嘛，談不來。信上又按
這樣的順序：親愛的XX，XX學友，XX同學，XX同志，寫下去，
一直到終結，他愛上同班一個女生，挺會唱歌的。大概就是因為
這點吧。有一次音樂會結束時，他大著膽子向她提出請求：『出
去散散步吧。』『什麼？你怕是有點瘋吧。』那女的這樣回答
他。他氣壞了。在實習期間，他們漸漸建立了感情，女的總想接

近他，可他一當著她的面，就裝出一副傲慢的神態，他對我說：
『其實我心裏真是愛她愛得不得了，可在她面前我就是不由自主
地要做出那副傲慢的神態。她那句：『你怕是有點瘋吧』的話老
在我腦子裏繞。』」

　　一口氣寫到這兒，就像把一杯水全傾乾，腦子也底朝天了。
已是十二點差8分。不知誰在外面高聲喊叫，似乎在爭什麼。那
個人高談闊論，也不怕吵醒了懶散者的香眠。L已經裹在帳子
裏，隱隱透著肉光。「操你奶奶！」那個人粗魯的嗓音像石塊
似地撞破紗窗，擲到耳朵根上。「你是什麼黨員呀！」另一個
人責備地說。「咱們打賭。」這些人也真是無聊得很，半夜三
更罵大街。

　　星期六的晚飯後，是值得回憶的。當然是今天的。兩個Z，
一個辛穆，加我。

　　「我不喜歡那個黃的詩。這種詩老早我就寫過。那時候是中
學時代。我不喜歡有我的理由。學了一些理論，現在站的基點不
同，看他的詩就像站在一個山頭往下看另一個山頭。他的起點低
了。這個學期不寫詩了。待下個學期再寫。沒時間，沒時間。再
說，寫詩要用去我很多時間。我來得慢。」

　　（怎麼搞的，我寫我自己，我竟記不起別人包括我談的關於
詩方面的話）

　　「其實，我倒希望生活再壞一點，簡單說，我不喜歡生活如
此平淡。我向往戰場。」

　　「這倒看不出。你平時挺沉靜，文雅，少言寡語。不過，這
是很可能的，往往性格溫和的人，內心都蘊藏著巨大的動力，火
氣大的感情容易衝動的人就像汽水一樣，拔了瓶蓋，氣一敞就完
了。說實話，現在讓我去打仗我就去。人哪，互相殘殺是他的本

性，是一種天生的欲望，不管多麼善良溫馴的人們，心底深處都埋藏著這種欲望，都自覺不自覺地想將其發泄。戰場正是一個給人類以獸欲的地方。」

「這只是一個方面。人們想打仗，我看還因為他們喜歡adventures，travelling，長見識，對，還有companionship。其實，我對往事還是很回首的，不管是幸福的還是悲傷的，都叫我回首。中學時只有一個ambition，到省隊當一名籃球隊員。嗨，別提四年的籃球隊訓練生活啰！A waste of time！結果理想也並未實現。」

「嗨，什麼理想。一些人拚命地讀書，等到他們把自己變成了一座圖書館時，他們就會大吃一驚地發現：已經one foot in the grave了，有許許多多美好的東西失去了。再也得不到了。其實生活中讀書並不是一切。與其說讀書是一種增強知識的手段，倒不如說是一種消遣的手段。我現在是完了。我深知自己，這輩子幹不出什麼名堂來。這是從小就定了的。將來的生活可怕得很。我的幾個同學就在結婚前對我說，真不想結婚呀，可沒辦法，又想結婚。我也鬧不清是怎麼回事，什麼道理。」

「依我看，兩條路，一條是不聞窗外事，只讀聖賢書，直到成功。一是百事不管，順應自然，如盧梭說的，到時一切都會經歷到的。不管誰都要經歷人生的幾個階段。讀書也好不讀也好。文化大革命？依我看，有是有不好的地方，可有一點是好的，就是把人們從舊的傳統觀念，從封建束縛中awakened。」

「你長得好胖呀，瞧你肚子上的肉！嘻嘻嘻，又軟又肥。」

「別鬧，聽他談下去。」

這時，T進來了，他那時髦的裝束立時給房中添了一點二十世紀八十年代的味。

「像他那樣輕鬆就好呀！」L嘆著氣說。

T晃了一晃便出去了。

＊＊＊

下午五點左右，我在草地上讀書，注意到從那條穿過草地的小道上走來一個女人。她穿一身草綠的衣褲，梳著燙了髮的蓬鬆的辮子。腳上一雙半高跟黑皮鞋。手中一只黑皮包——這是寫的什麼呀？這個女人跟我有什麼關係呢？她從我面前過去了，我低著頭看書。不遠處有一個學生高聲朗讀英文，或者是德文？或者是法文？或者是三者的混合物。添上中文的底色？反正一句也聽不懂他讀的是什麼。那個女人大約走遠了些。我擡起頭，恰好在這時，她扭動著腰肢把頭轉過來，朝我瞥了一眼。這是什麼意思？好像有一種mutual communication。當你對某一個陌生女人生起好奇心，卻竭力裝著漠不關心的樣子，你內心的東西似乎能被那個同樣對你有著好奇心的女的猜著。憑著女人天性的敏感和她們的驚人觀察力。但她卻同樣裝得若無其事，直到走過身邊，走得遠了一點。這時，她就會像那個女人一樣，迅速地回眸看一看，而通常就會碰上那個陌生男子的眼光。這好像是不可理解的，不可相信的，在我，卻確實有這種感覺。這是一種錯覺，因為那個女人停下不走了。黃昏的風掀動她的捲髮，她的一雙黑色的高跟鞋很迷人。是她，還是她？——我的那位姑娘？當她不在我身邊時，我總是抵不住誘惑想著身邊走過去的姑娘。她們有長得好的，也有長得不好的。無論美還是不美，她們都使我回想起她，特別是那些長得豐腴、柔美的。　種莫名其妙的情欲在剎那間點燃，又流星似地消逝。無論看見誰，總覺得她實際上是換了

裝的她，實際上都是一樣的。這種思想有時使我害怕。她們再美，她們不是我的。我也不能愛她們，也不可能愛她們。跟除了她之外的任何女的在一起，恐怕情欲要超過愛欲。這是我為之顫栗、恐懼的。那些名人大家的愛情真的就如此博大嗎？我可不相信。

　　昨天抄下一段文字，記得是這樣的，偉大的人同一般的人相比，並不在於他們的情欲心靈有多偉大，而在於抱負的偉大。〔原話可能不全是這樣〕。我羞得脖子都紅了。不會有人看見的。是晚上。我忽然想難道現在就不能立願，將來得諾貝爾文學獎嗎？為什麼不立下這樣一個大志呢？為什麼不呢？

＊　＊　＊

　　吃晚飯時讀到一則消息，是一個被丈夫遺棄的女人淒傷的傾訴。她說怎樣和他從小在一起生活，青梅竹馬，兩小無猜，長大後又如何相愛，互相關懷，到頭來男方借口有病竟長期不和她來往，最後才公開宣稱他同另一個青年女工愛上，要他的妻子同意和他離婚。使這個女人悲痛欲絕。

　　這個女的我可憐她，可我並不同情她。我的頭腦裏漸漸生出另一個故事：昨天他倆大吵了一架。說是大吵，其實一句話也沒說。她是不常到他學校去的，頂多一個月一次。這一次因為有急事，一時打電話也打不通，便徑直來找他了。到校園時，天已快黑下來。樹蔭下、草坪上，隨處有讀書的學生，有男的也有女的。他會不會在這裏呢？她細心地一邊走一邊東張西望起來。這兒的生活一定很有趣。女學生穿得挺時髦，看上去叫人感到舒服，不像大街上閒蕩的那些穿得花花哨哨的姑娘。男學生大都穿

著白襯衫，理著平頭，有幾個留著長頭髮。幹嘛他就不留長髮？最不喜歡他把頭髮剃得那麼短，白白的頭皮看得清清楚楚。他們幹嘛看我？是因為我的衣服嗎？喲，還沒來得及換衣就跑來了。他看見我該不會笑我，更不會皺眉吧。想到這裏她下意識地理了理額髮，把衣裳下擺撫平。這地方多幽靜哪，比其他的地方要暗得多。哦，原來路兩邊的梧桐樹長得有三層樓高，在頂上接了起來，把最後一絲天光也遮沒了。要是他知道我來，準會到車站接我，那這時咱倆就可以慢慢地，慢慢地在這樹下走。要是沒人，他還會……。他總是很大膽的。男的大膽些好。那個瘦長個兒的男學生老是站在食堂門口盯著我看，他眼睛裏有種什麼光，叫人心裏不寒而栗。膽子太小，這樣是不會討姑娘喜歡的，他的雙臂真有力。

「What did you say?」她一連串思想被一個嬌滴滴的聲音打斷。聲音是從一棵大樹背後傳來的。這時四周都沒有一個人。一定是談情說愛的大學生，我得趕快過去，免得讓他們以為被我看見而不好意思。自己和他在一起時不也是討厭過路人嗎？

「I said, I said, do you love me?」這是一個男子的聲音，說得很低，彷彿怕人聽見似的。這口音好像挺熟。這個字我懂，他原先也對我講過。這些學生知識多淵博，情感多高尚呀。他們用英語談戀愛。這男的一定長得挺俊，黑亮黑亮的一對大眼，頭髮又濃又密又卷，臉白白的，身材高高的。這女的，哎呀，這可難說，有時長得漂亮的男的找的朋友卻並不怎樣。她忍不住回頭看了一下，不看不打緊，這一看她就呆住了：那個男的正伸出手臂把女的攬進懷裏，女的全身一下子沒了力，把她的唇接在男的唇上。她趕忙掉過頭，加快步伐朝宿舍走去。看樣子那男的根本不是個個兒高高的頭髮又濃又密又卷的，倒有點象他，矮個子，短平

頭。怎麼，他不在？這怎麼辦呢？你等一下好吧。算了，我下去
再找找，如果他回，麻煩你們告訴他我來了。嗨，他到哪兒去了
呢。〔我本來想直接寫到點子上的，想不到一寫竟離題萬裏，可
見寫小說不事先計畫光靠信馬由韁地寫還是有問題，現在沒法，
只好硬著頭皮把故事寫下去〕。

　　她來到暗淡星光照耀下的校園裏，忽然看見兩個人影走攏
來。準是剛才那兩位，她的本能告訴她。她躲到一邊去，就見在
快到宿舍大門的地方，他倆分了手，距離拉得相當開的一前一後
走進宿舍。男的走在後面。不知為一種什麼樣的好奇心情所驅
使，她忽然很想看看這個男的樣子，便加緊兩步，跟了上去。

　　呀，原來是他！她差點要喊出來。那個走在前面的穿白襯衣
的男人，正是那曾經吻過她、擁抱過她和她睡在一起的而剛剛跟
另一個女人接吻的人。她幾乎要昏厥過去。她控制住自己。聲音
微弱到聽不見地喊了一聲「王林。」男的驚訝地回過頭，一看見
她，腳步便停下來。

　　「哎，你，你怎麼這時候來了？快，快上樓去坐坐，」他有
些結結巴巴。她一句話不說，走到他面前，眼睛一秒鐘也沒離開
過他的臉。這張臉她多熟悉啊。就連哪兒添了一道皺紋她都記得
清楚。她知道這些皺紋是怎麼得來的。他過多的學習以及……。
那個冬天，她不是親手給他臉上抹甘油，告訴他這東西抹了臉就
會變得光滑了。她記得這張臉曾經是如何地為情欲所燃燒，紅得
象熔爐裏的鐵。那兩片厚厚的唇曾使她神魂顛倒或者是自己的兩
片唇使他神魂顛倒？她頓時感到身子軟軟的，只想走過去倒在對
面這個人的懷中。但她立時意識到，不行！這張臉再也不是舊日
的臉龐了。正面的一雙眼睛裏燃著的是野獸的光芒。她恨這張
臉，她恨這張臉。她要這張臉把一切都講清楚。她眼中射出的光

叫對面的白襯衣吃了一驚，不自覺地往後退了一步。「你！」

　　男的下半句話還沒說完，這姑娘就霍地轉身走了。等到男的從吃驚的狀態中醒過來，面前已經連人影都不見了。

　　當天晚上回到家裏已是十一點了。她臉腳沒洗便上了床。約會的日子到了，她沒有去。但卻在窗前守了整整兩個小時。她又等了一個月，天天上門房看信。又時時碰到瘦個子投來的眼光。兩個月後的一個星期天。她穿得特別漂亮。新近燙的剛剛洗過的頭髮散披在肩上，中間用一條花手帕系著。額前垂著幾綹濕潤的劉海，把張蒼白的臉襯得更白了。她穿一件白襯衣，近乎透明的尼龍襯衣，裏面是鮮紅的奶罩。下面是一條咖啡色的喇叭褲，臀部很小很緊，使人看得見裏面的三角褲的印痕。腳上一雙全高跟的無帶白皮鞋，黑色鏤空花的絲襪。她從沒過這樣的打扮。今天宿舍裏的女伴全不在家，只要幾分鐘就是十點。那時……。她躺在床上，隨手扭開錄音機，選了貝多芬的《田園交響曲》，但馬上又關掉了。這個曲子是他錄的。她正要找一盤流行歌曲，就聽得門上輕輕的敲門聲。哈，他來了。

　　她橐橐橐地走去開門，門口出現了一個青年，瘦瘦的高個兒，一雙黑亮黑亮的眼，一頭又濃又密的髮。上身一件米色的港衫，下身藏青的直統褲。腳上黑色的涼皮鞋。顯得乾淨利落，大大方方。是他，還是那個他？她感到有點暈眩。怎麼男人不管多麼不一樣，有一點是相同的：就是他們身上都有那種強烈誘人的可以使人屈服的男性氣味。她有點害怕。這雖是個學生，可他想必是第一次和女人接觸。臉紅得什麼似的。平常那樣大膽看人的眼睛今天卻老看著窗外。叫他坐床他一定不坐，這倔犟的勁頭倒有點像他。我幹嘛就老忘不了他？他是個忘恩負義的東西。還想他幹什麼！我可不是那種傻女子，你不愛我我還要愛你，一直愛

到死。你可以再愛人，我也可以再愛人。咱倆就這樣好了。可有一點，你以後別後悔，別感到對不起我。咱倆玩了三年，我對你有哪點不好。你要什麼就給你什麼，你的一切欲望我都滿足你。我也知道你對我不錯，可畢竟，你不該這樣首先做出忘恩負義的行動呀。瞧，他有些不安了，我這半天想我自己的心思不理他，他該會感到厭煩吧。才不，他老用眼角瞟我。瞟就瞟，今天讓你看個夠，你們這些男人，除了情欲什麼也不想。眼睛盡盯在女人的髮飾、衣著上。討厭極了。你們知道在這紅奶罩下有一顆更紅的心更實的情嗎？哼，要他坐過來。他的手都顫抖了，放開。我要喊了。傻樣子，可憐勁。讓這堆火燒燒你，就等於把那邊的他燒了。他才不會被燒呢，他的火是為另一個人在燒。恨呀，恨。真恨不得給眼前這書呆子一個耳光。給我滾，給我滾！……怎麼屋裏這麼靜！他哪兒去了？他哪兒去了？那個傻瓜。

　　從那以後，每個星期天，如果女伴不在家，那個男學生就來她的房裏；如果女伴在家，他們就一起到遙遠的鬧市區，在人流裏混一天。

　　她對這種生活厭煩透了。卻又絲毫不能擺脫。她知道和眼前這個人完全建立不起愛情。如果說有什麼情的話，那只是建立在性欲上的情。誰知道若性欲減退事情會是怎樣的呢？還有情在嗎？她一遍又一遍地問自己，心裏感到一陣寒冷。現在再談男的情況。

＊ ＊ ＊

　　我真恨這宿舍裏的喧鬧聲。這是無數活人的聲音，卻彷彿是地獄通過人嘴發出的強有力回聲。乒乓球在那邊的空房裏「砰

砰梆梆」起勁地響著，響個不停，夾雜著喊叫、大笑、吵鬧。在這個背景上象無數飛來飛去的蝙蝠似的交織著無聊的收音機的狼嚎。人拖著腳在走廊裏過去又過來，驢子繞著磨永不終止地轉著。終於平靜了，一切平靜了。夜是屬於我的。夜的死寂是屬於我的。我的意識在白日他人不知疲倦的喧聲中死滅。在他們的甜夢中又復活。

　　端著晚飯走上樓，見黑板上寫著「XX班一個學生昨天游泳身亡。」

　　「喂，知道嗎，有個學生游泳drowned？」Jz唯恐我不知道地說，臉上帶著笑，補了一句：「可惜。」

　　「他們說東湖裏每年都要收一個人去，這不，咱們進校三年，就死了三個。」對門房裏幾個人一邊吃飯一邊談著。

　　「這學校怎麼向他家交代。他家裏聽說了真要急瘋的。」

　　「這有什麼不好辦。學校是官辦的。去一紙官樣的通知了事。上次跳樓的那兩個不是很容易地處理了嗎。怎麼，你連這個都不知道。就是從我們原先住的五樓跳下來的。人家都上課去了，宿舍沒人。還不是因為學習成績不好，已經留了一段，怕又留級。都是農村來的。」

　　「農村來的？這難怪。他們最愛面子。要是回家鄉親們問：『學習怎麼樣？』他拿什麼作答呢。不過，我無論如何想不通人為什麼要自殺。我是永遠也不會自殺的。永不！生活對於我來說是美好的，是確實值得生活的，」L發感慨道。

　　「恐怕他們的自殺與愛情有關。說不定被女朋友拋棄了。」

　　「這也有可能。不過如果是這樣，就更不值了。難道除了原先的一個就再也找不到別的了嗎？」

　　「我倒是聽說有些地方男的因為被女的拋棄，採取斷然手

段，先殺死女的然後自殺。」

「這怎麼是有的地方，這是universally。」

「那倒不一定。在西方就不會發生這種事。」

「這點不錯。西方人愛情觀念與我們的不同，你不愛我，我還可以愛別人。大家都一樣，可以隨意地愛戀。除了你講的兩點，在咱們中國男的幹那種事一是出於受騙，二是出於將來再難找女朋友的心理以外，還有一點就是舊的傳統觀念仍舊根深蒂固，不管是男是女，都認為相愛就要一輩子愛到底，雙雙白頭偕老。話說回來，我可不贊成那種觀念：隨心所欲地愛。那其實是性欲的發泄。人畢竟是人，不是動物。他還有理智。」

「按你的解釋，夫妻雙方就算沒有了愛情也還是應該相愛下去。因為法律的關係。」

「不，如果是這樣，他們應該離婚。」

「哦，你是說，當夫妻雙方的性愛已經消失，這是很可能的，他們還應該理智地相愛。應該對自己說，我愛她（或他愛我）並不是出於性欲，而是出於一種高於獸類的感情。你說的是不是這個意思？」

「是的。當然，我知道，這是很難很難的。一般來說，夫妻雙方性的吸引一旦消失，愛情也就不存在了。比如我們那兒有對夫妻，男的是個很有才幹的物理教師，女的也有才幹，本來家庭生活很美滿。只因男的背著女的偷偷做了絕育手術，結果身子一天天衰弱下去，致使女的提出離婚，而且還帶走了他的兩個小孩。他現在的生活異常痛苦。」

「嗨，在這個世界上誰能真正做到柏拉圖的愛情呢？到目前為止我是沒有見過的。我看見的人們都一個個被情欲弄昏了頭，醉迷了眼，發瘋似地追求性愛。我們那裏有個20多歲的小夥子，

攔路強奸了一個女的，臨了還把她手中的韭菜奪下來拿回家炒吃了。」包韭菜的報紙就隨手丟在床下。真可惜。他為什麼不把報紙燒了呢！就是這張報紙暴露了他。他被判了死刑。鬥他的那一天，隔壁原先和他吵過嘴的鄰居跑上臺抽了他兩耳光解氣。他頭都剃得光光的，五花大綁。有什麼辦法呢。長得幾好喲。那個女的都40多了。人家說她真是行時，被這麼個年輕的後生──她也不怕醜，到處傳揚出去，是個街上的女人嘛。先還抓錯了一個，後來才抓到他，嗨，這個男的有女朋友，還長得蠻漂亮呢。他是在女朋友那裏被抓住的。你說這個世界上千奇百怪的事兒多也不多？」

「是呀，光為這樣的事，我原先教書的學校裏就有兩個老師自殺了。還不是和女學生亂搞呀。女孩子懂什麼呢。我看主要責任在老師方面。」

「我原先工作的廠裏有個女青年，沒玩朋友的，愛上了一個有婦之夫，除了瞞住男的妻子一人之外，人人都知道他倆的關係。一個星期天跑到山背後樹林子裏，褲子都脫了，正要搞，恰好來了民兵巡邏隊，男的嚇得落荒而逃，一腳把女的頭上踢起了個大包。結果慌不擇路，栽到一條溝裏，把腰也給摔了。女的當下被捉住，雖沒問出男的是誰，但人家從工作證上知道了她的單位，一調查事情清楚了，結果把女的調走了事。男的妻子還寬容。」

「嗨，這個世界上有哪一對情侶的愛是百分之百的喲。不是男的愛一個女的愛得發狂，而女的無動於衷，就是vice versa。沒有絕對兩廂情願的愛。還有，女人其實比男人殘酷得多。王老師原先班上不是有一男一女兩個同學，從入校相愛起到畢業，後來分配的不是一個地方，女的就一封來信了結了關係，好斬釘截鐵

呀。這個男的說，如今我恨透了世界上所有的女人。女人的殘酷是內在的，她傷害了你，折磨了你還要做得不露行跡。而男的不過是行為上野蠻一點，一死了事。」

* * *

昨晚寫到這裏，便無論如何也想不出下面發生的事兒了。逢到這種時候我常常讓它過去，並不執意求索，因為我知道不要多久，那些在動筆時暫時忘掉的記憶又會回來，在不同的時間和不同的地點罷了。

大家正七嘴八舌地談論之時，門被推開了。Dandy走進來，手裏捏著兩個剛煮熟的雞蛋說：「現在百分之九十五的女的要求性自由。我對此已作了研究和調查。今天的婦女已不是二十年代的婦女了。」

其實記起來的也就這麼一點東西。

已經一點過十分了。房裏點著燈。從對面關住的帳子裏，發出有節奏的呼嚕聲。Yao穿條三角褲和汗衫，把被子放在後面當靠墊，一面吸著煙，一邊窸窣地翻動著書頁。Gz的床上沒有一點動靜。床下，斜放著一雙老式的海綿拖鞋，一只鞋尖上被大腳趾磨出了凹凹，露出藍色的海綿。走廊裏靜悄悄的。沒有人聲。窗外，在對面的廣場上，樹葉在深夜的風中颯颯地鳴響，時而大，時而小，連綿不斷，更增添了夜的沉寂。

我想起中午發生的一件事情。

早飯時分，刮起了大風，下起瓢潑大雨。操場邊上那排五層樓高的大樹開始瘋狂地搖撼起來。強勁的北風從湖面吹來，越過我們的屋頂，挾帶著鉛彈似的雨粒狠狠地朝綠森森的樹叢擲去。

樹葉刷地翻了過去，一律白色。彷彿要隨風飛了去。黑色粗大的樹幹像醉漢似地在空中劇烈地晃動，發出「嗚嗚」聲。千萬條枝椏一時像細麻繩似的飄來蕩去，互相鞭擊著、抽打著、絞扭著、撕扯著。忽然聽得「叭嚓嚓」一聲巨響，就見狂風起處，最高的一棵樹攔腰折斷，分成三半。雨水藉著風勢集中力量向斷口瀉去，使得本來已經發白的樹身更加發白，猶如甆甆的白骨。

　　我們被這可怕的場面驚呆了，竟一句話也說不出來。ZZZ說這是寫詩的好時候。我卻找不出任何形容詞來描繪這個場景。說實在的，除了有一種驚心動魄、毛骨悚然的瞬間感覺外，我並沒有感到靈魂或心底深處受到什麼震動。如果我現在20歲，我也許會借此發種種感慨：啊，大自然的力啊，多麼偉大啊。皎皎者易汙，嶢嶢者易折呀，等等。然而，那個年齡已經成了記憶。我的心裏沒有任何感受，難道逼著自己為寫詩而寫詩寫得出感受來？上午第四節課結束後，我和R君一起出了教室，剛剛起了陣陰冷的風，還劈裏啪啦落下幾點雨。他便詩興大發，什麼要到大雨中去洗自己，洗乾淨外面，還要洗淨靈魂。這不免太陳腐了。這樣的事從古今中外的詩中不知可以找多少例子。其實我們現在所說的每一句自認為有道理、有思想的話，有哪一點是完全憑我們自己頭腦裏想出來的呢？全是在自覺不自覺地重複前人說過的東西。我們真應該感到羞愧才是。那麼怎樣才能做到original呢？完全推翻古往今來先哲所積累的一切智慧結晶，憑空捏造？這顯然是不可能的。沒有其他人的頭腦，一個人的頭腦將是空空如也，或者說裝滿了毫無意義的東西。往往是，他的大腦是由許多人的大腦合成的。只有這樣，獨創才有基礎。D君曾一度宣稱我絕不模仿他人，我要獨闢蹊徑，自成一家。然而他寫的詩，無論在形式或內容或語言上都看得出別人的影響。如果想全憑自己獨創，

最好一個人從生下地就在深山老林過原始生活，去經歷發明文字等一系列的人類社會活動。

　　我的筆變得如此之糟，或者說我的大腦變得如此之糟，以致對剛才場景的描寫簡直使我難以招架：詞不夠用，字不夠用。不知該從何下手，不知該強調什麼，等等。難道我真的來到下坡路的起點了嗎？不，我不相信。我練習得太少，觀察得太少，而這又是因為時間太少——我得把它用在對付太多的功課上。我不得不把時間表推遲一小時，在凌晨一點上床。可我被捉弄了：我在床上睡午覺竟睡了1.15分鐘，比平常多了1.15分鐘。難道人的生理機能一定要他睡6個小時，少一小時也不行嗎？不然，為什麼中午那一覺我一醒來就恰好是那麼多時間，它剛剛補上晚上用去的時間呢？這真是怪事。

　　今天又在這張紙上寫了一些廢話。我還能原諒自己嗎？應該腳踏實地地練習了。

＊　＊　＊

《美》

　　是太陽快要落山時分，我倆沿著湖邊走去。道路依山傍水。山坡上草木茂盛，野花芬芳。我們沒有固定的目標，但心裏都有個沒有說出的願望：希望就隨著這野花香氣的引領，無窮無盡地走下去。我們一邊徜徉，一邊採集野花。很快，我們就得到了大束五顏六色的花。有長在巖壁上金黃的雛菊，有藏在深草中的金銀花，有散發出奶油香的不知名的小白花，有艷若晚霞的紅草莓。空氣是如此澄鮮，湖水是如此靜謐，大路上雖有三三兩兩散

步的人，都像一個個無聲的影子。不一會，我們發覺已經轉了個彎，來到和落日相對的地方。背後是一座青翠欲滴的小山，腳下是澄澈透明的湖水。遠處，越過湖面是珞珈山秀麗的峰影。在峰頂上空，凝然不動地懸著一個紅紅的落日，像一只盛滿紅墨汁的玻璃球，鑲嵌在寶藍色的天幕上。一道長長的紅色光柱倒映在湖水中，泛起粼粼的浪紋。這時，從遠處駛過一只漁船，進入了光柱的範圍，眨眼間整條船燒著了，它像一團火苗直朝夕陽駛去。

清風徐徐吹過，飄來陣陣花香。我們方才醒悟，此行是要尋找芳蹤綠跡的呢。於是，告別了那只向夕陽駛去的漁舟，繼續沿湖走著。路邊的景物變得越來越好看，花也多得采也采不完。兩只白天鵝一前一後，無聲地上下搧動著翅膀，從碧藍的高天下滑過，越過青蔥的山崗，飛向那不為人知的地方。懸崖峭壁中，時時可見叢叢開得鮮艷的黃菊。湖灘水草中有形如蛾翅的淡藍小花。這兒行人稀少得多，也似乎閒情逸致更多些。沒有一個散步的人不是手中拿著一束掐來的野花的。忽然，我們聽到遠遠傳來的笑聲。是姑娘們的笑聲。是四個穿著軍裝的姑娘，沿著道的那邊走過來。我們不言聲了。我們都看著山的方向。就在這時，姑娘們爆發出一陣開心的大笑，又響亮，又清脆，震得人的心兒癢癢的。離她們好遠，都還聽得見那活潑爽朗，無拘無束的笑聲。彷彿是，在城裏許多年沒聽過這種笑聲。

我們來到一個地方，道路攔腰穿過，分成一大一小的兩片湖水。左邊這片小小的湖水，平靜得出奇，清晰地勾勒出近山和松林的倒影。太陽終於掉進灰蒙蒙的水平線下去了。驀然，在太陽隱沒的地方迸出一顆極亮的星，正好在珞珈山的峭壁旁邊。須臾，在離這顆亮星不遠的地方，滴溜溜滾出一串星星，閃爍著綠光。（後來我們才知道，這些星星不過是建築物上的燈光）。

　　夕陽落土前，天是清晰湛藍的。夕陽落後，整個夕天反而全紅了。就像給東湖鑲了一道寬寬的紫綢帶，映得滿湖通紅，不僅岸邊的綠樹閃著紅光，就連空中飛舞的蝙蝠也是深紅色的。這時，周圍沒有一絲聲響。散步的人已經一個不見。沒有風掀動樹葉，沒有蚊子嗡嗡作響。只能憑感覺聽出蝙蝠翅膀搧動空氣的聲音。太輕微了，近乎全無。

　　我們踏著漸逝的天光。幽幽的路燈亮了。它們在水裏的倒影，就像是一對極清晰的底片。又像是一把鋒利而明晃晃的寶劍，劍柄的頂端鑲著路燈的明珠。又像是一只（玲瓏）剔透的象牙，或是晶瑩的玻璃體溫計。大道上有馬達轟鳴。車燈突然亮了。樹幹一棵棵突然出現，又消失不見。多麼奇怪啊，我們成天就在這些事物的旁邊，沒有一分鐘覺得它們美。然而當我們從遠處看時，它們竟以如此動人心魄的魅力出現。這是多麼神奇而不可理解呀。

＊　＊　＊

　　「你看到『冒昧先生』沒有？怎麼，連冒昧先生都不知道哇？就是咱們班那個女生的男朋友嘛。去年春節來找她，找到我們的房裏來。彬彬有禮地問：『請允許我冒昧地打擾你們一下』。哈哈哈。今天穿得好『杠』呀。一副大墨鏡；米黃色的夾克，拉鏈只拉一半，一直敞到胸口，露出純白的港衫；黑喇叭褲，錚亮的小方頭，一邊大搖大擺地走路，一邊『啪啪啪』地捻著指頭；嚇，真夠派頭的。人長得不錯，小青年，方臉，大眼，」Yao君興致勃勃地給我講述他遇見女生男朋友的經過。

　　下午兩點鐘開會，討論憲法修改草案。我們兩點差兩三分鐘

進的大教室，一見裏面空蕩蕩的，P一個人孤零零地坐在窗下一張椅子裏，不覺有些後悔不該來這麼早。

先來的人不是找角落坐就是挨桌邊坐。因為這樣看書方便些，不易為人發覺。坐桌邊的稍微占點便宜，可以靠背。坐牆根的靠是可以靠牆，但少不了要沾一背灰。人陸陸續續地來了，臉上都帶有睡色，才睡的午覺嘛。女生來得遲些，就坐一排，把進門到房間一半處的牆腳占據了。男生分成兩排。一排跟女生共一堵牆坐，中間留下謹慎的界限。另一排跟女生隔房相對而坐，一溜兒順桌邊扯到牆根。班長P處於兩列儀仗隊的上首，開始掏出他的紅皮黃紙的筆記本，用公事公辦的聲音說：「今天，我們要討論……」

H從懷裏摸出一本泰戈爾詩集，朝他對面的A擠了個眼，便看起來。L無事可作，一雙眼睛睜得大大的，顯得很精靈的樣子，一會兒從這一行人的頭上掃過去，一會兒從那行人的頭上掃過去，但主要還是從那行花花綠綠的上面掃得多。M不言不語，盯著離他五尺遠的地上，用食指尖刮牙上的食垢，指尖裏刮滿後便先湊到鼻子上聞聞，然後用另一個指尖挖出來塗到椅襯的反面。K在閉目養神；C在不出聲地嬉皮笑臉；R拔出他的藍身白頭的現代筆，寫起詩來，頗自得其樂似的。

「你們看是分小組討論好，還是就地解決好？」班長講完例行的話，問道。

抱怨聲，不同意聲響了起來。「哎呀，就在這兒算了吧。」「反正大家你一言我一語三言兩語就完事。」「幹嘛搞得那麼……。」

我倒有點希望進行小組討論，雖然我知道這討論本不會有什麼結果。小組進行討論就意味著在較小的地方，比如說寢室

吧，較少地進行較不拘束的談話。在這兒，不管誰開口說話，聽他（或她）講話的都是三十個人，盯著他（或她）看的也是三十個人。膽子不大的，就會在30雙性別不同的眼睛注視下渾身不自在起來。即便大部分的時候臉都是朝著各人自己手上的東西，他也會覺得那60只耳朵有一股巨大的吸力；頃刻間就把他要說的話吸得無影無蹤。來到寢室裏情況就不同了。至少有一方要更自在些，確切些，是男方。自己早出晚歸的窩，還不自在？講起話來聲也粗些，使人發笑的成份也多些，聽眾三成去了二成嘛。她們來了讓坐什麼地方呢。Gz肯定搶先跑回屋，一邊還不住地說：「不得了，不得了。」他最怕女生看見他床上桌上擺得亂七八糟的樣子。我的桌上也很亂，四面的書堆得老高，形成了一面開口，三面圍牆的四合院了。讓她們看吧，我懶得撿。這有什麼不好。我們是男的，誰還花時間去幹這種瑣碎的事情。況且，這種凌亂的情景裏還隱著一種難以言喻的東西，就是：這是讀書人學識淵博、孜孜不倦的印鑒呀。讓她們看看吧。要是杌子擺不下，那就讓她們坐床吧。一定會一眼看到那幅畫，嘴上不說，心裏肯定會問：「這是什麼畫呀？多怪呀？他的人也像這畫一樣怪。」要是誰真的愛好古典文字，只消稍稍讀一下，就會恍然：「哦，原來他是以高潔自慰呢。」其實，那幅畫已被每天鋪被子疊被子扇起的風弄皺了。

　　「那好吧，現在開始討論。」他的話淹沒在自己的沉默中，也淹沒在整個全場的沉默中。

　　難耐的沉默。足足持續了數十分鐘。

　　在這期間曾有人問是不是可以分小組討論，也有人問是不是找張報紙一讀了事。P remained stoical，堅持要進行討論。

　　忽聽得「嘩啦」杌子拖動的聲音。

「你到哪兒去？」P問。

大家一齊回過頭，就見穿著藍條紋白底港衫的Dandy站起來，臉色發白，怒氣沖沖，提著杌子準備轉身走出門。

「哪裏去？哼，出去！這叫什麼討論？」

「是叫大家討論嘛。現在還沒人發言。這也不是我的錯。不管怎麼說，你不應該走。」

「大家都不說話，那我還坐在這兒幹什麼呢？」

「這是開會，你就是不能隨隨便便地離開。」

「哼，你別說別人，你自己還看一本紅書呢。」

「你——你，我，我這個紅本是筆記本，記的是有關會議的事項。」

「對不起，這種討論我不參加。」說罷，揚長而去。

又是一陣使人不安的沉默。過了幾分鐘。

「今天的討論會到此結束。」P突然宣布道。

大家站起來，一齊湧向門邊。

* * *

馬克‧吐溫的《哈克‧貝利芬歷險記》，對，今天下午就看這本書，現在是3點。在外面看二個小時，小說也能看兩三章。總好像少了什麼。少了什麼呢？美國文學要看的都看了，散文選也看了；哦，想起來了，是*Mastering Effective English*。還有一個章節沒看呢。那好辦，每本書花一個小時。把下樓到林中的距離計算在內也差不離。走吧。我把這兩本書往書包裏一塞，從書櫃上拿過吃飯的黃搪瓷碗，往桌上一放，同時簡短地說了個「Hello」。背靠桌子腳伸在床上橫過走道坐的Gz點了一下頭：

「嗯」。他知道我要他吃飯時順便把碗帶下去，放在食堂門口的窗臺上。長期以來早已熟了，雙方只消「嗯」一聲就行。

　　可是*Huckleberry Finn*怎麼讀起來這麼乾巴巴枯燥無味呀？下樓前讀了一篇海明威寫的散文，把*Huckleberry Finn*捧為「All modern American Literature comes from one book, namely, *Huckleberry Finn*」也許是他的水平高些，欣賞能力高些吧。怎麼「也許」呢？當然而且毫無疑問是這樣。你何時認真讀過這本書？那時規定一天看十頁，快倒是快，刷刷刷，半個小時便看完了，現在根本記不得發生了些什麼事，甚至連除了哈克外誰是主要人物都忘記了。這叫什麼看書？這樣糊裏糊塗地看書能夠輕巧不負責任地下結論說不好看，有多大意思嗎？但藝術是藝術，感情是感情，在感情上，格調上不對味口，它就是再好的藝術對我也是零：往書包裏一放了事。忘了，這本書是4角錢從書店降價書裏買來的。有多少人看，值得懷疑，且不說是不是看得懂。與湯姆‧索亞相比，這本書太dull了。還得硬著頭皮看下去。媽常說你幹任何事都沒長性。這不，Henry James的*Ambassador*你不是沒看到一半就扔了嗎？現在又要扔，那可不行。……可實在太無味道了，這怎麼看得下去呢？實在看不下去了，頭昏，眼花，想睡覺。可他是馬克‧吐溫呀。他是戴了雙層面具在講故事，through Mark Twain, through *Huckleberry Finn*，如米爾冬講的那樣。不管那些，不看就是不看。一個像你這大年紀的男人不應該如此毫無主見、優柔寡斷，事情一經決定，就要當即執行。怎麼身上還有那麼多女人氣呢？心裏輕鬆了些，可接下來幹什麼呢？*Mastering*一書彷彿受了Huck的傳染，也變得乾癟無味了。統統扔進書包。幹什麼好，幹什麼好？買一個筆記本，好好地把學的詞句抄下來，好好地把美國文學按年代編張表格等等，而這些太討厭了。編了又怎

麼樣呢？就意味著你的長進嗎？等於是從一本書轉到另一本書，不知不覺做了個transmitter。將來還不是都忘了。不知道幹什麼好，不知道。

＊＊＊

　　我忽然覺得這樣毫無目標、毫無節制、毫無計畫收垃圾似地學習不能再繼續下去了。我得給自己選定目標。最大的目標是諾貝爾文學獎。最小的目標是能勝任一個掙飯碗的職位。這兩者並不矛盾。我得研究——現代西方文學，以便為明年夏季的論文作準備。卡片需要用了。當然不是前段時期做的卡片，它涉及的面太大，有十幾個題目，多得沒地方放，找起來就更難。還是學蚯蚓一心一意吧，單做記載有關西方現代文學的卡片。另外買兩個大本子，一個本子專記英文，什麼奇聞逸事、報章摘要、文章精髓等等，還有每篇小說（包括長篇和戲劇）的梗概及藝術特色。這絕對不能少。有可能還要寫讀書筆記。另外一個本子專記中文，對象及目的如前本。當然這兩個本子專管文學。至於說到美國文學史等，那又專門有它們自己的倉庫存放。至於法語和德語，暫時委屈它們，不作研究，只求它倆幫我看懂原文就行。哲學呢？至少在近一年內恐怕是無緣無暇結交，但definitely兩三年後要跟它打交道，這是絕對的。難道能讓這個大腦永遠浮在水面上嗎？還有美學和歷史。

　　注意：每篇覺得寫得好的小說，一定要寫梗概、分析其藝術特色及手法。

　　這個計畫比原先訂在帳子上不到半個月取下的畫滿蜘蛛網的時間排得滿滿的猶如監獄鐵柵欄的兩張廢紙要切實可行。

　　中午讀了楊聯康徒步萬裏考察黃河的消息，多年來第一次深深地感動了。看到他衣衫襤褸面目憔悴的相片，我的眼圈濕潤了。我在心中高喊：「你，你才是我們這個時代最偉大的人！你，你也才是我心中最最崇敬的形象！孤獨地奮鬥。錢、名，拋置腦後。一心只有事業。可恨那──甚至連你一個要派考察組的小小建議都不予理睬，他們關心的是什麼？是他們自己舒適的生活，是他們自己的寄生地位。你真不愧是我們這個時代的英雄。」我的心中忽然湧起一種強烈的願望，要把他的故事寫成小說，把他的形象描寫出來：勇毅、堅強、百折不回，孤獨，沉思，用沉默和社會作著鬥爭。最後竟死在萬人的歡呼中，手中捧著他寫出的40萬字考察記錄。可是，他是搞地質學的，你連一點地質學的知識都沒有，怎麼寫？難道要我把它寫成一本充滿了知識性的說明文？Stephen Crane不是沒有經歷過Civil War而寫出了著名的 *The Red Badge of Courage* 嗎？他著重寫主人公的心理活動，我還不是可以寫心理活動嗎？但是，有一個不同的地方。在Crane的那本小說裏，主人公是個戰士，他關心的只是打仗，他時時有身邊其他的人物交談，即便不交談，那些人至少可以作為他的陪襯，寫一些描寫的篇章。而眼前的這個英雄，他一天到晚考慮的就是考察，他的頭腦是一個地質學家的頭腦。他不可能用很多時間去考慮人生。這就成了個大問題。怎麼辦？

＊ ＊ ＊

　　他在靈湖邊的山林中過了一天野人的生活。

　　他記得是在夜最深的時候出發的。走廊盡頭有一只昏黃的燈。沒有人聲；沒有犬吠；夜是廣大而寂寞的，正像他此時的心。

　　大門關了。大門不會為他這個反叛者開的。那只大鎖面貌
猙獰。他不覺打了個寒噤。轉回頭，他從樓口一扇破窗中擠著身
子跳了出去，「砰」然落在地上。一股夜氣迎面撲來，立刻將他
全身裹住。他頭腦中殘留的一點夢意驀然消散。這是現實，是黑
暗的現實。他看了看面前這座大樓，黑魆魆的，矗立在夜空中。
所有的窗戶全是黑的，是一個個黑洞，遠看猶如張大的無牙的
嘴。書！他看見了他的書！它們排列得整整齊齊，一直堆到天花
板，在房中形成了巷道。他看見自己象蝸牛似地在巷道中爬行，
身後留下發亮的白涎。突然，他兩只遲鈍的觸角不小心碰動了一
片書頁，「嘩」，一堆書倒了下來；接著，一堆又一堆的書，整
個巷道、整個房間的書全都轟轟轟地崩坍了。他喘息著、掙扎著
──咦，那是什麼？他看見遠遠的有一團模糊的白光，約隱約現
地浮在黑暗的混沌中。他向白光跑去。夜廣大而寂寞，他的心也
廣大而寂寞。無數大樹的影子從他面前掠過。他只看得見大樹的
影子和灰藍的天。他磕磕絆絆、跌跌撞撞地跑著，一會兒跌進一
道水溝，一會兒踢在一片巖石上，一會兒全身在地上爬行，手和
腳被石子荊棘劃破流血，一會兒張開手臂不顧一切往前沖，只聽
見風在耳邊呼呼地嘯。猛然，他聽到了什麼。他竟停下來，腦
袋像剎車時的水碗，一下子潑出碗中所有的汗水。他聽清了，
是流水濺在巖石上的聲音，琤琤淙淙，此時，夜更靜了。展現
在面前的是一片博大浩渺的湖水，在鋼藍色的夜空下，發出燐燐
的寒光。一只貓頭鷹在附近的樹上「呦呦」地叫著，淒厲而憂
傷。他不知為什麼它的聲音會這樣。詩人們常把感情寄托在鳥身
上，那首「Merry Month of May」的詩怎麼說來著？「Everything
did banish moan, save the Nightingale alone. She, poor bird　──」為什
麼要背這些詩？在別人面前炫耀，哦，看呀，我懂得多少東西

喲。我會背各種各樣的詩，我會讓一只鳥也有感情。鳥是沒有感情的。正如你沒有感情一樣。她唱歌是她生理上的需要，你呢？也是生理上的需要，卻是虛偽、卑鄙、出於經濟動機的需要。你跟一只鳥一只動物沒什麼兩樣，只是因為你有思想，可這思想又是多麼微不足道。它一天到晚想的仍然離不開最根本的東西。就讓我成為一只鳥，成為這濺起的一滴水珠吧。他把整個腦袋浸在湖水裏，立刻又縮了回來。他聞到極不舒服的味道，是比廁所裏的氣味更難聞的氣味。是人類的渣滓。他撩起衣襟，把頭髮、鼻子、嘴巴、耳朵擦了又擦。然後向著遠方的黑影走去。山在召喚他，帶著不可抗拒的誘惑力，就像他小時看見的那些山。然而意義不同了。他還是個小孩時，常走到家鄉小山的最高處，透過稠密的樹葉，遙望那四周天藍的群山，和群山背後可以想見的崢嶸險峻峭拔聳立的山峰。他的想象長了翅膀，往這些山峰飛去，時而棲息在山巖上，時而盤旋在古木中，時而——他怎麼變得如此衝動，當他想起自己的童年？現在無論有什麼激動著他，他立刻抑制住自己：你是一個男人，一個成人，不要再像孩子了。其實，有什麼激動他呢？沒有，什麼東西也激動不了他。過去向往的一切，不是成了幻影，就是雖掙扎而終不可求。那些美的崇高的東西全部原形畢露，成了自己的對立面。他乞求什麼？周圍的人在瘋狂地向上爬，向前（錢）看。不管他們說得多麼漂亮：我要當工程師，我要當科學家，我要當詩人，等等，這背後無非隱著兩個字：名利。世人誰能脫這個網？他不覺看了看自己的身上：襤褸的衣衫，他故意穿著，把好衣放進箱內，他憎恨那些機器翻造出來的商品，一個個年輕可愛的姑娘一穿上尼龍制品就像一個個造出來的工藝品。連她們的笑也像是畫上去的。她們是些冷血動物。一個個眼睛瞪得銅鈴大，或者眼睛瞇成一條縫，心眼

卻睜得飯桶大，看著大腹便便的高官，看著胸無點墨腰纏萬貫的富翁，看著——看著什麼？鄙棄地看著你這身衣裳。哈哈哈，讓你們笑吧，讓你們笑吧。幹嘛要活在這個世上？那個人說要為人民服務。誰為誰服務？人人有他自己的工作，他誠實地幹好他的工作，為了能吃問心無愧的飯。幹嘛要往他腦子裏硬塞這樣一個思想？有誰真正見過一個全心全意為人民服務的人？最自私的人有時是最大公無私的人。最大公無私的人反而是最自私的人。因為他們的大公無私只不過是謀取名利的一種手段罷了。一個普普通通的人能夠為公眾的利益服務？哦，幹嘛要問這些問題？是誰說「ordinary people would sooner die than think」？你就是他們之中的一個。思考什麼喲？思考有什麼用喲？那個美好的世界哪兒去了？那個紅的綠的黃的世界，馨香的、柔和的、歡樂的世界哪去了？灰色的天空、灰色的大道、灰色的樹、灰色的牆、灰色的制服、灰色的臉、灰色的世界——在盡頭，等著一個灰色的死。飲酒、縱欲、大睡、大笑、大哭，這一切都不能解愁：看書、討論、寫作，這一切也激不起興趣。整個世界像一段乾枯的鼻涕蟲。幹什麼呢？幹什麼呢？讀詩寫詩？最美的詩抄在上下樓梯口的黑板上，蒙著一層厚厚的灰，給黃昏的燈看了。讀名著？英雄已經死了。這個世界上只有和你一樣的平庸的人。寫他們？你還不如寫糞土。那麼寫女人。哦，女人，她只能在你的腦中喚起性欲。是誰說的，根本沒有愛情。有的只是性欲？你不承認？你不承認？你玩了多少女朋友，哪一個不是情欲燃燒下的灰燼？美麗的思想和美麗的辭藻只用來裝飾打扮不美麗的東西。你恨這身衣服——他想到這裏，霍地扯去了上衣，扣子一粒粒向四邊迸射而去。他把所有的衣服脫去，一件件向湖中扔去。他此時正站在陡峭的巖石上端。東方現出魚肚白。須臾，地平線上冒出一朵紅火

苗——他不敢再往下看，他知道馬上整個火紅的太陽就會升起，同昨天前天向前天去年前年以至幾千年前一樣的一天又會開始。這是一個騙人的太陽，不，是一個叫自作多情的人過多引起幻想的太陽，太陽本身有什麼過錯，他執行他的任務，從早到晚，走完他的旅程。愚笨的青年想，哦，青春，火紅，太陽，生命，喋喋不休地作著無盡的幻想。其實，他們歌頌象徵的是一個本來毫無感情毫無生命的紅火球。他逃向森林深處，全身赤裸，被露水打得透濕。晨鳥醒了，張著小嘴對他叫著；松鼠在樹枝間縱躍，驚異地盯著這個怪人的肌膚。他在參天的大樹把整個天空遮黑的地方，在溫暖適意的深草叢中躺下，不吃不喝睡過了白天。直到夜幕降臨。

＊　＊　＊

　　他熱情奔放、敢想敢作；聰明伶俐，不拘小節；傲氣十足，目空一切。
　　他廣結廣交，溫馴隨和；樂天不羈，不修邊幅。
　　他愛笑少言，耽於幻想；不重細節，但重感情。
　　他沉默寡言，深思熟慮；讀書必精，做事必穩。
　　他講話慢條斯理，有理有據；待人和氣，處事老練。

＊　＊　＊

　　下午在圖書館閱覽室瀏覽雜誌。讀到一篇關於豐子愷如何自學成才的文章。文中寫道，他青年時期下苦功學英、法、德、日，達到能翻譯原著的水平。他從不采用打持久戰的辦法，而是

專攻一門。攻下一門後再攻另一門。主張與其學課本還不如精讀一兩本名著,收效更顯著。他讀書常常是一天四遍,每天重複。終於靠著苦學成才。我心情沉重地走出了圖書館。已經5.15了,是我跑步的時候。我沒有心思跑步,思緒很亂。我要慢慢沿湖走一走,把紛亂蕪雜的思想理個頭緒出來。

我也學了德語,我也學了法語。一天平均半個小時。收效如何呢?法語可以讀莫泊桑的短篇,雖不全懂,但也頗能體會其文字不能言傳之妙。德語的水平可以譯《愛米爾歷險記》這樣的原著,但實際上有許多地方是能力不夠譯出的,全打上了問號。德語學了也有兩年多,而法語將近一年半,收效並不顯著。我學的其他幾門難道收效顯著?英文在原地踏步,躊躇不前。除了看書,記筆記,聽講外,似乎山窮水盡,別無它法取得進展和改善。什麼法子都試過了:分門別類地記卡片(沒有超過一個月),起早摸黑地背誦、反反覆覆地誦讀、仔仔細細地查閱每一個字詞。這一切初來時象夏天的陣雨,能把泥土表面衝動,但改變不了實質。在一個二十七歲人的大腦中,似乎什麼東西都扎不下根了。在中文方面更是一無進展。背誦過《離騷》,全背下來了;背誦過宋詞,大部分背了下來;背誦過唐詩──什麼沒試著背過?抄了一疊疊紙的新字新詞,準備練寫用。結果是:腦子裏記得下來的仍是中學時學的東西;沒有一樣新的。這究竟是怎麼回事呀?他豐子愷采用摸單字的方法記憶,下過苦功,我下的苦功並不比他少。可我為什麼就不能成功呢?難道我比他笨拙?我的頭腦生來是不可造就的?但我並不感到法語、德語特別難學。有可能的話,我還想學西班牙語和俄語,只要稍稍下點功夫,是不費什麼大力就學得會的。至少學到讀原著的水平總可以吧。學習語言無非是個記憶力和理解力的問題。他豐子愷采用的許多方

法其實並不比我的強，用我現在的方法，無論學什麼語言都有
效。那究竟是什麼原因呢？是我沒有毅力、沒有決心嗎？怎麼沒
有，日復一日，月復一月，年復一年，我在學習著，沒有間斷一
日。前些時我不是總結了一次，把這歸結為是讀書多練習少的原
因，因此開始進行練習。然而，我學翻譯時練習難道少了？光練
習的紙揩屁股都可揩半年。可能還不止。結果呢？寄出去的小說
一篇篇打回來，沒人理會。連我自己都懶得看。是什麼原因？嘴
裏不說，心裏是透亮的。譯筆生硬，佶屈聱牙不說，對原著的理
解也不透徹，馬馬虎虎，以至造成很多stupid mistakes。因為不懂
而硬譯的地方也時常可見。這種創作態度難道是可取的？如果這
麼匆匆忙忙不負責任地寄出自己的譯作，這麼幹的目的就值得考
慮。是什麼動機？是為了賺錢還是為了出名？即便是為了出名或
賺錢，也不能這麼不講質量、粗制濫造呀！寒假期間好多個不眠
之夜是白白浪費了。這又是為什麼呢？難道是我這個人活該倒
楣？難道我就如人家說的是個命中註定要失敗的人？我不信，我
相信是我努力得不夠的原因。我相信是我本身的錯誤促成了這個
失敗。急於求成、生性粗枝大葉、恃才傲物、眼高手低，這些不
好的天性集中在一起構成了失敗。可到底什麼叫下苦功夫呢？是
下苦功在課本上，還是下苦功在自己感興趣的東西上呢？下苦功
在課本上，是最現實的。老師講的一字一句照抄不漏，書本上的
一行一段倒背如流，固然可以得滿分，因而可為自己留校打好基
礎，但那說明什麼呢？是真正的知識嗎？讓人一步一步牽牛鼻
子似地引，是真功夫嗎？熟記每一個詞的definition又意味著什麼
呢？就算你到末了成了一本字典，你除了字典所剩的還有多少？
那就隨心所欲地幹自己愛幹的吧：詩歌、散文、小說、心理學。
可是不行呀。不要分數將來的職位就難以保住。你說不定會分到

小學教書。說不定會分到邊遠的地方去，像你這樣一個在社會上無裙帶關係、跟大官不沾親帶故的小人物，到頭來還不是任人宰割嗎？就個人來說，分到邊遠地方並無所謂。若不是為了她的關係。她是個好姑娘，等我已經等了三年。如果四年期限滿時，得到的消息卻是我要到幾千裏外的地方工作，她會怎麼想呢？即便她同意和我一起去，那我的良心又怎可以得到安寧呢？這些時，寫不出一首詩，詩思枯竭了。乾巴巴的課文把人本身也變得同它一樣乾巴巴的。無論什麼好的文章，一旦當作教材就失去了它原有的美。因為你考慮的不是如何欣賞它，而是如何記住它，以便考試時不致答不上問題來。我到底該怎麼辦？法語、德語還是不能丟。每天只半個小時，合起來共1個小時，只當消遣罷了，無傷大雅。重要的在於如何提高中文和英文的水平。這種提高的方法不能像以前那樣通過翻譯進行。如果中文水平本身不高的話，無論作多少翻譯是難以提高的。Vice versa。只有朝兩個方向各自發展，會有水到渠成、殊途同歸那一天的。那麼，如何提高呢？記單詞？背課文？不行，不行！再如此下去，人要變傻的。唯一的辦法是把讀與寫結合起來，大量地讀，大量地寫。然而這又太不具體。……至於中文，現在面不能太廣，不能散文、小說、詩歌同時進行。那樣是難以奏效的。為什麼不以詩歌散文為主呢？這兩者有時是很難區別的。對，就這樣。然而……過去並不是沒有嘗試寫詩，學習別個詩人的作品，收效如何呢？甚微。

　　噯，老天，我該怎麼辦喲！也許，我生來就命中註定是一個ordinary man吧，無論往腦子裏塞什麼東西，終歸是無益。

＊　＊　＊

《一個忌諱「裸」的人》

他本來姓呂，「不行，這個字跟『女』同音」，想到這點，便偷偷在報名時把自己的姓改成蘭，所以一直到現在大家都叫他小蘭。不過在家中父母喊他小呂，他還是得硬著頭皮答應。

他打心眼兒裏討厭不道德的行為，最忌諱「裸」這個字了，因此，他本著「從我做起」的革命新一代的精神，先清除自己的資產階級思想，把光光的桌面蒙上報紙，不久落上厚厚的灰。「嗨」，他滿意地說，「總比光著強」；他把破褲子撕成寬寬的條條，小心謹慎地纏裏住桌子的四條光腿，接著椅子腿、床腿，纏時還把眼睛掉開；這時，他的眼光落到飯碗和湯匙上。「哎呀」，他大驚失色地叫道。「這麼雪白的碗同赤身裸體的湯匙放在一起，真是大逆不道哇！大逆不道哇！」趕忙把它倆分開，湯匙藏進書包的裏層。「可碗怎麼辦呢？」他想來想去，最後想到母親，「對，讓她給我縫制一個碗袋。」他興奮起來，但轉念一想：「不行呀，不行，不行。」於是將剛開了頭的母親的「母」字塗去，改成「父」字，然後寫道：「親愛的父親，請您轉告您的夫人，讓他（這兒我用的是古文的他，可用於兩性）……」

周圍的「赤裸裸」的現象消失後，他轉而打掃自己的身體了。好在現在是冬天，手和腳都不必露在外面，麻煩的是臉和眼睛，而最討厭的是眼睛又不近視，不能像那些近視眼分不清男男女女，一概看成模糊一團。他為這事一夜沒合眼，第二天到商店去買了兩樣東西。一副墨鏡和一頂在眼睛處開了兩個圓洞一直蓋到脖頸的帽子。他自己又在嘴巴處挖了一個與湯匙口大小的洞，為的是吃飯時不露嘴唇。

「好了。」他用兩個小圓鏡子前前後後把自己照了一番，滿意地說。

當然，人們少不得風言風語，但他相信自己這種做法是史無前例地最道德的。

就這樣，夏天來了。

吃飯的時候人們常常看見這樣一個人：他穿著涼鞋，齊大腿根的黑色尼龍長襪，（據說這樣不露肉），齊肘部的橡皮手套，長袖黑襯衣，蒙住整個面部和頭部的自制黑塑料帽，照例開了三個小洞，大墨鏡。

但暑假過後重新開學時，人們沒看見他了，有的說他有一次在街上走因為看不清路，被一輛疾駛的汽車撞死了；另一些人反對說，他那時正取下眼鏡，恰恰看見一個穿短裙的姑娘的腳從面前過去，他純潔的心臟受不了這樣骯髒的汙辱，心動過速，當場就逝世了。

* * *

一讀者看完上述文章後寫道：

寫《一個忌諱「裸」的人》的人是個大混蛋，他把我們有思想有高尚道德情操的革命青年污衊成和尚，真是罪該萬死！我們要擦亮眼睛，認清這個利用諷刺攻擊革命青年的大混蛋的本來面目！

幾個女讀者說：

罵人大混蛋的你究竟是何許人也？你夠得上一個革命青年的稱號嗎？你的嘴巴怎麼這麼臟呀？你難道除了罵人就沒有別的方法了嗎？難道你讀了這麼多年的書僅僅只學會了混蛋這兩個字嗎？即便人家有錯，也不能用這種最低級、最不道德的方式攻擊呀？何況人家並不見得有錯呢，是對是錯總得眾多的觀眾評說，是不是呀？

＊　＊　＊

《一個人的懺悔》

從前，我受湖邊詩社黃色詩的蠱惑，常把世界看得灰色一片，而且也相信只有女的才是世界上最美的。讀了您們的評論文章後，茅塞頓開心明眼亮多了。在痛悔之餘，我想起從前看過的一些黃色詩，如普希金的、歌德的、郭沫若的、濟慈的，不禁頓然覺悟道，「哦，原來湖邊的他們都是一路貨啊！」

現在讓我把那些黃色的詩句寫出來，公之於眾，以便大家批判，同時也把自己心中的垃圾傾倒出來。

「憑這溫存的擁抱，你那最柔和的顏容，／憑這嘴唇，哦，這滑膩的至福啊！／憑這雙水盈盈的眼睛，憑這對最輕軟的／出乳的至尊事物，──這對最柔軟的，／憑這瓊漿，憑這激情，」──哎喲，我簡直不敢再寫下去，真是太淫穢了，啊，我懺悔，不該受這種東西誘惑。（見《濟慈詩選》76頁）

「女性的美貌，奶大我的美麗的乳房，」（《伊斯蘭的起義》雪萊，p. 54）。「她還緊緊摟住我的脖子，／一定要我答應她，否則就和我糾纏到底。」（《伊斯蘭的起義》雪萊，p. 73）

　　淫穢！淫穢！啊，讀者，親愛的讀者，原諒我，求求，原諒我這個中邪的人！

　　「小璜在她的懷抱裏靜靜酣眠；／海蒂沒有睡，她那迷人的胸脯／溫存地、牢靠地、將他的頭顱摟墊；／她時而遙望天穹，時而又細覷／那被她胸懷烘暖的蒼白俏臉；／臉兒枕著她心兒，心兒在騰躍──」（《拜倫抒情詩十七首》，p. 183）

　　哦，哦，我的心兒也在──不，不，不。請原諒我這個罪人。在懺悔的時候，又被這淫穢的詩句引入了邪道。我罪該萬死！我罪該萬死！

　　「她那惡狠狠的黑眸子，／配上黑的眉毛，／我只要對它凝望一次，／我就覺得魂銷。／誰有這樣可愛的小口，／這可愛的圓臉？／她還有個圓的什麼，／使人百看不厭！／（《歌德詩集》（上），p. 23）圓的什麼？──

　　哎呀，我不敢再往下想了，請您們也不要再往下想了吧，歌德這個流氓──哦，不，我是個流氓，歌德並沒有明說，可是，可是我卻胡思亂想，請您們一定原諒，我這個罪人。

　　「我要的只是手臂一伸／把安娜迷人的身體摟住。／我可瞧不上君主的富貴，／不管是蘇丹的妻子和女皇，／當我和安娜吻來吻去，／在她臂彎裏樂得發狂。」（《彭斯詩抄》，p. 232）

　　我的天！我的上帝！我的玉皇大帝！我的王母娘娘！我的爸爸！我的媽媽！怎麼又是吻又是抱──啊，啊，啊，我受不了哇！打我吧！捆我吧！殺我吧！我這個罪人！

＊　＊　＊

　　吃午飯時他見到我，好像有什麼話要說。把我拉到一邊問我

有沒有時間。我們買了飯，沿著湖邊走去，一邊談著。

　　「這些時，我抽屜裏的錢票經常不見，有時一角兩角，或者三兩五兩地偷，有時五角六角地拿。我也不知道是誰，你知道我對錢原來是不大在意的。昨天下午我回宿舍，門關得死死的。我敲了一下門，裏邊有人問：『誰？』我當時也怪得很，沒有應聲，又敲了一下。又是：『誰？』我又沒有答；這時門開了一絲縫，有個人探頭想看個仔細，我不管三七二十一就擠了進去。見是三個人。其中兩個馬上出門走了。我看見枕頭下面和抽屜裏寫的日記和練筆的文稿全被翻了，不是他們還是誰？我沒做聲，我何必做聲呢？我要讓他們自己良心上感到過不去，其中那個北京的晚上很過意不去呀。他坐在我對面，一個勁地喊熱，其實當時涼快得很。當我打開錄音機想聽音樂時，他還主動問我要不要磁帶，看他樣子，我就知道心裏有愧。另外一個不是個好東西。前邊那個是那樣的人，無論誰的東西他都喜歡翻一翻，小偷小摸慣了。春節我帶了花生來，他跑進屋門一反鎖，眨個眼出來，屋裏一地花生殼，問是不是他吃了，『嘿嘿，』只沖你笑。另一個你知道他幹了什麼事嗎？他偷看了我女朋友寫給我的信，那時我們關係不好，準備決裂，現在已經決裂了。然後就寫了一封信給我女朋友，勸她不要和我玩，說我放蕩不羈，亂七八糟。他對我那些女朋友的地址記得可清楚。有一次我寫信記不起來，他還說XX街XX號。他這方面的能力是驚人的。」

　　悲涼，我感到無限的悲涼。心裏面充滿了無邊的黑暗，儘管窗外陽光燦爛，沒有一絲可以透過這深重的黑暗。心裏頭充滿廣大的寂寞，儘管周圍都是人聲笑語（G的笑聲特別大，特別喧囂，其實，已聽到其中掩飾不住的無聊。）沒有什麼可以驅除這寂寞。我像這擺在漱口缸裏的金銀花，被人摘下棄在這無生命的

自來水中，苟延殘喘，我都不如她，因為她畢竟開了花。我像這紙下的木桌子，冷漠地執行著它載負書籍的任務，我卻不如它，因為它畢竟體會不到那冷漠的感情。我不知道我在幹些什麼，我在吃飯，米飯，邊上是汽走了後留下的硬飯粒，我用調羹將飯粒一一挑去。飯下面是菜，榨菜炒肉絲，卻沒有半點味道。我不知道我為什麼要吃。我昨天吃的是這，今天吃的是這，明天吃的仍將是這。他們可以改變味口，他們可以今天吃羊油炒雞蛋，明天吃豬油蛋花湯，後天吃鴨蛋，實質是一樣，都是張開嘴露出兩排利牙咀嚼著。像牛一樣地咀嚼著，像豬一樣地狂吞著，全是為了填滿那個永遠不能滿足的欲望。厭倦了這些，entirely厭倦了這些，全不得不吃，就像我現在這樣，張開嘴，湯匙插進泥飯裏，挖起半匙飯，往嘴裏送去，合攏嘴，運動牙齒和舌頭，一挺脖子，喉頭滾動一下，飯就下了肚子。如此循環往復以至無窮。我究竟為何生存？如果我活著自己覺得痛苦，別人也覺得不快，那麼我的活著又有什麼意義？他們都在隔壁或對門，親熱地聚在一起吃午飯，看報的看報，談話的談話，快活地笑著，打著趣，沒有人進這間淒涼、荒漠的房間。沒有人問這兒是不是有一個即將走到毀滅邊緣，希望破滅、理想粉碎、生趣全無的人，他怎麼樣了？沒有。即便死了。也不過同那天一樣，飯桌上多了一個談話的題目。朋友間多了一個新的消息。你死了又怎麼樣，難道還乞求什麼人寬恕你，請求什麼人為你悼念，請求什麼人為你哭泣嗎？你死了就是死了，對這個生命之樹常綠的世界毫無影響，跟那落下的櫻花桃花、玫瑰都是一回事。從來沒有誰願去看落在地上的花瓣的。《笑比哭好》，這個電影正是我們時代、我們社會的表面寫照。與社會抗爭你有什麼下場？與人抗爭你又有什麼下場？與自己抗爭不過是自我毀滅的一種形式吧！毀滅吧，要想創

造新我，必毀滅舊我。我是多麼醜惡，我是多麼卑鄙，我是多麼
渺小，我是多麼無能，我是多麼冷酷，我是多麼嫉妒，我是多麼
無知。我是一個完完全全地地道道的黑影。是惡魔的手造成的惡
棍。我過去不敢說，有很多事，連寫在紙上鎖在箱子裏也不敢，
好像怕人看見，使他們認出了我的本來面目。哈，我有什麼可裝
扮的？人學得各種禮儀道德，不過是給卑劣的靈魂穿上一件件漂
亮的衣裳罷了。我不喜歡華麗的衣裳，我喜歡赤裸，這就是為什
麼當我和她性交時要她全身脫得一絲不掛的原因，而她不肯，她
是一個典型的道德標準呀！我即便不能對人說，我可以對你，
我純潔無暇的白紙，吐露我的心跡，如果你能忠實地替我保存下
來，那我也一生無憾了。W君曾告訴我他寫了自己的過去，後來
發現太醜惡，便全燒了。原來，心靈醜惡的人不止我一個呀。我
感到安慰。發現人家同自己有一樣的缺點，有時很能寬慰人的。
難道別的人不是這樣嗎？哪一個不是或公開或背地的去挑偉人的
錯呢？去發現他跟常人的共同之處呢？其實沒有什麼稀奇的，渺
小的人就愛來這一套。他們自己胸無大志，胸無點墨，反以為是
他們不願花功夫，因為只要他們稍稍花點功夫，他們也能成為博
學多才的人的，只不過他們不屑於這樣罷了。

　　人為什麼會發脾氣？我為什麼會發脾氣？第四節課下了，我
頭腦反清醒得很，不像往常餓得頭昏眼花，瞌睡得昏昏沉沉。我
看見他遠去的背影，那上面赫然地寫著sadness，微拱的肩背，慢
吞吞的步履。我的心猛然被揪緊，被擰痛了。我控制住了自己。
幹嘛要跟他頂？人在這個社會上都是可憐的動物，不管是他，一
個老師，還是你，一個學生；不管是一個男的還是一個女的，都
是可憐的。沒看見他一天到晚地埋在書堆裏，學得面黃肌瘦，像
段乾木頭樣的嗎？沒看見他滿臉皺紋，向壁枯坐，麻木不仁的一

副樣子嗎？都可憐得很。本來是個與動物有別、有著思維的動物，卻不知不覺間把自己變成了兩者間的東西：機器。機械地一天天地重複著同樣的工作，雖然思想，卻想的盡是怎樣滿足自身那部分動物欲望。看見那麼強壯身體的人會為了一個零分子操心，我真是既替他害臊，又替他可憐。而你自己呢？還記不記得在鄉下和幾個同學打牌賭煙時，暗把「長江」的煙全換上「大公雞」的煙，盡量全輸給了他們。儘管這個玩笑是他們先開的，但後來都公開了。因此大家也只當開玩笑。而你一直瞞下來，許是怕醜，許是真有意要占一點便宜，只到今天，良心還沉沉的。你打你媽媽，你的心毒不毒？你甚至不理解為什麼人家對你媽被開水燙了那麼關心。你沒有真正關心過她一次。

現在聽說她病了，你第一封信寫得乾巴巴的，撕了；第二封信寫好，加進了一些情，然而仍舊是乾巴巴的，你不好意思發，塞在抽屜裏。你對自己說，怎麼我對媽媽的感情就如此冷漠？你自己也不明白，但你知道，你無論如何是不會憑真摯的感情衝動寫一封問候信的。你在提筆時非要考慮如何才能寫得看了後她心裏感覺舒服。這不可怕嗎？人說母愛是最偉大的。而現在，你對母親的態度竟是如此的超然，如此的漠不關心，你要問你自己你是否還有人心。你沒有人心，你在考慮之後只好承認道。你完完全全失去了對自己的希望，你感到窮途末路了。什麼事最可怕？失去了人類的感情。而你確實已經失去了人類的感情。你的臉皺縮了，那是因為你的心痛苦得痙攣。你的內心深處正暴發淚水的山洪。這時如果走進來一個人，看見你的樣子，說不定會以為你在思考什麼問題呢？啊，人要想了解一個人有多麼困難！你能告訴他嗎？不能！因為你所做的一切不是別人引起的，而是你自己的過錯。是你蠢笨的過錯。你傾吐心曲給別人只能引起別人的厭

惡鄙視心理。不可能引起他們的同情。你怪誰？除了怪你自己外，還怪誰？

＊＊＊

　　昨天他到房裏來坐了一小會。他頭髮蓄得更長了。穿件橫條子的尼龍衫。先是東拉西扯地談著。後來不知怎麼談到現代的女青年，於是他就講了這樣一個人。

　　「我很想用她來作我小說的模特兒。她可活躍了。不管她到哪裏，哪裏就響起她那響亮愉快的嗓音。她上下樓不是走，是飛的。一天到晚哼著歌，滿面春風。又大方又熱情，跟男同學交往一點都不害羞。有一次上大課，我跟身邊的同學說話，一個女孩子扭過頭，沖著我說：『別講話好不好，吵得人都聽不見了。』我一生還沒見過這麼厲害這麼大膽的女孩子，只好不做聲了。後來暑假乘火車回去，在車上偶然又碰到那個女孩，就是她，面對面坐著談了六七個小時。她真善談，一會兒談起她的童年，小學生活，中學生活，一會兒又談起她的親戚，什麼姨媽表姐的。她說她小時候可愛玩，可野了，像個男孩子似的。有一次她跟弟弟出去，碰見一個流氓。那個流氓要搶她弟弟手上的東西，她上去說：『請你不要搶東西好不好。』那個流氓不聽她的。她又說：『不許你搶東西，因為他比你年紀小。』那流氓仍不聽，還發起火來。她說：『我不怕他。後來他抽出一把小刀嚇唬我。我冷不防把刀子搶在手裏，就給了他一刀，把他的手劃破了。他照我臉上打了一拳，正打在鼻梁上，把鼻梁打塌了。這不。』她說著要我看。確實有那麼一點塌，我看了看。她說得高興了，還拍了一下我的肩膀呢。跟她來往的男孩子多如牛毛。周圍的人都在議論

她，甚至還有人說她出了什麼事，反正是那方面的事吧。她先也不在乎的。現在完全變成另外一個人了。你剛才不是說很少見到她的面嗎？我也只見到過她一兩次。我跟她說你怎麼近來幾乎不露面了，也聽不到你的笑聲了。她苦笑了一下，說，你還好吧。她現在除了上課外，根本不下樓，飯都是男生給她弄好送上樓。嘿，她可有幾位忠實的『男仆』呢。不知道為什麼她會這樣。」

現在是十一點三十五分。遠處一只青蛙呱呱地大叫兩聲，復又沉默。風沙沙地吹動林葉。敞開而上了風鉤的窗間或發出輕微的吱吱呀呀。金銀花差不多全部盛開，有兩朵浸在水裏，另外四朵銀花已經在不知不覺中改變顏色，成了金花。鼻子時時可以聞到從花蕊中散出的幽香。但已不再是它們剛從母體上摘下時的那種香味，而是帶著自來水的氣味，生澀而乾硬。Gz上了床，赤裸的腳在帳子外面露了一下子就不見了。然後傳來一陣格吱格吱的碾轉聲。一切復歸平靜。C剛才還在桌邊看書。現在他看書的地方堆著換下的衣服。他的帳子緊閉，帳門上邊印著紅字：四——74 1102號。是學校領的照顧家貧學生的蚊帳。日光燈不再發光。幾個小時前它的光線突然變暗，危險地閃爍著。換了一根。這一根更差，乾脆只在兩頭髮光。他們從隔壁借來一只彎曲的臺燈，燈罩子是用機關大門廊柱上那種乳白的圓罩子代用的。光線很柔和。Jz和C相對而坐，燈頭朝著窗戶放在他倆中間。Yao君坐在燈的反面，藉著暗淡的光在看書。他們許會把燈調一個面吧。沒有。他們沉浸在書中。A有一次當我在他對面坐下看書時，接通電源，把燈頭扭向我。不知怎麼，直到現在還記得這件事。他們那個房間的人都更富有人情味、熱愛生活。既然沒人扭轉燈頭——幹嘛他應該呢？他能夠看清，這不就夠了？你看得見看不見又有什麼大不了的。況且，燈還是他們借來的。日光燈壞了。總

算有人說明天想辦法去弄根新的。我嘴上並不做聲，要看究竟態度如何。記得上次燈出了毛病，人全出去，各看各的書，倒彷彿這件事是屬於別人的。對於這自己並不在乎，去辦妥了。想到人實在沒什麼偉大的。最偉大的反而是那些富有同情心，熱心為人辦小事的人。那些傾平生精力搞學習的人，有時我替他們可憐，其實他們的目的簡單得很：得到一個學位，或者出國。我也鄙棄自己，你連這樣的願望都不敢有，更是渺小得可以。活在這個世上的人，誰不是庸庸碌碌？無所謂偉不偉大。我對這偉大也感到厭倦。不過，越來越使我感興趣的是人。看來Ft說的人生是一本讀不完的大書說得確實對。拿在手中的書遠遠不如身邊世界這本攤開的書深奧和神秘。這幾天的飯沒有一餐吃得令人滿意。蠶豆硬得像石頭，發著酸味。海帶嚼在嘴裏沙沙地響，飯吃完才見碗底一層沙子。我的意志是頑強的，至少在這一點上，我把飯全吃了下去，丟掉大半菜食。我並不乞求他們的菜，雖然我知道他們肯定不會不給我，只要我開口，但我不屑於乞求。我知道，我必須活下去，儘管我已是心靈上最孤獨的人，我必須活下去，象海明威似的英雄。我不準備依靠誰，更不乞求誰。向我的目標奮鬥。也許成功之日將是我的祭奠之時，那正是我所希望的。世界上沒有什麼比成功更偉大，也沒有什麼比死更偉大的事了。

＊＊＊

《燈》

宿舍的燈突然滅了，這是不常有的事。

透過紗窗可以看見別的宿舍的燈光。一縷昏黃的路燈爬進門

縫，懶懶地照在大堆大堆的厚書上。

大家忙亂了一陣。打電筒的打電筒，下燈管的下燈管。搖啟泡器的搖啟泡器。燈仍舊不亮。

每個人都忙，誰都不願意把他們的寶貴青春的一分一秒花在這種小事上。再說學校當局也應該關心關心學生的生活嘛。

各人挾著各人的大部頭到別的房間學習去了。

第二天晚上，黃昏按時到來。

A拉了一下開關。

「喲，怎麼——哦，」

「怎麼辦呢？」B嘆氣。

「怎麼辦呢？」C應和道。

然而他們各有自己偉大的工作要做。學生嘛，學習第一。他們挾著大部頭出了門，各奔新的地方。

只有一個人，在屋角裏站著，旁觀著這一切，顯得很渺小。

他想了一會，出了門。

兩個小時後他回了。手裏拎著一只日光燈。

燈亮了，照著他渺小的身影。

「哎，你瞧，電來了。」A經過房門時，碰碰身邊的B。他們要去上廁所。

一分鐘後，他們又坐在各自的座位上，捧讀各種各樣的經典著作。

＊＊＊

十一點半過了二分。本來準備十一點鐘動手寫的，無奈今

天要造句的生詞太多了一些，花了我大半個小時。學文學真是太難。到這個年紀還在一個字一個字地往腦子裏記，或是在紙上練。將來若有功成名就那一天，回想起來一定感到好笑。聰明的人是不會使用我現在這種笨辦法的。海明威、福克納都沒受過正式教育，卻寫出那麼好的文章。然而據說海明威每天至少要練兩個小時的筆。很想知道他是靠了什麼方法增加自己詞匯的。他坐在我的右邊，對我是個很大的威脅。他手裏捧著一本書，夢遊般在我面前蕩來蕩去。他們隨時隨地都有可能看見我寫的東西，怎麼寫了這麼久，頭仍是昏昏沉沉的，眼皮無論如何也難得睜開。大約是因為周圍這些人的壓迫感吧。字在面前晃動，還有蚊子、燈光將我的筆和影子投在紙上，我不知道我是在夢裏寫作還是醒著在寫。我好像是豎起了紙疊，在桌上輕輕擊了一下，為了使每一張紙都變得整整齊齊。我好像是通過一個萬花筒在看眼前的這一切。好像這些字在極迅速地閃爍，瞬間就逝，瞬間又出現。可我的眼睛卻無論如何也要睜開。背後的門開了，我不無恐懼地回頭看看，是瘦長的John。他幽靈般地浮向廁所，聽得見他惡狠狠地罵：「該死！該死！」幻象消失了，我的頭腦變得清醒得多。可是剛才「我的眼睛卻無論如何也要睜開」並不完全是原先想的，是在半睡半醒狀態下想出的一句，彷彿是一句很有意思的話，然而一清醒就忘了。John解了溲，走過來，一段長木頭。我今夜怎麼了？往日一提筆我便精神百倍，今天這筆裏彷彿灌的不是墨水還是催眠藥汁。每寫一個字，這個字便被眼光吸收，於是頭就重一分。John說他們都在啪啪啪地打蚊子，熱得要命。什麼？Meeting。這是許久以來沒有舉行過的最大規模的會議。四個大專院校的全部學生潮水般湧進了武大辦公大樓前的操場上。我們拎著傘，提著凳子，一些小小的浪花，很快地溶進了人

流。「這山，這小徑，這兒的草木的外形。（看，外形這個字我才學，用上了）都跟我過去下放的地方差不了多遠。儘管我已經成了學生，我還是願意去那個地方看看。那是個美麗的地方。我要去就要有點目的，不能白去。一個人。同學都結婚了。我？沒什麼意思。我對女人沒多大興趣。是呀，marriage is part of one's life. 我承認這點，可我……」

（The bell for the door rings. B, I saw them。）我已完全進入無意識狀態，竟寫出上面括號內那一段。我是想說，有人打斷了他。其實並沒有誰，是一堆擋在面前的亂石。越過亂石，又是爛泥的大道。道邊是石砌的高岸。高岸上有鐵絲網，將道路同網內蓊郁的大樹和青蔥的草地分開。他岔開話題談起別的來。每次觸及這個問題，其實觸及得並不多，他總有些不安，有些激動，彷彿想起什麼極傷心的事，彷彿內心什麼傷口又隱隱作痛了。他三言兩語把話結束：「我對她們沒興趣。」真的沒興趣？如若他從沒玩過女朋友，他是不會說出這種話來的，除非他沒有任何人類的感情。他有人類的一切感情：他愛音樂，這說明了一切。沒有感情的人是不會愛音樂的。他一定是曾經愛上某個女子，並熱烈地追求過，但最後由於負心的女子背信棄義，使他心靈上遭受到巨大創傷，就像我的朋友「洪」一樣。我很同情他。他有時候確實顯得冷冰冰。但他這人善於把感情掩藏得好好的。不過冷冰冰是他的特點。這個特點多半是家庭教育的結果，plus the社會影響。路上muddy不說，還太crowded，我們從一個缺口爬上高岸，走在鐵絲網外：這是一個free country。他對著網裏的人喊：「Concentration camp！Concentration camp！」我也有這種sensation他們是群走向墳場的囚犯。等到我們重新走進網內，這種感覺立即消失了。「你知道這是什麼原因嗎？」「I don't know. You tell me。」這是米爾冬通過我的嘴說的話，儘管他不在場。「I don't know, either。」也許這跟那句古老的中國格言有關係吧：當局者迷，旁觀者清。牢裏的人從來不覺得，或者至少不如牢外的人那樣覺得他們的處境是非常悲慘的。高大的梧桐頂著雲霄，形成一堵絕壁。枝葉繁密得不透半絲陽光。滿地冰棒紙。路邊是佩戴紅牌牌的執勤人員。操場就在那邊，是一片太陽照耀下的火海。人們躺在自己的黑傘下面，那兒更熱，黑色吸引陽光。黑壓壓一大片的男的。坐在後面的是女人。不，是女學生，她們嬌嫩，會議一開始，全跑了，坐在樹蔭下。誰說不準帶書？都帶了。A屁股荷包半插著法語語法；B褲子pocket鼓鼓囊囊，裝著一本袖珍字典；C這麼熱還把長袖子放下，他揚起手想給同學講解什麼，但他的手像打了繃帶似的，僵硬地擡起，又僵硬地放下。原來，袖子裏面藏了一卷雜誌。我們坐到草地上。頭頂可以看到藍天和樹梢，近處有兩三處枇杷樹，上面結滿圓溜溜金黃而熟透的枇杷。

　　黃昏。足球賽結束了。鬼知道哪個隊跟哪個隊賽，我跟你一樣。反正來的一大群年輕人，拔開汽水塞子就灌。「個把媽日的，那個穿綠褂子的好厲害，繞大彎帶球。」「狗日的，穿紅褂子的蠻能射球，老遠一有機會就射。」「把娘日養的。你個狗日的叫一個玩的；跟老子上一趟六渡橋，老子保證跟你揀兩個肥皮子回來。」他們互相親昵地罵著，使我忘記了手中的書。人類往往是讓人難以理解的：最親的人以罵相待；最疏的人以禮相待。我怎麼變得didactic起來。I'd better end here。

＊　＊　＊

　　好快呀，Ft！我心裏在叫。同時眼睛緊盯著卷紙上的題目。

他走得很急，挎著個大包包，嗦嗦啦啦把卷子往桌上一放，便出去了。教室另一頭的人好像有點不安。起了一陣微妙的騷動。有一個人的筆尖疾速地在紙上走，「刷刷刷」地響。一定是Gz。他考試從不落在人後，老是第一。頭上汗珠出來了，手動得太快，紙顫動起來。喲，這麼厚！要在2個小時裏完成。他感覺身上有些燥熱，解開衣扣，他沒注意到一只大腳趾頭（ball）正在摩擦另一只，在桌子下面。考試完了，整個兩個小時，道路、水、亮的，他怎麼還不來？4點半。她說好的。帶一壺開水。他們走得好早，尤其是他，Ft。他不錯。平時不看書，但看一本是一本，考試起來果然不賴。我怎麼對數學如此害怕？不敢先做那道有數學的題，一直做到最末一道題時才轉頭做，還想了半天。「發現自己有個缺點，對科技方面的東西理解力太慢。」「嗨，這算什麼呀！考小學生的。沒什麼意思。」他不屑一顧地說。為什麼沒什麼意思呢？我不明白。我自己就生活在一個沒有意思的世界，做著無意思的工作，甚至就在此時寫作的時候，我還盡量使自己處於半睡眠狀態，以期達到一種特殊效果。就如昨天樣，那真是一次叫人為之咋舌的經歷。我還想重新體驗，蒼蠅嗡嗡蚊蟲嗡嗡夜已深人已靜誰在說話棋子打在硬木桌樓頂上咚咚咚拖鞋腳過夜深人已靜自來水嘩嘩嘩嘩筆刷刷刷刷蚊蟲嗡嗡蒼蠅已不嗡嗡水，蒼白、漣漪水一大片無際無涯無邊地平線藍色的蒼穹一隻隻歸鳥向西飛去翅膀一扇一合、張開時見白色的羽梗合上時像木船的船舷。西飛去為何不東飛蒼蠅嗡嗡他放棄了用抹布趕走它的企圖蒼蠅在深夜嗡嗡更增添夜靜連蚊子的聲音聽起來也如警報器防空的嗎是暮色降臨時晚霞中黑雲般黑煙般繚繞的成團的蚊子交配的蚊子乘涼的蚊子雨一般鑽進頭髮打濕眼睛一抓一大把落日丟進西天的灰堆裏面向東鋪開一根金條製作很粗糙的金條隨人走不管那哪

裏在哪個角度它總是一頭連著落日一頭連著你的腳下蒼蠅嗡嗡誰
在說話看棋子兒啪啪地在桌上響將死了蛙在叫那兒沒有蛙出了什
麼變化泥巴瓶子全部吃完了溪水也喝完了晚上蚊子不多蝙蝠卻多
了鳥兒不叫蟋蟀便叫起來人不多靜的聲音卻多山在發出嘯嘯嘯嘯
的響聲好像巨大的蒸籠透著夜涼是這麼香沾著傍山的路在湖邊走
是這麼香整座山是一朵花綠色的花沒有葉的花瓣下藏著情人們自
行車隨便扔在那兒躺在熱烘烘將要變涼的草棵上壓倒了一大片草
草葉從鋼圈裏伸來男的女的緊緊挨一點紅光是紅的確涼紅尼龍網
眼襯衫一個看不清的腦袋正渴望kiss一切晚日落金條消愈消愈消
只有看不見的一道是幻覺不是幻覺還是有那麼一道鳥滑過天的跑
道溜過遊過搧過一個黑色的點子越來越小在西天玫瑰紅不是是青
灰色的雲彩中水紅船黑在湖面上飄凝然又不動是一頂草帽邊緣有
點兒翹兩座湖一座脾氣急躁粗魯不馴憂鬱不樂整天皺著眉頭另一
座是他的妹妹靜幽幽無皺紋一絲一毫就像我愛人的臉反映我的笑
它反映出松柏遠山峰亭還有晚照還有漣漣的白光清水綠在綠色的
苔蘚中在腳下柔軟地動又滑又膩是清水想游泳赤腳升進水中清水
掬一捧洗去風塵洗去塵囂遠離塵囂歸鳥卻向西邊去是塵囂從那茂
密的森林陰涼的繁草吞了晨露銜了香花曾在那苔滑的小徑上跳猶
如我們放在水裏踩在綠苔上的腳踩在綠中踩在明亮上收音機把時
報正是12點可表卻說11.55我往前撥我們繼續走因為是7.15了，太
陽已落山，再沒什麼可看第一次的新鮮永不可再得第一次的新鮮
蝙蝠在紅光的暮色中遊翔微風撫摸著brow她跟他走不跟我走我看
水我看水和鳥看不見的鳥星星升起城市的重重綠色的閃爍的星星
在山崗的鼻子上一簇簇擠在一起亮閃閃光燦燦越過湖水象另一個
世界的燈光在照星光在照星星微光沒有城市的燈光越過湖面時那
樣優美迷人可它們是自然的星星微弱卻發得出永恆的微弱的光在

草叢中耀草叢中耀的是天上星星的反光嗎不是是飛動的螢火蟲是一閃一滅的尾巴上有發光器的螢火蟲她要她要螢火蟲這自然的明珠為什麼是明珠她已在汽水瓶裏裝了十幾個是我給她抓的那光她說最亮最亮我不在意可他說這光專門為她照我們走到山崗邊水還是水紅光消失了白的是黑的暗藍的天空混為一體會到那路燈光浴在水中的美妙嗎是的像是兩只明亮的眼睛流下兩道晶瑩的淚痕長長的像兩道匕首插在空無憑依的大黑暗中是醫院裏量體溫的溫度計他說把湖水的體溫量一量問我們累不累要是有輛自行車多好他要騎在自行車上把我帶在後面把她放在前面他要飛快地騎著跑她默不作聲我仍然腳步不變唱起了Daisy daisy give me your answer do城市近了山逼攏來橋塞過來要你進城進到它熾熱的懷抱女人散步穿著半透明的尼龍衫和裙子在晚風中飄混合著臉上的香水頭上的髮蠟奶罩裏發出的汗香過去回頭還望一望夢一般的感覺男人坐在欄桿上手上有紅紅的螢火蟲一閃一閃夜氣中有縷縷看不見但聞得見的輕煙兩岸有高樹濃密的大樹遮去了湖面給路面投下深濃的暗影前面一條又黑又長的甬道邊的陰溝中螢火蟲無數螢火蟲在閃耀飛過頭頂飛上樹梢飛進密葉中飛在她薄薄的尼龍衫上閃爍她笑她偎攏了他看不見在抓螢火蟲兩張嘴接近她的舌頭舔著我的臉一瞬間分開就像螢火蟲與青草分開他在等臉看著前面默不作聲默不作聲他們繼續前行還有我往後邊看同樣長長的黑色甬道背景上有鬼影的路燈嬝嬝襯著這燈光他一定看得見兩張臉的貼近就像攝影師把逆光照她悄悄說聲音裏充滿柔情和怨恨沒有對著臭氣薰天這段甬道雖然最黑最溫柔最適於情的擁抱和其他的誰知道臭氣像醬油和著刺鼻的六六粉快走過還有魚腥金銀花不再一顆怦怦的心在兩只腳上跳跳到金銀花前哀傷的眼觸到的是枯萎的花黃銹的花正如我在我的漱口缸裏所見到枯萎了這只有幾天美麗的花她怎麼不像

我原先見到的他的床頭上空擺滿了女朋友的小照長得似乎更漂亮了些也更洋些這沒什麼奇怪他說道這一回像哲學家詩人的氣質不在了他說女人也像這花美起來就只那麼一段時間呼嘯著把人醉倒隔兩天再看你要嘔吐他舉了一個例子不必舉例子了我知道這樣的事不少他又發牢騷要去將男生止步的紙條撕掉女生可以在男生宿舍裏進進出出滿目是赤膊和短褲她們就不怕有傷風化為何要如此禁錮男同學有什麼好看她不是穿著游泳衣走過游泳池邊的大道在換衣服何曾害羞這是什麼道理誰知道這就是道德

＊ ＊ ＊

她坐在床沿，盯著我，聽我大談著詩歌的結構。我突然停下來，問她：「你在想什麼？你能讓我猜一猜嗎？猜不出來？你在想讓我坐攏一些，把胳膊伸出來，將你摟住，你倒在我的懷中，仰起你的小臉，把你紅紅的唇兒接在我的唇上，是嗎？」

「你只說對了一半。其實，我幾乎什麼都沒想。你不知道，當我和你在一起時，我就變得單純了，我腦子裏什麼念頭都沒有了。只想在一起，就像一個人一樣。要是我獨個兒時，我才愛想。我想得很多，也總是想得很遠。想什麼才不告訴你。」

這是昨晚上的事。日光燈下。宿舍裏。

「H君是個很好的人。真的。」她說。

「是呀，他確實是個好小夥子，身體壯實像頭公牛。幹什麼活兒都行。在廠裏掄大錘，在家裏揮鍋鏟，會做可口的菜飯，會做各種各樣的家庭的小東西，人脾氣隨和，肯幫人，又喜歡交朋友，不管跟誰都和得來。他真是個好人。我跟你說，如果哪一天我突然死了，這說不定的，我知道我是個短命的人，我希望你能

和他在一起生活。」

「真的？你以為我和他在一起能夠幸福嗎？」

「怎麼不能？你並不是天生就只有跟我才會幸福。倘若在我之前，有人愛上了你，他脾氣比我還好，你同樣是會感到幸福的。不過，有個不同的地方。不管後面的男人多好，感情總有些地方不如第一個。第一次的愛情最新鮮、最美好，也是最難的。但有一點是可以肯定的，還是可以建立得起感情。感情是靠雙方建立的。這一點應該知道。」

「是呀。他是個好人。其實我很喜歡他。他很內向，不愛多言多語怕什麼？不愛多言多語是最好的品格，我就喜歡這樣的人。大舌頭又怎麼樣？人總喜歡看外表。一般姑娘喜歡的都是錢呀地位的，叫人討厭。要是愛上他，說實話那才好呢。人們總是不講心靈的東西，不講感情的東西。真的，他提到了我？」

「上次他對我說你是個非常難得的姑娘，又溫存、又有才華。太不多見了。那一次我們三人談社會問題時你在場。他沒對我說，他早早地走了是害怕你不喜歡聽這樣的談話。其實後來我問你時你說你非常喜歡聽此類談話，我把這個告訴他時，他絕口地稱讚你說你這樣的姑娘真難得，他極少見到有哪個姑娘會對如此深奧的題目感興趣。我是把你和我發生關係的事講給聽了，因為他也講給我聽過。你知道我也不好撒謊，既然他已對外開誠布公。那一次對著H和我的面，W君就直截了當地問：『孤鶩君，我就不信你和她玩這麼長的時間沒有發生過一次關係。是不是？』你知道他這個人是百無禁忌的，什麼都過來過，他才不在乎，面對這樣的問題你說我怎麼好回答呢？我只好一笑了之，可以算是默認了吧。我不敢當面撒謊呀，再說我也不是那種人。這事過後幾天，H跟我談起你我的關係說，他非常欽佩你，而且認

為我們的愛是崇高的，簡直可以寫一本書作為榜樣。從這裏看他不一定認為W君的話對。」

「W君這人有些浮華。我總對他有些不慣。算了，咱們不要背後議論人。你說我彎會看人？我確實會，你別認為我是自吹自擂好吧，今天來找你的那個湖南的，我覺得很好，就是額頭生得低了點，很誠實，稍微有些不自在，面對著你坐不住，身子還要往你的左邊斜。你的右邊是我。R有點華而不實。有一次同房的把她的畢業全班照拿來給我看，說這裏面的農村人很難分清。我就猜。前三排全部猜對。最後一排第一次猜錯了三個，不過再猜時糾正過來了。我跟人家在一起時，我能夠使自己逃脫別人的注意，就更好地注意別人。我很喜歡觀察人。有的人說我老實，有的人說我『鬼頭』。那些花花哨哨、有點了不起的人就說我老實，那些肚子裏有貨的人就說我不一定，說我有心計。我們剛開始玩時，你就以為我不行。瞧不起我。我老實不像別人那樣，受人騙。我是不受人騙的老實。瞧，那個人很像我的舅舅。我的舅舅年輕時長得才好。姑娘們都喜歡他。有一段時間他和舅媽分居兩地，他工作地方的姑娘們沒事就來找他玩，經常是一大排姑娘和他一個男的上街玩。他後來出差還到武漢還跟他玩得最好的一個姑娘到公園裏玩了。那個姑娘知道他有家小。可她要玩。舅媽嫉妒死了啊。舅媽有一次跟我睡覺，她每回來家都跟我睡，哭了又哭，哭了一夜，還不停地打她自己。我那時小，就用小手拉她，拉也拉不住。我很同情她。後來才知道舅舅跟那個姑娘也沒發生什麼關係。舅舅和舅媽的關係仍舊很好。是舅媽找舅舅玩的。我和舅舅的關係很怪。小時候我就喜歡舅舅。大了、到中學快畢業時，關係變得很怪，舅舅每回來，我一見到他心就直跳，臉也白了，不知為什麼。想跟他講話，可一句也講不出來。他看

我不好意思講話，就跟我姐姐講話。他要是走了，我就站在門檻上望呀望，一直坐到他的身影消失才把頭縮回來。有一次我和他臉對臉坐在矮凳上剝豆子，頭不知不覺地靠攏去，他可能沒覺察到，我卻感到非常非常的舒服，舒服極了。這種感覺到下放後就沒有了。我十五六歲時，渴望有一個男人擁抱我，真的。我只想要一個男的擁抱我，其他的我不知道，我的確不知道。那是後來才曉得的。舅媽有時還嫉妒我呀，要是舅舅對我很熱情的話。有一次舅舅要請我參觀水庫，舅媽就說她很累。雖然以後又回去了，但她確實有些妒嫉。」

這兒的蚊子太兇，手臂上咬的皰像蠶籽一樣密。

＊　＊　＊

頭疼得炸裂一般。或者不用這種cliché的話，疼得就像閃電一樣，來無影去無蹤，可那電擊的力量可以將大地山河都點亮。這疼痛就在左腦後角頂端裏面一閃一閃地發電。我的眼睛稍微向旁邊轉過去，就會感到一陣劇痛。我不在乎。他們說這是由於睡眠太少，說我學得太努力。努力嗎？可能，每天學到第十二點鐘，不，一點鐘，學（哎喲，這頭要完全劈開就好）要這腦子幹什麼，如果它不能思想的話，可是怎麼思想，政治筆記本，哦不，要求做的政治問題，抄，他說，這是最好的辦法，因為這些都是已有定論的，應該服從領導，服從黨中央的方針政策，既然這些東西都是你們喜歡的東西。沒有錢怎麼過活，不管怎麼說把習題做了起來，或者說抄了起來。這抄書還得有些技巧。這種好汽車來像一個mass murder，我怎麼瞎寫起來，眼睛已幾乎全閉上，這個square-faced man were on border with me, oh不，他就坐在離

我兩尺遠的門邊。看他的通俗雜誌，搧他的扇子，扇子有節奏地搧著：吱兒吱兒吱兒你are wasting your time and mine這不米爾冬發火的時間Gz said he wasn't a god——no I'd better not say it any more。那人走了，他的腳步聲並不拖沓，大約細緻——他上廁所去了，刺刺刺，哦是Gz起了房間洗了腳，打個電話？我當然願意，我要告訴她——人都走了，上床了。我坐在門口，怎麼睡意全消，僅僅因為換了一個位置？哎，多麼希望趁著睡意的朦朧寫我朦朧的篇章。眼皮睜不開，黏糊糊的，又澀又苦，蚊子叮在臉上搖頭都搖不開，用手抓一下，才落下來，他有時還蠻會用詞啊，頭上痛的一掣使我的筆也顫動了一下，字寫得如此糟糕，可這是沒有辦法的，帳子裏還有人搧扇子。

　　今天為何這麼熱，還是五月末呢。啊，五月末！一年差不多又過了一半。我的生命又老了半年。青春像久遠的回憶，留在那沙灘上，埋在泥巴裏，被水沖走了。蝙蝠在尖聲尖氣地叫，好，我的眼睛又快閉上了。我的大腦開始昏昏沉沉，可是討厭的蚊子老在耳邊嗡，這還不清楚。無非是作好進攻的準備。喲，戰場上士兵的吶喊不就跟這些蚊子的吶喊一樣嗎？太癢了，這腿上，手伸去一抓，竟捏了滿把血。一看，兩隻腳又肥又大又腫又癢，充滿了血色。她那天驚訝地說：「你長得好胖，瞧你的腳。」她用手在我腳上捺，使勁地捺，一塊肥肉被捺下去就不起來，形成一個凹凹，「不正常，」她說。我也知道不正常，但並不能解釋緣故，原來是這些蚊子的傑作啊。這意志力的鍛鍊真不是件易事，看完了必讀的章節，我把曾作過記號的字詞句，依樣劃葫蘆地造句。想一想，一個二十七歲的人還在造句！多少人在我這樣的年齡早已名揚海內了，而我，還在造句！蚊子嗡嗡地叫，蛙聲不知幹嘛停了。那人怎麼去了這麼久才回，哦記錯了，

不是那人是另一人。不管怎樣，即便是在眼皮膠上的時候，我還是堅持著造完了那幾個句子。非造不可。這是任務，是自己給自己規定的任務。五分鐘的睡眠，或十分鐘，這方法有效至極了。早晨第一節課末我差點要進入半睡眠狀態，幸虧我下死勁張大眼盯著看老師，才沒睡著，下了課我什麼也不看就睡了它十分鐘，果然第二堂課時精神百倍勁頭十足這真是一個行之有效的辦法。無論如何要做作業要把當天的作業做完再做其他的事，這個原則現在才定下來，遲了三年，careless人像我這樣的對生活的態度也是careless。我想死，這有什麼了不起，不過是懦怯的表現，想逃避責任罷了。可是人人人，他們是一個秘密to me。蛾子飛到耳朵上來了，以為我是什麼棲身之所，careless person like me不能作任何人的棲身之所。我得奮進，奮進，spiritually。否則乾脆死去算了。要死得像個樣，決不能像條爬蟲樣死。我幹嘛不穿襪子，哦，太可怕，一想到就要去的床，我的心便充滿凄涼。又是一個死的夜晚，又是同一樣的早晨發現同樣的人掙扎著起來，大腦一天天像一張廢紙，什麼都沒有了。若沒有這蚊子，若沒有這蚊子！這麼熱，有人把床搬到走廊裏了，沒有哪一個宿舍不是敞開門在睡覺。兩隻腳被蚊蟲咬得通紅發亮，腫得象小船，好呀，腫就腫吧。腫吧，我要鍛鍊我的意志，山莊裏被蚊子包圍的日日夜夜還記憶猶新。那可憐的農民怎麼過的喲！我又是怎麼熬過來的喲！奮進！奮進！我畢竟過來了。誰生活在這個世上不是為了一個更美好的生活奮鬥呢？我奮鬥這是無可非議的。為什麼老感覺到後面有個人指著脊梁骨說個人主義個人主義、私私私。說人私的人自己才私！要麼像傻子樣的人牽著鼻子奮鬥，要麼就全憑自己的個人奮鬥。這就是兩條可選擇的路。

＊＊＊

　　Jz手裏剛拿到借來的書，書名叫《人性論》，我翻看了兩頁，心裏一衝動，叫聲好，就去問女圖管員是否還有這本書。「沒有了。」她冷冷地說，添上句，「你搞得那麼激動幹什麼呢？」滿含著譏刺，簡直叫人難以忍受。旁邊的人爆出一陣笑聲，又加深了這種受辱感。另一次談話驀地掠過心頭：「你在班上的成績怎麼樣啊？」「不怎麼樣。」「還可以。」「你怎麼知道的呢？」「高老師是教你們的呀。我問過她，你還可以。」帶著輕蔑的意味。從那次以後，不知怎麼我覺得一進圖書館就感受到一股難忍的壓抑。四邊牆壁嘲笑著向我擠攏來，喊叫著：「你跑這來幹什麼。你借這借那。你懂不懂自己的本行喲？」這些喊叫聲聽來不甚清楚，仔細聽聽變得尖細了，像女圖管員的嗓子。今天她的這一鄙笑不啻是對我驕傲和自尊的一擊，我幾乎忍不住要讓氣憤的言語沖出牙縫。我去書目架查書號，並不知道我要的是哪一本書，不過借以掩飾激動的心情。第一個映入眼簾的書號是恩格斯的《自然辯證法》。當即我走回借書臺，擲過去一個憤怒的眼色，正好同她探尋的目光相遇，同時說聲：「借《自然辯證法》，」感到再也忍不住了，不覺壓低嗓子咬緊牙關道：「就是不懂，努力學也可以學得會喲。」她一定聽見了這話。

　　我不知道何以要遭人鄙笑、嘲弄，即使我在見到心愛的書籍時表現出過份的熱情，也不是件十分丟臉的事，竟為人恥笑。實在叫人費解。這種差辱感持續雖不長，埋葬在心底的受傷的驕傲掙扎著站了起來，高叫著：「讓你們笑吧，我不在意。我要閱遍人類知識的財富，我要窮盡古今中外的名典，對你們的恥笑和挖苦，我才嗤之以鼻呢。你們並不能以笑來證明你們的聰明。相

反，只能更充分地暴露你們的無知。我的求知欲望是任何人都不可以阻擋得了的！」

* * *

　　她坐在床沿旁，用匙子往嘴裏送飯。他挨她坐，伸右手摟住她的腰，稍稍用些勁，她斜倚在他的懷裏了。他的整個面部埋在她的雪白的頸項上，感受到暖融融、溫軟軟的肉體的氣息：她整個身子向後倒了下去，笑著，手裏還舉著碗，保持平衡。她說身體都軟了。他輕輕地把她摟起。讓她的頭擱在自己肩上，她湯匙落在碗裏；右手無力酥軟地垂在胸前。「我給你餵，」他說。她只吃了一口，就「噗嗤」笑了出來。多麼甜蜜的一對。

　　她吃完了，嘴唇上油閃著光，他要給她擦。她嗔怪地說，你要嫌髒就算了。他沒屈服，畢竟吻一張剛吃過飯又未擦淨的嘴，吻時得到的感覺恐怕要和怕髒的感覺相抵消，結果變得什麼感覺也沒有了吧。他掏出手帕，已經揉得發皺，打開最裏層，要給她擦去油膩，她不肯。「怕手帕不乾淨？」「不，怕你嫌我嘴髒。」多靈巧的嘴！

　　愛人間的感情在久別後只可用火山的爆發來形容。他沒吃飯。可他用不著吃飯，理由是：愛情能夠充饑。他們摟在一起，用溫暖的被窩蓋住身體──穿著短衣短褲的身體。他吻她，他吻她，他吻她。每吻一次，她美麗的黑眼珠就向上方一睖，或是向深淵裏或是向天堂裏作遙遠遐想的一睖。她不動，任他吻。他有點恨她，怨聲說：「不吻你了。為什麼老要我吻你。你沒愛情。」「哎，你不了解我。」「怎麼，一定要男子先吻是吧。男的應該向女的求愛，對嗎？」「不是的。」她用最溫柔、最無力

的聲音說。「我沒有一點力氣了。我只能任你吻。沒有力氣還你
的吻。你知道。」可他，這個魔鬼。他的爪子已伸向她的乳，她
警覺了，把他的手推開；他又作努力，又被推開。聽得到她柔中
含剛的聲音：「不！不！再也不這樣了！」他也想起了半個月前
離開她時所起的誓言。「再不了，再不了！要像一個男子漢。要
能夠控制得住自己。」他把這話念了多少遍，直到他暫時地忘卻
了她為止。可是，一到了她身旁，更確切地說，到了她的肉體
旁，被她身上誘人的芬芳所包圍，他屈服了。「一個女人本身，
就是一支全副武裝的部隊。」他準備向任何欲望繳械，他要發
泄，他也要她發泄。她不肯，他生氣了。假裝的，他爬起來，要
離去，她雙手圍住他的脖子，拉他回到芳主的被子裏，質問道：
「難道你要的就是這個？啊，我知道了。你就是為這個來的。」
她感到一陣憤怒的衝動，臉別過去，眼睛緊閉，但珍珠般的淚水
卻如猛烈的春雨從心的深處迸射出來，打那關不嚴的眼簾裏溢了
出來。他顫抖了。他揩去她的淚花，說：「你瞧，怎麼好好的哭
起來了呢。一會兒堅強，一會兒軟弱。你真是個堅強與軟弱的混
合體。來，睜開眼睛，我要看你睜開的眼睛。」他去吻她，用
嘴唇吻她的眼瞼。一絲笑意掠過她的臉龐，脹破了愁雲鎖住的眉
頭，漾開了長長的睫毛，她睜開了明光閃閃的黑眼，但立刻用雙
手遮住，卻留下一道細縫，他從這道細縫中看進去，只見一片漆
黑，如同深淵一般的漆黑，他們又和好了。

　　她是個值得人敬佩的女人，他想。她除了讓他擁抱、接吻，
不許他觸及他身體其他部分，如他往日那樣。他深深地感謝她，
她在他走向懸崖邊緣時攔住了他，她的心靈的美好、純潔，喚起
了他的美好和純潔。「我愛你，」她說，「但你知道，我抗拒了
你還是愛你。」

　　　　　＊＊＊

　晚餐聚談。Jz首先發言。

　「小時候在廬山住了一年，最喜歡打柴的。不想讀書，只想跟著大人上山去。每個星期天一大早家裏把午飯弄得特別豐盛。麻油炒飯，怕肚子餓呀。一般中午是不吃飯的。然後一隊人出發，跟村裏的人一起去，十幾個。把小車，就是wheelbarrow，靠在山道邊，就上山找柴。不是那種茅柴，是碗口粗的小樹。我們在廬山背後，看不見風景，這也不要緊，砍柴也是其樂無窮。山間小溪呀，各種各樣的野花呀，還有鳥叫。美得很，那真是難忘的時候。在那個小縣城裏讀了一年書，初去時讀三年級，第二天就發現我跟他們那裏學生的水平相差很遠。老師是憑我寫的作文看出來的。便馬上轉到五年級。他很喜歡我，那個老師，他是一個縣裏的作家呢。現在我要是和他聯繫也聯繫得上。我那時能寫記敘文，一揮而就，把老師都看呆了。就是不會寫議論文，沒寫過。開批判會，要我寫稿子，寫了這麼短的一張稿子，怎麼念呢？小時候還經常寫詩，有一段時間愛詩愛得不得了。篇篇作文都是用詩寫的。」

　　「童年真是美好的。」L插進來說。「我直到現在還記得童年的事，連二三歲時的都記得，清清楚楚，好像發生在昨天。我哥哥要把我從滑梯上搡下去，我哭。（我突然想起他不敢跳馬的樣子），他說聲『我要』，我就哭一聲。我還記得那時候穿的衣服顏色呢。三年自然災害時，家裏盡吃藕和蘿蔔，我每天早晨都嚷著要吃油條。後來經濟好轉時吃了不少油餅，都吃膩了，你看我現在就很少吃油餅。現在，嗨，昨天幹的事今天就忘了，老是

後悔個沒完。」

「我兩三歲時的事可是一點也記不得。」我說，感到有些失望和難受。

「我也記得清楚呢。」Jz說。「記得有一次我差點跳樓，我跟姐姐坐在平臺上，她說要是她從這上頭掉下去就會象一團棉花似地浮呀浮在空中，奇怪的是我當時也有同樣的感覺，這好像是一種生物電流。有時候我們倆坐在一起，想的都是差不多一樣的事。我坐在椅子上就一前一後地搖。嘴裏還會念念有詞地說『浮呀浮，浮呀浮。』後來我沒有跳，走了。後來媽媽說知道這事後嚇得要死。」

「你們有沒有這種體驗，夢中充滿了千奇百怪的轟轟響聲，好像置身於一個深深的井筒中，上面是無窮高。」

「有過，有過。」Jz說。

「有過，有過。」辛穆說。

＊　＊　＊

末了，我要走，她留我吃過晚飯再走，又說，「吃點粽子，好吧，這，這裏有綠豆糕，但你只能吃一塊，不吃？我給不給你吃嘍。」到這裏我已頗有些煩躁了，便連聲說：「我不吃，我不吃。」轉身離開房間，逃也似的來到外面。

等車的人全排到街邊來了，車站有多長，他們就有多長，還要長一些。四四圍圍的人都把眼睛盯在一對青年男女身上，更確切地，盯在那位女子身上：上身著件碧綠的長袖如短大衣似的怪服，兩條腿為肉色的長統襪緊緊裹住，直僵僵插進黑色高跟鞋中。好奇的眼光從四面八方投過來。上車了，那男的恰巧在我旁

邊，女的站在他面前。他讓了她，她卻謝絕了。倆人並不說話。斜眼瞟見男的手在那綠人身上摸來摸去。過會兒，那片綠葉飄到車門旁邊。又過了會，男的用低得幾乎聽不見的聲音說：「流汗唄，過這邊來，這裏空，涼快。」還不見那女子挪動。他們是夫妻，抑或是朋友？憑那親熱勁，朋友無疑了。女的看樣22歲上下，男的與之相仿。

敲了敲門，聽見她的聲音在響：「誰？」得到了我的回答，她說：「等一會。」雖只一會，在我卻覺得好長。

她很冷淡地接待了我，這是在我意料中的。一進門，臉上身上的汗就垮了下來，直感到五內乾燥，四體火冒，就拿毛巾去洗了把臉。回到房中時看見她頭伸在窗外，向下看什麼。她是知道我進來的，但並沒轉頭，直到我晾好手巾，在床上坐下，她才回身，把紗窗關上。「你在看什麼？」「沒看什麼！」冷冰冰的語調。

在對面那張床下坐下，與我遙遙相對，左手托著左腮，肘子靠在被子上，一只腿垂在床邊，一只屈起壓在另一只上。看著我，如看一個陌生人。我們要考試了，管它，我反正準備交白卷！語氣十分堅決。主要別人會說，這中專生，連這簡單題目都不會做，怕這。門令人痛苦地大敞著。她殘酷得如一尊石雕。儘量找安慰的話，無濟於事。石頭般的臉上無絲毫笑意。語文可能也要考。那你不怕。我不會成語解釋。你當然用不著照字典……。我曉得呀，哪個那苔去抄字典呢。語文最簡單……語文最簡單，那你怎麼高考時只考了60分呢？一陣令人難堪的沉默。我的眼瞧著鞋子。

「她洗完澡沒有哦？」小X，洗完了吧？「洗完了！」她走去打開了門，它被關了for no reason and for a little while。各不做

聲，眼睛偶爾相遇，射出的只是冷霜。我覺得甚至不想看她。那件衣服她穿在身上並不好看，反把她弄醜了，盡是些犬牙相錯的三角格子，顏色也太老，沒有些微青春氣息，然而我卻得逼著自己恭維：「好看！」女人的虛榮心……嗐，何必去傷她的虛榮心呢。她說式樣是上海的，有人說蠻好，也有的說老相。為了使你不掃興，親愛的，我說「好」。

　　7點鐘了，給她帶粽子的那一位也許回了。她下樓去了一會，回來提著一網兜粽子，手裏拎一把莧菜，返身把門關上了。坐過來，同我在一邊床上了，先不做聲，後來說，這衣領是男式的。是嗎，這男子本來就可穿。那你試一下吧。說著就解衣，全解開了，脫了一半，忽而羞澀地一掩。好，我不看！頭扭了過去。衣裳遞了過來，我穿上了。你站起來給我看看。我站起來。就是頭髮短了。退下衣服還給她。見她只穿了件奶罩，大半裸露在外，情火一下扇了起來，克制住，扭頭不看。忽聽得嬌柔一聲：「過來，」回看時，早有一雙手伸過來摟住了頸子，於是一陣狂吻，不，並沒有嘴唇與嘴唇的接吻，沒有，她怕不衛生，只讓男子的嘴唇接觸她的兩邊面頰或胸部。於是都躺了下來。又要吮吸乳房，被她兩手制止。我就起了身，坐到一邊去，她也起來，又被我拉到懷裏。但衣裳已扣好了，口裏囁嚅道：「我不該。」「好，那麼就算了。」我答道，放開她。她不動良久，道：「你不要這個樣子。」語似警告威脅，一股險惡的氣氛籠罩下來。只得強迫自己違心地給她一陣吻，一陣擁抱，她則一動不動，似在享受。你這個供玩樂的男性生殖器，

　　門重又開了。下面，吃飯。平臺上的散步。她變得溫情起來，手臂老要貼住我的，身子也軟軟地往這邊靠，用手勾住她的腰肢，說：「還記得那時……」「討厭，別提了。」一點意思也

沒有。過去的事有什麼意思。

回到房間裏，門又一次關上。同時倒在床上，頭正移向枕頭，她說：「又睡了。」我即時坐起，離開她那誘人的身體，拿了本書看起來，因為我記得上次我們曾說永遠直到結婚那天，我們也不在一起性交。睡覺了。好吧，我做得到。我看書。她仍要我留在那兒，眼睛，我覺得，盯在我這兒，射出貪婪的渴求的光。不理會！她頭氣憤地撇過去。接著起來打開門洗碗去了。然後一人也看起書來，門敞得大開。我不知讀了些什麼，半天不明其意。要她去給我找睡覺的地方，她去了，一言不發。很久很久才回來。又給我一串鑰匙。「帶橡皮圈的這個，在XXX房睡。」不做聲，我就把臉洗了一番，帶了書，要她領我去。她不搭理，我把鑰匙丟在桌上，出去了。一會兒聽見人走路伴著鑰匙響，是她，讓她領路不領。自己走到一個角落裏，好半天她才走來。一起下了樓，進到另一個房間。她去跟另一個同房說話，把我留在空房間裏，這是今天的第四次了，有意無意地。

哦，多麼瑣屑，多麼雜碎。然而兩顆心，兩顆為欲火點燃的心，真想燒在一起去。她的比我烈，可我要比她更冰冷。你這個有著北極面貌地火熊熊的心靈的女人。我要讓你親自嚐嚐你收穫的惡果。

＊＊＊

天上有一道白煙，長長的，從梧桐樹林上拖過，插向建築物的背後。天是藍湛湛的，沒有一絲雲。睡在石凳上可以看見一動不動的梧桐，懸在頭頂像沉重的簾子。綠葉重重疊疊，被陽光照，亮的地方愈亮，暗的地方愈暗。層次分明，深淺不同，像是

藍天上的浮雕。

　　前面走著兩個女人。她們剛走上樓梯。可以看見右邊一個的高跟涼鞋，底太厚，顯得粗重。兩條硬邦邦的辮子隨著上樓梯的步子一搖一晃。的確涼的襯衣半透明。左邊是下樓人。提開水瓶的，拿飯碗的，背書包的，三三兩兩，絡繹不絕。沒法走到她們前面去。她的肥大的臀部就在頭前上方兩三寸的地方，一會兒繃得緊緊，露出一條清晰的溝，一會兒消失，那是攋腿造成的。高跟涼鞋也是一雙樣子不起眼的平底涼鞋。平底涼鞋，而且是土黃色的。這不能不叫人驚訝。細花的尼龍衫，隱約可見裏面穿的是背心。短髮的頭──呀，這不就是她，一直想見一直沒見著的她！她就肩挨肩地和高跟涼鞋在一起走。她們在談什麼。必須走上前去，還剩下二節樓梯了。現在剛好人流過了，出現一個短暫的空歇，再加緊兩步就可以趕在她們前面轉彎，她會看見側面的。讓她看側面好了，右臉的側面在鏡中看起來並不賴。破書包挎在左肩，看不見的。她們手裏各端著飯碗。咀嚼的聲音。腳步現在在下面。兩顆黑忽忽的頭似乎映在白糊糊的飯碗上沒有動。不看她們。不讓她們知道有人走過去還要回頭看她。總算轉了彎。稍微慢一點。她們也恰好轉過下面一個彎開始走上梯級。好！從樓梯扶手的緊下邊出現她的臉，鮮紅的兩片臉頰，一對水靈靈的大眼，黑眼珠全滾到右邊去盯著身邊的同伴。露出大部分眼白。就這眼白也只能瞧三秒鐘，梯級只剩下兩級了。她的眼白似乎並不比眼黑在表達能力方面差。眼白在說話。看見眼白映著的自己那個可憐的影子。

　　眼白在樓下大門又出現了。這回帶著失意。是向著別人的。黑眼珠這回滾到左邊。

　　送弟弟去車站。大路在山邊。緊貼下面有一條小路，逐漸上

升，在前面和腳下這條路會合。兩個女人在小路上散步，往山上走來。是她。腳放得慢了，同她們的步調調得一致了。那是兩棵移動的樹。哪怕有風把她們的樹葉吹過來也好。為什麼要等著那一雙嵌在眼角的黑眼珠和兩片空白呢？過去就過去，並不回頭。她一定看了這生氣的樣子。她該會回頭看看吧。沒有，她們從上到下就是兩顆黑的、兩塊白的，四根雜色的，在移動。

這女人並不美。因為她沒看你，是嗎？沒有回報的愛是不長久的。她跟牆上的美人照並無二致。

＊　＊　＊

圖書館。下午四點鐘。他就愛在這個時間去圖書館。一個星期一次。隨便翻翻雜誌，隨便看一看，這樣很舒服，給他一種懶散無目的的感覺。他喜歡這樣。不能老是一天到晚把自己捆在幾本課本上，把自己束縛在那幾平方米的空間裏。自由，這是他心中常常念叨的字眼。而這個字眼總有股漫無目標懶懶散散的味道。

白牌子紅字。開放時間：星期一下午，星期二下午，星期三下午，星期四下午。迎面一排拼起來的矮木桌，形成一條窄窄的通道。還是那個女的。消消停停地在看書。畢業後到圖書館當管理員倒不錯。靠牆一排書櫃，放書包的。找一個空的，把破黃書包塞進去。轉過身，走兩步，右手伸到左胸上面荷包，解開扣子，掏出學生證，食指輕快地打開，一瞧，看夾在裏面的錢是不是太多。不會的，這管理員怎麼會做那種事。只怕她錯給了別人。她是不會擡頭的。她抓過滑到面前的紅皮子，往身邊盒子裏一排硬紙板中一插，順手檢出一塊硬紙板，在桌面上一推，他的

手就觸到了，然後插進褲子荷包。有點費事，長了一點。坐在椅上只能規規矩矩，頂多擡一只腿，非左即右，隨硬紙板的地位而定。現在放在左邊荷包裏。一時忘記了，剛把右腳退出涼鞋，準備讓腳底踩在椅邊上，就覺得大腿彎彎處硬梆梆的不舒服，索性放下腳來算事。來晚了點，好雜誌都讓人拿去了。現在手中全是幾本通俗讀物。《科學與生活》，《八小時以外》，還有本《China Sports》。管它呢，看看再說。咦，那是什麼？在隔桌子那邊的椅子下。黑亮黑亮的。一顆一顆，發出極輕微的橐橐聲。只有你聽得到，別人怎麼就沒聽到？不管怎樣，那是一雙高跟鞋，又尖又細的跟兒，那是纖細、俏麗的；又圓又肥的踵兒，那是柔美、溫婉的；勻勻地抹著油，映著窗口射入的下午的日光。蛋青的褲子，筆挺的折，僅露出一角。然後是座椅，三根橫向的椅靠背襯木，給蘋果綠襯衣鑲上三道紅邊。頭髮，燙過的──幹嘛，你在看什麼？看你自己的書吧。字，一個個的字。什麼意思？又圓又肥的踵兒，耀著光，柔美的，溫婉的。蛋青的褲角，蘋果綠的襯衣，靠背襯木是無礙的，襯衣裏邊的「V」形看得清楚。什麼，看什麼？看你的書吧。雜誌，是的，有三本，都在面前放著。燙過的頭髮，紮成兩股，松散的，未梳辮的兩股，又形成「人」形，披在肩上。尖尖的跟兒，在那兒輕輕地點，一只又細又長又纖又巧的手指在那兒點，在這兒點，書頁動起來了。哦，新產品介紹，什麼？封底廣告。呀，她站了起來，一整個的人，綠的、蛋青的、黑的──一個整體，不，綠的托著一個圓圓的、白白的、染著兩點紅的什麼東西。過來了，心怎麼在跳？又過去了，坐下了，三道襯木的鑲邊。

「對不起，美麗的女士，您允許我告訴您一件事嗎？」

「啊──」她擡起頭，愕然地。

　　「我想，是否，在外，更，合，適，你看呢？」聲音低得幾乎聽不見。

　　「——」

　　他出去了，他從她眼裏得到了信息。這麼大的人，是無需多作解釋的。話語中的一個停頓，某個字音吐得輕重與否，眼睛那麼微微一溜，總之，心有靈犀一點通。他先走，清清楚楚看見後面跟著的她。

　　夏夜的星子，夏風的涼幽，草地，閃閃發光的小河，溫溫的草，溫溫的她的手，蟋蟀在諦聽，不叫了，她的呼吸，她口裏的味兒，臉上抹的雪花膏，柔軟的、柔而又柔的。

　　「噗通。」他驚得從椅上跳起來，才發覺原來對面剛坐下一個人。喲，正是她。不能看她。看自己的書，看自己的書。對，雙肘就這樣放在桌上，雙手在兩邊捏住雜誌，手得離開桌面一點，離眼睛稍遠點。這不，不會以為自己眼睛是壞的。身子正直一些，稍微傾斜，這樣風度足些。不看她。女人就是因為被男人過多地盯看而溺慣了。這不，她的頭偏了一下，擡起來了，往這邊掃了一眼。看吧，看我雜誌的封面吧。是《文學評論》，這旁邊還有幾本剛換的《外國文學》，《譯林》，不是個知識很差的人。愛文學。這段不錯，抄下來。「叭噠，」退下鋼筆帽，抄。「不同時代的藝術家，」什麼？這是下面的。應該抄的是這：「藝術作品說明它所塑造的現實」。

　　「咯，」椅子擦在地板上，苦叫一聲。擡頭看時，已經人去椅空了。

　　又在那兒坐了一個小時。女人到來時所引起的磁場變化已完全消失。

　　他隨著鈴聲，走到出口，交了牌牌，領到自己的學生證，取

了書包，便走了。

＊＊＊

　　六月的傍晚。濱湖大道出現了散步的人。看書的，閒逛的；剛遊過泳而現在梳理著濕濡頭髮的姑娘，還有許多別的人，我不愛看。走了西邊一條道。太陽在西沉，但尚未落到梧桐枝葉的下緣。水面柔軟光滑，映著天光。岸草長得長了，快達膝頭，沒有風。襯著湖水，可以清楚地看見一根根草棵。驀然，一顆小亮球從岸坡下蹦出來，在草棵間閃動，立時把幾棵草莖熔化了。順著小亮球成直線地向西看去，在湖的另一邊泛著一小片粼粼的光波。在光波和亮球之間，水色如舊，消失在一棵大樹背後，又出現在兩棵大樹之間。燦亮灼灼，不可正視，我偏要正視。就見這亮點已成了兩頭尖中間鼓形如紡梭的東西，離開岸有上十米遠，閃閃爍爍。水面上翻出許許多多小小的金花，瞬息即逝，留下細膩的波紋，表明魚的遊動。我這才發現這些小小的金花全是小魚製作的。那麼，現在在光波和亮梭間湧動的金斑該也是魚的遊動吧。恐怕不一定。我竟產生了這樣的幻覺──湖水冰涼的液金，蓋著一層柔和的白膜。魚兒在液體的金子中間悶不過，便浮上來。用小嘴輕輕朝上一拱，白膜破了，於是，一朵熠熠的金花便翻湧出來。

　　在我們這裏，各人的床的整理的樣子清楚地說明著它主人的性格。我中午蓋過的毯子仍揉成一團，丟在枕邊；牆上鄭板橋的蘭草圖，由於保養得不好的緣故，像我一樣打了皺。我到對門去聽V.O.A，走到L的床邊正想坐下，一看疊得方方正正的被子和枕頭，我畏縮了，走到鄰床，躺了下來。嗬，這可是另一個天地：

正在頭的上方一順溜貼著三排照片，全是女人的。前兩排顯然是床主的朋友。穿得很時髦，擺的姿勢也挺神奇，但模樣看得不大清。大約是有意這樣拍的吧。第三排其實嚴格說來只有兩張，一張是香港電影明星，穿著乳白的網眼毛衣，睜著烏溜溜的大眼，另一張是法國畫家的名畫，名字我不記得，反正是個小姑娘，穿著粉紅的毛衣，襯在粉紅的底色上。眼睛出神地注視著某個不定的地方。嗯，這倒挺舒服，躺下來，就可和自己女朋友會面。這些相片和畫片都貼在糊得很好的報紙上。我這才注意到上面寫有字：不經血和淚就別想在世上有持久的成功。離開這行字不遠，是兩個大大的「博」字，跟著兩個強烈的驚嘆號。

躺在這張床上，有一種來到一個溫暖的小家裏的感覺。正面牆上一根日光燈管，上面搭著兩件衣裳。一件白尼龍衫，袖口三道藍邊，胸部三道藍邊。另外一件搭在那裏，袖口領口都蓋住了。頭上那塊作為鑲嵌的木板實際是橫在床兩端作小櫃子用的：裏面放著一摞摞的書。

* * *

我把那本大部頭的 *The Norton Anthology of English Poetry* 塞進破書包裏，脫掉涼鞋，換上涼鞋改成的拖鞋，手裏掇著滿盤放菜的碗，就往外走，準備仍像昨天一樣，一邊吃飯，一邊沿湖走，吃過飯便到草地上就著消逝的天光讀一會兒詩。在樓梯口碰到了ZZZ，互相打了個招呼後他問：「去哪兒？」

「外面去走一走。」我說。

「那好，我也跟你一起去。」

「嗨，總算了結了一樁大事。」他嘆著氣說。

「什麼大事？」

「還是那件事。你知道，」他開始講起來。「要是不把關係確定下來，我簡直就坐立不安，什麼也看不進去。成天到晚心裏就想著這事。好幾個晚上苦惱得睡不著覺。她也急。不斷地催我，甚至要我給她父母親寫信。我反來復去想了好久，最後還是決定寫了。哎呀，信可真不好寫。當時要向你求教就好。一忽兒怕用詞用得太華麗，她父母親會產生我這人輕浮的印象；一忽兒怕用詞不當而留下不學無術的嫌疑。感情寫得太濃怕華而不實，寫得太虛又乾癟無味。一寫好我看也不看一眼就扔進了郵筒，大大地鬆了一口氣。我就是這樣的，要麼寫了信就發掉，不然隔夜重讀，我就會改變主意。我寫了很多信沒發出去就是這個緣故。她父親當然知道我。過去我常去她家。我也不是沒想過當面談的事。可是當面談太難開口。你想想那個情景吧，不定我的臉要紅成什麼樣子呢。她說她父親問我還是不是中學時代的模樣，也不知道他是指我失去了中學時代的天真活潑呢還是說我仍然像中學時代沒有成熟。她中學時和我一個班，就坐我前面。經常回過頭和我談話。當時班上的團支書最反對這一點。他經常警告我說，下一次她再找你講話，別理她。你說得有道理，他一定多多少少有些吃醋。其實中學一畢業，他是全班第一個玩朋友的。她呀，就是自尊心太強，我應該說是虛榮心太強，特別愛面子，見不得別人說她一句不好的。是的，以前我也象你剛才講的那樣，常常有意貶低她，有意做點小小的舉動，不輕不重地傷她的自尊心，壓壓她的傲氣，可結果是雙方都不快，發生口角，我們經常口角，不過還沒達到傷害感情的地步。我們班上有個男同學的名字和她的名字除了中間一個字外，完全一樣。有一天，我偷偷用橡皮把她練習簿上中間那個字擦掉，換上那個男同學的名字。她看

到後猜出是我幹的，便又氣憤又惱怒地沖著我說，他這樣的人撿都撿得來。哪知道這句話差點使她挨打的。過後，我把這句話講給另一個同學聽。那家夥不是個好東西。他把這話跟那個同學講了。我當時也在那裏，聽見那個同學破口大罵，揚言要把她狠揍一頓。在電影院，今晚就動手。我跑去對她講了，勸她晚上別去看電影。我們本來約好一起去看的。她一聽火冒三丈，一疊連聲說我不該把這話告訴人家，一個勁地埋怨我，直到我發了煩，說你緊說個什麼東西呀。她住了嘴，卻堅持要去看電影，還告訴我她給我把凳子搬好。我當時受了感動。不過，我到底還是沒去。後來聽說那個同學真的去電影院找她，還袖著半截皮帶，威脅要揍她的人。要不是她的同伴中（她一起有好幾個女伴）一個說，你別兒，你要是打了她，沒有也不會有好日子過，他真的會動了手。初戀時，來信可多了。我信中盡寫些狂話，都是些熱情得了不得的語言。有一段時間，我們關係冷了下來，我把信燒了一大半，傷心得不得了，留下來以後作寫作素材？別瞎說了，誰還有這個心緒？只想把這些東西燒得一片不留，她的印象就會徹底消失。你說什麼？要是這兒的工人裏有一個姿色出眾的姑娘我會不會愛她？當然不會。那麼，有一個長得很醜卻學識淵博心靈美麗的姑娘？也不會，太醜了，將來怎麼在一起生活呢！至少不是醜得那麼厲害，然而心地純潔高尚，這樣的我當然喜歡啰！」

* * *

　　「告訴我，你怎麼想起到這兒來的？」她拉著我的手，兩人一起坐到床沿，柔情地望著我說。「你怎麼想起到這兒來的，告訴我？上次分別時个是說好了一個月以後再見面的嗎？」她目不

轉睛地注視著我的眼睛，臉上帶著甜美的笑。

「這，我，也說不清楚。我來了，就來了，也不知道為什麼。」我結結巴巴地說。

「你不告訴我，你不告訴我。我剛才還想你來著，剛才。我們在陽臺上乘涼，我就想著你，是不是會來，真的，不騙人，真的。」她情不自禁地將頭垂到我的肩上，趕忙又擡起來，朝半開的門縫那兒溜了一眼。看看沒人，才又偷偷地吻了我一下。

（怎麼搞的，我竟絲毫想不起昨夜的事了！）

她躺在我身邊。門拴著。

「人一生不可能只愛一個人，這對男女都適合。惟有第一次的愛情才最崇高。最純潔，最值得人玩味。當然，我並不是指那種純粹的單相思，我是指精神和肉體達到完美和諧的愛。這才是最最理想的愛。就像你我一樣。過分地追求肉體或精神，只會給人帶來痛苦。倘若人一旦失去了這種愛，他要麼由完全不相信任何精神上的愛走入尋求肉體的愛，要麼就去尋求清教式的精神的愛。後者一般不多。但也不乏其例。我就有過這種思想，當我遇到比你更美的姑娘時，我問自己，我可能愛上她嗎？我自己又回答說，可能的。那麼我究竟為什麼愛她呢？因為她美。那為什麼我不愛藝術家畫的美人圖而要愛雖不如畫中人美但卻是活的人呢？我的愛她無論如何跟性分不開。我知道，假如我和她戀上，我最初的舉動是文雅高尚，她的也是溫柔嫻靜。但我從那一分鐘起可以預知我們這些漂亮的外衣不久就會脫盡，露出赤裸裸的肉體的。當然到那個時候我們雙方都會說，我們是相愛的，愛若沒有性做基礎，是不可能建立的。可是，這第一步就走錯了。所以我現在一想到另外的愛情，都認為除性愛而外是不可能有的。我討厭這種愛。我因此討厭同任何其他的女學生接觸，我怕那種由

於年深月久的友誼而造成的後果。我覺得，我同你在一起夠好
了。我們在精神上，在趣味和愛好上都很合拍。在肉體上，你我
也可以得到至極的快樂。我並不認為在兩個相愛的人之間這種關
係是罪惡的，相反，我認為正因為有了這種關係，我們純真的愛
情才有了基礎，才不至於是一座空中閣樓。我曾經聽說這樣一個
故事。男女雙方愛得非常有分寸，有理智。一句話，也就是非常
合乎道德規範。雙方戀愛一年，還從未拉過手，更談不上接吻
了。在一起談的也是一些從書上背下來的大道理和名言。後來這
個女的在醫院看病，非常偶然地同給她看病的醫生發生了關係。
簡直令人吃驚！她和男朋友的關係因此而破裂，她也調到另一個
地方和另一個男人結了婚。對這件事我原先怎麼也想不通。現在
也逐漸認識到一些其中的奧妙。一個女的渴求男朋友的什麼？從
根本上來說就是他的愛。形象一點，就是接吻、擁抱，且不說性
交，因為一般情竇初開的女子很少懂得這一類事的。再者，女方
理想中的男朋友總是形象高大豐滿，不會作出那種猥褻動作的堂
堂男子漢。這樣就產生了一個矛盾。一方面精神上追求完美的男
子；一方面，肉體上渴求得到滿足。對於一個脆弱的女子來說，
肉體的要求總是占上風的。就像被堤圍住的水，一有漏洞就要往
那兒流，是阻擋不住的，防不勝防的。」

「你除我而外，是否因為你剛才的那種想法而真的就沒有產
生任何念頭嗎？」

「我知道你又在吃醋了。不過你要是想聽的話，我可以告訴
你一段故事。」

「……」

「你不想聽？那好，我就不講了。怎麼，又想聽了？她長
得很美。晚飯後找到外面讀書，先讀了半個小時的德語，又讀了

半個小時的法語。德語書就隨手放在石上，看看天要黑下來，我便把書收拾一下，回了房。這才發現德語書沒帶。連忙往那地方趕。來路上碰見一個姑娘，就是她，剛才看書時坐得離我不遠；她手裏拿著一本書。我便問她是否看見一本失落的書。她揚了揚手中的書問是不是這本。我一看正是那本《大學德語》（第三冊）。連忙道謝。她一邊走一邊問我是學什麼的。我說是學英語的。她奇怪，怎麼我學德語呢。我說是喜歡，自學的。她便說『Wie heisen Sie?』我告訴了她我的英文名字。於是，我便問她是不是學德語的。兩人攀談起來。我對那次印象很深。其實在這之前我就知道她了，有一次我提著開水瓶上樓，無意間擡頭時就看見對面走來個女的，眼睛直盯著我看，盯得我心都有些發慌。那真是一對熠熠發光的美目啊！我不覺回頭又看了一下，恰好遇到她回頭看的目光。從那以後我在不同的地方碰到她幾次，都像這樣默默無言地對視。但自從你和我一起在路上走碰見她後，她再也不理我了。可我還總是尋找著她的眼睛。怎麼，你不相信？

「我相信。你的故事講得真好。」她把頭埋在我頸窩裏，懶懶地說。

「既然你不相信，那你就猜猜，我哪講的是真，哪是假。」

「見過她，但沒講過話。」

「咦，你怎麼知道的？你真──你一定有過這樣的經歷，對嗎？」

「我？有。不過──你再講件這樣的事給我聽，我就──」

「講什麼好呢？你知道，我不願講過去那些事，因為我怕講了破壞我們之間的關係。你為了我告訴你我曾在你之前愛過另一個人而大大地吃了一回醋，我覺得很難過。本來我是真心實意地告訴你，想求得你的諒解，同時也傾吐傾吐自己的心思。沒想

到——其實我同她根本連三句話都沒講過，除了那次在地道口，哦，我跟你講過？而且，我現在見到她根本一點舊情都沒了。你說奇怪不？倒是我那時愛著另一個人。那是小學四年級時，一天晚自習，門打開了，隨著老師進來的是一個女孩子，紅紅的圓臉蛋、黑黑的圓眼睛，穿著很樸素，甚至有些土氣。老師說，來了一個新同學，她叫Li Zhuang，他伸手用粉筆在黑板上寫了兩個大字。有一回，我看見她掉了一件小東西在桌下，趁她不在，我便撿了起來，本想還她又不敢。就珍藏了起來。後來她調走了，只到中學二年級時才回來。我的舊情又點燃了。但後來沒跟她說過一個字。」

「我也是的。他叫章華。那時我只覺得他的眼睛挺厲害，裏面有種逼人的光。我總是看他，他有時也看我。兩個眼光一接觸，我心就跳，臉就發燒。我還經常向那個蠻老實的，跟他住一起的女同學打聽他的情況。我們也沒說過話。還有常春。他在我的印象中也特別好。記得有一次我和一個女友在路上碰見他，他只跟我打招呼，看我的那種眼光好怪呀，叫我心裏有股說不出的滋味。再沒有了，你肯定還有。一定的，你要是講了，我再告訴你。」

當她提到那個男同學的名字時，我心裏騰起一股不知是怨還是惱的味道，但只一瞬間便按了下去。

「好吧，這個人你認識，而且跟你關係很好。對，就是她，非黃。我也挺想她的，又從未講過一句話。你記得我曾經總是向你打聽她的情況，還要你把她帶到我家來。在鄉下時，我也愛過一個女的，算了，我還是不講的好。我知道，我每講一個，你的心裏就會不高興，當然你面上是不會表示絲毫痕跡的。你真的不計較？那好。這個女的是武漢下放的知青，是那座水利工地上長

得最美的人兒。叫李珠。我一見她就被迷住了。她常穿一件藍花白底的衣裳，那衣裳簡直就是我的夢。我那時穿得又破又爛，可不知為什麼老看我。也許是我的長髮和破衣，再加上那點吊兒浪當的味吸引了她吧，說不清。也從未說過一句話，盡是單相思。」

「還有一個人愛過我，是我表哥，在一個小城。那時，我每年去那兒。他上班。我要沒去時他總是到外面去玩的。我一去，他就成天在家陪我。有一次，他要我在竹床上睡午覺，我說要他睡，因為他還要上班。他依了我就臥著睡下了。他當時只穿一條褲頭和背心，仰著睡覺得不好。我就看他睡的樣子坐在旁邊，手裏拿本書。我看呀看的，心裏直想撲上去抱住他，可又不敢，太害羞。不知道他當時睡著了沒有。還有一個就住外面家三扇門過去。吃飯時我們總是到門前吃，他望著我，我就望著他，彼此覺得這樣很好，其實他長得並不怎樣，但我不討厭他。我因為那時還沒找到一個理想的，你知道，我心中是有一個理想的：北方人，高高的個兒，又和藹又可親，寬寬的肩膀。我就喜歡寬寬的肩膀。就是在那段時間裏，我才暫時地選了他。還不是沒說過心裏話。嗯，我有個問題，你為什麼不找以前任何一個而要找我呢？一定是覺得她們都比我好，條件高，找我困難要小些，因為我不如她們，肯定好說話。是不是這樣？」

「那倒不一定。你和我同班這個原因很重要。懂嗎？可我有件事要說，我總覺得我和你初戀時你有點無所謂，可我像瘋子一樣的，技校的一年完全是糊裏糊塗地過來的。全是為了愛你！」

「誰說的？不過在農村那段時間我愛你要少一些。後來上了學，我有時想你想得簡直忍不住，躲在暗處一個人哭。」她說著真的動了情，眼圈都紅了。「還記得你寄來那張照片，我晚上

睡覺時就拿來放在胸口上。我想你想得無可解脫時，就把兩手緊緊拳在胸前，頭勾著，就這樣。」她說著做了一個異常痛苦的模樣。「我和別的姑娘不同，發育得早，媽就說我是個精怪，又癡情。我很容易動情呀。」

「嗨，人若沒有愛，在這個世界上就別想生活下去。」

「是呀。那確實是這麼回事。」她同意道。

＊ ＊ ＊

她臉色蒼白。當她微微側過臉去朝向門邊時，看得見她瘦削下去的面頰。

「你怎麼瘦了？」我問。

「不知道。我吃得並不差。前兩天流過鼻血，現在好了。你聽說沒有，武漢市正在進行一次獻血運動，據說是——我也不知道是為什麼，好像是——單位已經有些人獻了血，領導還開會動員呢。我可沒報名。我這樣的身體怎麼受得住。別說休假三天，補助三十元，就是一個月三百元也恢復不過來。要獻兩百西西血。」

我追問為什麼原因這樣號召大家獻血。她想了想，看看天花板，又看看我，笑了，臉上顯出一副無可奈何想不出來的樣子。我一定要她講出來，還嘲笑了她一句。她扭動著身子，又笑了。她拿手打我，堵我的嘴，看我毫無反應，便停下來，又看看天花板，然後靈機一動，迸出一句：「備戰。」

就在這時，我覺得她有些蠢。她那顆腦袋裏什麼東西都沒有，只有最本質的東西。我不自覺地把身子往後微微仰了一點，避開她撲上前來的毛茸茸的腦袋和雙手。

　　然而今天，時隔一天，當我不在她身邊時，我是多麼想念她呀。她是我心中最最完美的形象。任何女人，無論在智慧和美貌上都比不過她。我又想起她和我在一起時的那些時光，我們的爭吵，我的談話，她的沉默，我們的玩笑，我們親熱的舉動等等等等。這些回憶穿插在課堂上，睡覺中，湖邊、草地、樹下，在我心中激起一陣陣微波，多麼希望和她在一起永遠永遠地生活下去！一看見其他的女的，我就不禁感到厭惡。（咦，我忽然想起她昨天和我談的一件事。她問我假若我的那些女同學知道了我和她發生的那些事，她們會用怎樣的眼光看待我呢？我說不知道。她說，她可以猜測得出。她們一定感到惡心。她說，她最不喜歡任何一個結了婚的男子，怕他們的眼光，因為他們既然結過婚就清清楚楚地了解一個女子身體每一個部位。她說若被他們盯著，就有種衣服被脫盡了的感覺。她極不願意跟任何一個結過婚的男子打交道。然而，她卻喜歡沒有玩過朋友的男青年。當然，她和他們的關係是正常的。她喜歡和他們開玩笑，特別有一個，挺活潑的，也喜歡和她開玩笑。有時候她故意裝著不理他，這時他就想方設法逗她笑。有時候，情形正好相反，他那方面裝得不高興，她也有方法能使他高興。奇怪的是當我聽到這樣的敘述時，我內心很平靜，絲毫沒有嫉妒的成份，更談不上憤怒了。我覺得挺自然，一個玩了朋友的男的或女的，當他們彼此不在一起時，仍會通過彼此喜歡的另外的人身上找到自己愛人的影子。我自己遇到無論什麼長得美的姑娘，總愛首先拿來同她進行比較，而且，總忍不住要多看上兩眼。我問她是不是也是這樣，她說是的，並且添道這是不足為奇的，誰不這樣，誰就是個不愛美的人。）尤其看見那些裝模作樣、扭扭捏捏或大膽潑辣、粗魯不雅的姑娘。我直要對著她們吐涎。我喜歡的是溫柔文靜甜美嫻雅的

女子。雖然我自己長得挺醜，但世界上的事情就是如此矛盾，當你長得太美了的時候，你反看不到你自己的美，也看不到別人的美，真正的美只有醜人才可以體會到。心靈美又是另外一回事。我覺得她的心靈比我美。她告訴我上一次來這兒遲了半個小時的緣故。星期六下午勞動，剪鋼絲，她本來一接到電話請個假就可以早早地走，她不想那樣。一個人把所有的鋼剪完，急急忙忙梳梳頭換了件衣服就趕來了。她說並沒有講這個原因，怕我不高興。哎，我心愛的姑娘，我錯怪了你。我總是錯怪了你。她說自從工作以來，沒占過公家一分便宜，無論幹什麼工作，都踏踏實實地幹，也不圖表揚什麼的，只想清清白白做個人，清清白白過一生。她的話和她本人一樣，簡單而樸實，不，要更樸實一些，因為她本人的相貌多少帶些時髦的痕跡，捲髮，呀，我怎麼就寫不出她的相貌？雖然再沒有第二個人比我和她更親近了。我們擁抱著，一聲不出，我就能感覺到她那顆美麗的心靈的顫動。不過有時也不一定，我覺得奇怪。我告訴她，我想寫小說，如果有時間，我還要將我和她之間所有的詳細情節全記錄下來，加以描繪（我和她開玩笑，我當然不會做這樣的事，自看了哈代等大作家的作品，我就明白了一個道理，描寫愛情是要描寫戀愛雙方的心靈，而不是性欲。誰若是到了不描寫性欲就無話可說的話，他就是一個禽獸一般的人。）她說，你寫下來，寫下來，給我看，給我一個人看。這就叫我吃驚了。難道她經歷了這樣的事不夠，還一定要從文字上重新體味嗎？難道女人也像男人一樣對這一類的事也有一種不可遏制的欲望和好奇心？我只能憑猜測，我想回答是yes。女人和男人一樣，也是靈肉所鑄成的人。較之男人，她們更易於為欲望所控制。小時候我總不能想象一個長得極美的人兒怎麼會睡覺，怎麼會上廁所，怎麼會大吃大喝的。她會做這些

事，簡直叫人難以理解。她們比男子更易於為欲望所控制那是因為她們耳濡目染的都是些與衣食住行分不開的事，而且尤其是衣食兩方面。她們很少關心發生在周圍世界的事情。她們在舒適安逸的環境裏住慣了住久了，不知不覺就產生了種種奇想。而這些想入非非的思想又總是圍繞集中在某一個不定的虛無縹緲的男性身上。

* * *

三年前他曾和好友一起訂了一個自做竹筏順水漂到大海的計畫。三年過去了，這計畫終於開始，然而卻只有他一個人來執行。他唯一的朋友B進了大學，現在正拚命地用功，準備考出國研究生。他知道這一點，不願意浪費他的時間，甚至連寫封短信也不願意，因為——因為什麼？他是在半夜裏出發的。這是一個無月的夜晚。天上烏雲密布，遠處滾動著雷聲。風從遠方刮來，嗚嗚地響。他只穿了一件褲衩和汗衫，在黑暗中摸到自己那只破錢包，裏面裝著還沒用完的20元工資。他毅然地離開了家，這一切沒有一樁值得他留戀，這像墳墓一樣的家，這像行屍走肉生活的人們，這個毫無生氣的小城鎮，沒有愛，沒有友誼，沒有溫暖——他有什麼值得留戀的？連最後一點希望也完全破滅。她再也回不到自己的懷抱中了。他站在高高的堤岸上，腳下是滾滾的濁流，泛著白沫，打著旋渦，向東邊流去。黑沉沉的天色與黑沉沉的水光溶在一起，偶爾有一兩點極微的光斑，在黑暗中猶如死魚的眼珠，發著垂死暗淡的光。「B，我的好友，三年前我和你約好，要從長江裏遊到大海。可今天，我只好一個人先行了。祝你成功！」他說完這幾句話，便霍地一下脫掉汗衫和褲頭，正

要往江中跳，忽然想起手中還捏著20塊錢，不覺哈哈大笑起來：「錢，金錢？你這卑汙的俗物，難道在這最後一刻，還想緊纏住我，還想叫我留戀不舍？去吧，安靜地睡你的覺吧！」他一揚手，那只皮包便像紙片一樣被風刮得無影無蹤。

　　他在無邊的黑暗中游泳著，周圍是風聲雨聲雷聲和劃破長空的閃電。他全身裸體地游泳著，感覺到水的流動，彷彿有一只巨大的手在推動他。他覺得自己有無窮的力量，此時，他似乎在一個女人的懷抱中，在他的所愛的懷抱中，互相赤身裸體著，他全身充滿原始的精氣和力量，他奮力揮動雙臂，隨著波浪的起伏，擁抱著每一座浪峰，他渴；他感到無比的渴，他要止住這永世永生的饑渴。他知道任何的精神力量都不能止住，他大張開嘴，一口一口地吞食著昏濁的江水。他大笑，他歌唱，他渾身快樂得發抖。他忘掉了一切，只覺得來到一個嶄新的世界。他過去的世界死了，那是一個充滿邪惡、火藥味、冷酷、虛偽的世界。他只有過一次友情，一次愛。這友情和愛僅僅一眨眼的工夫便消逝了。他不得不為著金錢蠅營狗苟，庸庸碌碌地過活，他不指望從別人那兒得到什麼，他寧願把整個的心交出來，他寧願大聲地宣布：「人們，我願意做你們的知心朋友。不信，請把我的心拿去！」然而，沒人相信他，人們只相信他剛才丟掉的東西。人們只相信那個！他並不稀罕金錢，人們看重他，好，他自可以盡情地玩弄玩弄他們。給你東西，當官的，替我謀個好職位。給你東西，某某，替我開個後門。他惡心，一想到這些。可是女人也並不能引起他的情。她們都是純粹的動物，渴望著金錢和地位。如果她們愛才，那只是因為她們比誰都清楚才會給她帶來什麼，她們從來不會愛有才的窮人的。他恨她們。除了一個人，她和他曾經如癡如醉地愛過，發過誓，許過願。他倆在精神上合二為一，在肉

體上合二為一。現實碎了他倆的夢。理想的愛畢竟是理想的。他恨一切女人。他同時又愛她們，他愛她們的肉體，他覺得自己本性內有一股不可遏制的欲望，像長期囚於籠中的餓獅，瞪著血紅的眼睛，張著血盆大口，時時刻刻尋找著機會一躍而出，向獵物身上撲去。鎖住這只籠子的鎖已經上銹了，隨時隨地有爛掉的危險。他並不想換新鎖。各種各樣的道德觀念他見得多了，讀得多了，聽得多了。那是偉大的人吃飽了飯無病呻吟出來的。他們一方面盡情地享受床笫之樂，一方面卻不允許任何人在新婚前發生關係。他們偷偷摸摸幹著不可告人的勾當，卻要別人光明正大。他要放縱，他要狂妄，他要掙脫一切鎖鏈。你要錢，好，給你，100元，把你的身體給我。哦，滾吧，你這連一個銅子兒也不值的肉體，滾吧，這一個個青春衰老，滾圓但憔悴，新鮮但腐敗的肉體！他厭惡但他卻止不住地愛他所厭惡的。人們罵他，他不在乎，他就是魔鬼！他不僅是自己的魔鬼，而且是一個鑽到別人心靈深處的魔鬼。別在那兒談純潔的愛，隱在玫瑰叢中的青年男女，別裝得如此聖潔，你這假正經，總有一天，你們的床上會留下骯髒的穢物。你們猜測別的人不會這樣？人人都是一樣。可人不能避免。哦，克制，克制。到頭來是在寂寞中毀了自己。他記起了在沒有女朋友之前，那些不眠的夜晚，他曾一次次地把自己的床鋪打濕。他並不醜惡，因為他沒有用手觸摸一個女子，更沒有用言語褻瀆任何一個女人。然而人們說這是罪過，這是sin！與其這也是sin，不如就罪上加罪。他嘲笑他們。在冠冕堂皇的外衣下，藏著淫邪的心，還不想讓人知道，躲躲閃閃，其實誰能逃得過他眼睛呢？世界上一切的一切都不能引起他的興趣：金錢、美女、地位、名譽。他還要什麼？

　　他不知在河上漂流了多少時候，這時風息了，雲散了，雨

也停了，天空好像一只巨大的篩子，抖落下千千萬萬顆星辰。他覺得內心平靜了許多，便仰天浮起，面對蒼天，自言自語起來：「我要去，我要去，去一個安平的世界，在一個沒有人類的世界，一個消弭了一切欲念的世界。」

* * *

　　星期六晚上，她在同事那兒給他找了一個睡覺的地方。他和她進了房，分別在凳子和床沿坐下。她的同事小陳，一個面孔嚴肅的年輕人，掇了個小方凳出來，坐在他們對面。小陳和她倆個開始談起機關的事，某領導如何專橫，某人如何有技術，77年的該加工資，79年的可能夠不上，等等。他在一旁聽著，看自己的腳，脫掉了涼鞋，大腳趾和腳趾夾著涼鞋邊，一會兒把涼鞋擺順，一會兒半只腳穿進去，一會兒整只腳踩在上面。他兩只手一邊一只地撐在床沿，使後肩頭聳起到耳朵上。他想著自己的事。閒扯完了，大約還可以得到兩個小時，看看書，寫點什麼。出於禮貌，他也時時擡起頭看看對方。四目注視幾秒鐘，然後自己的先垂下，臉上露出一種表示會意的笑。小陳覺得他很奇怪。第一次來到這裏，腳就像那樣擺著，分明不大願意聽的樣子。不就是個大學生嘛。他的眼睛看人叫人不舒服，使得人連說話都容易打梗。他發覺自己仍在滔滔不絕地講下去，知道也停不下。這是看在她的面上，而她這時也有些不安。她總想等著他往她這邊看一看，好向他使個眼色，在談話中拿出點精神來。可他一直沒往這邊看，好像他知道她會這樣做的，要是他轉過臉來。

　　我們來到磨山山頂。湖水在腳下閃閃發光。岸邊倒映著尖尖的松樹，遠處，珞珈山起伏的岡巒籠罩在淡藍色中。太陽正在

下落，水面上出現一道通紅的光柱。遠山近野，蒼蒼郁郁，東湖猶如一顆亮晶晶的寶珠，裹在碧綠的地毯上。北面，林立的煙囱正噴吐出滾滾濃煙，塗黑了半個天空；東面，一望無際的田野，伸展到遙遠的天邊。在密林深處，間或傳出一兩聲鷳鴣的啼鳴；偶爾翅膀褐色的白嘴鴉三三兩兩地飛離山中，在湛藍的天幕下滑過，飛進火紅的夕照中……

＊　＊　＊

《關於「人生的支柱就是名和利」的爭論》

甲：寫評論文章去駁斥這篇文章，如果發表了，不也是名利雙收嗎？──哎呀，你們看，這不是具有強烈的諷刺意味嗎？你本來批判名和利，你所得到的獎賞卻正好是名和利。

乙：那這兩種名和利有性質上的區別嘛，你因批判而得到的名和利是社會主義的名利，而被批判的名利是資本主義的名利，這是兩類性質不同的矛盾嘛。咱們要的是社會主義的名利，這也就是說，你要想大撈一把，只管把凡屬資產階級的東西狠狠攻擊一頓就行，這是合情合理、天經地義、人民擁護、黨所支持的嘛。

丙：我看咱們不用在這兒白費唇舌了！甲，你現在就寫一篇文章，隨便挑一兩個資產階級的觀念，淋漓盡致地發揮一通，或者，乾脆，隨便摘譯幾大段，只要合當世人的口味就行，然後把作者的名字變為自己的，讓編輯一看就認為有現實意義。乙，你就早早地把評論文章寫好，一俟甲的文章刊出，就火速寄往報社，不出多久，保險可以到手一大把嶄票子，比在這兒乾爭帶勁

多了。

甲：什麼社會主義的名利?!名利這東西是超階級的，在中國出名和在美國出名都是一回事，人家得了世界冠軍，抱回一個金杯，你得了冠軍，難道抱的是泥巴杯子？人家的大名登在頭版頭條，你的就登在末版末條？你得了獎金不會分一個子兒給路邊的乞丐，你跟人家還不是差不多？說不定你還盯著人家得的那麼多美元而眼紅呢！

乙：不能這樣沒完沒了地談名說利，我都聽煩了。我倒想聽聽跟名利相反的事。——哎，名利的反義詞是什麼？——淡泊？太陳舊！默默無聞？又不對仗——

丙：且慢，我已想好了一個字：牛！請別慌著笑，牛一年到頭做死做活，除了一日三捆乾草，啥也不圖，真是不圖名的典型，利嘛，也有一個字用得著：糞。毛主席不是有「糞土當年萬戶侯」的名句嗎？所以，我們有對應的兩個字：牛糞。

乙：對！咱們就把今晚的討論定為《關於人生的支柱就是牛糞的爭論》，你們說好嗎？

＊＊＊

A、B、C、D，我們四人漫無目的走在通磨山的路上。

密密的梧桐後是一片金黃。岸邊的樹影消了，是一片耀眼的金黃。梧桐葉搖動，窸窸窣窣；湖波蕩漾，金影鏗鏘。我們朝荒無人跡的地方走去。我們向遠離塵囂的地方走去。珞珈山巨大的磁力，正把一個腫脹的落日往下吸。東湖的微波，也在把落日的最後一根綬帶拖著。

「我最喜歡夏日了，」D說，「夏日常叫我把童年回想。漢

江的水日夜嘩啦嘩啦，幾十裏的堤岸白楊葉子就刷刷刷響。透明的水，映著天光……」

「怎麼樣呢？不都過去了嗎？」A打斷他的話。「我童年最愛到樹裏玩的，一玩就是一整個夏天不出來。五年前我又去那片樹林，全是密密匝匝的桂花樹，轉悠了一個下午，除了由於幸福的失去而引起的痛苦，什麼也沒有得到。現在咱們成年了。要不了多時，就老年了，跟其他許許多多的人還不是一樣。人生嘛，你看，」他回身用手指了指夕陽：已經被山頭埋去了半個身子的夕陽，露著血肉模糊的臉，掙扎著似乎想爬出來。

「不，你說得不對。人知道死亡是不可避免的，可人要奮鬥一下，哪怕fame這些東西是一場虛偽的東西，他還是要鬥一下。如果不鬥，他活著幹什麼？連這個陽也還在掙扎呢！」B說。

「嘿，看哪，」C大聲叫道，興奮地指著前面：一條黃泥土路繞著山腳，在碧綠的大樹環抱中，越來越窄，越來越小，消失在幽深的濃蔭中。

「多美呀，嘖嘖。」A贊不絕口。「我最喜歡的就是這種幽徑，那麼寧靜，那麼孤獨，那麼深遠，好像通向什麼遙遠而神秘的去處。咱們走這條路吧。」

「你畢竟是個理想主義者。」B說。「你難道沒想到這幽徑就像徵著你的希望嗎？一到你進入了它，你只會越來越被迷住。但你永遠也別想到達彼岸，它是沒有盡頭的。」

「不，」C分辯道。「如果你到達了盡頭，你的心境就會完全不同，神秘和幽邃感將會全部消失。你會說，希望的東西原來是這樣！其實人是不知道他希望的東西時才有希望的。」

真討厭，對面來了兩個人。為什麼總有人，為什麼？這是什麼？人住的房子。為什麼永遠脫離不了人世？為什麼？深深的

草叢，有野鴿子叫，合抱的大樹，有獼猴在跳。深山、老林、小溪、木屋。清流、明月，哦。白茶花、紫丁香、金銀花、松樹、柏樹，正在釀造香精，發出濃郁溫暖的混合香氣，包圍了，消融了，淨化了我們。

「大自然，我心靈的故鄉，我靈魂的歸宿。我渴求在你這兒永生永世地住下去。」B感嘆道。

「是啊，人類為什麼要前進呢？」D說。「我要返回大自然，我要穿樹皮吃生肉，睡野草，飲清溪，與鳥獸蟲魚為伍，同山水日月常住。我不要的是：思想。」

「呸。」A說。「就因為你不要的是思想，所以你不知道人類重返大自然的現象是自古以來就有了的。中國的王維、謝靈運，外國的愛默生、梭羅，老早就生活在大自然裏。」

一邊是煙波浩渺、無涯無際的東湖，不，是獄湖；一邊是波平如鏡、山樹倒影的內湖，不，是夢湖。大道彎彎曲曲在綠樹的窟窿中，灰白、淺灰、淺黑、深黑，最後溶進黃昏的墨汁中。田野、灌木、螢火、水潦、蛙鼓、夜鳥、晚風、松濤、曲徑、回廊、亭臺、星光、四野、湖水、遠山的暗影、城市的燈光——四個人在清涼夜風的吹拂下，來到一個超塵拔俗的地界。

朦朧中，B聽見有人叫他，「快起來，時候不早了，讓我們回家去吧！」

「家？」他詫異地用一種自己也不認得的聲音說，「家？難道這兒不就是我的家？峭岩是我舒適的枕頭，野篙是我柔軟的床墊，微風給我關上眼皮，星月永遠不把我吵。回去？回到那個使我發瘋的地方？哦，別拉我，別拉我，我要睡在這兒，這就是我的家。不信你問這松濤。聽見了嗎？他們答話了：『是的，是的，是的，是的。』」

下山的路，栽進湖心。沉重的腳步，低垂的頭。鉛灰的天空，鉛重的雲。滾滾的泥流，滾滾的樹影。

卡車轟隆地駛過，把耳膜震破。小車刷地駛過，強光把眼睛照瞎。

密密的梧桐後是一片幽暗的電燈光。岸邊的樹影裏染著些微綠色的鬼影。梧桐在搖動，窸窸窣窣，是城市的夜歌。

A、B、C、D，我們四人漫無目標地走在回來的道上。

＊＊＊

他變得越來越陰鬱，越來越沉默了。他的眼光看了叫人害怕，它們呆呆地盯在我身上，好像我是個陌生人似的。他的臉色是鐵青的，嘴唇閉得緊緊，好像下了決心，不到吃飯不張口。然而，就在昨天，他表現得多麼不同。那時，他簡直是另外一個人。

我坐在他的對面看書，頭雖沒擡，卻能覺察到他在看窗子外面，似乎在思考著什麼。彷彿過了很久，我偶爾向他那兒瞅了一眼，他出神地凝視著某個地方，身子一動不動，臉上出現一種複雜的表情。

「你在想什麼？」我問。

他身子微微震了一下，頭一搖，才從幻想墮入到現實中。「我在想，想快點結束這一年，回到家裏。」

「哦，你想家了。」

「是呀，想回去看看。爸爸前些時病得厲害，差點死了。嗨，我為什麼要到這裏來呢？」他嘆著氣說，又開始了他愛談的題目。「我在那兒挺好的。父母親，朋友們、老師、女朋友都勸

我留在那兒，我要是不來，現在的境遇不知要好到哪兒去。我的想法就是：弄一張文憑、換一個好的工作。誰想到這兒竟是這個樣子。簡直不叫學院，而叫荒原。我初一見到這個學校的模樣，心都涼了。什麼塵土飛揚的大道，半人高的茅草，沒水沒電，嗨，我把這兒的一切一條一條清清楚楚地寫在信中寄給我的同學。這兒的生活變得越來越枯燥無味，絲毫不值得留戀、絲毫不值得向往，還不知道將來會分到什麼地方。我常常想自己的童年。我最幸福的時候就是童年。你不知道我那時有多傻。學校就在我家院牆後面，文化革命開始的時候，把「封資修」的書全部集中到一間房子裏，鎖上鎖，不知哪個人把門砍破了，露出一道縫，剛夠小孩子通過。成天的有一群小孩子溜進門縫，就在那快堆到房頂的書堆裏滾呀、爬呀，堆垛子呀、挖洞呀，把書丟來丟去呀，哎，反正是把那個地方鬧得一塌糊塗。好多書頁都被撕了。我當時真不知道書的價值，如若像現在這麼懂事，我一定要偷它幾大捆。（我忽然記起我和他倆一起在圖書館借書時沒交書卡就拿到書時的情境，他催我快把書拿出去。我沒同意。）藏起來一本本地看。小時候我各門功課都是優秀，老師挺喜歡我。我當了大隊長。我辦黑板報，在中學裏我也辦黑板報。現在還是在辦黑板報（我忽然記起我一個智力平庸的朋友和同學曾說他小時候大腦如何靈活的事，）有一次她們偷蘋果，我來遲了點，蘋果沒弄到手，反被人抓住，其他的孩子都跑了。還有一次我和哥哥在家裏逮老鼠，把門口用四只膠鞋口朝裏堵上，哥哥看見老鼠呲溜鑽進了地洞，他就把一只膠鞋放在洞口想等它出來。哪知那家夥冷不防跳出來，一下子鑽進哥哥的袖管裏，嚇得哥哥在屋子裏瞎蹦亂跳，忘了脫衣服，讓那只老鼠在身上周遊了一圈，結果還是溜掉了。童年是最新鮮的。後來在安徽的兩年生活也有趣極

了。半天上課，半天勞動。那兒出產豐富，什麼都有，花生、雞蛋、豬肉、香油、番茄用大臉盆裝。那年春節在那兒過，我第一次沒想家。」

「恐怕你覺得幸福的緣故還不僅是由於那兒有好吃的，而是由於你還交了一些好朋友吧？」這問題在我的舌尖上，卻沒能說出來，因為他又繼續講了。

「這就是我一生中兩個最幸福的階段。後來便忙著考試、上大學、讀書，連喘氣的功夫都沒有。74年畢業，老師問我想不想讀大學。聽說我想後，他便推薦我上了上海外國語學院。那真是個美地方，有很多好同學。讀了兩年書後，那些工農兵大學生起鬨了，說我們是學校推薦的，沒有實際經驗，應該下鄉勞動。這樣才來到安徽鳳陽。大學畢業後我分到中學教書，起先根本沒想過考大學的事。快考試前三個月才心血來潮說試一試，因為我們想譯一本生物學的書。我的一個同學每天到我那裏復習，我住一個單間。平常買好一大堆罐頭麵包，不下去吃飯，就那樣一面啃一面學，考完試時屋角落裏掃出堆積如山的罐頭盒。我在考試前還做了一個夢，一個很有意思的夢。我們一起考的有三個人，一個很能說話，談起理論來一套一套的，當時大家都認為他肯定考得最好。在那個夢中他只考了三百分，而我考了三百一十分。結果是他沒及格，我考了三百三十分。可是，到這個學校裏來了。我的一切都毀了，真的，我的希望全部滅了。聽天由命吧。那時這裏不準我們考試，後來我們這些上大畢業生全部吵著要考，結果是不得不同意了。你知道，他們都不願當中學教師。據那時的規定，我們若考起了上海的大學，還有三十五元錢的工資可帶。可現在，你看，落到了這種地步。」

＊＊＊

昨天他和我在談話當中，突然冒出一句「我們房裏的人都很虛偽。」我看他說完這話後很留神地觀察我，似乎在等著我發表同感。我保持沉默。過了不久，他向我透露他準備搬到這所大空房來住。

「為什麼？」我問。

「因為──這兒很安靜。再說，既然人家都──」他打住話頭，不說下去了。

下面的話意我已猜出了大半。我注意到他說這話時眼睛不看我，看著打開的抽屜，話音有點顫抖。被我盯久了，他才撐起眼勉強逼出一個笑，然後又低下頭去。

下午他又告訴我說，他們都要他搬，還要給他幫忙。

今天下完第三節課我同他回到寢室，路上他一言不發，要是開口，說的話聞得出火藥味。這和平常的他完全不一樣。

「我一定要成為一個大人物！一定的！」他幾乎是叫著說。

中午，到處都沒看見他的人。我因為腋下的味兒太烈，離開了隔壁寢室的人，一個人獨自坐在自己的桌邊吃飯。就聽得對面房裏有人叫道：

「喂，人跑到什麼地方去了？他自己的東西他自己反而不動手要咱們搬，真不像話！」

這聲音停住後有一陣短暫的沉默。接著便是刺耳的拖桌子聲，鞋子擦地的走路聲，含糊不清的說話聲，還夾雜著一聲清脆的玻璃破碎聲。

就在這時他進來了。他走到我面前，從荷包裏掏出一大把同種型號的鑰匙，放在桌上，一邊仔細地數著一邊說：「下午去貼

咱們的詩歌，好嗎？」

「喂，XX，你快來搬你的東西喲！」一個嗓子高聲地喊著。

他怔了一怔，手還在下意識地摸弄著幾個鑰匙，一剎那間他彷彿猛醒過來，稍稍欠欠身，一只掌心窩著接在下面，一只手將桌上的鑰匙全部刮進去，便忙不疊地出門跑進了對面房。

J回房來，說：「他們在搬家，不光是XX，還有其他幾個人。他們嫌熱。」

我的心不知怎麼輕鬆了一點，當我聽到這句話。

我到他的房間去，看見L一個人坐在那兒看書，有些心神不定的樣子。我問他為什麼那個人要搬家，他笑了一笑（有點道歉似的）說：「昨天來了清理財產的，說不能放五張床，所以——」

「他也不願意睡上鋪，是吧？」我有點恨自己講話太急。

「哎，正是。」他連忙同意道。

中飯後，當走廊裏的腳步靜下來，各個宿舍的人都進入夢鄉的時候，他們開始了「戰役」。

「其他東西暫時放在那個房裏，怕人偷去。」他笑著說，這回笑得比較自然。但我還是以為自己聽到聲音中硬住的調子和笑中隱住的不安。

在回宿舍的過道上，我自言自語地說：「太不該了，太不該了。」倒好像我做了一件大錯事。

我想，雖說自己已經是夠isolated，同他相比還是差得遠。Isolation對人沒有好處。人需要的是友誼、愛情、溫暖，然而他一樣也沒得到。

＊＊＊

　　我們把張貼告示欄的護窗玻璃門打開，揭下某個系的藝術作品展覽，準備貼上我們自己的詩作。

　　「你看了ZZZ的詛咒太陽的詩嗎？」H問我道。

　　「看了。怎麼，他沒準備刊出吧。」

　　「出來了，就在那堆紙裏呢。」

　　「什麼？他真的抄了出來？嗨，他真是個孩子，真是個孩子。我第一次看了這首詩就告訴過他，我們自己欣賞是可以的，但絕對不能拿出去，否則，你要吃不了兜著走。他當時打消了把它寄往雜誌社的念頭。我估計他這次拿出來一定是想豁出去，心想不敢闖就不是年輕人，嗨，他會撞得頭破血流的。」

　　「人生難得幾回搏嘛。」

　　「不能把這首詩登出去。」

　　「那恐怕他自己不同意的。」

　　「R，你看呢？」我問一直沒做聲的詩社社長。

　　「我看，不如把詩名改了。改什麼好呢？詛咒太陽，詛咒月亮，怎麼樣？Ironical！不，這不好，哎，火球怎麼樣？詛咒火球。就詛咒火球吧。」

　　「算了，不要改了，你看你，你就是塗掉了太陽，可下面——讓我看看，一個太陽、兩個太陽、三個。一共有三個太陽，你要改三項，你看多費事，他要是知道了肯定不高興。」

　　晚飯時，我混在幾個讀者裏面，一邊裝著看詩，一邊觀察他們的言行。人們都一言不發地站在那兒，大約是忙著吃飯的緣故吧，不一會兒就走掉了。唯有一個女學生，在我的詩前面足足站了五分鐘，還令人幾乎不能覺察地搖了搖頭，不知道她是真看出了什麼問題呢，還是借搖頭向外人表示她是個欣賞詩歌的行家。

我在「詛咒火球」下面停住了。一股冷清感襲上心頭。從我看詩起到走到這兒為止，還沒有一個人在它面前停下。我曾經預料一定會有個說北方話的大肚子白頭髮的人，指手劃腳聲高氣粗地責問誰是這首詩的主人。他周圍是一大群學生，七嘴八舌地同時說著話，使人不知所云。然而，冷冷清清的！這完全是因為兩個字的變動。

＊＊＊

　　昨天沒有動筆。今天一天除了上午四節課和一個午睡一個小時的英文日記，全部時間都花在愛默生和梭羅身上。愛默生的文章很難讀，一個章節一句話常要讀上三四遍四五遍才得到一個模模糊糊的概念。心中急著想讀完，把課文後的問題一一回答了事，偏偏那些問題不好回答，而且恰恰是我並沒讀懂只因求快而放棄的。在學習中心煩氣躁，不求甚解是要不得的。但解到何種程度卻是個大問題。但凡碰到費思索的問題，我總是跳過去的，因此看書看得快。現在想起來，當時很快便讀完的書留下的印象並不深，體會也不深。過去過分圍於時間是一大毛病。興致剛剛提起時（如在寫作中），時間到了，就不得不把手中的工作擱下而去做另一件事。思想和行動被自己制定的計畫束縛得死死的。另外一個毛病是學習的面太廣，像一面撒出去的大網，收效頗小。而且，總不能避免那種有知識的自傲感。知識好像成了一種 decoration，成了一種武器，成了一種能使人理直氣壯、傲氣十足地宣稱：「是的，就是這樣的！沒錯！」的東西。總想什麼都學會，以便無論談到了什麼都能超過人家，居人之上，實際上這種思想是再愚蠢不過了。知識除了它的實用性外，最根本的就在

於它能幫助人了解這個世界，探索這個世界迄今尚未被人發現的秘密。其實當時在那思想支配下無論怎樣充實知識也沒有多大作用，心靈是枯竭的，靈魂貧乏，那好像是塑料做的花。謝天謝地，這種思想終於為我揚棄了。看看那些下了點功夫，稍微取得了一點進步，在那兒自以為了不起，尾巴翹到天上去了，對別人說的一切都懷疑，對自己想的一切都深信的人，我一方面感到厭惡，另一方面也為他們憐憫，因為他們不就是一面鏡子照出了舊我嗎。回想起來，大約每個年輕人都要經過這個階段的吧。沒有經過這個階段的人比他們更可悲。

這些時無論做什麼事腦子裏總是在考慮它的終極目的。思來想去，都沒多大意思。倒是從另一個方面認識了自己。凡是傳統觀念不同的地方自己總想跟它鬥一鬥，但卻往往被擊敗。比如說有時坐車子，來了一個抱小孩的人，自己就說，讓吧。為什麼要讓呢？因為大家都讓，報紙上也讚揚，不讓的人就不是好人。我就不信，偏不讓，難道我就因此而成了壞人？就這樣陷於自我爭論的境地，而最後還是沒讓。相反有時候完全不分析自己動機時，卻能做出出人意料的舉動。我有點懷疑上海那個女工跳下水時的念頭，是否真想到了雷鋒等等。我甚至認為她的這種舉動僅僅是出於一種天性，一種愛的天性。這種天性在無意識狀態中支配著她的行動，不可能如她自己所解釋的。一個真正的人是否就是那種絕對遵守各種標準道德觀念的人？也就是說道德觀念是否能徹底改變一個人的本性。說不清楚，又是一點鐘了。真想早一些把試考完，好有充裕的時間「從事」寫作。

＊＊＊

　　今天是最後一次文學課，講的是Saul Bellow，一個著名的當代猶太作家。他上課的方式還是像往常一樣，先對作者作一個簡單介紹、他的思想、寫作方法等等，然後讓大家提問。他感到最頭痛的是，不知道學生們心裏想的什麼，聽懂了沒有。我提了一個問題：「在美國文學史上，分不分無產階級文學家和資產階級文學家？」他含糊其詞地講了一通，便說：「我倒要向你提一個問題：在你們所有的社會主義國家中有沒有一個是世界著名的文學家。」他指的是有沒有一個為西方承認的無產階級文學家。我說有，是高爾基。他不同意，繼而又問道：「有沒有一部是具有lasting value的文學作品？」我說也有，是《母親》，其實我說得理不直氣不壯，因為我並不大清楚。他說根據西方的觀點，這部小說根本沒有任何價值。一個同學和他爭論起來。他也樂於把目標從我身上轉開。從我一開口談論這個問題起，他就顯得有些小心翼翼，放下了那種用來對付其他人的咄咄逼人的架勢，顯然他是儘量在避免著什麼。他剛剛暗示了一句不要在這個問題上過於認真便轉過頭和那個質疑的同學爭論起來。我感到很受委屈。我想他一定又以為我是想同他吵架，想在爭論中占他的上風，或者當眾藐視他。其實我心中絲毫沒有這種思想。為了避免如此，我面上儘量保持著笑容，話語也很婉轉。我忍不住要對他說我並不是想跟他吵架，他明顯已看到我想說話的樣子，但他並不作出任何表示，反而更熱烈地談下去。他的眼睛幾次往我這邊溜，又立即移開，最後終於輪到我找到一個空隙插進去：「對不起，我並不想和你爭論，」他見我的話已大到全班都能聽到了，做了一個無可奈何的樣子，不看我，我繼續說：「我只是對這個題目很感興趣，如此而已。」聽了這話後，他好像鬆了一口氣。

　　我甚至還在考慮該不該下課時向他陪個禮呢。畢竟我沒有這

樣做。

＊＊＊

　　夜深了。巷子裏沒有一個人走動。除了東頭亮著一盞孤燈外，西頭的幾盞不知怎麼都不亮了，使這條巷子看起來像條深深的隧道。在轉彎過去的什麼地方，有一只音量開得很小，播放著蘇小明的歌曲，那低沉、柔婉的音色更給深夜增添了幾分靜意。拐角上一間房大開著，亮著燈。桌邊坐著一個看書的人。靠牆有另一個人俯在繪圖板上制圖。他們是研究生。繪圖的那人相貌很熟。瘦高挑子，走起路來後腳跟幾乎不落地——一種志得意滿的表示。他專心致志地繪圖。這很令人生氣。越看越叫人心煩。研究生。深夜。繪圖。他更瘦了，也顯得更高了。「為伊消得人憔悴。」窗前，清涼的夜風挾帶著樹林的氣息吹進窗來，拂在胸脯上，皮膚上微微有些涼意。「有一個鎖廠的工人，技術很熟練，無論什麼樣的鎖只要到他手中就不怕開不了。國庫保險櫃的鎖他只要三分鐘打開。現在被有關部門要去。這事兒說明哪，不管搞什麼事，只要精通，一樣可以出名。剛才H說的另一個人搞來搞去好多年，結果什麼也沒有得到，那不等於是白搞了嗎？要搞就要搞成功！」

　　他這次考試的順利使他對自己更自信了，驕矜之情溢於言表。可是，他勝利了哇。無論你怎麼學，你終未勝利，終未成功。在外人看來你不等於是失敗或乾脆白學了嗎？成功並沒有錯，追求名譽地位也沒有錯，只要人靠的是自己的努力，沒有使用其他不正當的手段。為什麼要使自己去適合那些不僅自己不學無術而且還嫉恨別人努力學習的人的口味呢？難道和他們平等了

就表示自己的思想高尚嗎？人畢竟還是有能力之分的。人只有在做既為自己所愛又為自己所能的工作時，他才感到幸福。若果考上了研究生會愛它嗎？自然，四年當中還是可以靠記日記的形式寫下思想和對周圍人事的觀察，以便將來作為寫作的材料；同時進行某項研究工作。四年，又是一天只睡6小時的四年！當然前景是可想的：碩士學位、高工資、受人尊敬、工作不差，還有上升到博士學位的可能。可到那時，還會不會有興致寫作呢？腦筋會變得很活躍嗎？歸根結蒂，究竟是不是一個寫作的料子？自己也不太清楚。愛不愛它？愛。愛得強烈嗎？到了發瘋的地步嗎？如果沒到那個地步，能寫得出成就？頭腦又是這樣貧乏，知識又是這樣乾涸，感情又是這樣冷漠，這樣的人搞研究比搞寫作要強，可自己寫什麼偏要對自己說：寫作！這是我一生最偉大的目標。像我這樣的人能夠寫作成才嗎？如果我如實地反映生活，我無情地揭露人們心靈的醜惡（包括我自己的。），我說真話，我能成功嗎？像Melville那樣死後三十年再讓人去rediscovered，說成是最偉大的作家？我不相信上帝，不相信死後有靈魂。我不會知道這一切的。像Dickinson那樣消極避世，躲在自己的小天地裏寫生前無人讀死後為人捧的東西嗎？當今的社會不允許，自己的本性也不允許。人之為人就在於他的社會性。純粹的個人主義是沒有意思的。活在這個世上一天，就得給這個世上的人做點什麼。做點什麼呢？鑽故紙堆？研究某一個作家的寫作特色或社會意義？沒有人看，不過給舊的故紙堆添了新的故紙堆罷了。當然，社會地位、金錢、名譽這些該有多誘人！總是使我情不自禁地想放棄了心中的願望，往那條通往「芝麻開門吧」的大道跑去。我看見自己到老師那兒打聽考試的內容，看見自己眼神枯槁、面皮憔悴地背著政治復習資料，我看見自己在白髮蒼蒼的老教授指導

下學著做卡片，聽見他對我的稱讚，我看見聽見預想到這一切，
然而我卻時時刻刻聽見一個聲音在叫：我要寫作！我要寫作！吉
興在他的散文裏勸人不要寫作，說這是最危險的、人被逼得走投
無路才選擇的一條道路。難道我也是被逼得走投無路了？危險我
知道。可我並不怕！人在這個世上除了死還有什麼可怕？可我連
死都不怕，我還怕什麼？我曾多次想到過死，我想我的來到這個
世界確實是一個錯誤。人應該高高興興地生下地，高高興興地度
過一生，高高興興地走到盡頭，不應該像我已經把一切看穿，把
人類的一切先都鄙視了。因為我的內心黑暗，我便詛咒其他人的
內心也是黑暗的。但我的內心並不黑暗，我喜歡大自然，燦爛的
陽光、四季的風、明媚的月、強毅的野草，我也喜歡美好的面貌
和美好的心靈。但我的這種喜好再也不像從前，是融和著天真、
無知和熱情的了。我注視著美麗的大自然，我心裏起不了任何感
情的波瀾，我腦子裏也平靜得如蒼天一般。我看著美麗的人，雖
不覺暫時忘情，但過後總不能不想到那些人屬於動物的特性。我
很欣賞羅曼・羅蘭的人性、愛和鬥爭的觀點。但我逐漸認識到，
在我們這個社會，前二點都難以做到。某人是反革命被抓進監
獄、你敢給她的小孩送吃的東西，從此照顧他？你自己有入獄的
危險，你能愛所有的人？你就試著愛一個除你妻子以外的女人
吧。你會被帶上道德法庭。道德就是這樣，越虛偽越好，做得越
不露形跡越好。真正有道德的人就是像P那樣的犧牲品，像那些
跳河自殺的團員。真正無道德的人是那些表面上最有道德的人。
至於那些在道德和不道德之間擺動的人是最可憐的。公開反抗虛
偽道德的人其結果以卵擊石，碰得粉身碎骨。人生在世，有何幸
福可言？還是追求純精神的東西好。然而最旺盛的欲火反而在和
尚的身上燒。

昨天清晨那個78級學生的一席話在我心中引起的無意識的反應現在也成記憶了。他問我如何在最短的時間內最快地學會口語和聽力。因為他已考上出國研究生。

這種強烈的願望是否完全在我心中消失，我還不敢說。我又經歷了一次大的鬥爭。性格畢竟太軟弱。

＊＊＊

中國七十年代最有名氣的小提琴家盛中國在電視螢幕上演奏。他留著一頭一年沒剃過的頭髮，臉色蒼白，面容憔悴，突暴的眼珠微閉著，像兩只張開一條縫的蛤蚌。他的頭髮隨著音樂的節奏劇烈地揚起，散開，落下，又揚起，散開，落下，「像一只大拖把。」我對身邊的P說。他毫無反應，像沒有聽見似的。倒是坐在前邊的A發出一陣大笑。「像，像，像極了。」

P的沉默被我認為是一種envy的表示，我便開始揣想他這時的想法。像拖把？對呀，正像。哎呀，也不怎麼像，根本就不像。他能說得出形象的東西我就不能說出來？那麼像什麼呢？我也是個愛好文學的，竟形容不出一個這好形容的東西。反正他形容得不像。即便像我也不做任何表示，免得一方面讓他更加得意，另一方面又顯得我的無能。何況我過去寫的東西裏那些形象的東西他根本想都沒想過呢。對，不做任何表示。這一連串的思想就發生在幾秒鐘內，恐怕連他自己也覺察不到，然而全部為我所體味。

我想起另一件事，在外面讀了一天書，回到屋就見H坐在桌邊。他的第一句話是：「好哇，你把夕陽都帶回來了。」我立時感到一股不舒服，笑了笑沒做聲。是envy？一半是一半不是。凡

遇到人在日常談話中談過於充滿詩意的話，我心裏總有些不舒
服，可能是由於自己說不出同樣的話而感到嫉妒，也可能是詩意
的語言和日常生活的氣氛格格不入吧。

　　看我談的盡是這種小事，但我常想一件極細微的事有時頗能
反映一個人的性格及心理狀態。

　　比如說這次碗被偷走（我不應該說偷，應該說拿）的事吧。
僅僅是中午一餐沒吃飯（中午出去買書沒來得及回家）讓碗閒了
一餐，下午去就沒見了。幾乎光亮嶄新的黃瓷碗，僅僅邊上和底
部各摔掉一塊皮，露出黑鐵。沒有了。我上上下下用眼睛把碗櫃
搜索了一遍，又把前前後後左左右右的碗櫃都看了一遍，仍舊沒
有。只看見相類似的兩三只黃碗，不是露出的黑斑太多就是漆已
失去了光澤。我頗有些憤慨了，聯想起以往丟碗的事。第一次丟
連碗帶湯匙時，我忍受了，拿出自己的一只碗。第二次湯匙被人
偷了後，氣得寫了一篇小文章貼在飯堂門口，雖沒像有些人那樣
破口大罵（這我做不出來，認為不值得）但少不得要從道德方面
暗示兩句，最後隱忍地說還是去砍山上的竹子做筷子，使結尾
染上一點Black Humour的味道。去買了一只大湯匙，但不出十天
又不見了，代之而來的是一只滿身黃銹結了稀飯殼的小湯匙。沒
法，我接受了這個禮物，心中有點納悶，怎麼總像有一個人盯著
自己的一舉一動，好像下了決心凡是我的碗具他都不讓留存。果
不其然，碗又丟了。心想屋裏還有一只碗──是爸爸過去給我買
的。（忘了說第一只碗是在汽校時買的）──拿出去算了，總不
至於狠心到連這一只碗也拿去吧。果然，他很慈悲，有半年沒有
任何表示。倒是這期間我看見一只大湯匙很像自己的，拿了來，
從此不管到哪兒都裝在荷包裏，再沒有失掉過，那只黃銹也去掉
的乾淨的小匙，我就歸還放在他的碗裏，也許不是他，這誰知道

呢。反正他很像我的。這就夠了。

這一次他又成功地進行了報復。我已經逼到山窮水盡、一貧如洗的地步，只好採取斷然措施：將那只滿目瘡痍渾身傷疤的碗暫時據為己有。每回吃飯總要像第一次丟碗那樣腦袋扭來扭去，東張西望地找我那只失而不再的碗。

終於今天我看到一只碗，很像我的那只，同樣的容光煥發，金黃燦然。可走近一看，吃了一驚。它的像貌已經改變得我不敢再認。一只幾乎嶄新的碗，邊上掉了幾塊大瓷，露出黑亮的鐵身，顯然是才敲破不久。底部也有兩塊大黑斑。碗底上橫七豎八爬滿了鋁湯匙劃出的黑印。我猶疑不決，不知道怎麼辦好。躊躇片刻我決定還是將它放棄的好。如果它是我的碗，它和我還有幾百天牙齒匙子磕碰的感情的話，那現在這情已經不復存在。再說如果是我的碗而他又頗費心機地刻上藝術的痕跡，我還是無言地送給他算了，免得讓他覺得白花了功夫。

這一次，我拿起那只偷來的碗時，不知怎麼產生了幾天以來全沒有的熟悉感。

＊＊＊

「明天啊，明天」（詩略）「這是什麼詩呀？」她對女伴說：「怎麼表達這樣陰沈灰暗的感情呀？寫詩的這人一定受過什麼打擊，再不，就是有點精神病。」

「咦，」站在刊頭前一直沒說話的我這時發問道。「你怎麼知道人家有精神病呢？」

她用奇怪的眼光上下打量著我（我從余光裏看見的）。「這不，這詩告訴我的嘛！」

　　我轉過臉朝她看了一眼。她長得身材苗條，穿件銀灰色的衣服。沒燙髮，沒打辮子，短髮齊耳，眼中含笑，敞開的領口處露出紅紅的毛衣。

　　「也許人家比你還清醒呢，」我說。（這詩就是我寫的）

　　「清醒？在這樣的時代還寫這種調子，算得上清醒？我看他不如到東湖去好好沖個涼，秋天的水會叫他醒過來的。這種人也有點太不識時務，難道他不知現在那個寫《將軍》的詩人的下場嗎？」

　　「那又怎麼樣呢？總比渾渾噩噩強。」我意識到這句話的作用，因為有一會兒她竟一聲不做，但她馬上還擊了：

　　「那就像你們這樣行嗎？這樣乾叫幾聲又起得了什麼作用？」

　　「你不要老是『你們』、『你們』的，這詩並不是我寫的，」我說。「倒好像──哎，你們一定是中文系的吧？」我把話題一轉。

　　「是的。我看你們這樣就不行，遲早要吃虧的。」她加重語氣說。「這種人只值得人憐憫。」

　　「也許憐憫人的人正是需要被人憐憫的呢。」我毫不退讓，轉念一想，何必呢，便說：「你們是中文系的吧，難怪嘴這麼厲害。」

　　「你別諷刺人，」我走出老遠還聽見背後這一句話跟著我。

　　我有些後悔。怎麼能這樣對她說話呢？太沉不住氣了。要是假裝表示自己也不喜歡這首詩，許會引起她的共鳴，發一通評論，那該多好。可偏偏像小孩子似地和她吵了起來。心還撲通撲通地跳呢，生怕話會說錯讓她笑話。也許這是平生以來除她以外接觸的第一個陌生的女性而使自己這樣的吧。可在她面前從來就

是談吐自如，眼睛互相對視著，沒有一點剛才那樣的惡感。她眼中一直帶笑呢，雖然話音裏聽得出一絲激動。她好像長得一般。可身上有種什麼東西特別吸引人。她就站在自己的身邊，一個陌生人，挨得那樣近。女友叫她走叫了幾聲，她都不走，堅持要將刊上所有的詩都讀完。她一定是喜歡詩的。我先問她（我不知道自己這次怎麼這樣大膽，竟敢首先同一個陌生姑娘說話，也許是為了徵求意見吧。）「可怕嗎？」「是有點可怕，」她微笑著說。「你們是隔壁學院的？」我問。「是的。」「那你們可以回去叫你們的同學來看一看。」「怎麼，想尋幾個詩友？」她怎麼會這麼敏感，竟猜中了我的心思。隔壁學院是個文科大學，長久以來我就渴望在那兒找一個詩友。她一定是喜歡詩的，從她言談舉止中看得出。

　　我輕輕打開房門，在桌邊坐下。房中一片靜悄悄的，同學們都在睡午覺。我把頭伏在臂彎裏，想打幾分鐘的盹。但無論如何也睡不著。身上有些熱。把毛衣脫去，又發現有點冷，這才感到原來有一種奇怪的東西在使全身起著輕微的顫栗。我找來一枝筆和一張紙，仰頭想了一想，便急急地寫了起來，一口氣便寫好一首詩（詩略）。題什麼名呢？贈XX？人家和你毫無關係。那麼──就像李商隱一樣吧，他寫給情人的詩全是用的「無題」。但這個姑娘不是我的情人啊。那又有什麼關係呢？她愛詩，這就夠了，這就表明我和她之間有一種共同的東西相聯繫。為什麼就不能尋她為詩友呢？我這樣想著想著，便在不知不覺中睡著了。

　　醒來時已是下午三點。真該死，又睡過頭了。今天中午給自己規定的讀一篇小說，五首詩的計畫還沒完成呢。現在什麼都不能幹。得做作業、背課文了。這該詛咒的課文！不喜歡的東西偏要你學，喜歡的東西又──哎，喜歡的東西不就是根本得不到

嗎？我打抽屜拿書，一眼觸到那張寫好詩的紙片。呀，我真大意，要是讓同房看見那才壞了。我四顧了一下才放心。他們都目不轉睛地盯著讀課本，雖然都面有倦色。我又摸出一張紙把那首詩謄正折好，裝進上衣兜裏。又拿出來，放在沒裝任何東西的褲子荷包裏。這樣，就好用手拿了。

我背上書包走到外面。哪兒去呢？還是到老地方──那座陰森森的梧桐林子裏去讀書？滿地枯葉，聽不到一聲鳥鳴，花兒都凋謝了，有什麼意思呢？上湖邊去？可來來往往的人呀，真可恨！誰都不願看見。我這樣想著，腳步卻不由自主地踏上了去隔壁學校的路。

等我發現周圍是一排排像垛牆一樣高聳雲天的梧桐時，我大吃一驚。這不是WD嗎？這是怎麼一回事？但我的意識很快就清楚了，我也第一次明明白白地看清了那一個隱藏在內心深處的思想。是呀，我是想來這兒找她呀。冬天的大樹投下濃蔭，校園裏一片靜寂。小石凳上圍著圓石桌，是一個個專心讀書的學生。大都是男的歸男，女的歸女。可附近這一副石桌邊坐著一對男女，各自在看書。也許他們是朋友，已經公開，或不怕輿論，偏要坐在外面一起學習。但他們這半天竟連頭都沒擡一下，也沒說一句話。坐的姿勢好像也表明他們沒有那種關係。怪呀，那男的看得進書呀？要是我，我除非乾脆走開，要麼就不能趕走身邊坐著一個姑娘的感覺。看他一動不動，專心致志的樣子！我感到一陣突如其來的自責。人家都在學習，你卻為了一個素不相識的姑娘寫了那樣一首詩，現在竟跑到這兒來尋她，真是荒唐之極！你內心的道德觀念哪兒去了？你還是不是個有社會主義精神文明的大學生？我一時被自己的責備弄得心煩意亂，就找了一塊清靜的地方坐下，拿出書來讀，想把這種感覺忘掉。但才讀了兩行，就

聽見一個聲音在叫，好像一只被埋在灰堆中的蛤蟆：我有什麼不道德的？我只是寫了一首詩，我只是想尋一個朋友，難道一個男人在自己的女朋友之外不能交別的女友？我忽然想起誰說的一句話：在異性之間是不存在沒有愛情的友誼的。我不信，我偏不信！我就是要在她和我之間建立一種友誼，還要讓所有的人都看看。世俗的惡語傷不了我們。我要和她保持最純真最知心的關係，但卻不做任何肉體上的事情。這不是做不到的，這決不是做不到的。芸芸眾生們，你們等著瞧？但是她怎麼辦呢，我那已訂婚的伴侶？她對我那麼好，她要是知道了會怎麼說呢？不告訴她。不行，一定要告訴她，而且不帶絲毫愧色的，因為這件事本來就不是需要遮遮掩掩的醜事。如果她反應很強烈，大吵大鬧，甚至要斷絕關係怎麼辦？總不至於此。她不是那種人。再說，她過去有很多男朋友，（就在我倆好的時候），她還經常把那些男朋友的性格或做的事講給你聽，你並沒感到絲毫醋意呢。為什麼要吃醋呢？知道她有男朋友追求，而且知道她即使這樣還愛著自己，不是應該雙倍地高興嗎？而現在她也應該這樣想，因為你心中還挺愛她呀。我站起身來，做了個伸懶腰的姿勢，彷彿腰被人摟著，而我正是在她的懷抱裏伸懶腰的。哎，那是個多麼迷人的月夜呀！她比月兒更迷人，月光好像是從她的臉上發射出來的，她的擁抱也具有月水一樣清亮的意味。但這時，我才意識到夜幕降臨了。一輪皎月正透過梧桐的枝梢向我窺視。我神情沮喪，面帶饑色地回到宿舍。

　　幾天以後一個星期六的下午，我去隔壁學院的書店，買了幾本書，翻到其中一本，慢慢地往回走。走著走著，覺得腳下有什麼喀啦作響，且有些絆腳。低頭一看，原來道路旁邊橫七豎八地堆著剛剛砍伐過的矮樹，樹枝橫伸在路當中，已被人踩斷的踩

斷，踢得到處都是。我的心生出一種惋惜，一種悲哀的意味。我
看著左邊山上被伐出的一塊荒地，不覺感到了人類的殘酷。我這
樣想了一會，覺得還是看書的好，書中的天地才是美好的，人間
即使不美好，光靠嘆息也無濟於事。我擡起頭，就看見正對面走
來兩個姑娘，肩並肩，很親熱地談說著什麼。靠外邊的那個身材
異常苗條動人，一下引起了我的注意。她頭垂得很深，只看見黑
油油的髮，她的衣裳的顏色是銀灰的。莫非是她？我一下緊張起
來。但她的頭這樣垂著，好像是看見了我，又故裝作沒看見。不
一定，說不定完全沒看見呢。我把頭低下，裝做看書。不能擡久
了，不然讓路人看見就很難堪。要是讓她看見就更難堪。誰知她
還記不記得我。肯定老早就忘了。聽得見她們的談話聲了，清清
楚楚傳過來。近了，近了。你平靜嗎？我問自己。平靜。你不慌
吧？這有什麼值得驚慌呢。那擡起頭，擡起來吧。我猛地鼓足勇
氣擡起了頭，這時恰好她也擡起頭，我倆的眼睛不錯眼珠地對上
了！那是怎樣的甜蜜！怎樣的令人銷魂呀！她的眼神中完全沒有
我事先料到的那種仇恨或討厭的光，面帶著很可愛溫柔甚至是多
情的光。只是沒有笑。怎麼就這麼巧呢？她一定是等著看我的，
一定的。那她還會扭頭看的，就像互相有意的情人們擦肩而過後
時常做的那樣。我扭頭一看，心裏冷了半截。她並沒有回頭，仍
舊低著頭依偎著她的同伴在走。也許那純粹是偶然的一瞥，那低
頭也完全是她的習慣，這一切只不過是自作多情！世人有多少癡
男子為了一個女子的眼光而神魂顛倒的喲。你也成了他們當中的
一個。

　　但我是無論如何也按捺不住胸中那股澎湃的情意了。便匆匆
在路旁寫好一首詩，回到家中稍事修改，謄寫在一張很小的紙片
上，裝進兜裏。在桌邊坐了一會，靜靜地想著。又起身去走廊

裏來回踱了幾下。一切都這樣決定了。我對自己說。明天。就
在明天。

　　我又到隔壁大學校園中。星期天一大早，學生們大部分都縮
在被子裏睡懶覺，露水把潔白的石凳石桌打濕，變成暗灰色。空
氣潮濕而清新。繁枝密葉裏嘈雜著晨鳥的鳴叫。我手中緊揉著那
張小紙片，（它已被盡可能小地折疊起來。）她迎面走過來，我
低下頭看書，手中故意顯眼地轉動著紙團。到她快走近身邊時，
我便把紙團輕輕地扔在她足下。但她走了過去，並沒有看見。
不，不行，這種方法不行。而且即使她撿起來看了，也不會認為
這是專門送她的，那不失去了意義嗎？我慢慢踱進百貨商店。星
期天姑娘們要買東西，是會來這兒的。我來回轉了兩圈，視線忽
被櫃架上的一件東西吸引了過去。那是一雙高跟皮鞋，棕色，很
尖的底，很尖的頭，皮質閃閃發亮，我彷彿看見一只美麗的腳正
穿上它在我的眼前走動。那是我愛人的腳。

　　她穿上這雙鞋一定會更加風姿動人的。我看看牌價：14元03
分。不貴。我摸摸兜裏，只帶著幾毛錢。下次給她買。她接到鞋
子一定會喜不自勝的，說不定會忘掉過去那種冷漠（她有很長一
段時間非常冷漠，連吻抱都有些厭惡，是過多了？），一下子撲
進我的懷中，跟我親熱一番。但，嗨，這種衝動持續得了多久？
過不了幾天，她又會像過去一樣冷漠下來的。要是錢多些也好，
可以每次見面給她買件東西，同時也買她的熱情。真可怕，買她
的熱情。連熱情也染上了銅臭！我有點不寒而栗。但沒有錢，有
什麼熱情能持續得長久呢？詩就可以嘛。不一定，她接到詩，會
怎樣看，這個銀灰色的姑娘？這一回我決不害怕了，我要迎面向
你走去，決不害怕。對，撞一下，再說聲道歉，然後把紙團塞進
你的手裏，輕聲對你說：「請現在一定不要看！」啊，不行，得

用厚紙把這個紙團層層包住，趁她開紙的時候（她一定會好奇，耐不住的），那是很費時間的，便溜走。「喂，站住！」她對我高喊道：「回來。把這個拿去！」我剛一轉頭，便迎面碰上劈頭蓋臉砸來的一陣紙雨——她把紙撕成碎片摔了過來。接著是她尖利的叫喊：「抓流氓啊！」我嚇得渾身打顫，跑起來，後面一大群人黑壓壓地追過來，我跑著跑著，突然被旁邊一個路人用腿絆了一下，「呼」地重重地摔了下去，跌得鼻青臉腫，而同時我心裏想，多冤枉呀！我是多麼愚蠢啊！對一個像我這樣不忠的人，是人人都鄙棄的呀！

就在這時，從那個綠影婆娑的深處，那條彎彎的小道上，她款款地向我走過來，面上帶著微笑，穿著一件銀灰色的上衣。

＊＊＊

*Scarlet Letter*中的那位醫生（名字忘了）為了弄清他妻子的奸夫是誰，竟費盡心機日日夜夜地觀察那個牧師，當他知道這一切後，他才認識到自己犯了大罪，便自殺了。我正要動筆寫下今天一天的感受時，忽然想起這件事，我竟問自己，我如此偷偷摸摸地觀察別人和自己，是不是也算犯罪呢？把人家的一舉一動一言一行記下來，這對他人就是個威脅。更何況這些記下來的東西將來不知會落到誰的手中，為誰用來對付他的黑材料呢？但是作為一個愛好文學的青年，我本該學會觀察，學會探索人的心靈，可是，我這是在和誰爭辯，對誰解釋呢？並沒有一個人聽我，我好像是在對自己講話。

我和她離開了緊緊關閉了36、7個小時的小房間，下樓來到外面。溝裏的積雨嘩嘩響，低窪的場子都被水填平了。空氣清

新，還微微夾雜些細雨絲。我感到一陣羞愧，對她說：「我太對
不住你，剛才在床上的荒唐舉動過份了些，我本不應該的，我向
你道歉。」她扮個鬼臉，翹翹小嘴，表示根本不相信我的話。我
繼續說：「都是我的錯，也有部分是床的錯，不該在床上，你知
道嗎？不該在床上。一旦和你在床上，我就會瘋，我就會狂，我
就成了一頭瘋狂的野獸。你知道嗎，我一起床那些使我瘋瘋癲癲
的怪念頭就頓然消失，我竟一點都不往那方面想了。」她撇了撇
下嘴唇，表示不屑於聽。出得大門，只見道路兩邊是一片汪洋，
綠色的田野已埋在水下，只露出些瓜架棚的頂。人們這一堆那一
堆圍在水邊看打魚。一個年輕人不斷朝我身旁的她身上睃。當我
們走過去時，她說：「好白的腿呀！」她扭頭示意了一下，我一
看，正是剛才那個睃她的年輕人，褲腿挽到膝頭以上，露出兩條
大腿來。

　　「你怎麼注意一個男人的大腿起來呢？」我問，接著補了一
句：「他剛才盯著你的。」心裏說：「其實這也是很自然的事，
一個男子既能對過往的面目姣好的女子注目，一個女子也可以同
樣地這樣做。這是人類的本性。誰真的除了自己的所愛外，心裏
就絲毫不存有其他非分的想法呢？」我一邊想，一邊走著，身子
和大腦卻已回到床上，和她躺在一起。

　　「有一次她們問我，」她說。「假若你碰到一個比他長得
更漂亮，更有風度更有學識，更有地位、條件的美貌男子，而且
他也非常愛你，你怎麼辦？你是不是放棄了他而去追求他。我
當時不知道怎麼回答好，我就告訴她們，也許會的，但，『那
你呢？』我反問道。小Jiang，胖胖的戴眼鏡的哪個說：『那很難
說我不愛上他，就是不拋棄我的那一個，我的心總是要動一動
的。』她和小X都是大學生，她們就愛提這些怪問題。不知道將

來遇到這樣一個怎麼辦。你剛才不是說寧願愛一個長得醜但卻有熱情的女人而不愛一個冰冷得像大理石一樣的美女嗎。那你最好還是去找一個吧。我也不知要擺脫多少精神負擔和肉體折磨。」

我知道這套半開玩笑的老戲又開場了。我雖心裏反對，卻發現嘴上在說：「你想找就去找一個吧，別替你自己的行為打掩護作辯護，如果自己有這種念想，還是照著執行的好。我並沒擋你的道。要是發現你愛上了另一個人我會怎樣反應？我也不知道呢。我不知道我會幹出什麼事來。我要毀滅，我要毀滅一切，你和你的情夫，還有我自己！我不能容忍你愛另一個人，我受不了，我一看見另一個男人的嘴在親你，手在摸我曾摸過的乳房，我整個身體都會爆炸，我會殺人的！不過，還是讓我來推測一下吧。我和你訂了一年不見面，見面就結婚的條約，在這期間你守不住了，你玩了一個朋友，並很快和他發生了關係。這是很自然的，因為你厭倦了我，哪怕另一個遠不如我的肉體對於你也會充滿了魅力的。但是，不久以後你便發現這個人庸俗不堪，比我還卑鄙，於是，你又想起了我，就毅然決然地和他斷了關係，一心一意地等待學業的結束。心裏懷著一腔說不出的憂愁和悔恨。我畢業後和你見了面，高興得不得了，我們還是像老規矩一樣，先談學習，再談工作，然後再談到我們自己。我看到你面黃肌瘦，很是心疼，不知你犯了什麼病。你幾次有話要說，話到嘴邊又咽了下去。我看得出來你心裏有事。終於在新婚之夜你把這一切都告訴了我，你說你不能再瞞著我，這是對我的欺騙；你說你知道我是個寬大為懷的人，會原諒她一生犯的第一個大錯。可我一聽勃然大怒，想到多年來用辛勤的汗水和漫長的歲月培植起來的這朵愛情之花竟沾上了這樣一個不乾淨的污點，我一氣之下把新婚的家具一應東西砸得稀巴爛……。我們的關係因此破裂。另一種

情況是這樣的。我倆結了婚，像所有的人那樣平安無事，以後又生了個孩子，孩子長大成人讀了大學，在愛情上稍稍受了點波折，你我也操了不少的心，後來，我倆的頭髮全白了，又像所有的人那樣，靜悄悄地死去。還有一種情況是這樣，我們結婚後感情很好。有一次你到外地參加學習班，要去三個月。在那個學習班上你有一位學員一表人才，長得方臉寬額，正是你理想中的模特兒。他也是有家小的，但看上去挺年輕。你和他談話不多，每談一次你就覺得他的魅力增長一分。不知不覺中，你竟喜歡上他了。你們常常一談就是一兩個小時，只要有空的話。有一天發票看電影，你恰巧坐在他旁邊的位置裏。在黑暗中你感到他的手好像有意無意地放在你的膝頭邊，這很快使你回想起年輕時的一段經歷。不過那時候那個年輕人不是輕輕觸，而是將半個身子疊在你的半個身子上，你卻覺得很好受，竟沒有任何表示。現在他這是什麼意思呢？難道是？——不，你很快打消了這念頭，同時起了一種對於未來將會發生的事的恐懼，混合著一種滿足的快感和曖昧的渴望。整場電影你都沒看進去，那只若有若無的手占住了你整個的心。第二天你見到他時不敢直視他，而從那天後，你們竟一反常態不再講話了，雙方心中確有些惴惴不安，直到學習班結束頭兩天的一個晚上，大家都出去看一場非常精彩的電影，你和他卻留了下來，你們談到很多方面的事情，主要還是有關雙方的事情。不巧那時電燈熄了——你聽見了沒有，喂。怎麼？你睡著了？嗨！」

　　她費力地睜開睡眼，從瞌睡的嘴唇裏吐出幾個不連貫的字「睡，要，聽見，」我氣得直想狠狠捶她幾下。我忽然記起她昨天問我的一句話：「為什麼相愛的人最後不可避免地要到達那一步呢？要愛就要真誠地愛，而不應該有這樣的想法和舉動的。」

我一時語塞，後來勉勉強強給她解答了一番，說這個世界上愛可分為三種，一種是柏拉圖式的愛情，即純精神的愛；一種是小市民的愛，純肉體的愛，一種是精神的愛和肉體愛相結合的愛。大約那種因在精神上熱烈相愛最終在肉體上完美結合的人就屬於第三種愛吧。一般來說，只有這種愛才經得住時間的考驗。肉體的愛可以隨著青春的逝去而衰退；精神的愛可能因為肉體得到滿足而變得空洞虛偽。唯有這一種愛能互相彌補不足之處。說著說著我進入了一種瘋狂狀態。

　　我要，我要。我要你身上的一切！你最漂亮的衣錦在我面前連一堆草紙不如。我只看見你的肉體，你青春的肉體，你充滿生命活力的肉體，你產生人類的肉體，你通體透明的肉體，你黑暗莫測的肉體，我要，我要！我要撕你的頭髮，把我們的領子縛住，把我們的身體緊緊縛住，讓我們結為完整的一體，永不分離……

　　我抓過扇子，猛烈地搧著渾身的大汗，她在風下瑟瑟發抖，抱著肩膀苦著臉說：「好冷，好冷呀。」這時的她好像是一條打撈起來好久的魚，躺在身邊，雖然目光潔潤，卻沒有半絲熱氣。

　　她說：「哎喲，我頭昏，我腰疼，我全身沒勁，我想死，想死。幹嘛人要結婚？還不是為了這個！我討厭，我恨，我憎惡，我只想一個人安安靜靜地躺一會兒。我早已過來了，那些東西已是往事，你不管用什麼方法，也挑不起我的熱情，我沒有熱情，沒有！這都是你的過錯，如果沒有你，我永遠也不會落到這步田地。我現在還是個姑娘，啥都不想，晚上看看電視，白天混個班，姑娘們說說笑笑過一個星期天。那日子該有多麼舒服。我只想舒舒服服地過一生。」

＊ ＊ ＊

　　回來了，又回來了，這永不止息的乒乓球聲，這在日光燈下顯得蒼白無血的一張張臉。我坐在桌邊，我拿出紙，我開始寫。我可憐的、廉價的消遣。

　　ZZZ說，當他在大自然的懷抱中，他的思想也變得深遠而明淨了；他的想象力變得強大而豐富。我說，當我在大自然中時，當我看著深不可測的藍天時，我的思想消失了，我就如身邊一棵小草一樣，或是一片石頭，我什麼也想不起來，我彷彿是大自然的一部分。話雖這麼說，我暗暗地卻感到羞愧，我能猜得出他話後面的意思，暗含著我的思想平乏，想象乾癟。

　　彷彿受了暗示一般，我第一次放棄了聽美國之音的時間，來到校園之中。夕陽落在圖書館大樓的背後，給灰色的樓體鍍上金邊。藍天上淡淡地抹著幾縷纖雲。在離頭上高樓不遠的地方，有一片殘月，像將要含化的奶糖。我看不出這有多大的意義。高樓、殘月，曾引起古人多少次吟詠，而我卻無動於衷。碎水泥板鋪成的小道。柳蔭下。我復擡頭望：殘月在柳葉後幻成光斑。我眼前堵著一派大霧，車在飛快地行駛。我不知道為什麼被柳葉模糊了的月亮讓我回想起四、五年前見過的景象，但那時我是多麼地熱愛大霧呀。一看見籠罩太湖的晨霧，我就禁不住驚喜地喊出聲來。我為什麼愛霧現在無論如何也不能解釋。霧美在何處？它只不過是將美的隱去罷了。也許正因為如此才使得它更具有一種神秘的魅力吧，就像隱在紗巾背後的美貌的姑娘。我說不清。成年人是很難解釋他自己在少年或青年時奇怪的舉動和愛好的意義的。

　　我來到被圍牆把湖水隔在外面的草坪上。西邊，在教學大

樓的陰影裏，有一個紅衣姑娘和一個藍衣姑娘頭挨頭親密地坐在草叢裏。在正前方，有一男一女捧書晚讀。我繞了道，免得把他們打擾。難道我的生活不是早已定好了的嗎？工作、結婚、生孩子、老死。這一切不是早就定好了，早就被自己接受了的嗎？如果再不企求什麼別的，做一個普普通通的老百姓，這一生不就可以平安和樂地過去嗎？冬夜的晚上，溫暖的被窩裏有溫柔妻子的溫馨懷抱。春日裏，有一邊一個手裏牽著的小男孩或姑娘。本本份份，拿錢吃飯，這一切該多麼容易，該多麼容易辦到哇。有誰不經歷過這個階段呢？那些刻苦學習的學生，難道不就是想的這個？可是，自己不滿足，自己總向上望，相當一個偉大的文學家。可這種願望能夠實現嗎？沒有這種才能的人能夠靠苦練成才嗎？一棵草怎麼能夠長成大樹呢？記得自己是多麼狂熱地愛過音樂，愛過作曲，而且曲子來得那麼快，十分鐘就可以寫出一首。無論什麼好歌曲，聽一兩遍就可以記下來。難道自己沒有一個特殊的音樂天賦嗎？如果那時憑借特權（這一輩子也不是我能享受的）能夠進音樂學院學習，現在想必──誰知道呢？自己有什麼才能自己並不知道。又怎麼知道不能成為一個作家？寫詩、寫文章，什麼都嘗鼎一臠，可越嘗，這心也越塞，只怕是沒有希望。自己有膽量，也有毅力，然而卻缺少思想，缺少感情。思想，從古到今積聚得比山還高，比海還深，學來學去，還不是學的別人的，可不學，卻又沒有，更談不上創造。產生一個思想，那等於是在珠穆朗瑪峰上擱一塊小石，是要付出巨大的代價的呀。月亮長得豐滿了些，已經有正常的一半大，映著落日的余暉。兩只蝙蝠翻動著飛過。一只白嘴鴉忽閃忽閃地搧動著翅膀，朝湖上飛去，隨著翅兒的每一搧動，淡褐色的根根羽棱清晰可見。眼睛上彷彿蒙著一層網，原來是黑芝麻般的蚊蚋。這時，蟋蟀的鳴聲瀉

進耳輪。不遠處茂密的梧桐林中傳來野斑鳩好像細瓶子往外倒水的咕都咕都聲。人人差不多都是一樣，吃穿住行，度過短暫的一生，什麼才是幸福的終極呢？物質上能盡情地享受，精神上也能盡情地享受，是否就是呢？我想當一名作家，如果我的願望實現了，我不就感到幸福了嗎？難道欲望的滿足不就是幸福嗎？且慢，欲望也有好壞之分。罪惡的欲念如殺人、淫亂、貪汙等如果滿足對少數當事人是幸福的，卻會給大多數人造成痛苦。那末，能滿足自己的欲望而又不傷害他人利益這該是幸福的吧？又怎麼能夠做到這點呢？呀，我怎麼想得這麼多，這可是少有的。跟他談話中不是還說在大自然中自己的思想消失了嗎？其實不然。我又聽到宿舍裏的喧鬧和笛子的尖叫，我的思想全跑了。我這才明白過去的無思想是因為時時刻刻有一個警告裝置在說：記住7點鐘聽收音機，同時洗衣裳，7點半寫英文……

＊　＊　＊

　　決定今天讀完*High Lights*的第三冊，直到12點過10分方才讀完Fitzgerald，留下斯坦貝克未讀。人越是想快越快不了，在復習當中意識到過去太不在乎這本書的學習了，以致許多地方不得不一個字一個字地查找字典，一點點地理解，一個個地回答習題。有的地方是如此之難，竟恨起自己這個腦瓜的不開竅。當時恨不得把書撕成粉碎，再不就跳到桌子上，三拳兩腳把東西踢飛，再不就使勁地扯開嗓子喊直到喊啞為止。但我控制住了自己，平靜地看著書。眼睛雖澀得不得了，我仍舊繼續地看下去，被一個思想支配著，無論如何要把我規定的任務完成。然而，十二點已過，而最後剩下的一個小時是用來寫作練習的，全天的時間全部用在

英語上，漢語被擠到那麼小的一個空間裏，如果連這一點空間都不給它，那就顯得我太無人道了。我咬緊牙關，我拚命地睜大眼睛，繃緊全身肌肉，把纏繞我的睡意趕跑。我忽然意識到我從小到大的生活是毫無目的，毫無規律的。我拚命地努力，可不知為了什麼。我拚命地用功，卻沒有得到成功。我把課本扔到一邊看其他的書籍，我的知識並不因此而增多，反而還使我對過多的書本感到厭倦。我不能把眼睛盯在書上一個小時而不轉些別的念頭或打打瞌睡。我的精神不容易集中。我的注意力也很容易分散。而我的記憶力逐年遞減，直到我的理解力等於零。我的大腦要麼是空空如也，要麼就是一座雜亂無章的倉庫，因為我的生活和我的生活方式和學習方式全部是雜亂無章滿不在乎的。我甚至還為這感到驕傲，瞧他們那些人認真的勁頭，一個字錯了還要用橡皮擦擦掉或者用小刀刮掉重新寫上，也太認真了點。在小事上太認真的人一般大腦都不怎麼聰明。人家花兩個小時要做的東西，給我半個小時就夠了。然而理解力太快的人卻恰恰是理解力太淺的人。我想起當司機時換輪子差點出事的那件事，想起那時自己的馬馬虎虎不精益求精，更想起自己對報紙上出現的印刷錯誤或寫作錯誤的嚴苛的批評，不覺深深感到羞愧。一個人只有在書上精益求精，才有可能把大事做好。我一想到給米爾冬送禮物的事心裏就發慌。送給他我譯的前後赤壁賦當然不錯，但如何才能從頭抄到尾不出一個墨跡或塗點呢？無論在我的日記中，譯文中，信件中，作業中，筆記中，處處可見塗汙的斑點。我對生活的態度可說極不嚴謹。到了二十七歲，我仍在糊裏糊塗地度日，嗨，我的大腦功能已經破壞。

　　今晚比任何時候都要涼快，蚊子冷得不知躲哪兒去了。我的睡意也消失了。我發現自從實行了學習到夜一點的規定後，我

生活中最大的敵人就是那纏繞不休的睡意。我眼睛死盯在書上，大腦卻不由自主地蕩開去，或者躺著不動，有時翻了幾頁書，還不知所云；或者反反覆覆念幾句同樣的話，一句話也不記得。捶自己的頭，揉自己的腿，做俯臥撐，做操，不但不能消滅它，反而因為疲勞而更增加了睡意。我的一生無所造就大約就是因為這吧。身裏身外，好像浸透了睡汁，彷彿永遠睡不夠，永遠睡不乾似的。我用上被子的大針扎自己，扎得頭皮一陣陣發麻，好像通上電流一般。這樣方能得到短暫的解脫。我不屈服，我與這睡眠苦鬥著，苦鬥著。把自己弄成一個大肥胖子又有什麼用？要讓大腦聰明起來，這才是第一要事。有時我忘掉了這個我，我吹著口哨，唱著歌，和人大聲交談說笑著，過後我發現又笨了許多。也許，我缺少的是人們所說的那種熱情吧。是的，我缺少的就是熱情。風在呼呼地吹，給我，熱情，風！哦，熱情，你隨著太多的磨難而消散了。你隨著濫用而熄滅了。

不管怎麼說，從現在起，我應該嚴肅地看待生活，看待人生，看待自己。

已經1點了，可我給自己訂下的幾個小題目還沒寫呢

L向來以善於掩藏自己的思想出名的（至少對於我是這樣），今天卻在不同的時候不同的地方流露出他的性格和思想。

上午是答疑課，米爾冬一開口就滔滔不絕地講起來，沒有一點停止的意圖。整整三節課沒講三個作家，而且講的內容大都是重複以前的。我提出一個建議說，我們應該單獨地問問題，這樣也許更好些，也可以節約許多時間。老師要大家進行表決。反對的人先舉了手，L沒舉，因為他事先表態很贊同我的意見。可是輪到贊同的人，他卻又不舉手了，我嘲諷地說：「你這是背叛自己的原則、自己的正直。」他連忙舉起手來，補上一句：「其實

舉不舉本來沒多大關係。」

下午吃過晚飯，他在Jz床上翻書看，隨口問我關於課文的theme想好了沒有，如果已經想出來了，就告訴他。他嘆了一口氣說：「哎，我這一次考試是等著得零分啰。」

「怎麼講？」我問。

「我根本沒有看嘛，再說，我看也看不進。有時候我整個下午都在翻同一本書，一個字也沒看進。我自己也不知道怎麼搞的——不過，這些以後再告訴你。」

我立刻回想起他有一次神秘地對我說十天以後將告訴我一件很重要的事，但他並沒有實踐他的諾言。

「但願我能幫助你，也許我可以幫助你，雖然你在各方面比我強。」

他支支吾吾地應付了幾句，說：「我們已經完了。在事業上完全失敗了。」說完，他也不聽我講的那套只要有信心就會贏的理論，管自走了出去，還留下一個重重的嘆氣。

Gz不知怎麼談起日本女人來。他說：「日本女性是我最佩服的。她們不像中國女的，有了平等權利便了不得了。神氣活現，她們都很溫存，體貼人，心靈純潔高尚。我祖父的弟弟過去留學日本，娶了一個日本老婆，回國後離的婚。」

「我們廠就有四個日本女的嘛，」辛穆打斷Gz的話。「她們都是那時候隨軍過來的，大約是妓女吧。現在都有家小了，講的普通話，還蠻標準的，說話細聲細語，為人隨和溫存。我還到其中一個人家裏去了呢。」

* * *

　　剛剛讀了黑塞的自傳體小說《彼得‧卡門青特》，有一種渺小的感覺。在讀過偉人作品後，常常有這種感覺。如羅曼‧羅蘭、莎士比亞等，他們把我帶進另一個世界，把生活再現給我。讓我看到人生的醜惡虛偽也看到人性的高尚偉大。我看見自己越來越小，漸漸地蛻掉人的軀殼，露出野獸的身體。我有時也體驗到一種超外的感覺，彷彿靈魂洗淨，肉體消滅，來到一個至美極樂的地方。然而，無論什麼時候，我都不能不受到那種灰暗思想的壓抑，它像蛀蟲一樣嚙蝕我的心靈，像毒汁一樣浸透我的全身。我自此相信了，人類是存在著偉大的心靈和渺小的心靈之分的。一個具有偉大心靈的人，儘管他有著普通人這樣或那樣的缺點，他的偉大將不會因此減損，反而因此而增加，像薄雲後的朝陽，吸引鼓動著千千萬萬的人。一個心靈渺小的人，無論他讀什麼樣的書，無論他記熟多少條道德規範，他的心靈將永遠是渺小的，不會因此而改觀。

　　我第一次發現我是一個心靈渺小、人格猥瑣、靈魂淺薄的人。回首往事，樁樁件件記得起的事無不向我證明這一點。我曾多麼堅決地筆直向前看，努力忘掉過去一切的不快。我沒想到與生俱來的根性竟是如此地植根於我，使我無法擺脫，在不知不覺中支配著我的行動和思想。我是一個孤獨者，小時是這樣，成人是這樣，老了也只會是這樣。我沒有朋友──我曾經有過，但我們的友誼只持續了很短的時間就消失了。我現在相信，那是因為我的個性使然。我天性自私、嫉妒、要求於人的比自己給人的多，無情、殘酷、無禮、粗魯──所有這一切造就了現在的我。人們看到的我只不過是一具虛飾的社會道德的模特兒。我的內心醜惡至極、殘暴至極。而我本人卻又是如此無能、虛偽和懦弱。我在文化大革命中打過媽媽，甚至還拿出菜刀來威脅她，雖然我

的這些愚蠢的反抗行為是間接地受了一個大人的挑唆，但我知道，主要還是我天性中殘暴的東西在起作用。不然，我就不會因秋陽摔碎一個玻璃杯而一腳蹬去，把他腦袋撞在凳上撞破。就不會和簡簡打架。就不會做出所有象徵暴虐的行為。而我卻又是如此懦弱，如此膽小，以致我甘心忍辱負重，寧願挨打。Yuan將我眼睛打腫，我跑回家竟一聲不響，還強笑著和媽媽說話。Zou幾次三番把我像皮球扔來喝去，我只有吞聲的份。Yang揍了我，我還和他繼續好了下去，——我不是一個道道地地的外強中乾的人嗎？我也不是一個胸懷遠大的人。小時候曾幻想當水兵，大了又幻想當小提琴家、音樂家、散文家，可從來沒有認真下功夫實踐自己的諾言過。當我想到這些家的時候，我並沒有想到全人類，並沒有想到全世界三分之二受苦的勞動人民，並沒有想到為黨為人民，我想到的是自己，想到的是自己的愛，只覺得有一種混沌的愛，一種原始的力在推動我，後來我為這而感到慚愧，我覺得人僅僅為自己活著是可恥的，因為我所賴以生活的一切仍是來自工農兵，我應該為他們服務。及至我成為他們中的一員，我的思想改變了。既然我是他們中的一員，我為誰服務？誰為我服務？並不是那麼分明。大家都是人，為了生活都得幹活掙錢，養家活口。人人只要誠實地幹好自己的工作，那實際上就等於在為他人服務。我發覺過去的思想是虛偽的。如果我說我也是人民中的一員，大家應該為我服務，我十之八九會得到一臉唾沫。但是，如果我們大家本著相親相愛、平等互助的精神，我們就會發現事情容易辦得多。而且，我還是一個極端的縱欲者。

＊＊＊

《等待O》

星期天上午。黑屋子裏。

A：幾點鐘了？

B：（使勁把緊箍在脖子上的手錶向前拉，到快拉斷的地步，然後翻轉來看）N清，B.D.A.O！

A：O！

B：（奔到窗前拉窗簾，但是沒有窗簾可拉，外面陽光明媚，但屋裏漆黑一片）N。

A：她說要來，哎呀，瞧你的肚子！

B：（向下看，肚子慢慢鼓起來）完了，要丟了！她N lo我了。我領來的，你不許，啊，風多麼吵人。你們在看什麼？（對觀眾）。這是private事，懂嗎？（對A）他們花了錢嗎？他們花錢就K這嗎？

A：O！哦，O！（作擁抱狀，沖向門邊，但門關得緊緊，他把耳朵放在上邊，自己敲敲）聽，她在敲門！進來呀，O！

B：哈哈哈哈！（淚水卻奪眶而出）哈哈哈哈！（肚子癟了，從衣裳下面飛出雷電般的詩稿）Oh，O！（他摟住開水瓶，拔開瓶塞，如饑似渴地飲著）Oh，O！Oh，O！

A：Stop！N行！（搶上前去，兩人廝打起來）。

開水瓶摔在地上，碎了，原來是一張撕碎的女人相片。

《夢話》

空房間，兩張床，各躺一熟睡者。

甲：哪兒去呢？哪兒去呢？哪兒去呢？
　　（蟋蟀聲。蛙聲。遠處走廊中一個疲倦的足音）
乙：哎喲，我怕，我怕，我怕。
　　（蟋蟀聲。蛙聲。）
甲：不行！不準的。我本來要追——
　　（蟋蟀聲。蛙聲。）
乙：都一樣。到處都——。總是要——的。
　　（蟋蟀聲。蛙聲。風輕輕晃動著窗鉤）
甲、乙（齊聲）：失去的不能——。前——。
　　　　　　　　枯了！哎喲，枯了！枯——。

（蟋蟀聲、蛙聲戛然停止。一束月光寧靜地瀉在兩個熟睡者身
上。）

《野餐》

兩男一女。森林中。席地而坐。

A：（沉默不語）
B：喂，輪到你作自我介紹了。說呀！
女：（好奇地打量A）

A：　（眼睛看著地上，喃喃自語。）姓什麼和不姓什麼都完全
　　　是一回事。我有過姓，可是忘了。我叫無姓。

女：無性？

A：　對，無姓。（眼睛仍然看著地上，但眼珠偷偷滑到眼角，溜
　　　了女的腳一下。）

B：　別他媽的胡說八道了。來，喝呀！（他拔開瓶塞，將一瓶冒
　　　著泡沫的汽水塞進女的羞澀的手裏。）

A：　（喃喃自語）怎麼可能得到呢？

B：　喂，（對A）你吃呀！（又對女，溫柔地）您吃吧。

A：　（猛然躍起，撲在B身上，兩人都倒在地上，滾來滾去，互
　　　相搯對方的脖頸，撕衣服。一場足有三分鐘的打鬥。）

女：哈哈哈哈，真妙，哈哈哈哈。

A和B：（突然放開手，一齊轉過臉來，對女的也哈哈大笑起來）

──幕落──

《杯子》

（空屋子。有一扇大窗子，但高不可攀。光線從外瀉進來，照在
一個穿戴入時的青年和放在他面前桌上的一個破紅杯子。杯子碎
成兩半。）

青年：我一定要把它粘起來。（拿杯狀。）

青　：咦，讓我想一想，它是什麼時候碎的？（沉思狀）

青　：我一定要把它粘起來。（用力過猛，杯子碎成四瓣）

青　：這不行。從前我用它喝過紅糖水的。對，從前我還。它是

　　　　叫S.M.這個地方出產的。你去過這地方沒有？（對觀眾）
　　　　我一定要粘起來。（撿碎片。）

青　　：我用它盛過一個玩意兒。很亮，很紅，發出很響的聲音。
　　　　還盛過一個玩意兒。瞧，（指一個哈哈大笑的觀眾）就在
　　　　你的臉上。

觀眾：把他轟下臺去！這是演的什麼戲！

青　　：（不理睬他們）我一定要把它粘起來。是他給我的。再找
　　　　不到他了。我要粘起來。哎喲！（手突然放鬆捂住心口，
　　　　杯子落在地上，碎成更多片。）哎喲！（痛得在地上亂
　　　　滾。）

觀眾：（喊聲）快派醫生急救！快救人哪！

青　　：（霍地站起）你們救不好我。我已經自救了。看！（他扯
　　　　開衣裳，從胸口拿出一塊石頭。）給你們，這是我的心。
　　　　（朝觀眾扔去。）

觀眾：啊！（嘩然）

（石頭輕飄飄地落下，像一片羽毛，原來是空的。）

青　　：我要粘起來。有了，有了。
　　　　（他收攏碎片就往心中塞，背對觀眾蹲下。）

觀眾：快去拉他！要出事的！

青　　：（自言自語）我練了氣功。不怕。我一定要粘起來。哈哈
　　　　哈哈。（他站起來，跳起迪斯科來）

《我活過嗎？》

一具棺材。露出一個光頭。

光頭：我活過嗎？萬歲！萬歲！萬歲！（眼睛直勾勾地盯著一顆
　　　血淋淋的西沉夕陽。）

一個人挑著食盒從面前走過。

光頭：我不餓！哦，滷肉，這東西我年輕時吃得多囉。排隊買
　　　的。啊，還有大米飯。天天吃，沒吃膩過。還天天屙
　　　呢。這是什麼？啊，什麼？蘭德米那德羅夫拉索？這是
　　　什麼東西？吃不膩呀？

「賣報！賣報！」報童揮著報紙跑過。

光頭：哈哈。親兄弟。不是你，我是說它，報紙。每餐飯後都要
　　　看。學到的東西可不少。肉也長了不少。跑馬拉松也不行。

一個時髦女郎從面前經過。

光頭：哦！哦！哦！我說呢，原來是她。早就認識的。老兄，
　　　哦，不不不，老姐姐，好久沒見呢。不，不能對她這麼
　　　說。要說，親愛的，來呀，我愛你。還怕什麼？你已經是
　　　要死的人，還怕什麼？怕掌權的死神呀！

《人生四部曲》

第一幕

A和B搶牛奶喝。你吮兩口，我吮兩口，搶來搶去，然後跑出去做雪人。

第二幕

A和B燒起一堆綠葉的大火。雪人全部化了。他們舉臂作喊口號狀。然後奔到牆壁跟前貼決心書的紙片。

第三幕

A和B圍著一個飛來飛去的金絲雀兒追。A剛要抓到手，B在腳下使了個絆子。雀子飛了。B正要到手，A順風撒了一把沙子迷住B的眼。雀子又飛了。

第四幕

A和B各領一個小孩。兩小孩搶牛奶喝。A和B倒地死去。兩小孩不管。奔出去做雪人。

幕落

＊＊＊

洗澡的時候，回顧了一下近幾天的復習情況，總的來說是不錯的。昨晚花了三個小時，今天早晨兩個小時制了一張有關作家理論的表格，整個復習工作就基本上完成了。

還剩下幾個自己解答不了的問題，都用紅筆標上問號，準備去教室問問老師。不湊巧的是，米爾冬的兒子感冒發燒，顯得很焦急不安，不管我們快快地提問題。見此情狀，我不便用問題來煩擾他，就說改日也行。三個人（還有菲利）沿路且走且談，提了幾個小問題，在辦公大樓分了手。

工作完成了，心裏輕鬆了許多，便不想再死背那些枯燥的事實。上午在圖書館閱覽室泡了半個上午，下午執著那幾張表格，在林子裏邊轉悠，直到離4點鐘開會時間還差一刻鐘才回。開完會後，心情變得很惡劣。本來打算在剩下的時間內將所有的全部背完，現在竟一個字也看不進。不知不覺間，踏上了去湖邊的路。新修的水泥道橫在眼前，鋪了一層木屑，浸泡了水。前邊土路邊有什麼東西動了一下。是一只灰老鼠，倏地鑽進一個石洞中。人是無能的。人不能夠掌握自己的命運。他雖然臉上有笑容，但眼睛的光是陰暗的，兇險的，隨時可以射出吞噬人的光芒。他說話也不無道理。但話音武斷專橫，具有一種懾人的威力。他是權力的象徵，他把每個人的命運操在手裏，像閻王爺操著小鬼樣。他很意識到這一點。他是很慈悲的，一般不使用這種權利。誰能夠掌握自己？就連他自己也不能夠做到。他也有上司，在他的上司面前，他會不會也是唯唯諾諾、言聽計從的呢？孤獨，像卡門青特（黑塞的主人翁）一樣，到大自然中，聽山水花鳥的語言，同它們交談，探索自然的秘密，這對於我來說，

大約是唯一能夠生存下去而不痛苦的途徑吧。人只有在大自然中，只有在孤獨的時候，才有心靈的平和安靜，才有精神的和諧統一。在人世中，人們互相嫉妒，互相傾軋，唯利是圖，縱情聲色，鬧鬧嚷嚷，爭名奪利，沒有一天能享受到真正的生活。一切都跟滿足欲望分不開。何苦孜孜不倦地進行寫作呢？並沒有誰願意聽你在生活中靠觀察思維的一點一滴之得。人們追求的是感官上的享受，並不是思想上的享受。G大發牢騷說，他寧願幹十天活也不願復習一天。動腦子是一件極不容易的事。人們習慣走前人走過的路，習慣於接受既定的思想，習慣按照傳統的方式思維。人們關心自己的利益勝於關心他人的利益，無利的事誰也不會幹。我為什麼要思考一些於我毫無益處的事呢？比如說他用步槍頂住她的後腦勺放了一槍，隨即把自己打死了，這說明了什麼呢？說明了他很殘酷是嗎？悲劇常是由於個人的錯誤造成的。但這些錯誤難道在某種程度上不是社會的錯誤？追求大學生追求高幹子弟的姑娘多如牛毛，不可勝數，這難道僅僅是她們的本性？他是高幹的子弟，任性、固執、專橫跋扈；她不會是一個大學生，大約是個高中畢業的機關幹部。他看中的是她的美貌，她看中的是他家庭的地位。難道這場愛情的基礎不就是不穩固的嗎？也未必盡然。許多建立在這種愛情基礎上的人後來好過得很好。那麼是不是因為他玩過的女朋友太多呢？聽說他曾經玩過五個女朋友，沒有一個成功。若他是一個浪蕩子，像XXX那樣，對生活失去希望，對愛情放任自流，也許還會這樣玩下去。並不會因為她玩了另一個男朋友而感到有何嫉妒或羞恥。會不會是這樣，即他雖然具有一切高幹子弟的生性的弱點，卻也有一個優點：愛情較純真。誠實不欺。而這個姑娘是個老於世故、精通人道的人，利用這一點來達到索取錢財同時和另外的相好勾勾搭搭的目的。

誰都不能說這個女的是第一次愛上他。即便是兩個初戀的彼此沒玩過朋友的人也不能這樣說。何況是他們這樣可稱為「情場老手」的人呢。但他究竟為何要殺人？也許是天性使然。無論誰都有一種要殺人的傾向。這種傾向只是因為法律的威嚴而不敢得以施展發揮。H君曾經說如果他的女朋友拋棄了他，他很可能做出同樣的行為。為什麼人竟會因為一個女朋友的失去而做出如此野蠻的行動呢？這些問題繞在腦子裏，亂成一團，有時是連貫的，有時是斷片的，但多半是混沌一片。我覺得我的大腦思維繫統很混亂，在安靜的時候不能進行邏輯的思維。常有一些模糊的形象闖過腦子，

＊ ＊ ＊

　　一個懶散、瞌睡、甜蜜、無憂的下午和夜晚。沒有規定要完成的任務；沒有規定要看的書；沒有要求，沒有奢望，沒有往日的匆忙，沒有往日的急迫。我完全隨心所欲地想幹什麼就幹什麼，躺在席上，枕著書包，看一會書，看一會兒冬青樹籬外的湖，看一會兒頭頂一層層疊上天空的綠葉，頭旋轉起來，像醉了酒一般，一個女人尖聲喚著同伴；蛐蛐在叫；叭噠，乾枯的梧桐樹皮裂開，掉了下來；一只美麗的黃雀飛進密葉中；手一軟，人卻被書掉下來的聲音驚醒。環顧四周，一切如常。碧綠的葉縫中流動著水銀般的陽光：大道上時而有成雙成對的情侶走過，穿著鮮艷夏裝的女子，依偎在男伴身旁，男伴得意地打量著周圍的人，包括我，想從我眼中找到羨慕或嫉妒的眼光。拿一本書，在小道上慢慢地行，讓沙礫在腳下沙沙有聲，感受每走一步時鬆軟地面下陷的滋味。穿裙子的女學生！邊走邊談，攏了，攏了，幹

嘛挨得如此近？我的眼睛在哪兒？在湖面。她的眼睛在哪兒？在我身上。我知道。一個姑娘竟大叫一聲，她的兩個女伴哈哈大笑起來。原來一只牽牛落在了她的頸上。她手忙腳亂地把牽牛趕跑，也快活地笑起來。她的女伴笑彎了腰，蹲在道邊，幹嘛一雙眼把我瞧？青春的歡笑！但願我是那只牽牛。夜來臨了，坐在白熾燈下，面前攤開書本，大腦說不行，它不能接受任何東西。理智爭辯說應該看完規定看的書，不能虛度時光。於是，「唯物主義」「辯證法」「範疇」「形而上學」一個個在眼前蟻動起來，直到頭重得像只大錘，把桌邊砸了個缺口。身體像只布口袋，被自己麻木渴睡的腿扛著，扔到床上。我在哪兒？朦朧中有個人，在問「theme是什麼？」自己的嘴唇在動，「是……」，軟軟的枕頭，軟得像一口井，頭直往下沉，越沈越深、快觸到水了。這是誰的臉？我的？多麼醜惡，多麼可怕！哎呀，救命呀！我要淹死了！誰？白色的衣服，在問「theme是什麼？」泛光燈。強壯的脊背坐在桌前。睡吧——就這樣，我足足睡了兩個小時。

他在課堂上提問或回答問題，常引來全班的大笑和老師的氣惱。他提問和回答都是同樣詞不達意，叫人摸不著頭腦。他常常前言不搭後語地講上半天，把自己急得滿頭大汗，把聽的人也聽得滿頭大汗。末了跟著全班的哄笑嘿嘿兩聲算完事。他同人談話時會無緣無故地插進一兩個英文單詞或來上一兩段詩樣的語言，叫聽的人以為他不是有點神經不正常就是有點瘋癲。

其實這兩者完全夠不上他的邊。通過幾天的接觸，我發現他完全不是我原先把他想象成的那樣的人。「儘管我和你吐露了許多心裏話，但我以為你並不真正了解我。」他直看著我說。「這兩次愛情的挫折給我的打擊，不是我言語所能描繪的，更不是任何人除我而外能夠理解的。我並不恨她，也不恨他，她們我都不

恨。我覺得她對待我的方式不好。她為什麼要象那樣對待我呢？
嗨，不談這吧。我不恨任何女人，但我厭倦了她們，我不是曾經
告訴你，今生今世不娶誰為妻嗎。你等著瞧，我會實踐自己諾言
的。」我記起了她的來信，一首剛勁的字體，簡潔的文風：「安
心復習，認真考試。試後速歸」。「速歸」這兩個加著重點的字
就是他不安的根源。他唉聲嘆氣、苦惱不安。他拿出另一封信，
全信沒有一個字，卻用四根別針將一只花蝴蝶別在信紙中間，信
封上貼一張丁香花的郵票。「蝶戀花，」他解釋說。「我不知道
我該拿這件事怎麼辦。她這樣愛我，而我──說實話，我並不愛
她。一點也不愛她。我跟你說，我從此再也不愛任何女人。可我
又覺得這樣無情無義地斷絕她的關係──她對我很好──不好。
我想回去和她長談一次，把我們的關係講清。我不知道她為什麼
這樣愛我。我告訴她說學校裏已經有一個女同學愛上了我，她仍
舊給我寫信。另外有兩個女同學也愛上了我，我都一一拒絕過。
我不知道自己有哪點吸引人的地方。我厭倦了愛情。我只想像
Thoreau一樣，過一種簡樸的生活，天天和大自然打交道，遠離
塵世的煩囂。」他說這些話時表情很嚴肅，眼神裏有股冷峻的味
道。這些時來，他變得多麼陰郁呀，我想。我想建議捲著席子到
湖邊去學習，他想都沒想就同意了。他的心靈需要撫慰，我想。
他是一個棄兒。一個被誰都厭惡、瞧不起的棄兒。我深深地感受
到這一點。

　　晚飯後，我大聲地給他朗讀徐志摩的詩。我驚奇地發現所
有我認為好的句子他都沒漏聽，不僅如此，而且還讓我讀第二
遍，以至三遍四遍，他自己則興奮得手舞足蹈起來。我告訴他，
現在是詩人寫得最好的一首詩時，他止住了我說你不應該告訴我
這個。我立刻意識到我的錯誤，便說給他讀三首詩，讓他在其中

挑哪首最好。我讀了《灰色的人生》，讀得慷慨激昂，他的評價是，很好，因為他曾經模仿它寫過一首冬詩。第二首詩沒有給他留下什麼印象。讀完第三首第一段時，我瞥了他一眼。他像剛才一樣，眼睛望著遠處。或許在看游泳池的人或許在看湖上的遠景。我有點氣餒，同時又有點高興：這回你可看不出好詩了。可是剛剛讀到第三段，我發現他轉過臉，直瞪瞪地盯著我看，那神情專注的模樣叫人難忘，我故意停頓一下，想看看他的反應，就聽他急不可耐地大聲喝彩起來：「這一首是最好的；這一首！哎呀，寫得太美了。『我甘願做一根小草』，太美了！你快跟我把詩集出版的地址抄下來，我一定要寫信去郵購。你現在就寫下來好嗎？」至此，我對他的欣賞水平已經心中有數了。

　　他一見有賣冰棒的走過就忍不住要買幾根。他就是個嘴饞的毛病。一回他總要連吃三根才解得了癮。我們慢慢往家走，席子挾在腋下。路上碰到兩個同班，其中一個是他的同房。他們打了個招呼，他走在前面，我和他那個同房走在一起。前面有個賣冰棒的。他又忍不住了。問我：「吃不吃？」「不吃。」我說，不明白他為啥這麼愛吃冰棒。可是走到賣冰棒跟前時，他又改變了主意，一聲不做地走了過去。我意識到這時只有我們三人在一起。另一個鑽進路邊工地食堂裏看電視去了。他原先的同房在我右邊，他在我左邊。

＊＊＊

　　看了看表，已經1點26分了。夜深人靜，可我毫無一點睡意。剛剛改了七八首詩，都是在過去幾個月中的興會之作。改起來比寫起來費勁多了。自己同時是一個詩人又是一個批評家，而

且要是個不帶任何偏袒的批評家。寫詩的是熱情，改詩則憑的是冷靜。這時，大腦處於異常清醒的狀態，連一粒睡眠的原子也蕩然無存了。雖談不上是創作，但這種近乎創作的工作給人帶來歡樂，興奮和愉快。外面正是夏蟲和青蛙的世界。人為何要睡覺呢？如果人們白天工作，夜晚遊玩，那他們的生命就會延長一倍。此時此境，我覺得像這樣創作學習下去，可以無休無止，一夜不眠地直到生命的終結。現在是1點多鐘，和昨天已經相隔了一個小時，中間是沉沉的黑夜，發生在昨天的事現在彷彿都籠罩在這冥冥的黑夜中。但是，我努力回想，努力回想。記得他，那個熱情洋溢的小詩人來了。一見我的面，他永遠止不住要吐露他的心事或是他今日所遇的奇聞。「我和她認識了。她說我好大的膽子，竟敢寫那樣的約會。她對我說：『你以為我會去嗎？』我說：『您當然不會去！』心裏卻說，那誰知道你去了沒去呢。不過我說那話是為了讓她不太難堪。她比我還大，19歲了。她過去在內蒙呆了四五年。現在據她說是：『山溝裏來的。』不過爸爸在部隊當著什麼官。你說我膽子大不大，現在鬧到這個地步。我怕我自己搞得太過份，你說這是不是過份了？我其實是想交個朋友，可是現在一談朋友就不可避免地要想起結婚，姑娘們尤其這樣。她不說嗎：『以後你會恨我，把我當仇人的。』我說：『我為什麼要把你當仇人呢？我們永遠是朋友，好玩好散，為什麼一個男的就不能跟一個女的成為朋友呢？我真不明白！』」

＊　＊　＊

我倆對長時間的復習都感到有些厭倦了，於是閒扯起來。
「愛情這事呀，我就對這種愛上缺胳膊斷腿的人不大感冒。

這能夠說明愛的人心靈高尚嗎？這能夠起榜樣的作用推動別人去效仿嗎？我看不見得。我倒這樣想過，如果我有一天腦子受了傷，以致變得癡癡呆呆不能思想，是不是還會有人愛我。我想是肯定沒人愛我的。其實大腦受損傷和身體受損傷都是一回事，在受傷的意義上。然而為什麼就沒有人出來替我說話，同情我呢？即便有人這樣，你以為有哪個姑娘願意嗎？所以這種事情沒有什麼值得大張旗鼓的宣傳的必要的。況且那些人在殘廢前都已愛過或被人愛過的。我倒想知道一個先天殘疾的人是否會為一個素不相識的人相愛。我是指現實生活中，不是小說裏。在愛情中我贊成sympathetic love而不是possessive love。聽說有許多青年就是因為possessive love造成了悲劇。不知你們上海那座大城市發生過這類事情沒有？」

「上海沒聽說過，但在我老家那個村子裏卻發生過一樁人命案。男的很愛女的，簡直愛得發狂，可女的絲毫不愛他。男的父親是大隊長，他本人是民兵隊長。有一天他在家裏磨刀，他父親問他幹什麼。他說有用。父親也沒再問，以為民兵練習要用。那女的每天和她的一個瞎子媽媽在一起睡。這天晚上男的溜進她家裏，一刀結束了瞎子，又在女的臉上、腰上、胸上、頭上，到處砍了總有十幾刀，那女的還沒死呀！我回去還見過她呢。臉上有道刀痕。現在當然無長相可言，就是原先也長得一般。男的給槍斃了，還有一件事發生在部隊裏。我的朋友講的。他的一個朋友追連裏的衛生員，衛生員根本不愛他。拒絕了。一天他值夜班。提了支沖鋒槍，荷槍實彈，就去打衛生員的門。她起先不開，經他說最後一次，只講一句話，便開了門。他用沖鋒槍指著她問：『你說愛不愛我？』姑娘慌了神，一句話也說不出來。這時他扳機扣響了，嗒嗒嗒，一梭子彈射出去。從頭到腳在姑娘身上劃了

一道直線，全營都被槍聲驚動了。營長連忙集合全體士兵。可他們雖集合好卻一只槍也沒帶。只有一個新兵記起規定帶了槍，卻糊裏糊塗錯走到出事的地方，一眼看見提沖鋒槍的人，他便戰戰兢兢地放了一槍，正打在那人額角上。他自己卻嚇得從牆上掉下來，摔昏了過去。事後，營長受了處分，他倒榮獲了三等功。」

＊　＊　＊

中午，我們挾著席子又來到湖邊的梧桐樹下。今天我們一共三人。ZZZ興奮地和我談起他和他女朋友的adventure。

「昨晚上我和她一起去珞珈山了。並不很晚。我們談了很多方面的事情。她是個很悲觀失望的人，生活中感到孤獨。她膽子大，回來的時候我要和她分開走，她說：『你怎麼這麼封建呀？虧你還是個男子漢！就是被咱們班上的人看見了我也不怕。看見了就看見了。她們能把我怎麼樣！』其實她自己就有些封建。在山上我們坐在一塊石頭上，我想挪近挨攏一點坐，不料她卻嚇了一跳，移到另一邊去。她自己也說：『別怪我，我就是有些封建。』我問她：『那你為什麼敢這麼大膽地和像我這樣一個男子出來，你難道不怕我對你起歹心嗎？』她說：『不會的，我從見你第一面起，就相信你絕不是那種人。我憑直覺知道你是個正直的人。』我在路上用手碰了她一下，她說：『別碰！再碰我就要哭了。』我說：『你哭我就哄你。』我和她開玩笑，她說：『你就是哄也哄不住，我要哭就偏要哭。』我不知道為什麼她說要哭的話。也許她那時感情異常激動，已經達到一個地步，只要我做出任何舉動，她就控制不住自己了吧。我當然不會做出那種舉動來呀，你想，我是那種人嗎？她長得並不漂亮，我這是第一次和

一個長得並不漂亮的女同學交朋友。想不到還挺有意思呢。她有許多地方和我相似，甚至相似極了。她不喜歡在雨中打傘。『為什麼要打傘呢，我就喜歡讓雨淋在頭上臉上身上，全身上下都打濕，淋個痛快。』我告訴她我有一次只穿一條短褲在傾盆大雨裏走了一遭。我不知道我這樣和她玩好不好。你認為我該停止呢還是繼續下去呢？」

「那就全看你的興致了，」我開玩笑地說。「我即使不同意你這樣，你還是要繼續，那我也沒辦法。年輕人嘛。」我準備說：「多玩幾個朋友也不妨」，可話到嘴邊又咽了回去。

「那不是這樣。你每回說的話我都很看重的。從心裏說，我很想聽聽你的意見。」

我想開玩笑的心情一下跑光了，我第一次意識到我對我的話要負責任的。「交女朋友並不是件壞事。但要注意分寸，你是和她談朋友還是和她交朋友。既然你已經有一個女朋友在家裏，你就不應該再在外面談朋友了。因此，我認為你和目前這一個的關係應該就跟你和我之間一樣，是真誠的朋友關係，而不應產生任何非分之想。儘量避免那些──這你都知道，就是說，不要把用在你自己朋友身上的方法用來對付她，懂嗎？」

他在席子和衣躺下，無論我們怎樣說，都不肯脫一件衣服。他說：「這太不像話了。在這大路邊。大約是我自己現在變多了吧。從前我是一點也不講這些的。我現在覺得我長大了，再不能像孩子一樣的說話做事。她年齡比我大，可她說『我在你面前大不起來。』倒好像是我比她大似的。你看我二十歲的人看上去象24歲的人吧？」

＊ ＊ ＊

　　有時候一兩句話很能說明一個人對他周圍事物或人的評價以及他自己的性格。現基本原封不動地抄錄下來。

　　「在體操館裏正舉行歡送78級的節目，」Jz說。

　　「去吧，」我對Jz說。「我覺得我們不應miss大學裏的每一次活動，不管哪方面的。」

　　「我知道你說的意思，我知道你說的意思，」他說。「可是我這要復習的課本還沒動呀。」

　　「嗐，這沒關係嘛。只要能混個及格就行。難道還及格不了？及格肯定是可以的。」Gz說。

　　「及格嘛。」Jz慢吞吞地說。「及格這個嘛，我想，還是做得到的，是不是呀？我們嘛，還不至於像XXX（班上最差的一個學生）跟著拖，還想得個比及格要高的──」

　　「及格是不成問題的。」我說。

　　「對，」Jz立即同意道。

　　「對，」Gz應和道。

　　走廊外傳來女性的聲音。這聲音在隔壁問人。

　　「是找我的吧？」Jz問。

　　「是找鮑爾的。他現在真是門庭若市呀，」Yao說。

＊　＊　＊

《一個大學生的苦惱》

　　他在H城東站下車時，已是三點多鐘了。坐在車裏還不覺得，一下車便全身上下燥熱起來。這七月的太陽可真毒啊！這樣

想著他走到柵子口，檢了票，然後走出車站大門，立在外面搭起的候車棚下。是站一下涼快涼快再回去呢，還是立即就走，他正猶豫著，一個尖尖的嗓子沖他叫了起來：「吃不吃稀飯呀？」他轉過臉，只見一張笑沒了眼，笑大了口的臉像一碗稀飯樣擱在他面前。他厭惡地扭轉頭，「哼」了一聲，提起那只裝滿了書的大提包，便離開了車棚，順大街走去。寧願吃家裏的剩飯，我也不吃你賣的。Home, oh, sweet home！半年的tiring的讀書生活終於告一段落，可以在家裏過幾天安安逸逸、松心快活的日子啦！哇！哇！他嚇得一跳，還沒來得及意識到是怎麼一回事，就見迎面一個巨大的黑忽忽的東西一路尖嘯著沖了過來。他慌忙朝旁一讓，那龐然大物便「刷」地一下從身邊擦過，留下一條灰塵的黃龍。該死！他捂住鼻子，差不多嗆得透不過氣來。他想等飛揚的塵土澄清下來再往前走，可汽車一輛接一輛彷彿沒有盡頭似地從眼前開過。他硬著頭皮就在這條灰龍裏穿行起來。算了，總是要洗澡的。呸！這麼大的灰！對了，前邊有條側街，往那裏走吧。果然清靜不少，這梧桐樹雖然布滿塵土，倒也有些蔭涼。再說，離家也不遠了。前面是百貨商店，接下去是豆腐店，接下去是廢品收購站，然後是菜場，然後是Home！再加把勁，要不了幾分鐘就可到家。小時候在這兒排著長隊買豆腐。這兒小時候也來賣過廢銅爛鐵。還替爸爸賣過書呢。那個時代再不會到來。「才回嗎？」一個聲音低低地說。這聲音聽起來近在耳邊，可他四下裏看了一周也沒見個人，一低頭，這才看見有個人坐在收購部的門檻上，「這不是A君嗎？你來這兒賣什麼了？」他好不奇怪地問道。「賣什麼？這不，」他拍了拍身邊的一個大黃書包，發出「啪」的脆響。「好像是書？」他一下記起A君過去曾是怎樣的一個書蟲。他額角上一個疤還是走路看書時撞在電桿上留下

的。「是書呀，可有什麼用！」他的話語裏透著憤激。他從A君手中接過書包，翻了翻裏面的書，有政治經濟學、辯證唯物主義和歷史唯物主義、語文、歷史、地理復習資料。「你──又落選了？」他話一出口便後悔不該說的。但A君苦笑了一笑，「是落選了。」接著他聲調一轉，變得亢奮起來：「落選就落選吧，我才不稀罕呢。什麼考試？全是死記硬背！學習有什麼用？你去問問那些當大官的子弟有幾個有真才實學，卻全給塞進機關，光拿錢不幹事。貧民百姓無論怎麼學還是貧民百姓！」A君說著一把從他手中奪下書包，便轉身沖進了門。他知道A君的脾氣，在這種時候勸他是勸不住的。再說，賣的也確實是些無關宏旨的書。可是，實際情況真是這樣嗎？他腦子裏留下了一個疑問。

　　他回到家，洗了個澡，睡了一會兒，就到了吃晚飯的時候了。晚飯是雞蛋番茄湯，辣椒炒茄子，一盤酸豇豆，菜雖不多，卻很引起食欲，何況又是媽親手做的，媽做的菜味道總是很好。他早餓了，便大吃大嚼起來，一時吃得熱了，便脫了個光膀子，只穿條短褲衩，兩條腿叉得老開。正吃得痛快，坐在對面一直一言不發的媽說話了：「把腿並攏點，手拿碗，看你這叫人看了像什麼樣子。」他一看自己這樣子，不覺笑了，便照媽說的做了，可是過了一會，又恢復了原樣，其實，這是他在學校吃飯的樣子，一屋子的男生，怕什麼！「再不扶碗，我就把你的手砍斷！」是媽媽那半玩笑半認真的聲音。這一次照做了，他心裏卻非常不痛快。今天剛剛回家就管得這麼嚴，何況是在自己家裏。再說，這都是些什麼時代的老八股了！還要讓人效仿。飯後，媽把他拉到一邊，告訴他得為了分配的事去看一位叔叔，並送一點禮物去。「知道你今天才回，一定很累，可這糕點不能不送，是人家從上海捎來的，不能再放了，再放就要壞的。」他心裏極端

厭惡這事，卻又不敢拂逆母親的意願，只好滿口答應下來說：
「好的，我明天一定送。今晚我得去她家，還沒和她見面呢。」

他換了一身清爽的衣褲，便去找她了——這個在他讀大學
期間主動給他寫信的美人兒。他一上街便走得很快，專揀屋檐下
走，防備著車開過時揚起的灰塵。可是在黃昏的時候，幾乎沒有
汽車出現。吃過晚飯散步的人都陸陸續續地上了大街，在街中心
來來往往——這是這個小城的風氣。這些年輕陌生的臉，全土裏
土氣。這些姑娘，不管穿多好，總脫不了那股俗味。還有這個抱
小孩的，簡直難看死了。在那個大城市裏，他們根本不抱小孩，
是放在華美的小孩車裏推的。那些婦人的打扮喲！可眼前這個人
——咦，這張臉好像在哪兒見過。這雙雖然浮腫但仍然有神采的
眼，這厚厚肉感的唇，這頭濃密的捲髮——哎呀，他差點叫出了
聲，但他控制住了自己。許多少年時代的回憶湧上了心頭。這個
女人，那時美麗溫柔的姑娘，他曾是多麼熱烈地愛著的呀。可就
沒跟她說過一句話，甚至連她的姓名都不知道。可現在，這肥胖
的臉，這耷拉的乳房，還有這臃腫不堪的身體，生活把人改變成
什麼樣子了！她就是個自己實現不了的理想卻被他人實現了的現
實。當然，能夠實現的現實總比不能實現的理想強。這不，「現
實」的家到了。

她出現在他眼前，非常動人，非常嬌媚，非常冷艷。一件
純白的尼龍衫緊繃在身上，輪廓分明地勾劃出各部的曲線。奶罩
是細花的。沒有時間多看了，她去關了門。「怎麼，你爸媽都不
在？」「不在，」她用嬌滴滴的聲音說。「都去看電影去了。」
說著，就在他旁邊坐下來。他聞到她剛洗過的頭髮的香氣，她剛
換過的衣服的氣息，她的肉香，甚至可以感到那副溫軟的肉體在
怎樣渴望的顫動著。他們沉默了一會。有什麼話說呢？跟她講海

明威、茨威格？她沒興趣。跟你講某某明星，什麼東西漲了價，你也覺得沒趣。現實嘛！他猛地用顫抖著燃燒的雙臂把她抱在懷裏。他們的嘴唇膠合在一起。他們躺在床上也不知過了多久，才聽見她發出微弱的聲音說：「時間不早了，爸媽的電影快散場了吧。」藉著窗縫射進的路燈光，他瞧了瞧表，已經9點30分都過了。他忙起身告辭，答應明天再來。

　　剛走到拐彎處，就遇到才出電影院的潮水般的人流。他在人流中被沖得團團轉，只想早點回去，恢復今天一天的疲勞，他真是太疲勞了。不料低頭急走時，和一個人撞了滿懷。黑暗裏看不清那人的臉，只覺得長得特別胖。那人開口便罵：「你他媽長了眼睛沒有！」他一聽這罵聲便火冒三丈，馬上回敬道：「你他媽罵什麼人呀！」那人拽拳就要打，還一面嚷著：「走，老子們找個地方較量一下。哎，這不是Y君嗎？」那人哈哈大笑起來。他們互相對視了一下，都不約而同地爆發出一陣大笑。「你真發福呀。」他說。「哪裏，哪裏。沒有你們讀大學好。將來又有知識，可以找個好老婆，好工作。舒舒服服過一輩子。比不得，比不得。」他一時語塞，竟不知說什麼好，只聽那人又說道：「你才到家嗎？聽說明天有服裝展覽，你不去看？有新式涼鞋什麼的。」那人又說了些什麼，他簡直一個字也沒聽進去。接著就分手了。（前面要插進：他一看，原來是高中同學M君，一個老實頭。）

　　回到自己房裏時，家人都睡了。他關了燈，放了帳，怎麼也睡不著。回到家發生的一連串事情，使他覺得新奇，又覺得討厭，既有一種煩躁不安，又有一種莫名的恐懼。他回想起在大學裏度過的那些時光。他回想起回家的打算。他覺得肚子又有些餓了，想了一想，他便打開那包送給某叔叔的糕點，吃了一片，竟

覺得味道挺不錯，便吃了第二片，眨眼之間，就去了半盒。然後用毛巾揩了揩嘴，又躲進了帳子。睡意矇矓襲了上來，他彷彿聽見有個人在他耳邊吼叫：「你給我把吃的吐出來，那是送人的！你要是不想自己的前程，家裏以後可不管了。」他想反駁兩句，兩片嘴唇怎麼也張不開。他的頭沉重起來，各種各樣的幻想，各種各樣的景象交織在一起，起初是慢慢地旋著，像個黑色的大飛輪，接著越旋越快，他眼前看到的盡是支離破碎的東西，一本撕破的書兩條肥白的大腿青綠的山小河獨湖水泛著梭羅筷子手大把大把的糕點碎成粉末大雨下雪夜深星空灰霧滿天咳嗽猛烈地生活觀哲學死教條廢品童年錢生銹花枕頭空空如也空房子空廁所空廚房書殘頁沾露的玫瑰新鮮的豆芽笑聲刺耳賣稀飯臉一張血盆大口無底的洞最後，他完全睡死了。

* * *

懷著滿腔熱情希望看幾個大學生演的好節目。發現事與願違。節目中雖有獨唱合唱和舞蹈、合奏，都顯得沒有生氣，激不起興趣。一個白裙子姑娘大聲地朗誦的長詩，沒一句我聽得見。這時絕大多數的人在低頭看書，有的在聊天，很少一部分人懶洋洋地、心不在焉地注視著她。男聲四重唱的四個男生，看來全是第一次上臺，緊張地圍在麥克風前，眼光不約而同地都落在伴奏人的手風琴上。他們唱起來時，高低不一，音調不準。高個子戴眼鏡的挺著胸膛，把整個右側亮給觀眾，面對著我這個方向站立。緊挨他的是一個矮個子，手風琴還在拉過門時，就情不自禁地按著節奏搖頭晃腦起來，眼睛瞇縫望著天。與高個子相對這邊的　個，人半個背對著我，低著頭，不敢看人，一老一實地在那

兒背誦歌曲。跳舞的一個小姑娘，打扮得很美，舞姿也挺優雅，可不知為什麼還沒終場，便猝然離開了舞臺。學院裏的那個大胖子歌唱家被請了來，唱了幾首他拿手的歌。他穿件藍不藍灰不灰的上衣，笑瞇瞇地擺開姿勢唱起來。他唱得並不如那次七院演出時出神。顯得過份的矯揉造作。觀眾的掌聲也有些矯揉造作。一首歌唱完，掌聲並不熱烈，輕到他就要離開舞臺，掌聲便響了，夾雜著喝彩聲和叫罵聲。真的有叫罵聲，因為就在我們站的地方，有兩個青年，嘴裏不乾不淨地說些難聽的話。對每一個節目都加以粗魯下流的評論，還時時喝些令人厭惡的倒彩。穿藍條白底襯衣的那個，時常回過頭，露出一嘴被煙薰黃的牙齒。他的頭髮太長，搭在後腦勺上像公雞屁股，隔不一會兒就晃一晃頭，使長髮一顛一顛的。

　　縱橫交錯的屋梁上點著大燈（是夜晚用來賽籃球的），四條繩子成對角線在中間交叉向四面延伸過去，裝飾著五彩的花紙。正中間吊著一張笑嘻嘻的假面。

　　Jz問我：「你上臺心跳不跳？跳吧？我不跳，因為我小時候常上舞臺，相聲、拉琴、跳舞，小學一直到中學。」

＊　＊　＊

　　晚飯路上碰到S，和他進行了進校以來第一次最長的談話。

　　「我的朋友現在在蘇繡廠工作，打字員兼interpreter。小五歲。我前不久寫信給她，告訴她這三個星期內再不寫信了，你知道，很忙。以前我每個星期都要寫一封信給她的。寫要不了多長時間，一個小時就夠。可想卻要花多得多的時間，幾乎要花好幾個小時，真是難啦，難啦。所以，你可以想象我回家去的情形。

我整天就在家玩。『很少看書。』我和她的愛情非常smooth，幾乎沒有風波。可誰能料到將來會怎麼樣呢？我覺得學校這段時間特別寶貴，以後出了學校結了婚，就不會再有多少時間進行學習了。我開始談朋友時間比較晚。因此我不像他們那般年輕人那樣熱狂，感情衝動，為一點小事就哭呀哭呀。我認為一個人最好的品格就在於控制他自己。我和她的性格很相似。她很溫柔，體貼人；雖然她有時也有年輕人那種夢，但我了解她，我總覺得要玩上一個朋友首先得了解她。我很討厭現在那種戀愛觀。我愛她，幾乎是worship her了。我覺得那樣做是對她的侮辱。我跟你講，那真是不幸。我的一個同學和她玩了8年的女朋友，就在快要結婚的那一年內分了手。原因是女的愛上了另一個比原來長得更俊的男的。我的同學對那個男的講，他曾和她發生過關係，那個男的不相信。其實他並不在乎這點。他只要女的美就行了。當時我的同學感到很沮喪，現在？他又找到了一個女朋友。他和他先前那個女朋友本來就沒有什麼真正的愛，只不過是性愛罷了。」

他和我談到今天早上的考試，談得小心翼翼，儘量顯得無意。我知道他是因為考得不理想而不安，提起這事面子上都覺得不好受。我看了看他：眼神暗淡，臉色蒼白，眼皮都腫了。他說他看什麼都看不大清。我心裏很同情他。

＊＊＊

每一次和同學們一起談話，總可以學到一些什麼。今天是米爾冬先生give a party的日子。本來定在昨天晚上6點，因為他覺得有些不舒服，便改在今晚了。吃晚飯時大家提起這事，便互相約好一起去他家。我、R、Gz和Jz四人各自拿了飯盆下樓去食堂吃

飯，準備一邊吃一邊走到他家。

「我看咱們還是在這兒站著吃飯算了。」Jz建議說。

「幹嘛站這兒吃飯？一邊吃一邊走去多好，又節省時間。」我說。

「哎呀，這真叫人難為情。在馬路上吃飯，我一點也咽不下了。我還從來沒有──」

「我說你呀，虧你還是下過農村的人，竟這麼秀氣。你大概是覺得大學生應該斯斯文文吧。」Gz打斷他說。

「不，不，我，嗨，我給你講一件小事你就知道我在農村是怎樣的了。有一次區裏開大會，招待了一餐，我在這個桌子上吃一點，又在那個桌子上吃一點，把好的都挑著吃了。你看我是那麼斯文的人嗎？」Jz分辨道。

話題很自然地轉到農村上來。

「我很想什麼時候回原先插隊的地方，那地方和當地的農民我可熟悉了。我知道我要是一去那真不得了，一家家跑不知要跑多少家。東西肯定少不了。送了這一家不送那家不行，是件傷腦筋的事。你知道我那時候的熟人多到什麼程度？我考試那段時間經常要回家。我怕在路上碰見熟人，總是深更半夜的走。碰見一個熟人不談半個小時下不了地。當地的農民挺有意思，個個說起話來水平相當高，充滿了哲理，還含有蠻多道道呢。他們最不喜歡吃飯到處亂跑，有句老話是怎麼說的呀？哎呀，我忘了。好像是『轉槽不長膘』。就是說不守著一處吃飯人就長不好。農民最重視吃飯了。勞累了一天，一家人唯一的樂趣就是圍在那個小飯桌旁，不管菜好菜歹，飽飽地吃上一頓。吃飯還有藝術吵。兩根筷子頭掇起一團飯，就著口形小心翼翼放進去，保險一粒米都灑不了。我們那裏有些怪人，都是些可悲的小人物。有一個人姓

錢，可是他比灣裏誰都窮。他老是怨天尤人地說姓起壞了。土改的時候人家看他苦大仇深，三顧茅廬請他出來當幹部。他怕，沒敢當。這下好了，那個時候當了幹部的人現在有的是縣委書記，有的是公社幹部。最壞的也比他強。還有一個也是倒楣得很（我無論如何記不起他講過的那段經歷）。比你還矮，怕只有一米高，五十幾歲的人了。腳下穿一雙知青穿得不要的白回力鞋，一條不知誰送他的細褲子，那樣子看起來挺滑稽。還有一個小學教師，是女的，那時我們關係很不錯，她是個中年婦女，她算是把個世道看穿了。我離開農村上大學的時候她對我說——算了，我還是不講的好，這話太難講出口。她說，她說：『你以後屙尿也不會朝這個方向的。』她正是66年那年考上大學的，心裏樂得了不得，可是哪知道風頭一轉，夢滅了。她可算把一切都看穿了。她說話尖刻、挖人。我就是從她那裏多少學來了這個風格。全公社包括領導在內沒誰敢惹她。她一直發誓不結婚。直到79年我上大學，她才結婚，不久生了孩子就要和她男人離婚，她說她和他之間沒有愛情，她結婚就是為了要個孩子。」

「難不難？你是指出來？難囉！我們那些知識青年下放的第一天就去抱大隊幹部的粗腿。糖衣炮彈啦，轟，轟，轟，對準最重要的幹部攻。你送一包東西，我就送兩包，人人比著看誰送的東西多。我父母親又不像人家，不是行政幹部，沒有一點後門可走，只有靠多送點東西，可事不湊巧，第一個幹部沒多久調了工作；第二個也不知因為什麼不管那方面的事了。白白地花了一大筆錢，真是倒楣。知識分子在辦這一類的事情上只有吃虧的，別人花一塊錢可以辦成的事，你得花十塊、五十塊才行。」

「我也很想回我那個地方去一下。只不過是那兒再沒人了，林場已經拆了，是一片空地，我在那兒一個熟人也沒有。那時候

我們都是集體住，不和當地老百姓來往。不過我有時也常深入到農民家裏去。不管怎麼樣我還是想回去一下，看看林場，那片茶山，那兒空氣可真新鮮啦。你們看，美人蕉，長得快到肩膀了，我家的幾棵美人蕉從來沒長這麼高的。」Gz說。

「談起美人蕉我想起了一件小事。讀小學一年級時，我爸爸在門前種了一圈美人蕉，要我就在裏面洗澡。美人蕉還沒長起來，我不肯洗，我爸爸就說：『哎，小孩子怕個什麼。洗吧，洗吧』，又在邊上釘了幾根木樁，把被單扯起來圍著。美人蕉到底沒長起來，我已經長大了。」

「呼，呼，呼。」我敲了敲米爾冬先生家的門。沒有應聲。我又敲了敲，還是沒有應聲。R也上去敲了敲，還是沒有人應聲。

「算了，走吧。咱們反正也來了，他不在就不怪我們。咱們禮節盡到了。對不對？」Gz說。

「聽說他病得很厲害，起不了床。」Jz說。

「那怎麼會呢？他那麼胖的身體，怎麼會病得起不了床。這簡直是不可能的。絕不可能的。」Gz斷言道。

＊＊＊

《老兵》

我躺在床上兩個多月了，不，好像三個多月了，該來看我的人都來過了，唯獨有一個人，我特別想念的人，直到現在還沒有打過照面。我不曾對人們提起她的名字，我其實也不知道她的名字，我想，她要不是在我前生，就是在我的某一次夢境中出現

過。一場大病之後，我瘦得只剩一副軀殼，我的瘦骨嶙峋的大手摸著我自己的肋骨，一排搓板，指尖摳進骨縫間，幾乎可以象揭蓋一樣，將兩大塊肋骨揭去，我的心臟一直微弱地起博，我周身流動的彷彿不再是血液，而是流汁，注射過多的葡萄糖液體，然而，春天來了，在我這間單身病房中——為什麼我一個人住單身病房，我不記得護士是怎麼回答的——透過敞開的窗簾，可以看見灰色的天幕上一抹淡綠的樹梢，間或，一只褐色的麻雀從斜刺裏飛來，停落在窗檻，抖一抖渾身褐中帶灰的羽毛，小腦袋靈活地轉動著，但一下子也不往窗裏啾，環顧著大樓之外的空間。那該是一片多麼浩渺無垠的空間啊，就像飛機的舷窗下看到的那樣，空氣無遮攔地向外擴展、延伸，陽光從一面面明鏡似的水田上疾速地掠過，無邊無際的田野宛如畫家的畫布，呈現出橙紅、墨綠、嫩黃、深褐的色斑。我想，我此時的體重一定輕得跟這只小麻雀一樣，只要有人肯慈悲地打開窗戶，把我從這高樓上拋下去，我便立刻可以在空中輕飄飄地浮動，自由自在地飛翔，在這一刻，我將永遠地失去記憶，無論是悲苦的、還是幸福的，記憶，沒有夢地翱遊於蒼天和大地之間，我的心一剎時注滿了柔情，完全沒來由地，那是一個多麼飄忽不定的面龐，是火車深夜掠過一座火車站時大廳內電視圖像中閃現的一個面龐嗎？是昨夜夢中不知探頭對誰嫣然一笑便隱進林中不見的那個姑娘的龐兒嗎？也許是從繳獲的敵艦中搜到的一份色情雜誌上的濃妝艷抹的臉蛋？不連貫的記憶飄來飄去，捉摸不定，在大腦漆黑的背景上宛如一些亮點忽明忽滅，一閃即逝。我又伸手上下摸著，宛如角鐵的鎖骨，肚皮凹陷，幾乎可以摸出胃部和大腸的形狀，我有多少日子沒吃東西了？一叢野草，乾枯、雕萎，劃一根火柴，便會漫山遍野劈啪作響地燃燒起來，就像我們守衛的那座被敵人炮火

焚燒得通明火亮的山頭，每一株小草都吐著火舌。可為什麼野草
長在這兒，在雪白、乾淨的被草覆蓋下？我不明白，可是我立刻
明白了，手繼續費力地穿過那叢奄奄一息的黑貓搜尋著，我找到
了它，那東西彷彿不屬於我，它像一隻受傷的小鳥，僵臥在野
草叢中喘息，連掙扎的氣力都沒有了，我弓起身子，把它團在手
中，這時的感覺又彷彿握著一個無生命體，比如一塊光滑的石
頭，或一把鬆弛萎縮的皮毛，我嘆了一口氣，松開手，想，你太
累了，需要閉上眼睛休息片刻，如果有什麼人挽我起來，穿過走
廊，下樓，到樓下花園中散散步，如果……我又陷入昏睡之中。

我們當時和他們僅隔一個山谷，各守住一邊的山頭。……

＊　＊　＊

「我們學校又新調來一個德語老師，」在洗澡間他告訴我。
「就是經常和李走在一起的那個。」
「你說的是眼睛挺大的那位吧，她是德語老師？」
「是呀。剛從北大畢業的……」
我心裏暗暗吃驚，這個事實與我前不久所作的猜想多麼吻
合。那個猜想毫無根據，全憑intuitive power，是一廂情願的。我
估計她是新分來的老師，那麼她不是教英語就是法語或是德語。
她最好是教德語的，那樣一來，我積累起來的許許多多的德語翻
譯上的難題就有人解答了。有這樣一位老師一定是很令人愉快
的。你聽她用唱歌般的聲音給你解釋難題，偶而偷偷瞥一兩眼她
那美麗的大眼，──可這是要不得的，她是老師，你要知道。記
得那天瞟了辦公室的值日表一眼，似乎上面印著「醇洋」二字，

想那個姓該就是她的了。如果是的，我們的名字就成了一種音韻的parallel了。可這又有什麼關係呢？——算了，不要再繼續這種無聊的寫作了。

　　復習已進入中期，兩門英語，文學和精讀，都已考過，剩下的就是法語和哲學。法語對我來說算不了什麼——莫泊桑的小說都可以讀的人，還怕它個簡單的考試！話雖這麼說，我還是要作準備，戰略上藐視，戰術上重視嘛。昨天扎扎實實幹了一整個下午，將所有的課文重讀了一遍，稍稍有股新鮮感，因為有十多天沒看一個法語字了。今天上午問題來了，我連一個字也裝不進腦袋。腦子裏要麼忽東忽西地竄著些不連貫的思想，要麼就乾脆什麼思想也沒有。我在湖邊坐下，盯著泛著白沫的水面，足足有兩個小時，就像前天一樣。不遠處有幾個孩子嘻嘻哈哈，耍笑逗樂；道路上時常有一對對的情侶徜徉而過；偶而也有勾肩搭背的年輕姑娘，拖鞋瓜嗒瓜嗒地響在道上。我想得很多，我也想得很少。78這個分數不斷在腦中出現，每一次出現就給我帶來針刺般的疼痛。我下過功夫，我拼過命，我把最好的年華放在了書本上，我發誓這一次一定要成功，因為我知道過去的不成功都是由於受了無所謂的思想支配。在世上生活一天，就不能無所謂一天。既然幹了，就要幹好。可我，幹得這麼糟！連女同學都不如。她們有什麼多大的能耐呢？除了一個好腦子死記硬背外，have nothing to recommend them。可是你不要說她們了。鐵的事實擺在面前：在外國老師的指導下學習了一年你的成績就是這樣不突出，無論怎麼講都講不過去的。你怪誰？誰都怪不上！除了你自己。你雖然下過苦功，讀過很多書，但你的苦功是表面上的，你只用了筆，用了時間，但卻沒用腦筋。是嗎？誰說的？這兔崽子找。難道你忘記了。我曾在湖畔逡巡苦苦思索著

一首詩的含義？難道你忘了我為寫一篇文章三番五次地改稿？我並不是一個思想的懶漢。我甚至就在從廚房到宿舍的路上的時間也在思考問題。我怕的是讓我自己閒著，我恨的是懶惰。然而你實際上就懶。你何曾仔仔細細做過作業？你何曾認認真真整理過筆記？你何曾系系統統梳理過你的思想？沒有，沒有，沒有！你永遠缺乏精益求精的精神。That's why你對米爾冬先生說I can't be perfect。你痛切地感受到這一點然而你卻無論如何改不了。你對自己說，這些都太簡單，值不得費神細做。這都是些小冠詞小介詞，沒什麼大不了的。然而，一點一滴匯成江海，你往日的馬馬虎虎，造成今日的bad result。你拿何面目見人？你拿何面目見你父母？你拿何面目見你自己的朋友？對他們說你第一個交卷，說題目絲毫不難，你不假思索便做了？可人家問你的結果呢？連一個姑娘都不如！你第一次如此關心你的考試成績，這在過去是絕對沒有的。那時你以為爭分數是可恥的事，為此你把錯打兩分的事也放過了，沒去找老師扯皮。可現在你卻跑去找老師，上氣不接下氣，問他是不是打錯了。嗨，我了解你呀，你是對這次考試寄予很大希望，你曾對自己講，你這一生都沒成功過一次，這一回無論如何也要考出一個使你自己滿意的成績來。題目的容易出人意料，你不到一堂課便全部結束，還頗有些沾沾自喜，──你總是這樣，因此，你只檢查了兩遍，有什麼必要檢查三遍呢？他們都成功了！也就是，他們的分數都比你高。這不算，Gz已考上聯大，馬上要走，這無疑使你的心靈罩上一層不安的影子。你並不嫉妒他，你為他感到高興，他的願望終於由於他的努力而實現了。你的不安來自於他成功相形見絀的你的失敗。你和他一起學習，和他一樣努力，有時甚至更努力，更苦，可他成功了。這說明什麼？你比他蠢嗎？你並不認為是這樣。你認為人跟人之間

沒有誰比誰更蠢的區別。每一個人都有他最懂的也有他最不懂的
東西。你是意識到你缺乏他已具有的一種東西，什麼東西？他象
一只箭樣筆直朝前射去，而你卻象霰彈，向四面八方射去。他打
中了目標，而你，永遠也擊不中目標的。你所缺少的東西就是
認定目標，專心致志、持之以恒、勇往直前的精神。你沒有self-
confidence。你不相信自己會幹出什麼來。你給自己選定的終身
職業是文學，你卻經常搖擺在做研究生或當聯大譯員之間。你試
圖向自己證明即便當上其中任何一個，對你的文學事業也無傷大
雅。你還很擔心將來是否會到中學去。你想藉助其中任何一個來
逃避這個可能的後果。同時，你也很害怕和她長久地住在一起。
她那永遠陰郁的態度和寡歡的神情，使得你脾氣也不知不覺大
了。你不願和她的婚後生活充滿了爭吵，那真是可怕極了。你想
躲開她，雖然你並不想拋棄她；你是絕不會做那樣的事的。她是
一個心地極好的姑娘，只不過她的陰郁的脾氣太可怕。她不能給
我帶來歡樂，neither do I。

　　黃昏時，我獨自個兒在湖邊散步。湖邊的景色美極了：落
日染紅了微波蕩漾的湖水；蝙蝠搧動黑色的翅膀在夕照的紅燈中
飛，發出小小的尖叫。兩個身材苗條的姑娘從我面前走過，向夕
陽走去；穿紅圓領衫的那個特別美，真使我不覺動心。當然我永
遠也不會下賤到那幾個騎自行車的路人的地步，挨著她們擦過
去，我遠遠地欣賞著她們映著晚霞的背影。對於美我從來就是懷
著虔敬、神聖的感情。78。我為什麼還在想分數呢？分數對於我
究竟是什麼嘮！它並不表明我比誰差。我曾把蘇軾的前後赤壁賦
譯下來，得到米爾冬的讚賞。我也曾譯了許多中詩和英詩，它們
都不算壞。我的能力真的差嗎？我並不這樣認為。我幹嘛要為了
幾個分數折磨自己呢？我誠實地活著、工作著，這不就夠了？我

盡了一切的力量，這不就夠了？我可以毫不羞愧地對父母朋友同學說出我考的分數，因為我內心無愧呀？我為什麼要受人家的影響？我為什麼不能忠實於自己的事業呢？難道我怕終將失敗嗎？那麼，我就是個不折不扣的小人。既然給自己選定了一條道，既然自己認為這是一條光輝的、醫治心靈創傷的路，那麼不管它多麼艱難，多麼危險，我都要走下去。我的意志不是任何力量可以改變的。

＊＊＊

　　黑洞洞的巷口沒有人。我走近兩步，往廚房裏一探頭：有兩個人在鍋臺邊站立炒菜。「鄒媽媽！」「喲，稀客來了呢，」被喊作鄒媽媽的回過頭來，「快進屋坐。」

　　第一句話我問的是：「弟弟來了沒有？沒有?!嗨！這怎麼搞的。」我重重地嘆口氣，在藤椅上坐下。

　　她見我這樣，就低聲說：「來過了。」在床邊坐下。

　　「是的，他是4號過來的。你姆媽星期三來的。我們那天早上去船碼頭接他，弄不清船到的時間。7點多鐘去的，冒接到人，……哎，他自己來了，那時候X叔叔在家還冒上班吶。你莫打岔，聽我說，你姆媽星期三來的，局長還蠻好，派了一輛小車子送她來。你姆媽急死，怕他體檢通不過。你的爸爸也是有味，跑上海一趟，也不等秋陽把病完全看好就回來了，說是要上課。為這姆媽就是埋怨他。我前回去了XX吶，你曉得吧，鄰居說：『你再不來，他老倆口又要吵架了。』你姆媽頭回還到黃石去了，以為他要在黃石下，跟天賜一起走的，結果撲了個空。……哦，冬陽跟你講了冒，你姆媽說的，要你莫把他出國的事講出

去。你懂不懂。」

「曉得喇，還不是那個獎學金的事。弟弟出國的事我的同學已經曉得了，反正以後評也不會評到我頭上，說不定我自己也不要那幾個錢。」

「哎喇，算了，算了，我反正是跟你家帶信，這個信如今帶給你，我的任務也算完成了。」話音裏充滿了氣惱。「昨天，你小舅的姑娘來了。她要去上海實習。她麼到這裏來了？還不是那邊寫信聯繫的嗎？沒有去大舅那邊？那邊遠了唦⋯⋯再說，在這邊比那邊還好些，你曉得他前日說什麼話，就是上回五四冬陽在他家裏。他說：『好，這回秋陽出國，春陽家要發大財了。』冬陽問我說：『真的要發大財了哇？』⋯⋯他昨天走的，不曉得幾咎來，人都瘦完了。幾造孽。別個同學都檢查完了身體遊杭州，他一個人留在那裏等復查。到你那裏去玩，你那裏有個麼事玩頭唦？20幾號就要到北京集中。這裏來反正是要跑回去的。你十姨那裏呢舅舅屋裏呢，陳培紅，還有那一家叫什麼魏的那一家呢。」她只字不提她自己一家。這時簡簡走進來，咕咕噥噥發牢騷，「把個車子弄得一塌糊塗，擋板旁邊搞了幾個印子，真要他賠才好，把別人的東西不當事。」「是外面人借去搞壞的？」「不，是坎坎。」原來是他自己的哥哥。鄒媽媽在廚房裏，簡簡躺在床上，我坐在床沿，跟他扯閒話。鄒媽媽進來對他說：「他（我）也不是外人，你一定要陪著他，你就去把車子搞一下唦。」她特別加重「外人」兩字的字音。

* * *

「我又和她出太了兩次，」他得意地告訴我。

「是嗎？事情進展如何？」我問。

「沒有什麼，不過出去了一下罷了。」

「是嗎？我知道你不會虧待她的。我猜得出來你會怎樣對待她。她一定是個可愛的姑娘吧。這我知道，你不告訴我我也知道。當兩個年輕人一起在黃昏的時候出去，他和她還有什麼別的事呢。我知道你羞於啟齒，你有時候在我面前比在她面前還靦覥。」

「好吧，我告訴你，你可不要對人說。其實也沒什麼可講的，哎呀，她可真會唱歌，她的歌聲美妙動聽極了。當時我完全沉醉在她那婉轉的歌喉裏。她開始有些扭扭捏捏，剛說好要唱，音符才滾到舌尖又給吞了回去，怕唱不好我笑，前前後後請她就不下二十次，好歹開了口，便一支接一支地唱下去，唱得人神魂顛倒。後來她還要給我唱《美酒加咖啡》呢。我止住了她。你說我應不應該再和她說下去？我聽你這麼一說有些怕了，不過，我不相信她將來會因為我離開她而感到悲傷。我肯定是要離開她的呀，這是肯定的。我忍不住要和她交朋友。我也知道這是一種需要，我內心有一股不可遏制的熱情，我要得到發泄，我需要一個和我同樣熱情的對象。我想，她是不會在意的。在她那方面，她簡直把我對她的愛當作一種上天的賜予。她說：『你這麼漂亮，怎麼會和我到一起來了。』她還說，但凡我需要得到的一切她都可以滿足。她說她並不對我們的關係抱很樂觀的看法。真的，她是個很悲觀的女子，很孤獨。她說話中的意思也流露出我們長不了，但她達觀得很，她說人一生能這樣玩一次也就足夠了，哪怕只幾天。可以說她愛我愛得發狂。也許她是八十年代的女子吧。她們頭腦中沒有什麼舊觀念的束縛，不覺得人一定要到新婚之夜才能吻抱或性交，請原諒我的粗魯。她們追求的是美，自由，和

純真的愛情。你知道她多麼可愛嗎？她像只小鳥，就在那兒不停地快活地啼呀啼呀，啼得我心裏癢癢的。她太幼稚，太天真，雖然她大我半歲，可在我面前她就像個小孩。我有時心裏就希望找一個大一點的姑娘，在知識和智慧方面都超過我，我想那一定是更加有趣的。我自己的朋友？我和她在一起時根本就沒想過她（我的朋友）。道德？內疚？不，不，沒有，完全沒有這種感覺。我很喜歡盧梭，人只要有愛就行了。我需要的就是那種無遮無蓋、天然去雕飾的愛情。我絲毫也不覺得我有什麼對不起家裏的那個。不過話得說回來，我也不會輕而易舉地為了這一個而將家裏的那個拋掉，你知道我和她的事還沒有確定呢，正是因為這我才和目前這個好上了。不過，有時我也想想她，家裏的那個。她是個工人，就是過於講求實際，有一回她對我說了一句話，使我傷透了心，那句話簡直庸俗不堪，算了，我不重複了，那簡直是難以出口。氣得我當時就離開了她。走之前我去她家，她在看電視，打過招呼，便一句話也不說，很冷淡。我可不是那種隨便讓人輕待的人。我受不了，起身便走，到門口她送出來，我說就讓過去的一切永遠地過去吧。她回話時聲音只打顫。第二天下著大雪，她來了，臉凍得通紅，我很受感動呀。當時便回心轉意了。我和她的關係總是這樣，我硬她軟，她硬我軟，倆人總鬧不起來。我有時候就想跟她鬧崩了，看究竟是個什麼滋味，我什麼都喜歡嘗試一下。可總鬧不崩。中學時我倆關係很好。畢業考大學我取了，她掉了。她太軟弱，考歷史時哭了起來，被她班上的老師吼住，勉勉強強考完，只差幾分！那年冬天我在街上碰見她，她理也不理我，頭高高地揚起，我生氣得很啦。後來她說其實她並不是高傲，而是覺得她和我相距得太遠，高攀不上。放暑假的時候，我的一個愛好文學的同學要找我陪他去她家，我想到她

冬天時的樣子，本不想去，後來勉強去了，哪知道她熱情得不得了。兩個多小時裏只跟我談話，倒把那位同學冷在一邊。那個時候我在和我的第一個朋友玩，就是湘江邊上的那個。後來吹了，因為我家大人極不同意，一是她離我太遠，二是她比我大兩歲，這後一點是最重要的一點。我回校後給她（不是湘江邊上的）寄了幾本書（她要的）還附了一張小條子，誰知她就寫來一封長信，寫得好淒慘。可憐哪。她訴說她現在的處境，說她的前途希望都沒了。我當時讀到後動了憐憫之心，便也回了一封信。還夾了一首詩《我愛春天》。這一下壞了事，她的第二封信就曲曲折折地隱含著愛情的流露了。我有些慌神。我本來並沒有這個意思的，就回了封信，想解釋清楚，結果反而弄得更糟，她倒以為我真的有意。我們的信就這樣繼續著。有時她對我寫的幾封信一封都不回，或者寫一封很冷淡的信，惹得我心花繚亂，心神不安；有時又寄來一封熱情洋溢的心，真叫我摸不準她的心思。有一次她來信說有一個男人向她求愛，那個男人比她大五歲，她沒有同意。但那男的總是追著她，對她獻殷勤，她也發現她和他之間有某種共同的東西聯繫著，她說她可能在他那裏找到安慰。終於那男子來向她求婚了。她起先拒絕了他。看見他很失望很痛苦地離開的神情，她又後悔得不得了，想跑上去答應了他，又不敢，只好寫了一封信給他，要他再等些時，等她考慮好了再說。我氣得不得了哇，我當即寫信要她把我給她的所有信都燒了。她慌了，忙寫信來叫我別生氣，說她是因為愛著我而沒有貿然答應那個男子。還在信中說了許許多多充滿柔情的話。我是去年夏天才知道那男子竟全是她虛構的，用來折磨我，對我報復的。她知道我在她之前曾談了一個朋友，以為我還在和她保持關係。我心想，這與你有什麼關係？我就是玩了又怎麼樣，你沒有權利管我。她

（這一個）年紀比我大半歲，她跟我上公園時有時就做出一些輕佻的舉動，我很不喜歡。她總是嘆著氣說：「你呀，年紀太小了。年紀太小了。」

＊ ＊ ＊

《筆記摘抄》

他在濁天大浪裏沉浮著，眼看著死亡在以不可抗拒的力量接近。他對自己說：「我畢竟做了一件我該做的事。人生甜酸苦辣我都嘗過，不過就是那麼回事。幸運的是，我在這浩淼的大水中找到了自己的歸宿……」這是一段flashingly thought idea.（12.7日）

米夫人在解釋那首愛情歌詞時說，西方很多男的對女的不好。馬上又改口說很少的人這樣。（12.7日）

王老師說他和米爾冬夫婦一起上街買東西時，誇她給她兒子買的一件大衣很好，講了「becoming」這個字，她聽了笑起來；另一次，同行的一個翻譯也用了becoming這個字，也同樣被笑了。最後，她告訴王，這個字已經很老很老了。（12.8日）

武漢工學院一學習成績優秀的三好生因盜竊電視被捕。他把榮譽完全看成是個人奮鬥的結果，說：「我對榮譽從來不在乎，我不過是在被別人利用而已。而我也可以利用招牌。」寫了一首打油詩：「我是 張可卑的王牌。又是一張可憐的小牌。當用我

時把我打出來，不用時一腳踢開。」今年初他的一本漂亮的掛歷不知去向。他因此偷了別人的收音機，心想：「別人使我痛苦。我就要使他更痛苦。」「人生來就是損人利己的，當你處於危難之時，世界上沒有人為你伸出手來的。」（摘《長江日報》，12.9）

人情賣給熟面孔。Joy is to be, joy is was, joy is not present.（12.10）

「春風吹何處，……留曉聲。」
Jz告訴我這是他為一張5人留影和的詩。這5人是班上的五個同學。她們在那次春遊裏的表現使得Jz大為吃驚。不知誰提了一句：「唱歌吧」，5個姑娘就不約而同地小聲唱了起來，聲音很低，但唱得感情真摯動人。還是一首青春的歌。另一個組的5個女生，Jz說，他偷偷看見她們舉杯相視，快活地大笑著。並且喊著：「拿煙來，拿酒來。」Jz又說，有些男生在課堂上發表了一些對女的偏見。女生們私下有意見，有人曾寫詩說：「誰知女心潭。」（12.12）

他告訴我說：「她很直率。有時候直率得驚人。」她直接對一個男生說「Sometimes I worry about money. Yes, I do.」而另一個在她的同伴中是鶴立雞群的。記得那次辦黑板報，她選了一首詩在上面。那首詩很動人。我也記不全，意思是說你感到幸福時，這世界上一切都像遂著你的心。你流淚時只有你一個人，沒有人給你陪伴。W就對她說，選得好啊，這首詩就是你自己呀。」（12.13）

他說：「我可不願留校當老師。那有什麼好？人家將來一提起就是留校的，學生裏沒威望，老師也不會把你算數。要是作為正式分到其他學校，就是知識差一些也不會給人看出，名聲上也好些。」我不知道他為什麼會說出這樣的話，但這是很現實的。（12.13）

今天的後兩節泛讀課是在太陽下的草地上上的。第二節課要下時，米夫人仍在講課，大有滔滔不絕、一瀉千裏之勢。W說：「時間到了，快說呀，不然她要講下去的。」L拿腔拿調用捏著鼻子般的聲音拖長了說：「Oh, I'm sorry, but...」聲音沒有大到使夫人聽見。然後他看看T。「What's the time?」T身邊的L大笑起來。A學著那天夫人的腔調：「What's the time Andrew? I see you always keep on looking at your watch.」

這話被夫人聽見。她眼睛轉向A，問道：「Well, what's the time Andrew?」in a sarcastic voice.「What does it say?」

A was clever:「Though my watch has stopped but it points to 12.」All laughed at this.（12.14）

靜靜的夜空裏傳來「塔塔塔」的竹板敲擊聲。我一下子憶起小學時曾經排練的快板書。這是一秒鐘的事。（12.14）

自己對自己的批評和讚揚無論怎樣也不如別人的更能留下深刻印象。你給詩人家看，期望人家說寫得好，有進步，其實你自己已經這樣認為了，卻等著要別人這樣的評價才安心。怪不怪。（12.14）

德語的Wenn und Aber是「借口」、「遲疑」的意思。
（12.15）

哲學老師很有趣，講量變時說：「就拿廁所來說，（笑聲）鄉裏的又髒又臭，我進城後就蹲不慣那裏的廁所了。再說衣服，小時候我的衣裳都是媽媽手工縫制的，十幾歲我還穿著個大長袍子，後來衣裳慢慢穿得越來越好，到後來一穿上西裝幾天不肯換下來。」（12.16）

老師非常直率，談到量變的部分質變時，他指著自己臉上的斑癬說：「我臉上本來好生生的，不知哪一天就變成這個樣。但其他地方並沒變。」（12.16）

進盥洗室洗碗時，腦子裏突然閃過這樣一幕場景：我看見自己站在新房中央，手裏舉著杯，對參加婚禮的人說：「謝謝各位的好意，但我不能接受你們的禮物。今天我收下了你們的禮物，以後我拿什麼來還？（「不用，不用」，下面一片聲地說），你們還是把禮物帶回去吧。這餐酒席是我的一點心意。在座的都是我的老同學老朋友，都了解我的。我請你們來可不是為了這些禮物。我和她從認識到今天已經有，呀，xx，幾多年了？哦十年。同甘共苦已有十年了。我們這只同舟的船有幾次差點翻了，（「哎，別這樣說」，一個close friend插話）……」幻想消失了。（12.16）

記得那個姓史的在辦公室的爐旁對我們說：「串聯好哇，這

可是一人一生中最好的機會，機不可失，時不再來，懂嗎？」這是十幾年前發生的一件事。我們那時都睜大了眼，心裏直蹦的，現在怎麼突然想到了。然而，到目前為止的26年生活中我又失去了很多機會嗎？（12.16）

Dignity does not lie in vain self-pride. Dignity lies rather in proper self-respect.（12.17）

一種現象：英語字典中對一些詞的解釋使人產生它們是同義詞的感覺，如afflict, agony, suffering, infliction等。而在英語同義詞字典中卻發現它們並不屬於同義詞。這種現象還有其他例子可以佐證。（12.17）

大學德語第三冊就有從課文中找對應的詞取代練習中的詞的練習，而俞大英編的英語直到第六冊11課才開始有這種練習。（12.18）

南京師院一個班舉行了「班級之最」的擊鼓傳花遊戲，選出「最有學習方法的人」「最有體育活力的人」「最樂於助人的人」「最有工作能力的人」「最幽默的人」「辦事最負責任的人」等。（12.18）

廈大兩女同學勇鬥流氓；《文藝描寫辭典》已出。（明年）（12.18）

「哎喲，那麼多書呀。要背下來，背下來就是你自己的了；

要是不背下來，那要書有什麼用？其實你大學這幾年時間也就是用來背這些書的，是不是呀，」他興致勃勃地談下去。「要是我，我也會做同樣的事，史密提一個人事小，你幫了他就失掉了你在全城的名聲啊，要是我，我當然不會上去幫忙呀。」（12.18）

讓我看，你就是玩了一個女朋友，還可以再玩。選好的嘛，只要你和第一個女朋友沒超過限度。這又不是法律不允許。（12.18）

心靈的大門一旦關上，是很難再打開的。尤其當它知道是外來的壓力使然時，更其如此。他告訴她他曾經在中學時單戀過某個女子，她隔了許多年還帶著妒意談這件事。從那以後……（12.18）

範仲淹的《岳陽樓記》中有「長煙一空，皓月千裏，浮光耀金，靜影沈璧」之句，叫我不解的是為何要用「浮光耀金」之句？「靜影沈璧」顯然指如沉落水中的白玉樣的靜影。那麼此處耀出的「金光」豈不是無來處了麼？（12.18）

範仲淹在最後一段文章中得出這個結論：「先天下之憂而憂，後天下之樂而樂」，跟前兩段一陰一晴的描寫究竟有沒有關係呢？他是否在寫此文之前就已有了最後這個思想，根據此思想設置前兩段寫景描寫？或是順筆寫來，歸結到這個理論呢？仔細看看，發現它們是有聯繫的。前兩段描寫的是一陰一晴，一悲一喜，互相對照，互相映襯。接著他揣度古仁人之心，得出它們感

情不止於上述兩者是因為他們「不以物喜，不以己悲」，是「進憂其民」，「退憂其君」，即個人的悲喜之感不是僅僅隨著周圍事物變化而定，而是依一個更高的理想，「先天下之憂而憂，後天下之樂而樂」為轉移的。至此，全文意境頓然升華，從自然的境界到達一個更高的思想境界。（12.18）

早上一進門，還沒走到自己座位，就發現孤零零有只蘋果坐在P的椅臂上。拿起來看時，見上面刻有「Good luck」字樣。「哎，」L發現新大陸般地叫起來，把蘋果拿過去，嘻嘻笑著翻來覆去地看。忽然他好像記起了什麼，猛回頭，「啊」了一聲，就朝自己凳子走去，那上面放著一個信袋。他給我看他的信袋，我一捏，鼓鼓囊囊的一定是糖果。「喲，這是什麼？」J也叫起來。P終於來了，像看著怪物樣的，他調過來翻過去地檢視著這個蘋果，口裏讓人聽得見的囁嚅著：「這是什麼意思呀？」姑娘們咯咯地笑起來。「這是給你占位子的，」一個聲音接道。（12.19）

《放紅箏》裏的蒂多說：「爸爸瘋了」，佛萊德答說：「我沒瘋」。英語全是用的大寫，試問誰能把這個直譯過去，漢語沒大寫。（12.20）

父親來的那天晚上，燈突然熄了。伸頭朝外一望，看見在深藍的夜空上，掛著一面澄黃的圓月。不遠處的西天，有一顆極亮的明星，輝映著這面月鏡。我忽然胡思亂想起來：夜的深藍的臉，只睜開了一只圓溜溜的眼，另一只睡了。西天該是夜的嘴，它才吞掉了落日嘛。嘴角上就綴著那顆美麗的星痣。

　　另一次，快近黃昏，才從湖邊跑步回來。要走到廚房那片空落落的樹林時，擡頭看見西天燒得大紅，大樹挺直在空中的手臂好像成了熾熱的板炭。瞬時，紅光消褪，光禿禿的枝丫一下子變得黑黝黝的，跟燒剩下的烰炭一樣。

　　今天掇著飯回房，已經是夜要降臨，黃昏將去之時。屋裏已點了燈，而外邊還徘徊著將逝的最後一線天光。看了看梧桐樹梢幾根細鞭尾樣直指天際的枝條，我嘆口氣，正欲回頭，忽見一粒白珠似的嫩芽就從其中一根枝條上冒出來。我驚呆了，忙往外欲看個明白，那根枝條一動也不動，光溜溜的，什麼也沒發生似的。我這才看清原來在離樹枝不遠的天空上有顆小小的星星。（12.20）

　　小時候同班有個女生，嘴角邊長了顆痣，特別嫵媚動人。至今叫人難以忘懷。（12.20）

　　「你買了什麼？」他問我。「我？嘿嘿，還沒呢。」「他們都加碼了。什麼大影集，塑料鉛筆盒，哎呀，都是好東西呀。全是送給女生的，所以這樣。」（12.21）

　　我喜歡普希金《致詩人》裏這段話：「你是個帝王，順隨你自由的心靈吧，你必須孤獨地走在自由之途上，請致力於你珍貴的幻想的果實。」「自己的作品：請問你可滿意它們？滿意嗎？那麼任世人去責罵好了。」《哀歌》裏「但過去留下的憂鬱，和酒一樣，在心靈裏愈久，也變得愈醇。」「我要活著，好可以思索和苦痛。」（12.21）

He called Henry James the great American novelist and said it would take weeks to understand a single sentence...Money does not stink.（俗）金錢總是香噴噴的。（12.21）

冬日裏一隻蝴蝶，停在土坷垃上，像淡黃色的帆。
「今天有人送給S幾塊橘子皮，帶一張紙寫著：『給你沖水好。』」（12.22）

Erist voie aus dern Eigepellt。他家剝了殼的雞蛋。＝他衣著十分乾淨整齊。（12.22）

Cherchez et vous trouverez.（12.22）

有的說我要分到西藏那就等於乾脆沒上大學；有的說去就去嘍，三年以後我還是要回來的；有的說中央不要搞牛郎織女。可你們偏要搞。（這是77級學生個別談了話的片段）（現在正做動員）。（12.22）

數學班兩宿舍同學不合，就有人將洗碗水倒在另一宿舍門口，小孩子氣。
王老師說：「我有個特點，就是看不到成績，就是不喜歡談成績，我只愛挑剌。我要說的是，還有一些同學不認真學習。在這個火紅的年代，我們應該……米爾冬說你們中國有自己的語言，應為你們的民族而驕傲，一個77級的學生答道『No, no, no.』現在他不願和我談話，說我是個共產黨員，還有說服力。說我講的都是代表政府，代表黨的。他說：『我敢站在加拿大總理特魯

多的門前指著他的鼻子罵。專業再好，將來也不要來。我有個同學，才能很好，同時學四門語言。但他回廣西家裏為一個水龍頭把一個老工人打傷。回校時跟指導員吵嘴一拳打破窗子，把垃圾倒進去。米爾冬說全武漢只有武大那座大樓最漂亮，其他全是醜的。而這座樓是清朝封建時代造的。他信所有宗教，喜歡天南地北地吹。」（12.22）

一個女子的捲髮使人聯想起醫務室人體解剖圖裏的腸道系統。像一顆花菜。（12.23）

前面一個男生的頭髮像倒反過來的拖把。（12.23）

He boomed out his question, 「How many points of view?」 Some said, 「4.」 「No!」 he roared. Another answered 「2.」 「No!」 「A lot of!」 「No!」 Then he wrote, 「an infinite number of views.」（12.23）

一個青年不願儉辦婚禮的理由：（1）一生第一次。值得。（2）不能讓人看不起。高幹子弟平時優裕，婚禮從儉，也只會被認為風雅。我們這些人一生中大部分時間是圍別人轉。也許只有在婚禮這一天我以我們自己為中心。因此格外重視。（《中國青年》81.23-24）

蘄春的結婚關：8個8：八（雙鞋，雙襪子，套衣服，十斤魚、十斤肉、百個餅子、百個米粑、條煙）。有「兒子結一次婚，全家扒一層皮」之說法。一對青年男女已介結婚年齡，女方

父母開口要800元彩禮。男的只好去偷，摔斷了腿，女的知道後神經失常。（Ditto）

「我認為婚姻純粹是一種義務。愛情是出於生理上的需要。」（一位大學生說。）

「77級的人在黑板上用中文寫了『米爾冬』是個大壞蛋。『啊？』這是什麼？米爾冬也不認得這字。」（辛穆說）

兩邊牆上各貼綠、紅蠟光紙剪的Christmas trees。樹中間是紅桃心，天花板上縱橫掛著五彩繽紛的彩帶，紅、黃、藍、綠。黑板上大書「Happy New Year」，周圍畫著雪花。黑板前條桌上陳放著盤裝的橙子。Jason一來就爬上去啃了一口。Gz作了opening speech，膝部仍不舒服，老在向前一屈一伸。輕微的，擴音器裏播放著美妙的音樂。接著Gz，是小組合唱，Jz作了精彩的表演。黑板桌前有幾盆花，是黃菊和藍菊。Jason一人在地中追逐著乒乓球玩。「他一人最快活，」Ft說。皮塔的舒伯特獨唱。「穿過深夜……」，大約沒準備好，唱得有些結巴，只好又唱了一遍。Cate和Naurella平常從沒聽她們的歌聲，這一次重唱唱得很好。米爾冬先生說他自己唱歌聲位老移，一再拒絕唱。最後不得不唱，說這是一首Nova Scotia song.「N」是加拿大最美的地方。是世界上最美的地方。他唱歌的樣子，手裏掇著照相機，像個遊擊隊員。他只唱了兩段，就把大手一揮，算了：「I forgot what was next」。他走回來，S便把張開口的食物袋送上前來，跟朋友般。菲利用紅旗做了衣服，鼻子上圍了一大圈白胡子——棉花做的白胡子。Gz說：「他快要嗆壞了。」好，現在Santa Claus菲利

提著大口袋，禮物裝了半袋，走到中間，開始取禮物，叫名字。奇怪的是兩個女士一直坐在那兒看書。米爾冬先生眼尖，走上去拿起其中一個的雜誌看了看。不知說了什麼。一陣哄笑。原來Santa Claus的大肚子瘸了，一看，掉出一個大枕頭。

Mrs Meardon now is saying that everybody should not sit like this, before opening the key. She asked all of us who is the shortest one of our students, 「Jason!」 「Who's the fattest?」 「She!」 fingers pointing to our party secretary.

紙包一層層剝掉，讀到「圍綠圍巾的女孩」。我想起了……比賽吃蘋果時，Jz吃得最快，因為他一口就把整個蘋果含在口裏了，使得大家全笑起來，還做出許多滑稽的樣子。為了消化，他做廣播體操最後一節，最後，他「啪」一下用巴掌在頸子上一下，一個大蘋果就從口裏滾了出來。一層： the girl who has the pretty smile and can dance as well.（菲利蒙眼抓住了東北姑娘，上海人抓住了「大姐」），東北姑羞得趕快跑到姑娘堆裏，「大姐」也羞得滿臉通紅。（首腦人物之一——很不高興的樣子，J告訴我，他臉色非常難看）。接著大家後者雙手搭在前者肩上地在房中圍著一盆聖誕樹轉圈子，突然，米夫人喊「stop」，大家一齊停下。正好挨著聖誕樹站著，於是得到了那一層層剝開了的禮物：一束花。最後climax來了，米夫人吩咐男孩站成一排，交替地一手下垂一手叉腰，然後姑娘們圍著轉。聽見一聲stop便停下來，據說誰若沒找到伴就要罰唱歌。正鬧得歡時，只聽米夫人對著話筒說：「Stop here. We'll not do anymore. I wish it was a success but it is not. I'm very depressed.」我的心緊縮了。這一半是由於有些同學的消極態度，一半由於雖已走了兩個big shots卻仍有2個坐在那裏。其中一個臉上現出假笑，很不自然。「她不跟我說了，過一

下要跳舞。她還說假若領導要來他們就不來。可後來不知怎麼又來了，」辛穆說。我這才聯想起他們只到7點半過了才來。「我本要彈吉它的，可一看那四個big shots的眼睛，趕忙放下了。」Jz告訴我。「要是他們不在這兒，該多好哇！」

「你不該說那番波蘭的話。一個big shot聽了臉很難看呀。其實你的觀點是跟中國現政府的觀點不一致呀，」Yao對Gz說。「反正我也不是大人物，說的話無關緊要。」

王老師送給我的畫拿到家才打開。原來是奔月的畫。有個半裸披輕紗的女子，懷柔一看就皺眉。辛穆看了也說不大好。Gz說他不讓人掛。為什麼又老是出呀？真不明白。（12.24）

幾個女學生冬日下的枯草地上踢著紅毽子。發出一陣陣快活的笑聲。引得周圍的男生不時回頭去望。有幾個男生竟看呆了。有的則看一看又掉過臉去，好像意識到有人在注視他們樣。（12.25）

詩社第一期的詩終於在今天上午刊出了。5、6個人你張貼紙張我用刀刮去櫥窗上留下的告示之類的廢紙，不大功夫就安排停當。然後在窗戶前合了一個影。中午吃飯時我去看了看，有些人一邊吃飯一邊在讀，全都沒發表任何評論，感到失望。吃晚飯時，也沒聽到什麼評論。雖然掛了一個意見簿。提意見的不多。回來聽辛穆說只聽到有人談我的詩，問：「幹嘛要寫『大聲地問』」？「結尾太悲了一些！」

晚看電影《漓江春》，像一部拙劣的處女作。《甦醒》口語倒精煉，意味深長。（12.26）

「那嘗過幸福的，再也沒有幸福了，幸福只是短暫地給了我們：青春，戀情和歡樂轉瞬逝去了，留下的不過是悒郁的心……」──普希金（12.26）

「我對Jz說ZZZ很能寫詩，一個星期寫上十篇。你知道Jz說什麼嗎？他說『貼個通知：禁止隨地大小便』」（12.27）

「怎樣，」我站在詩社櫥窗下問他道。「你的英文詩人家不懂。剛才有個女生對她的同伴說：『哎，這個詞我原先學過的，可現在又忘了。』」（12.27）

醫院裏顏色最單調。上面漆有白牆，深紅漆桌，僅此而已。沒有一張畫，除了一份82年美人圖的日曆和一張扯得只剩最後兩張的81年年歷。哦，還有綠色的紗窗，再就是穿白衣服的醫生。一個個都顯得有些懶洋洋的，一旦沒有病人，就坐近火邊去。火爐的火快要熄了，看得見燒成黃褐色的煤。

去取藥時，發藥的那個年輕人正擺弄一架袖珍電子計算機，慢慢地把機子裝進袋，才接過單子，看了看，然後隨手抓了幾個紙袋，用一只塑料匙舀了幾匙藥，灌進了袋子，就隨便往桌上一丟。到處都是懶洋洋的。醫生給我查口腔時，我腦中忽然出現這樣的幻象：我嘴一張開，就噴出一口痰，正好糊在醫生臉上，醫生氣壞了，我趕快從口袋裏掏出手帕──一小時前觀眾曾看到這手帕擦過我蒙滿煤灰的臉──給她擦，一下子擦了個大花臉。傳來許多人的笑聲。（12.30）

原先總把candid camera當作「坦白的照相機」。偶然翻字典

時才知道錯了。這是一種專用作偷拍的袖珍照相機。

有個華僑，文革時下獄。其父是個商人，在國外得知，想法苦極。正好他做的那行生意有一種貨是我國最需要的。他就把那種貨全買下來，不賣出去，搞得中國很難堪。後來華僑被放出來後，上飛機時還穿著那件號衣，由於朋友們力勸，才換上新衣服，到國外後他把買衣服的錢如數，還額外加錢寄還了國內的朋友，但自己的身旁留著那件號衣。

外事單位裏塞滿了高幹子弟。舅舅給我扳起指頭數，某某司令的姑娘、某某書記的XX。

骊骊把她的嫂嫂叫做「豬」，說：「跟她在一起一天都說不到一句話。」她一見雍姑娘面就喊「姐姐」。這是第一次，卻沒喊我「哥」。這也是第一次。

家家嫌馬桶洗得不乾淨，洗了一遍又一遍，把家裏爹爹洗煩了，他提過馬桶就放在飯桌上。有人給家家帶了油條，她拿來用水把油條洗了以後才肯吃。「你們的一個四姑，那她是最愛乾淨的了，她到家家那裏去就要走的時候，家家剛等她起身，就拿起抹布把凳子抹乾淨。她小時候屋裏有錢啰。祖父做官做到臣統，大概是個省長的身分。父親也是個不小的官。她是個老姑娘。30歲那年背叛了家庭跑出來的。她屋裏有個麼事人大約參加了共產黨，勸她莫在那裏生活下去。這樣她才跑出來。」（12.31）

今天政治考試題是「試用客觀規律與主觀能動性關係的原理談人才的自我設計」。一口氣寫了兩大張。尿憋急了，匆匆復看一遍，便交卷了。出來回想起自己論述的關於人的能動性的那一段，頗有些不滿意。拿德語課本來說，它的編法是按德語特定的規律編的。正如英語課本的設計是按英語的特殊規律一樣。按照

編好的課本一節節讀下去。練習一個個做，是不是就可以把這門語言掌握好呢？不然，有的學得好，有的學不好。關鍵在人是主動地掌握這些規律還是被動地。（1.4）

S告訴我他父母大字不識，小時候就看他作業本上的紅杠杠，要是有三個叉叉，母親就要督促他了。（1.7）

東坡讀《漢書》時的提綱挈領記憶法。每每先以五字總領，再以三字，最終以一字總領，即能熟背原文。又他的「四面受敵」法（考慮多方面因素，積極提問）。歐美各國目前流行的SQ3R五步閱讀法（瀏覽、提問、閱讀、復述、復習）。

本文中的三步讀書法（1）（需精讀之文）：頭遍看內容、標段落，寫大意；二遍看思路，理清層次寫中心；三遍看寫法，歸納特點讀思想；（2）段落大意歸納法：一抓零頭句，二抓中心句，三抓總結句。四抓濃縮歸納法。歸納段落大意要做到：簡明、科學、多記。（3）6步自讀法：一瀏覽（粗看前言，後記、序目等。解大體）二思考（根據需要選取）三閱四摘五復述（看完書即根據摘要凝神細思，把握當中最本質的東西，極利記憶）。六補讀。（4）複雜記敘文分析法：一抓線索二順序三過度四剪裁。

復習：早晚記憶，邊讀邊背，定時快讀熟記法。卡片筆記法：編提綱，記片段，寫摘要，做卡片。（《語文戰線》，1981.11）

「樹頂旅館」建在離地數十米高隔開一定距離樹椿上的旅館。在肯尼亞尼安達魯瓦山林海野生動物園裏。1952年英莎白女

王曾在這裏下榻因成名。下有野獸自由穿行。

在澳大利亞，父母給子女最好的聖誕禮莫過於一副小水划，聖誕節弄潮是澳一大特徵。在那日最高的日薪，莫過於付給聖誕老人扮演者的工資。因為大皮襖等是使人中暑的。

小仲馬墓上刻著「吾寓於生，吾寓於死。吾固重生，尤重於死。生有時限，死無窮期。」下是他的石刻睡像。茶花女實有其人，是小仲馬熱戀十一個月的情人。墓上有一尺見方的瓷靠墊。上斜放一枝粉茶花，除兩朵盛開，還有5朵小花蕾，下一張折角信封。有一「怨」字。

Geteilter Schmerz ist halber Schmerz, geteilte Freude ist doppelte Freude.痛苦有人分擔則痛苦減半，歡樂與人共分則歡樂倍增。（1.8）

屋當中一個紅燈籠是去年的？進門正面牆上貼著服務公約：「接待熱情（假的），買賣公平。保證質量，講究衛生。」老遠就看到大門外上有xx單位飲食衛生現場會。確實乾淨得很，桌子都乾淨得很。沒人，做館子的只管做下去，一直坐到doomsday。買票的無影無蹤。

門楣上有「一樓風月當醅飲，萬裏溪山豁醉眸」的匾額。（1.9）

太陽初升。我在林中漫步讀書。驀然回首，眼光被遠處一座大樓的景色吸引住了：巍峨的灰色高樓向陽一面金光閃爍，猶如節日之夜通明的燈火。原來是剛剛露出樹梢的朝暾，如高樓寬大的玻璃窗所反射，放出的光芒。我慢慢向前走去，仍目不轉睛地回首盯看著那奇異的景色。我的頭頂是聳入雲天的枯萎的法國梧

桐。大樓和我之間，離我較近的地方是一排排枝叉交錯、樹葉脫盡的喬木。這樣，我每走一步，那些參差交錯的密枝彷彿也在移動，以致透過它們看去，遠遠的那金黃的閃光跟著跳動起來，產生了一幅絕美的圖畫：大樓著火了！然而這是無害的、無煙的、大自然美麗的火！

「水落石出」，是歐陽修，還是柳宗元寫的這句話，我已記不清，但這句話對冬天的東湖來說簡直形容得再像也不過了。水早已退到石階以下，露出黑色風乾的大石。風平浪靜，可清楚地數見水中的鵝蛋石。我不服氣，難道這句話就把冬天的水說盡了？再看到太陽鋪下的那條金路了。對，這就是冬與夏之區別。夏晨，太陽是從對面磨山尖後冒出，它剛剛露臉，水面在一剎那間就染得姹紫嫣紅。你會以為這是一條黃花鋪成的道，只要沿著過去，就可上那……幻想！

下午去找他，在宿舍裏沒找著，出去時碰到了，正在同一個女的談話。不便打擾他，就到武大校園裏坐了一會。片刻他喊我，我起身迎上去，只見他眼睛浮腫，眼球上布滿血絲，臉也是浮腫的，一副沒睡好覺的樣子。一見面便用很傷心憂鬱的調子說：「這回沒分好。」「哪兒？」「大連海洋研究院。」「那怎辦呢？」「現在北京還有8個。未定。我爸爸來了，在上面。」我擡頭一看，一個戴呢帽、眼鏡的中年人正向我招手，我也回招了個手。「對不起啊，現在要去跑一跑這事兒。」說完便急急忙忙和我一同來到等在道邊的車旁，慌得連門都上錯了。看著車子遠去的影子，我心中升起一股說不出的味道，也可說是對他的憐憫，也可說是對自己將來的灰心。但世界大得很，何處不能容身，一定要待在這兒？

晚飯進食堂時，發現前廳的桌子都不見了。原來全集中到

後廳去，是77級畢業生舉行的畢業晚宴（會餐）。沒有多少人排隊，有幾個女學生。腦子忽然想到這樣一個詩題：我才認識她。常見到她，也不知姓什麼，在哪個年級，哪個班，倆人常常交流眼光。今天，他心裏還惴惴著，她要走了，恐怕從今以後一輩子再也見不著她。但是他在飯隊中看見了她，他放了心。（an invention）（1.10）

一上樓就看見「祝賀77屆畢業生圓滿完成學習任務即將奔赴祖國四方」字樣，天天看見，心中沒落下一點印象。77級的學生也許今天也許明天就要離校了，同樣的字在他們心中引起的反響肯定不同。人心不是一面鑼哦，並不是任何鐵錘敲上去都響得了的。（1.11）

稱「百慕大」為「旅遊之邦」，以其旖旎的風光吸引著遊客。島上一大景色是「提琴樹」。晚春葉紅紛落，使人有秋意之感。建築是金字塔寺頂，拱突之水箱、碩大之煙筒結構。堅厚（有時達2英尺厚），但那兒無賭場、夜總會和專做投機生意的機關。人平收入一年6000美元。（1.12）

近20年來捷克文學狀況：（發展同「布拉格之春」分不開）（一）1956-1968：52年因蘇共清洗余波，捷判處15位作家徒刑。56年4月，捷作家二次代會公開向政府挑戰，提出「作家是民族的良心」之口號。57年三代會作了檢討。二大精神在作品中體現為歌功頌德轉向暴露現實，在藝術上吸收現代派表現手法。影響較大作品如柯賀特的《如此愛情》、史克沃萊茨基的《懦夫們》，哈維爾的《花園的盛會》，姆尼亞奇科的《過了時的報

告》。66年昆德拉的《玩笑》和瓦夢利克的《斧頭》成為當時文壇的重要事件。（二）四次作代會到蘇侵：討論了三點：（1）捷文化傳統問題（不與世隔絕、獨立）。（2）反對新聞檢查。反對公式化概念化。會後，幾位作家被開除黨籍。四大揭開「布拉格之春」序幕。（3）胡薩克上臺以來：許多作家被捕入獄或流亡國外。幾位著名作家參加了《憲章》起草工作。（4）官方文學和地下文學共存：如官方有《鑰匙》、地下有《鎖栓》。針鋒相對，廣為流傳、其時有小說《豚鼠》，很受歡迎。（1.12）

　　Jz在吃飯時告訴我這次聖誕節晚會上米爾冬先生照相的事。他背對那些領導坐，突然轉身，「咔嚓」一聲，把他們都照了下來。然後迅速轉回來，很得意地換膠卷。辛穆剛剛透露，米先生愛開cruel玩笑，他發下考試卷，你還沒有完全做好，他就要收卷了。等大家都交了卷，他才宣布，前面幾頁完全作廢，後面幾頁才是需要回答的正題，以此取樂。米先生到中國來三個多月，也把中國的方式學到了一些，考試前把考試的範圍大致定了一下，甚至還告訴學生這回考試要求寫150字的自傳。於是，有人忙著在家裏寫自傳了。S說王曾搞過一次這樣的考試。考試中他就是憑著記憶把在考前寫好背下的東西寫下來的──Jz告訴我說米夫人最不喜歡跟搞政治的人交往。她問Jz是不是搞政治的，Jz說不是的。──77級說今天公布分配名單的，又拖到明天。據說全省統一公布名單。名單之遲遲不公布必有蹊蹺。──昨晚他們舉行臨別晚宴。晚上聽得見大呼大叫聲，混合著某些人的痛苦和另一些人的歡樂。──廚房的人對77級的人也大開綠燈。Li某打到碗裏才發發現只帶了二角錢，就當機立斷撒了個謊：「我是77級的，明天走。」「啊，還加一點囃。」又是兩勺子過來，比平常

多了一點，還是3角的菜。（1.12）

新三心：見面親一親；在屋裏不放心；提起來歡心。舊三心：提起來寒心，見面就惡心，擱在屋裏放心。（1.13）

日本一部相當於《詩經》的和歌總集是《萬葉集》，收和歌約4500首。最早之作產生與仁德天皇在世時代。最晚生於淳仁帝時。和《詩經》有很多相似之處，如「悲別歌」：阿哥你不在，你在家城人在外，誰來解衣帶？讓我來解懶得解，沒精打采。與《衛風‧伯兮》相似。

海明威與契科夫並稱為缺乏感情的冷血作家。後者認為越客觀越有力。前者認為要準確生動地描繪人物外部動作，揭示內心世界，並寫出電影鏡頭似的畫面。（1.13）

77級外語班的某某前天來找Jz，想打聽外貿學校的地址，沒找著。今天上盥洗室，聽見77級的一個學生對著隔板中間看不見的那個人問：「你們班好像都分到武漢了，是嗎？」

「哎，只有一個分到保定……我那個是外貿學校，不曉得是教書還是搞外貿，不清楚。」答話人的聲音是前天來的那個人的。

Gz對懷柔說：「今天老米的考試卷肯定是在J老師的授意下出的，要不不會這樣簡單，比他夫人出的還要容易。簡直像開玩笑。」

一個色狼，儘管很多女人已知道他是個色狼，為什麼還能使她們上當？如「Tickets, please」裏描繪的。大約是他掌握了一切女性的弱點而對癥下藥吧。

　　辛穆才進來，Gz問：「怎麼，聽說那些已經打行李走了吧。」──他指的是77級體育班的人。

　　「是啊。我下午在那兒和他們談了會子心。」

　　「聽說一個個心情很沉重吧。」明顯的試探。

　　「那個大個子怎樣，不在乎吧？心裏覺得怎樣？」

　　「哪裏，他的心和他的……胸一樣大。」我想起體育班那個寬胸脯的小夥子。

　　「他分到AH省的一個水電站，搞群體。」

　　「他聽到消息後感到怎麼樣？」

　　「這個嘛，他一聽說，就忙著找起地圖來了。」（1.13）

　　米夫人每次來總是顯得很熱心，想跟Gz談話，而後者老躲著她。有一次一個同學將借的磁帶還給米，米央求Gz用他的新錄音機放一放，Gz剛剛讓她放進去，還沒等她按下鍵就打開帶盒，退出了帶子，連搞兩次，使米夫人大失所望。（1.13）

　　陳高興地進來向我宣布，他已分到上海。他說這分配的標準是（1）路子。（2）印象（3）成績或院裡留校標準：（1）分數75分以上。（2）當過黨團幹部的。（3）由黨委決定。他總也忍不住要吹噓自己幾句：四個人一組的答辯，就我得優，二十分鐘，老師不住點頭。潘老師最喜歡我，他們說的，我也不曉得為什麼。（1.13）

　　今天出奇，全班都到齊，聽王老師講即將考試的內容。有30分等於是送人的。為了使大家春節愉快，復習時特別要背誦的地方。（1.14）

現代派在西方盛行於20世紀20年代。正如我古人言，「故知文變染乎世情，興廢系乎時序」，是對傳統的否定。

現代西方人已感昔日之道德規範之不可依恃，個人家庭社會之間關係也非往昔，發出「人生如夢」，世界不過是一舞臺之悲嘆。他們感到人在現實中的疏遠、異化、無能為力，彷彿失去了自我。出現了後期現代主義（postmodernism）或「後現代主義」，以「後期現代派最習見，如詩壇上的具體詩，剖析心靈的自白詩，訴諸視覺的符號詩；劇場上有荒誕劇；小說領域裏有反英雄、反情節的「新小說」「新新小說」「黑色幽默小說」，專就形式結構技巧進行探討的「實驗」小說等等。

《展望後期現代主義》（英）阿蘭‧羅德威：後派是自相矛盾的。有4個既不同又聯繫的方面：即自白的、音調的、形式的和玄學的。後派作家處於不僅憂鬱，而且自我意識也感到憂鬱的心情中。是青春的，又頹廢的；才華橫溢，同時邪惡的；專注於分析，又具浪漫色彩；既是deja vu又是a la mode；其他大部特徵是內向、焦慮和咬文嚼字。

興趣變得狹窄造成真正主題——愛‧死‧人與人之間的關係——消失，藝術與人生的關係被藝術與它自身技巧的關係所替代。

後派始於令人窘迫地涉及個人，終止於厚顏無恥地賣弄技巧。甚至說是從下流敘事者的自殺到敘事文學的破壞，好幾個後派作家最後都自殺。大批後派作家則以敘事文學之準則為樂。

簡單明了地給後派下定義：被歐洲大陸時髦的名字理性化了的自我意識，在人們出現的形式是（1）靈魂裸露。（2）人的意識的意識。（常與懷疑自身有關）。（3）關心個人的外貌

對別人的印象。──跟焦慮與自我危機關係在一起。由於把個人看成「被一大堆文化教養的準則否認」的外實體，小說也被視為so。這樣後派作家就可隨意理解作品的本義，正如巴爾特說的：「……要求對一部作品本義進行釋義，現在已變得無濟於事了……」（誰首先把此原則應用於自己的評論？沒有，為什麼？應用了，那為何要注意他們說些什麼呢？）（4）關心作家與他的世界的關係。而非關心處於一個共同世界中的相互之間的關係。如，沒有同作家一樣的偏執狂，專注於他與自己世界的內在關係，就會對作家與他的世界的關係的關心膩煩。

這種複雜的意識，在某種情況下助長了許多評論和創作的減縮和倒退。批評界只對小說化的「概念」感興趣。或作X光式批評。在作品背後發現形而上學或其他的結構。另一方面，文學創作題材縮小，貝克特創作出無人物，無動作，越來越簡單的話劇，達到《呼吸》無一句臺詞的三十秒鐘。（見：1906年出生的愛爾蘭荒誕派劇作家，諾貝爾獎獲得者，代表作《等待戈多》）

後派主要特點：現代世界是可怕地複雜和複雜地可怕。

1. 自白性：洛厄爾·貝裏曼，塞克斯頓和普拉斯，還有貝婁。洛厄爾的詩《生活研究》：我自己就是地獄，這裏一個人也沒有──《1939年以來》，貝的《日復一日》：如果我們看見隧道盡頭有一線光明，那是一列火車開來的燈光。

2. 音調性：在自白方面所含的瘋狂不幸成分，顯然和大部分作品的憤世嫉俗、焦慮不安的音調聯在一起──在荒誕劇裏更加明顯。

3. 形式性：現代派是象徵派和意象衍生的新實驗主義。而荒誕派則是從馬戲、中世紀露天演出的戲劇，雜耍

劇場及其現代派生物，連環漫畫衍生的舊實驗主
義；在此劇中，結構形式都是不連續的。（第一
次揭示了人們平常談話時的前言不搭後語漫不經
心的特點）。

4.文學性：若現象學、存在主義、結構主義的混合物作一種
文體，那後派的文學性就從理智上支撐他這一
切。若是文飾，那其他這一切就是感情上支持
它。文學性：特別提出了自我本身問題，把創作
的興趣從工作本身轉向各種工具，……（1.14）

他笑得這麼厲害，連頭髮都笑起來了。大霧肥山。On ne voit
bien qu'avec le ceur. L'essential est invisible pour les yeux. （《Le petit
prince》）

小王子去找朋友，最後碰到狐狸，狐對他說：「On ne
connaît que les choses que l'on apprivoise, dit le renard. Les hommes n'ont
plus le temps de rien connaître. Ils achitent des choses toutes faites chez les
marchands. Mais comme il n'existe point de marchands d'amis, les hommes
n'ont plus d'amis. Si tu veux uns ami, apprivoise -moi! 」（《Le petit
prince》）

《蘇聯當代詩選》，特瓦爾朵夫斯基：「自己個人的痛苦
委屈，不要去向善心的人傾訴，要像你現在一樣生活，不分晝夜
地奮鬥，——既然已在拖車，就別說力氣不夠。」伊薩科夫斯基
詩：「人人當英雄，英雄哪有這麼多？沒有才華，不是天才——
可還是渴望著要人放異彩，為了使他們走過的道路不被遺忘的青

年覆蓋。為了使地位能稍稍鞏固一點，哪怕就是那麼幾年……人人都想永垂不朽，而永垂不朽——卻沒有。」庫茲涅佐夫：「流逝的時日不會憐惜我們，它會逝去，什麼也不會留下：不論是惱人的萬千思緒，還是那藏著雷電的浮雲。別說我們死後將變成樹木和鳥類。對自己撒謊吧！什麼也不會變，你的一切都不會再現。總有一天，連太陽也會一閃最後的微光，永遠地熄滅，可是在心靈中……在心靈中卻埋藏著無聲的哀怨。人總得找人傾訴衷腸。遺言：二、我把擁抱還給海洋，把愛情還給濃霧或海浪，把希望還給天涯和盲人，把自己的自由還給四垛牆，而把謊言還給人世……請為我掘個墳墓在雲彩遮蓋的地方。……我把懶惰還給藝術和平原，把鞋底的塵土還給客居異鄉的兒郎，但願我所講的一切都能生效，請為我掘個墳墓……」索科洛夫斯基，「輕派」詩歌鼻祖：初霜：黑色的樹木聳立在黃色的草土和枯葉上，空曠而潔淨的藍天，襯托著黑色的樹冠。／只要吹來一陣微風，黑色的樹木便輕輕搖晃，白色的鳥兒向高處飛去，有如落進天底的深淵。清早我來到這座花園，它好像長著一片白色的苔蘚，它要我別用輕輕的呼吸去驚擾圓牆的寂靜，和灰色小雀的悄悄飛翔。／小路沒有了，可我多麼暢快，那裏聳立著的黑色樹木，僅僅過了一天時光，就全裹上了白色的披肩。／花園卻忘了突然襲來的嚴寒，微微地呼吸著，閃耀著白光，樹木純潔的心靈，好像都已躍然枝上。我多麼希望：我多麼希望，這幾行詩，忘記它們自己是一些字，而成為濕潤的林蔭道上的樹木、天空、清風和房子。／但願翻開書頁，就像打開一扇窗，能聽到鳥鳴，看到亮光，聞到生活氣息的芬芳。」（此詩可為他的創作綱領）羅日傑斯特久斯基：我感到多麼可怕，人們習慣於睜開眼睛，面對白天而不驚奇，只習慣於活著，而不去追求神話世界，對待詩歌，就像修道

院的經卷。捕捉神鳥，是為了做一碗烤鳥肉稀飯。而捕捉魚──是為了做一碗魚湯。」沃茲辛斯基：靜！靜……／聲音總比光來得晚。我們張嘴張得太頻繁。當前的東西──叫不出名稱。生活要靠感覺和色彩。「維諾庫羅夫：名譽：虛榮心比淫欲還可恥，比瞳孔上的斑點還可怕！」名譽有如自己的胳膊肘，我們總是咬不著它。／多少孩子燃燒著強烈的欲望，死了還要向名譽伸出雙手！……但有誰跨進了那個天堂之門，擠進了經典大師之林？「雷連科夫：品嘗過人世的一切，嚴冬在門邊出現，可別說：春天會回來，你該說：新春會降臨！」馬爾丁諾夫：水：它缺少生命──雖然純潔，卻是蒸餾水！（1.14）

日本電影《華麗之家》中有一個描寫萬表兒子自殺的場面，看到這兒，辛穆頗有感觸地說：「菲利的一個同學也是這樣。」

「什麼？你說誰也自殺了？」我身邊的Gz忙問。

「菲利的同學，你還記不記得？」

「怎麼不記得，是中醫學院的，常來。矮矮的。」

「是呀，老背個黃書包，一來就談個沒完，還給我指出畫應該怎麼畫，掛在哪兒好。再不就是按錄音機聽。」

「怎麼死的？」

「他到廬山去玩，在船上也來了個廬山戀。認識了一個女的，大概是上海哪個舞蹈學校還是歌舞團的舞蹈演員。兩人談了一個通宵，分手後就互通鴻雁，這樣子有一年多，女方忽然再不來信了。他急得發瘋，就找個同伴去上海和她見面，人家不理他。最後失望地回家，從船上跳江死了。還寫了封絕命書，連帶手錶一同放在同伴床頭。」

「嗨，他怎麼就這麼死心眼呢，不玩朋友不就那麼回事嗎？

值得為一個女的犧牲自己嗎？還是個跳舞的，最輕浮，逢場作戲的了。」路上碰到菲利，他告訴我們：「他在家是個獨子，78年進校的，再過半年就畢業，那時還說要考研究生的呀。」

我們談起來。我說這人一定是第一次玩朋友，Gz不同意，辛穆證實我的猜測說：「他那時來，談起看見他班上某某某某在玩朋友，他總是帶著很瞧不起的神氣。」

「好像是要學習就一條心學習，是嗎？」Gz插進來。

「Yes，哪裏知道misfortune最後落到他自己頭上來了。」

往電影場走時，辛穆說：「不知今天電影怎麼樣，要是又像上次羅馬尼亞的那個專寫兩個狗的電影，我就不看。」

「這說明你對動物沒有感情。要是我，我就愛看，因為我喜歡養小動物。」Gz接說。

「哪裏，我才喜歡動物呢。不信你問他們。在農村時，有一次我出遠差，隔壁的大伯送給我一條大狗子，人家把狗裝上車時沒綁好，中途狗跑得不知去向。我回來大哭一場呀。在外面接到信時也哭了一場。我還不愛動物！」（1.14）

他對他說：「假如你現在只有三千中文單詞，那麼你看完李宗仁寫的書後，會猛增到四千。」他認為他將來還要看一遍老李的書，要精讀。（1.15）

「你知道『consign, entrust, commit』這三個同義詞的區別嗎？」

「我不知道。其實細細講的話，沒什麼區別，還不是那些文人吃飽了飯沒事幹，把這些字集在一堆，硬造那麼些區別來，咱們現在學文學，才知道寫書的人都是為了賣錢。書都是為了

錢。」（1.15）

　　最後一次考試完了，我心情很平靜，第二個出來。沒象往常一樣感到心跳。Gz「嗖嗖」地急邊地翻動著試卷，匆匆地走了。考卷中出現的一個小問題被我發現了。「the sky-earth spines」應為spins。老師查過字典才改過來。從武大回來才想起錯了幾個。如把「老師居於頭等重要的地位」翻成「placed in the foreground」。還有「He's never at a loss for the word」翻成「他吵架時從來都是個伶牙俐齒的人」。但中國老師和外國老師的差別在考試中顯出來，中國老師要大家給phrase下定義，外國老師要大家直接用phrase造句。一個死，一個活。問Gz，Gz說for the word可能是for a suitable word。（1.15）

　　英諺：A fool's heart dances on his lips.（勸人少言）. Early to bed and early to rise makes you healthy, wealthy and wise.早睡早起，一天歡喜。

　　美國黑社會發展到遠途運輸業、空中運輸業等等行業都落在犯罪率辛迪加手中。其原因據沃爾特・李普曼說是：「美國人民太講究道德了，不承認人類的弱點，同時也太熱愛自由了，同樣不能容忍有可能使不道德行為絕跡的暴政」，他們只好用木劍對付魔鬼了。早在四十年前，李就注意到美人民信念中的一個矛盾（即引起黑社會發達的原因）：起先，由於美人民的道德信念。他們禁止一切罪惡，然而對自由的信念又妨礙了禁令的執行。事實上「黑社會完全是以公眾需要為基礎來發揮它的社會作用。」

　　黑手黨始於19世紀80年代，正值歐洲移民美國高潮。其中雜有意大利移民中一批農村匪徒。專在意移民中敲詐勒索，被

稱為「黑手黨」。這些意移民處於底層。這為他們犯罪提供了條件。

第一個「黑手黨」頭目是患虐待狂的魯波。綽號「狼」，禁酒令的頒布使黑手黨有機可乘，趁此起家，至今不衰。

聯邦調查局一直不承認有這麼個黨存在。黑手黨至少由24個家族組成。每家族黨徒在75至1000人之間。其領導班子清一色的意大利和或西西裏人。（1）賭博是黑手黨賺錢最多的生意。真財頭是猶太人蘭斯基。（2）放高利貸。（3）勞工詐騙。（4）黑黨販賣毒品，每年贏利3000萬美元。

紐瓦克是黑手黨之堡壘。犯罪率最高。（《編譯參考》，1981.12）

吳文英的《浣溪沙》：「門隔花深夢舊遊，夕陽無語燕歸愁，玉纖香到小簾鉤。落絮無聲春墮淚，行雲有影月含羞，東風臨夜冷於秋。」呂本中的《踏莎行》：「雪似梅花，梅花似雪，似和不似都奇絕。惱人風味阿誰知？請君問取南樓月。記得去年，探梅時節，老來舊事無人說。為誰醉倒為誰醒？至今猶恨輕離別。譯（翁顯良）：Snowflakes seeming like plum blossoms, plum blossoms seeming like snowflakes, both like and unlike, wonders both. How provocative their seeming and savor! How so? Better ask the moon, nightly visitor to this tower.

I remember last year's visit to these blossoming plum trees; but age would neither speak nor hear of the past. Just drink and sleep, and wake up only to drink again. Who the cause? Who, to my lasting regret, with me so lightly parted.

李白的「紀叟黃泉裏，還應釀老春。夜臺無李白，沽

酒與何人？」庫珀錯譯成：「Winter below by Fountain Yellow/ 'Spring In Old Age,' still do that vintage?/ Without Li Po there on Night's Plateau,/ Which people stop now at your wineshop?/翁譯:「Done here, master brewer, you'd still be practising your art, but how you'd miss me, old friend! For whom in the realm of eternal night could you find such a connoisseur?」張先的《菩薩蠻》。「牡丹含露真珠顆，美人折向簾前過。含笑問檀郎：『花強妾貌強？』檀郎故相惱，卻道『花枝好……』『花若勝如奴，老還解語無？」

翁顯良認為：要做到譯詩在似與不似之間。譯夢富詩，要做夢富的夢；譯詩寧可學王柳，不求甚解。過深恐穿鑿；要點而不破。

婦念夫的詩句：自信之東，首如飛蓬，豈無膏沐，誰適如容？（「夜夜長怨半被，詩無魂夢歸來。」）「羅袖，羅袖，暗舞春風已舊。遙看歌手玉樓，好日新妝生愁。愁生，愁生，一世虛生虛過。」（《翻譯通訊》，1981.6）

中國對聯：南通州，北通州，南北通州通南北；東當鋪，西當鋪，東西當鋪當東西。又（中國國民黨）：大委會，小委員，大小委員，委員委委員，委了一塌糊塗；男幹事，女幹事，男女幹事，幹幹幹幹事，幹得好不熱鬧！（1.16）

注意到Gz出去兩趟，好像在焦急地等待什麼似的。後來懷柔進來告訴他，說孤鶩在叫他，後者「哦」了一聲，彷彿才知道這事一樣，拿起來早已準備好的書包出去了。不過，他對此卻直言不諱。

他對懷柔說：「哎，你初二來我們家好嗎？我給你寫地址。

初二早上我就等你。上午咱們──我去買張電影票，我們一同看電影，或者──家裏可能有電視，看電視也行。」「好。好。」後者不勝感激。過了會兒，前者轉來說：「哎，這樣的吧，你初一來，這樣好些，哎，初一嘛，好吧？」「那──那怎好打攪。」「不要緊wa，你來好了。」前者很熱情。

懷柔打算在學校度寒假了。今年除他沒有一個留校。我已經替他預先設想到了那種孤寂的處境。勸他回去，他說路太遠，錢也不寬裕，更重要的是，他最後才說，回去就看不成書了。

我出了宿舍門，走了老遠還在盤算著「書」。「衣服。」還丟了什麼東西，始終也想不起忘記帶什麼了，到這兒才恍然明白，是牙刷。

他是個很正經的人。可是當坐在他旁邊座位上的兩個女子的一個用戴手套的手指不斷輕輕地觸他的光手指時，他身上起了異樣的反應。他站著，她們坐著。他眼睛望著窗外，左手抓住她們身前的靠椅背的鐵扶手上，外面一個女的手一碰到他的便迅速收了回去，裏面的一個沒有，就放在他的旁邊。他有點不相信，便假裝抓抓脖上的癢，又放回到扶手上，稍離開那只手套一點。但沒一會，他就覺得有個絨絨的東西在輕而柔地有意無意地擦著他的，好像只是隨著車子的抖動而碰上的。他起了一種快感。他從餘光裏瞟見裏面那個姑娘眼睛往別處望，也看見一只蘭色的大拇指順貼在扶手，指向他。他回想起剛搶上車時，外面那個姑娘移了移腳讓他放下提包。他記得她好像還時時朝他看一看，大約是看見了胸前這兩只筆，再看見了肩上這只洗白半舊的黃書包。她若是個很有眼光的人，大約是不會錯把他看成工人的。她們都穿得很艷，櫻花色的外衣。肯定是工人，果然她們是談廠裏的事。後來她們走了。他有些羞愧。

　　後來又進來四個人，一望而知是才幹完活下班的工人，而他們穿的衣服和衣服上髒的程度，以及他們的模樣使人想起農民。一個倏一下鑽到我後邊一個空位置上去，另一個沒搶著就往椅背上靠，半個身子在我這邊，另一個貼門面對我站，還有一個剛站完就被售票員喊住「喂，票呢？」售票員對「鄉裏人」從來是不放過的。那人在裏面荷包掏摸了半天，才掏出兩張揉皺的角子，走過去付了。這一夥人顯然是一起的，怎麼他們都各人付各人的。正納悶地看著，後邊一個把手伸得長長地，攥著一張角子，對門邊的那個年輕人說：「跟我帶一張好吧。」「你就是怕我搶了你的位置。」那人半天不接錢，說出這麼一句話來，才慢吞吞不情願地將錢接過去。「哎，搞了一天，好累呀，就想坐一下。」後邊那個人嘆口氣，顯然承認了是「怕搶了你的位置」。年輕人把票和零錢還給他時說：「我買了兩次了啊！」好像是說你應該感謝我幫你忙的麻煩。他們幾個人的衣服都洗白了。袖口是破的，褲管上有泥點，大概是搞建築的，我想。（1.16）

　　一來，正碰上她參加羽毛球賽，準備讓她不注意地在窗外瞧一瞧她的水平，哪知還沒看清窗裏的事，倒叫窗裏的人看清了我，便告訴她，她出來，說：「這是鑰匙，上樓去。」「我想看一下你。」「不要你看，你上樓，去等我。」「你就讓他看一下吵，他一個人在樓上。」她的同房小李說。我還是上樓了。

　　她要打水，我要幫她打，她不讓，只說打到了喊我一聲。去了好半天不見回，便閂上門，也下去，在外面轉了一圈，不見人，又上樓，站在門口看了會子書，見她上來。她看看關住的門，又看看我：「你這是幹什麼？把自己鎖在外面。」

　　她說：「可能得第五名，哎呀，人家都是經常打球的，剛才

打球的那個是個老打的，我還是前天才練的。」她特別強調她是個新手。

同房的小李曾當她面對她說：「哎，我真喜歡你。」她卻對我說：「她太愛講話了，話太多了，一講起來簡直沒完沒了。所以才沒答應和她一起學英文，不過，我想還是和她一起學的好。」

她一看《棄兒弗郎沙》便喜得跳起來：「我非要看，非要看，等我明天一考完試，我就要看。」

聽了《Seashore》，她說這叫我想起了一望無際的藍天，好像春天回來了；聽了緊接著的一支歌，她又說：「這呀，像夜晚，在森林裏，燃起篝火。」

我洗衣裳，她洗菜；我們只冷冷地一問一答。我清衣裳，她準備洗澡，我們互相不做聲。各作各的事。她出進了有好幾次，穿著內衣，忽然，她站在我身邊，把嘴湊近，和我接了一個吻，把舌頭和我的舌頭挨在一起。這給我很大的幸福。她悄悄地走了。

我們復習，身邊放著錄音機。播送著外國名曲。我閱她的復習總綱題，她復習她的課文。沒有復習好，我們時時接吻。但還是給她閱完了。有許多小毛病，談起我家即將搬進的新房，她說：「那時，我就可以和你們住在一起了，」大家一陣幸福感。（1.16）

辛穆這次本來打算陪懷柔待在學校，那天吃飯聽他說：「沒辦法，屋裏寫信，口氣很堅決，一定要回去，再大的事也要回去。末尾母親還附了一筆，我眼睛都望穿了。你再不回去，我就——」

談起菲利的朋友的死，辛穆說：「我肯定不會死，你們以後要是發現我死，那不是吃飽脹死就是喝酒醉死的。」（1.16）

恩惠比仇恨更容易被人忘掉。（《棄兒弗郎沙》）

棄兒有應該美的理由，因為是愛情把他們帶到世界上來的啊。（《棄兒弗郎沙》）

應當忍受我們不能避免的痛苦。尤其不應當違背命運去抵抗，使不好的命運變得更壞。（Ditto，馬德蘭語，可說是此小說之中心思想）

油條不賣了，一個老頭子硬是要買兩根，營業員只好賣給他了說：「算了，算了，就你的粑粑圓。」（成全你）
剛擠上車的一個女人說：「哪個站著不動吵。這叫人動得了？中國人，哪裏是人吵，是豬！」（1.16）

他忽然放聲大哭起來，街上許多人都驚愕地看著他；忽然他大笑起來，他已經瘋了。他的女朋友不知發生了什麼事，一下子糊塗了，她很憐憫他，想上去攙住他把他扶回家，但她又一想，要是這些人看見我和這樣一個瘋子在一起該多丟我的醜啊。她連想都沒想下便走了，留下他一個人在街頭大哭大笑，後邊跟著一群小孩往他身上扔垃圾。他那件褲子很快就沾滿了泥點，他的頭髮因為在地上打滾的緣故已經亂蓬蓬如監獄的囚犯。（1.17）

他的第一個女朋友和他離開了。他認為過去和她那段歷史是

見不得人的。從不向人提起。不久，他認識了新朋友。他和這個新朋友見面的第一次，就把她當介紹並宣布了。而且更令人吃驚的是，他決定就連在一起散步、接吻等親熱的舉動也在公眾場合做出來，這樣，也許人家就不會把它看成是醜事了。但他總不能辦到。一個晚上，他和她have sexual intercourse，就把門敞著震驚了全院。但他若無其事，說這是他藐視腐朽的婚姻制度，為此他被捕入獄。（1.18）

一盞瘦得像支鉛筆樣的日光燈，掛在室中央，給房裏抹上一層暗淡的光。門左手靠牆桌上擺滿了東西：湯罐、碗、鐵杯子、裝鹽的用過的罐頭瓶；放在黃鐵碗上的燒箕，裝著剛洗過的菠菜。緊貼桌是一架縫紉機，也當了桌子在用，還擺放著東西，再過去的角落裏站著一只大衣櫃，還沒上油漆，沒有安鏡子的門張開一點，好像在傾聽身邊碗櫃上二用錄音機裏的美妙音樂。這是全房中的皇冠、是牡丹花、是珠峰。沿牆過去是一張床，占了三分之二的地盤，床尾另一張上過漆的立櫃，陰鬱著臉縮在角落裏默不作聲。窗外的天光已暗下來，照不見窗下桌上一堆碼好的筒子面和還未開放的水仙花；一架20多元錢買來的收音機，這時面對新收音機的強大勢力也自慚形穢，襟若寒蟬。這張桌子原先在放碗櫃的地方，它的櫃門上一面玻璃嵌著畫，還是前年的。門右手牆邊角落各貼一張畫，也落滿灰塵，也是去年的。角落裏的書櫃上垂下一席塑料布，蒙住了裏面的東西。頂上一邊是堆書，書上有個灰塵弄黑的工作帽，另一邊並排放著好幾排藥瓶。

與錄音機相對的只有一幅掛曆，上面印著香港美人。曹叔叔和鄒媽媽從早上一人吃了三兩，一人吃了四兩熱乾麵後直到現在還沒吃。曹叔叔把買來的熟花生擺在我面前喊我吃，我說不想

吃，他就一人剝吃著。他餓了。鄒媽在廚房裏炸元子，炸完元子再炸魚，鄒媽已退了休，去年五月退的，按75%拿工資，50多元。「遠不如從前了，」她嘆道。曹叔叔還（正寫到這裏，傳來一陣劈啪的鞭炮聲。）曹叔叔說這是送灶神。今天是農曆23，明天24，後天25，老話有君三、民四、王八五，君就是當官的，王八比民還賤，）送灶神上天向玉皇大帝匯報吶。30的把灶神接回來，除了放鞭炮還要燒黃裱紙、敬香，在灶前2個凹進去的地方，貼張神像。「哎，過去的板眼多啊，」曹叔叔已經回文化局，在辦公室工作，「忙哦，搞基建，哪有不忙的，一生都搞這個東西。」（1.18）

十姨至今未婚應怪九姨，因九姨丈夫死時，十姨曾這樣對她說：「你若不再嫁人，我保證每月給你20元錢。」所以九姨現在就以過去那件事作為條件，不許十姨結婚了。／美美姐姐和王開去買窗簾，各看中了一條，你說你的好，我說我的好，爭持不下，你道怎麼辦？兩人就在櫃臺上擂杠，還是姐姐贏了。／小紅哥有段時間病得要死，鄒媽去看他，他很精，她剛一進門，他就睜開了眼，又馬上閉得緊緊的，好像很痛苦的樣子。他把跟所有親朋的關係都回顧了一下，說他想春陽對他有意見，因為曾有一次，春陽去他家時，帶了一個同學，一頭捲髮，使他很討厭，其實春陽那個同學是天生的一頭捲髮。／他還談到跟十姨的關係，說十姨造孽，到現在還是孤身一人。過去十姨常照護他。／他爸爸姓周，可是，解放前在一家銀行裏頂死人的姓姓王，已經幹了好多年的活，到解放才出頭。人家搞地下工作的人說他是個好人。／鄒媽說就是不喜歡大舅，但喜歡小舅，但大舅喜歡雍姑娘，因為雍姑娘懂人情世故吵，每回去都買東西。坎坎結婚，

爸爸媽媽連桌都沒上的，老兩口就在房裏隨便弄了點東西吃。
（1.18）

　　黃城新辦一個地區圖書館，H和W一起去，裏面的人一見就
起了把他們趕出去的意思。聽H說是糧店的，馬上換了一副笑
臉，自稱認得糧店某某某某店長，很快就給H開了張圖書卡，還
是83號。最後一號。後面的還未發。
　　媽臉上有紅色，但已彎不得腰了，老發牢騷。
　　爸爸健談還是改不了，年輕人談話他只要在旁就插進去，馬
上就是他唱主角。
　　冬陽忙出忙進了一天，滿頭滿臉滿身灰。
　　新屋因夏季通風道的關係，冷得要命，冬陽昨天搬進來睡，
一夜未睡著。煤氣整個屋子都是。寫此時我正哮喘著。（1.18）

　　W給我家搬家，說：「你家搬家，50%是搬書。小品家搬
家，50%是搬財。」（1.19）

　　飯間，談起過去住房的事。現在住的這套房下正是原先我
們住的地方。59年搬到那裏，一直住到66年。59年前曾在三層樓
住過，還在其他地方住過。那時候，「局長住的是破瓦房。分房
子也沒按尊卑分，」爸爸說。「不過那時候局長吃的飯要勤務員
端。記得王局長最愛吃麵條的，一吃就是幾大碗。」
　　一提起雍姑娘，她媽媽就是這一句：「那伢聰明得很啦。」
她爸爸口頭上雖不誇獎，臉上卻藏不住心中的喜悅。我去，他一
連抽了四根煙，兩人話卻不投機。她媽一直在內屋忙。後來到堂
屋桌下搬米罈，她伯說不要在地上挪，會弄破底的。她媽巧妙地

轉動著沉重的罈子，一下子就調了一個地方。說：「我轉動還錯得了的。」她有事便同老伴商量，雍姑娘的爸爸則哼哼哈哈，發號施令，坐在一旁抽煙。桌子上擺著一大臉盆魚元子，一小臉盆肉塊，房子新粉刷了。頂棚才裱的白紙。雍姑娘的爸爸告訴我她姐生了，「是個姑娘，蠻聰明的呢。」他後來又告訴我說他這回大病了一場，就是沒告訴雍姑娘，說他喝茶時嗆在嗓子裏，吐了三口血才好，從此血壓便升高。據醫生說是肺氣腫。可他還是照樣吸煙喝酒。（1.19）

某大學一學生，品學兼優，在畢業分配前夕，他在宿舍裏放膽批評了現在的社會，說：「要是我當權，我非把當前這些屍位素餐的領導幹部都殺它。」同房的一個人把這話告訴了領導。原話被改成：「若他執政，非把共產黨殺乾淨不可。」領導進行調查，找來同房聽到過這話的對證，都說實有其事。結果是，這位本來留校的大學生被分配到偏遠的山區。（1.20）

爸爸今天買了一口新鍋回來，說賣鍋的人很負責，售出前還用榔頭敲鍋底，檢查漏沒漏，發出沉悶聲。爸說是不是壞了。「響罄啞鍋嘛。」賣鍋的人說。

HX的女朋友去看他，他也做得出奇。門一敲，他就把燈關了。其實他的女朋友老遠就看見窗裏的燈光了。他脾氣也乖戾得很，女朋友來從不起身讓座倒茶或說客氣話。（1.21）

鬧鐘停在3.40上，而我的表指在6.10分。我去上發條。冬陽說：「有一回我跟秋陽在一起睡覺，上床前錯扭了鬧鐘發條。還上得滿滿的。第二天早上冒鬧醒我們。卻把隔壁的人都鬧醒了。

那個時候我們瞇睡幾大呀。」我也記起來一次從漢口回，在門口敲了半天門沒人應，趴在門窗上一看，秋陽正在蒙頭大睡，無奈，從窗子裏爬了進去，把衣服都弄髒了。

　　爸爸說他的記憶力。「他們寫的一個自傳，我看一遍就記下了，他們在那裏緊看緊看，還冒看出個名堂。有些人的記憶不曉得麼那壞。他們說你這大年紀記性還這麼好。我每回到領導那裏匯報數字，從來不帶筆記本，就憑記憶講。那哪裏錯得了。開會我也從不帶本子。我還有個怪事，不管在哪裏碰到哪個陌生人，只見一次面以後我就認得。原先住院同房一個病人後來在蘄州被我認出來，說：『你記憶真好。要是當個公安人員該多好。』」

　　他聽我說某人對領導阿諛態度，就說：「我一生都不信這個，傲骨哇。我才不吃那一套。你要是在我面前擺樣子，哼，……我好也好，說壞也壞。」（1.24）

　　「你總跟她不好，」媽說。「我看啊，十次有九次是你錯。她就是愛生個悶氣，她不理你，過一下子不就好了。」

　　「那可不，她生一次氣就得一個星期才好。」

　　「那你就找她說話呦。」

　　「她也不理。」

　　「那就把她的頭一扳，」媽急了。「要是我，我就不理你，臭不理你，雍姑娘太軟弱了。你也太任性，什麼都要就你。天底下再冒得比你更任性的了。」（1.22）

　　「我和雍姑娘總是有個疑問：十姨這麼大年紀，又不結婚，為什麼還要置辦東西呢？」

　　「賺的錢，又沒地方用，不如買點家具什麼的，把屋裏裝

飾得好看些。這就是她的哲學。」爸說。一談到大舅舅，不知不
覺就要扯到一些老帳上去，媽媽說：「他現在睡的那張床還是我
的。他剛解放那年反正回來，身無分文，我參加了工作咘。其他
的桌子椅子等東西給了家家。你舅媽結婚時，我把我的綠絲絨衣
和其他我結婚的衣物都作禮物送她了。那年，你家家寫封信撒謊
說家小放不下東西。要我把五屜櫃、桌子搬走。其實她是怕死了
給舅舅拿去。她死的時候，屋裏的東西都給他拿去了，拿去就拿
去，我稀罕個麼事呢。也發不了個大財。你大舅來信找我和小舅
舅要60元錢，說火化安葬用的，你十姨後來對我說根本化不了這
多。其實家家死時身後還有不止60元錢。還不是歸他得了。家家
死的那個月我和小舅還是照常各寄了每個月該寄的十五元，我
也壞，你小舅寄來60元錢說替我出安葬費算了，我拿出其中45元
寄回去，自己再出15元，寄給大舅。湊上那個月的生活費。你曉
得，家家死後還有錢的事是她鄰居寫信告訴小舅的。你大舅慳
吝，你舅媽也是的。你要不送東西，你看她那冷樣子。上回出
差，走急了。冒買東西去那裏，她那個冷樣子嘞……以後少去
點，一年去一次。小紅那個傲樣子叫人受不了。你爸爸原先還蠻
愛計較。說住了幾次院他一次也不來看。我還冒覺得麼事。上一
回去鄒媽家，他和他愛人都在那裏，他理都不理我呀，叫都不叫
一聲，他愛人冒打招呼我也算了。她來往得不多，不熟悉。他最
起碼該叫個八姨吧。當官的我也見過，你還不是當的屁大的官，
有什麼了不得的。我當時轉身就出去了。H的事人家也跟他介紹
過，一談就崩。先威媽給他介紹一個，約晚上見面，女的。在先
威家和先威談話，突然見門口伸進一個腦袋，又立刻縮回去了。
來人不是別人，正是H，他一見那女孩的樣子就不中意，不由分
說轉身就走，迎面碰上先威媽，說聲：「我走啊。」那樣，你走

了。他後娘也跟他找了幾個。都不成，人家姑娘現在條件是不要當工人的。一是工資不定，二是請假要扣工資。找幹部幾好呢。請假不扣工資。」（1.22）

H說：「現在對我來說，認得的人越多越好。你莫說，蠻有好處呀。我現在有這個本領，今天見過面的，明天就可以打招呼。比如說有一次打籃球時，認識了一個賣麵窩的，以後買麵窩就根本不站隊。」

「人生最偉大的哲學就是平民哲學。莫侈談什麼理想，全是騙人的鬼話。要現實一點，得現的。我現在是車間主任，我手下的9個人的利益就是我的利益，我就是要為他們的利益服務。等於為我自己的利益服務。說什麼為國效力、做大事。冒當大官你就莫妄想做大事。像我們這樣，撈個一官半職，再搞張黨票，還可以勉強算作作大事的開始。我原先目中無人，把別個看得一錢不值，總以為自己頭腦聰明，比哪個都行，可是有什麼用呢？你爸爸的事使我猛醒了。你爸爸懂的知識該不少吧，英、德、政經各方面。我從心底裏佩服他，又有什麼用呢，他到今天還是個老百姓。叫莫你的知識再多這個社會都不會用你。理想主義這條路走不通。我就開始走現實的路。我曉得做了幾多昧著良心的事喇。為調工作，我送禮給人家被拒絕了，這跟討飯的被人拒絕有麼事兩樣呢？我還硬頭皮把東西塞給人家。回去後大哭了一場。上回我那個車間本來可以發60元錢的獎金，廠領導見這個獎金甚至高於他們的工資，大為不滿，要我壓一點，我壓了一半壓成了30元，還不是為了迎合這些領導，昧了良心，犧牲了工人的利益，工人哪有不說的呢，我良心上哪有一天是安定的。走理想的路雖然渺茫，但良心上是安定的。但是現實這條路，良心上時時

要受到譴責。你（指我）生活在知識分子成堆的地方，對這體會不深，而我生活在這種環境下，不得不選擇這條路。有好多次我想死，想跳樓，是H勸我，活著，這就是人的本能。過去的偉大理想、崇高目標，對於我們來說已經變得一文不值。所謂的能滿足人的七情六欲的幸福也已經遍嘗，再沒有什麼能激起我的興趣。沒有什麼能使我向前的了。不是吹牛，只要投票，我可以在全廠得全票。平常的什麼先進工人，先進生產者我都不要，都推了，叫你們拿一張紙去（他曾開過玩笑說，她媽媽發牢騷：『以前拚命幹，什麼都冒到手，除了幾張狗屁不值的獎狀』）不過到年終評比，那我是寸步不讓，那要進檔案的，現在廠裏另外還有兩個年輕人，都有些能力，我們三個表面上看起來很和，其實是死敵。只要有一個垮了，另外兩個就會踩著他起來。納雄你有時太不讓人，愛斤斤計較小事，我對於幾角錢之類的小事從不計較，同時，如果我想回擊別個，我不采用打一架或罵一場的方式來暫時泄憤或使對方痛苦一時，我要做到使對方痛苦一輩子，要讓對方從此感到良心上的不安。記得小時候看過一本書寫兩個人用手槍決鬥，其中一個受傷的把槍對準另一個人，但另一個人卻毫無懼退。前者說：『既然死到臨頭你還不畏死，那你死了也不會使你痛苦，總有一天我會讓你痛苦的。』待到不怕死者新婚之夜，曾受傷者出現，用槍對準他，這時不怕死的人第一次表露了恐慌。但受傷者只是用槍打碎了旁邊一只酒瓶說：『我終於看到了你臉上怕死的顏色。』我就要叫別人永遠地痛苦。如果有可能的話，就是那段時間，我準備同所有的朋友斷絕關係，那封信就是那時的產物。哎，我的靈魂太卑鄙骯髒了。也許我把內心完全表白會引起你的憎惡的。是呀，H就總是揶揄取笑我。我所以不願講給他聽，」W說。我們又談文學、談詩、談生活。他能很清

楚地背下我許多年前寫給他的一封信的片段，我都甚至記不起曾給他修改過他寫的小說的事來。他說他曾因寫過一兩首詩便獲得「詩人」的桂冠。他還說他發現知心朋友永遠是根本利益毫無衝突的人。在同一單位裏根本不可能有知心朋友。

H說現在總感到壓抑，恨不得找哪個人打一架出口氣，就是腦子深處總像隨時準備打架樣。

Li的男朋友Big Black大約同廠裏某位領導吵了嘴，那個領導，順便提一下是個女的，就是一瓢滾燙的鹼水朝她臉上潑去，破了相。現在還在糾纏究竟是誰先動手的。那個女的廠裏勢力很大，別人都不敢做聲，這個男的個性很強，人很厲害，別人也不敢做聲。僵局。

農村過年先敬祖宗8碗酒，8碗飯，點上香，等祖宗吃完就把酒飯都原封不動地潑掉。再開始吃飯。（1.22）

往年年三十晚上不準說睡覺，要說挖窖，挖金銀財寶。三十要用草紙給小孩揩嘴，因「童言無忌」，怕過年說走了嘴。初一是不請客的。二十九送灶神，要用糯米糖，妻子封住神的嘴，以免他在上天那裏說壞話。爸爸在三年困難時期吃得很苦，後來吃肉竟一次吃了一斤。「吃不得是冒餓得，」媽說。年三十晚上一夜不熄燈的。──爸爸跟天賜是發不起牢騷來的。因為天賜生活過得還算可以，安貧知足。爸爸早上發牢騷說某教授寫的東西不像樣子，但他又「懶得寫信去指責」。

「過去的事給我留下太多的痛苦。老頭每天拖出去挨鬥，我就在臺下人堆裏看著人們鬥他，回去後跟他打開水、洗臉水、買煙，他坐在桌邊寫材料，寫不完的材料。我後來有段時間非常恨他，恨他不該死，要不然我們就不會是這個樣子。現在也漸漸

明白過來，假若我處在他的境地我難免不做同樣的事。還有一件事我從來沒跟人講過。69年暑假我到英山舅舅家，回來時因發大水只到蘭溪，身無分文，只好坐船到黃石，又小，混在人堆裏上了岸。在黃石漂流了五天。那是夏天你曉得，夜晚就睡在街角落，白天在飯館裏舔盤子。後來，有個年輕人給了我8角錢，解了圍，那哪裏還記得那個年輕人的名字呢。也許，我一直豎不起高尚的思想目標同這有關吧。我家裏到處找我，回來後跟我媽講了，媽大哭了一場。」（1.23）

「他爸爸據說是黃城第一工程師。原先在水工隊，專門給領導設計房子，把設計圖拿給領導看。哪裏不行改哪裏，直到完善位置。就搞這種工作，」冬陽談他的同學方TR。

「H的姨媽，她是老大學生，對他說：『莫到桂林去，把錢存起來，結婚算了。麼事理想呦。我們那時候當大學生談理想冒得哪個多？』他後來對我說：『她說的話對我相當有誘惑力，說實話對她們老大學生我是相當敬佩的。她都說出這等話來，你叫我還有什麼想的？』」W談H。（1.26）

去會HX，見他隔壁一位老師布置一新準備結婚的房。W三言兩語跟人家談上了。得知一房家具的木料錢30元，工錢80元，而請十個木匠做8天的吃喝錢卻用了120多。「不僅早、中、晚，還要過暗。」他訴苦道。W說他只用了140，全部包給4個木匠做，根本不管飯。期間木匠向他要煙，他買了三條。當時沒做聲，結賬時全一一扣去。「太妙了。你真聰明，」老師極口稱讚。（1.26）

　　W弟弟的一個同學，愛寫新詩，是個熱血青年，常抨擊時事。爸爸是湖北時報駐黃城記者。他爸爸聽到他的牢騷後只說一句話：「你見到的還有我多？」意思：說什麼喲。我們當記者的這方面比誰體會都深。（1.27）

　　理髮的對聯：「進來烏頭宰相，出去白面書生。」「進來蓬頭垢面，出去容光煥發。」「雖然毫無技藝，卻是頂上功夫。」請一畫家寫「相逢盡是彈冠客，此去應無搔首人。」「磨礪以須，問天下頭顱有幾？及鋒而試，看老夫手段如何！」（石達開）。「倭寇不除，有何顏面，國仇未復，負此頭顱。」「新事業從頭做起，舊現象一手攤平。」

　　郭沫若小時偷桃，被老師知道，罰他對老師出的對子。「昨日偷桃鑽狗洞不知是誰？」郭不假思索即出：「他日攀桂步蟾宮必定有我！」

　　秦皇島蓋孟姜女廟對聯：「海海朝朝朝朝朝朝朝落，浮雲長長長長長長長消」應為「海水潮朝朝潮朝潮朝落，浮雲長常常長常長常消。」（1.27）

　　「少年得志，家門不幸。」（意早熟不一定好。）「世事洞明皆學問，人情練達即文章。」

　　讚美好事是好的，但對壞事加以讚美則是一個騙子和奸詐的人的行為。

　　身體的美，若不與聰明才智相結合，是某種動物的東西。

　　一篇美好的言辭並不能抹煞一件壞的行為，而一件好的行為也不能為誹謗所玷汙。

　　大的快樂來自對美的作品的瞻仰。

那些偶像穿戴和裝飾得看起來很華麗，但是可惜！它們是沒有心的。

在使人樂意的事物中，那最稀有就給予我們最大的快樂。

身體的有力和美是青年的好處，至於智慧的美則是老年所特有的財產。（1.30）

例如德行，往往從這一個角度看來是善的，而從另外一個角度看來則是美的，說男子美，是因為他的行為善。

我們使用的每一件東西，都是從同一個角度，也就是從有用的角度來看，而被認為既是善的，又是美的……每一件東西對於它的目的服務得很好，就是善的和美的，服務得不好，則是惡的和醜的。（摘《著作殘篇》（德謨克利特）──《西方文論選》）

「Let me make a general observation──the test of a first-rate intelligence is the ability to hold two opposed ideas in the mind at the same time and still retain the ability to function. One should, for example, be able to see that things are hopeless and yet be determined to make them otherwise.」（Scott Fitzgerald）

「每當我看見孤立的橡樹，我會想：啊，樹林中的前輩，等我死去，你卻還留在這裏，一如你超過我祖先的年歲。」（普希金）

「但願有年幼的生命，／現實在我的墓門之前，但願冷漠的自然在那裏／堆集各種顏色，永遠鮮艷。」（Ditto）

　　「詩人！不要重視世人的愛好吧，熱狂的贊譽不過是瞬息的鬧聲。」（Ditto）

　　「但過去留下的憂鬱，和酒一樣，在心裏愈久，也變得愈醇。我的路是淒涼的。啊，坎坷的未來！你洶湧的海洋只給我辛勞的悲哀。」（Ditto）

　　我們的時代只能在這樣的藝術家之前屈膝，他的生活是他的作品最好的詮釋，而他的作品是他的生活的最好的辯解。（別林斯基論普希金的抒情詩，《普希金抒情詩集》）

　　在歌德看來，自然是一本打開的書，它的內容是思想；在普希金看來，自然是一幅生動的圖畫，充滿了難言的，然而是沉默的美。（Ditto）

　　當一個詩人越是詩人的時候，他就越寫出只為詩人所熟悉的情意，那麼，很明顯，環繞他的群眾也就越少，終至於到這種地步：他竟可以用手指數出那真正能欣賞他的人來了。（果戈理）

　　「日頭墜在鳥巢裏，黃昏還沒落盡歸鴉的翅膀。」（臧克家）

　　「年去年來一滴思鄉的淚，半夜三更一盞洗衣的燈。」（聞一多）

　　自由之鳥大聲要求：「我的寶貝，唱林地的歌吧。」籠中

之鳥回答：「坐在我的身邊，我教給你。」森林之鳥高聲大叫：「不，啊不！歌是永遠不能教的。」籠中之鳥訴說：「我真可憐，我不懂得林地的歌啊。」（泰戈爾《園丁之歌》）

我迷失了我的路，我仿徨歧途，我求索，我得不到的，我得到了我不求索的。（Ditto）

我們不曾貪玩過度，不致從歡樂中榨出痛苦的醇酒。（Ditto）

有的進步前進，有的躊躇逡巡；有的自由自在，有的束手縛足──而我心上的重擔使我的雙足疲倦無力，步履艱難。（Ditto）

快樂像露水一樣脆弱，大笑之際就消失無遺，但悲哀是堅強而持久的。（Ditto）

我的心是曠野的鳥，已經在你的眼睛裏找到了天空。（Ditto）

你的要求超過了別人的，那就是你為什麼緘默的緣故。……你從來不接受你心裏要接受的東西。（Ditto）

我的心不是我自己的，僅僅獻給一個人的心，我的心是獻給許多人的。（Ditto）

「What is this broken window for?」 Meardon asked sarcastically as he closed it. 「To let the fresh air in,」 one student answered. 「Fresh air? I'm frozen. Meardon boomed. （2.12）

如果你在風暴中啟碇揚帆，卻把船上的舵劈成兩片，那末我就學你的樣，夥伴，喝醉而止於淪落。（泰戈爾《園丁之歌》）

我多年來收集了不少斷卷殘篇：我把他們撕碎踐踏，我把它們丟個乾淨。因為我知道：智慧的登峰造極就是喝醉而止於淪落。（Ditto）

祝福必須走的客人一路平安，抹掉他們的一切腳印吧。／懷著微笑，把凡屬平易、單純和親近的事物抱在你的胸頭。／今天是不知何時死亡的幻影們的節日。（Ditto）

青春年復一年地老去；春天的日子捉摸不定；嬌弱的花朵片片的雕落；而聰明人警告我：人生不過是荷葉上的一顆露珠。（Ditto）

我想以她的美麗豐富我的手臂，以接吻劫掠她的甜笑，以我的眼睛暢飲她的黑黝黝的眼色。……我竭力要把捉住美；美躲開了我，只留下肉體在我的手裏……肉體怎麼能接觸那只有精神可以接觸的花朵呢？（Ditto）

我想要把誰抱在懷裏呢？夢是永遠逮不住的。／我的熱切的手，把空虛緊抱在心頭，而它暗傷了我的胸膛。（Ditto）

Poet W. H. Auden speaks of Freud's impact on Western culture as
「To us he is no more a person/ Now but a whole Climate of opinion.」
（Newsweek）

為什麼花謝了？／我懷著渴切的愛把花緊抱在胸頭，這就是
花為什麼謝的緣故。（泰戈爾《園丁集》）

睡眠把她的手指按在大地的眼睛上了。（Ditto）

女人啊，你不僅是上帝的傑作，而且也是男人的傑作；這些
人永遠在從他們心裏把美麗賦予你。
詩人們在以金色的幻想的線為你織網；畫家們在給你的形體
以永久常新的不朽。
……男子心裏的欲望，把它的光輝灑遍了你的青春。
（Ditto）

你一半是女人一半是夢。
黑夜的寂寞是屬於每個人自己的。（Ditto）

讀詩伴隨著美妙的音樂，具有一種神奇的效果。我想，如果
有誰將世界名詩按情緒分別配上各種世界名曲，一定可以收到很
好的藝術效果。（2.14）

When he read 「you have a combat bourgeois ideology constantly if
you want to be thoroughly remoulded,」 his tone made all laugh; then he

asked,「what does bourgeois ideology mean? I have a notion that it implys everything that is bad.」「What? Ugly?」he heard Robert say this. Another roar.「What? Selfishness? I came to China because I am selfish.」（2.16）

「I was in Bombi（龐比）in India three years; People slept on streets died of starvation,」she spoke in favour of China. China sent money to Vietnam to help the poor.（2.16）

　　德語成語和漢語成語的對應很有趣：不脛而走：sich wie ein Laufeuer verbreiten（像野火一樣蔓延開來）；忘乎所以：sich wie eiw Truthahn spreizen（行動像隻火雞）；一絲不掛：im Adamskostüm sein（穿著亞當的衣裳）；守口如瓶：Verschwiegen wie das Grab sein（像墳墓一般沉默）；進退維谷：zwishen Baum and Borke sitzen（生在樹身和樹皮之間）；作繭自縛：sich ein Joch auferlegen（把桎梏往自己頭上戴）。（2.16）

　　舊觀念：行高於人，眾必非之。
　　小學教師的生活：買布盡買布頭子，買茶盡買茶堆子，月底借款開條子。（2.16）

　　「哎呀，你瞧。他倆就站在欄桿上，喏，那邊平臺，喂，你們不怕摔下來了哇？要是我，我可不敢。從前我們那兒有個5歲的小女孩從5樓摔下來，死了。膽子太大。膽子還是小些好。」（2.16）

我們的一生不是一個古老的負擔，我們的道路不是一條漫長的旅程。／一個獨一無二的詩人不必唱一個古老的歌。花褪色凋零了；戴花的人卻不必永遠為它悲傷。／為了沉溺在金色的陰影裏，人生向夕陽沉落。／如果生命是為了艱辛勞役的話，那就無窮地長了。／我們覺得知識是寶貴的，因為我們永遠來不及使知識臻於完善。／然而，大地的幻想之花是由死亡來長葆永新的。／（2.16，泰戈爾）

車子「嘎」然停住。聽見售票員叫道：「你們幹嘛扒車？想死到江裏死去！江裏又冒出蓋子。」（2.17）

卞之琳《雕蟲經歷》中的無題：

窗子在等待嵌你的倚情，楊柳枝招人，春水面笑人。穿衣鏡也悵望，何以安慰？鴛飛，魚躍；青山青，白雲白。一室的沉默癡念著點金指，衣襟上不短少半條皺紋，門上一聲響你來得正對！這裏還差你右腳——這一招！（《詩探索》81.4）

《淘氣》

淘氣的孩子，有辦法：
叫游魚嚙你的素足，
叫黃鸝啄你的指甲，
野薔薇牽你的衣角……
白蝴蝶最懂色香味
尋訪你午睡的口脂。

我窺視你渴飲泉水，
取笑你吻了你自己
……（Ditto）

《白螺殼》

空靈的白螺殼，你，
孔眼裏不留纖塵，
漏到了我的手裏，
卻有一千種感情：
掌心裏波濤洶湧，
我感嘆你的神工，
你的慧心啊，大海，
你細到可以穿珠！
可是我也禁不住：
你這個潔癖啊，唉！（Ditto）

在蒙蒙春雨中，遠遠看見一樹雪白的木籽，使人憶起秋天，近前才看出，是剛綻苞的白桃花。（2.19）

「有人離退團還有2個月就說：『算了，給我把退團手續辦了吧』。這一次，又要讓你們退，但要在表上註明『自動退團』，記進檔案。」（2.19）

「幾天不見，／柳妹妹又換了新裝了！／──換得更清麗了！／可惜妹妹不像媽媽疼我，／妹妹總不肯把換下的衣裳給

我。／（《柳》應修人）」（摘《文學評論》82.1）

「我那次關不住了，／就寫封愛的結晶的信給伊。但我不敢寄去，／怕被外人看見了；／不過由我的左眼寄給右眼看，／這右眼就代替伊了。／」（《月夜》汪靜之）

「一天伊在一塊地上刪菽，／我便到那裏尋牛食草。／伊以伊底手帕揩我的汗，／於是伊的眼病就要傳染我了。／以後我的眼也常常要流淚了。／」（《伊在》馮雪峰）

《有水下山來》

「有水下山來，／道經你家田裏；／它必留下浮來的紅葉，然後它流去。／有人下山來，道經你們家裏；他必贈送你一把山花，然後他歸去。／」（《有水下山來》馮雪峰）

「妹妹你是水──／你是清溪裏的水。／無愁地鎮日流／率真地長是笑，／自然地引我忘了歸路了。／」（《妹妹你是水》應修人，反「水性楊花」之意，獨闢蹊徑）

「鳥兒出山去的時候，／我以一片花瓣放在它嘴裏／告訴你住在谷口的女郎，／說山裏的花已開了。／」（《山裏的小詩》馮雪峰。含蓄！）

「腳下的小草啊，／你饒恕我吧！／你被我蹂躪只是一時，／我被人蹂躪是永遠啊！／」（《小詩兩首·一》潘漠華）

　　古人雲：「老來無復少年歡。」古人雲西湖之美是「難畫亦難詩」。蘇軾嘆曰：「所至得其妙，心知口難傳。」宋山水畫家郭熙說：「春山淡冶如笑，冬山慘澹如睡。」「虎美在背，人美在內。」（2.21）

　　「那個軍官，還有那個男的，都完了。幾倒楣喲。」
　　「是呀，就跟病床上那個女的，姓麼事呀？她不是說安娜是個狐狸精嗎？……」
　　「就是個狐狸精呀。你看她害了幾多人喲。」
　　兩個廚房女工一邊打稀飯，一邊閒談昨夜的《安娜・卡列尼娜》。（2.22）

　　A那天談到愛情時說：「什麼愛情嘮：女的跟任何男子都不是一樣。Vice versa。你說說看。她跟你結婚還是跟他結婚，差別在哪裏好吧。」（2.22）

　　米爾冬先生一發號召：「從今天起誰若在寢室內講中文，一個字罰五分錢，」那邊兩個房立即行動起來，貼出了公約。已經有人被罰了錢。（2.22）

　　翻譯英詩確實不是件易事，如果想翻得有些節奏、韻律，那就更其艱難。不說譯句子，有時僅僅一個字都要人想破腦殼，如「stately tower」「shroud」「self-same contour」。是同天空一樣顏色的頭髮？哦，真是急死人了。此時方恨讀書少哇！倘若過去讀的古書都記得、會用，也不至於到節骨眼上抓耳撓腮，at my end of the rope。（2.22）

緒風：冬天殘餘下來的寒風。物薄情厚。

譯完羅莎蘭，有一個感受，譯詩中，形式重於內容；內容原詩已有，不能篡改，只有靠尋找能表達內容之最合適的形式。（2.23）

國難請纓，請纓殺敵；向查理太子請纓；貞德於1429年5.8號掃清了奧爾良英軍（英法百年戰爭期）。此日定為奧爾良解放日。紀念貞德。（《外國史知識》82.1）

貞德率軍敗英，最後落得被法貴族陷害。可氣、可痛！（Ditto）

建築：構見巧妙、布局可稱，工藝精湛、裝飾華麗。（Ditto）

昆山：昆侖山，神仙居住的地方；（《登江中孤嶼》謝靈運）安期術：安期生，傳說中活到千歲的老人；即長生不老之術；（同上）。江北曠周旋：曠，曠廢。（同上）。蘊真誰為傳？：真，仙人。（同上）。區中緣：世間的塵緣。（同上）。
玉顏隨年變，丈夫多好新。（2.24）

Brand: fire.（King Lear）Rosaline裏就有一個brand.
Aphrodite是愛、婚姻之神。可她也行為不檢，難怪這世上……（2.24）

昨夜S第一次下樓，熬到十一點走了。R笑著說「he is a greenhand.」（2.25）

Jz捉弄他的指導員，後者批評他上課不用心，他說：「是呀，我也知道自己心不在焉。」

「就是嘛，你知道心不在焉就好。」（2.25）

Gilded serpent：化成美女的蛇。（King Lear, p. 158）

《子夜歌》這首詩具有如此大的魅力，我剛翻動書頁，它的一行字飛快地從眼前掠過，便整個兒以它的靈氣感染了我，馬上我就找到它的位置，讀了下去。「始欲識郎時，兩心望如一──」（2.25）

烏臼鳥：又名黎雀，黎明時啼喚。（2.25）

Gut gekaut ist halb verdaut。細細咀嚼，有利消化。（2.27）

主任說：「Gz馬上要進行復試。我們暫時訂S為副班長。」

「我可以擔任這個職務，但要等到Gz去以後。現在要是擔任這個職務，豈不有些不倫不類？」S用他不緊不慢的腔調說。

「哦，你是說名不正言不順是嗎？」某人打諢道。

「我想在我還沒走之前，我當然要照領導說的辦，盡我的職責，幹我應盡的義務。同時希望能在S的領導下幹好工作，因為他是部裏的人。」

「你真是善於外交辭令啊！」主任誇道。

S不知說了句什麼，只聽得「Gz」murmured angrily,「too much of diplomacy.」（3.4）

下午，細雨蒙蒙。路面有些發亮。有的地方是大塊的黃泥，有的地方是小片的水窪。汽車輪胎壓在地上，發出「嗞嗞」的聲音。

東湖籠罩在一片白茫茫的霧氣之中。遠山消失了，近岸消失了。不見那矗立在天際高聳入雲的煙囪，不見那橫亙綿延的墨綠松林。惟有乳白色的濃霧，像一頂巨大的蚊帳，從天頂垂下來。如何才能撩開蚊帳的邊，爬進床裏面看看呢？（純想象）

湖面上飄蕩著一層輕霧，薄薄的，淡淡的，剛好隱去對面的磨山，抹去黑色的地平線，將天和地銜在一起。水是淺灰色，微微發著藍綠色的光。（4.1）

「轟隆隆」，雷聲打破了黑夜的沉寂，爆跳著滾進窗戶。窗玻璃片震得格格作響，面前的書頁也似乎在微微顫抖。一道電光像亮晃晃的匕首倏地插進窗來，在牆上刻下凌亂的樹影，又寂然滅去，留下一陣難耐的沉寂。通教室那條道上不知有誰高喊了一聲：「雨來了！」隨後聽見「瓜嘰瓜嘰」皮鞋落在水泥地上的聲音。從大教室那邊傳來模糊不清的嘈雜聲、笑聲、叫聲，漸漸變得越來越清晰，是一陣陣響亮的、有節奏的「渦」、「渦」，伴隨著雜踏的腳步。

樓上有人令人難耐地在地板上拖桌子，震得人心裏煩躁不安。那人忽然不拖了，「隆隆」聲戛然而止，我突然醒悟過來，是雷在地板上拖。「渦」、「渦」的嘈雜和混沌的腳步，夾雜著

「劈劈啪啪」的雨點，如在耳前。

　　一會兒，一切復歸沉寂，──一片緊密不透雨聲的沉寂。
（4.2）

　　早上，打櫻樹邊過，只見櫻樹腳下一片雪白，隱隱露出點
點裸土。一個圓石桌和一方石凳久無人坐，也靜靜地托著片片花
瓣。櫻樹枝幹黝黑、濡濕，發著淡淡的木香，一樹的櫻花，落的
落了，凋的凋了，露出半個臉，臉上印著衰殘的潮紅，在新長起
的綠葉中苦笑。（4.2）

《練習》

　　夕陽在濃密的梧桐樹後耀著金光；涼風越過潮濕的青草飄來
幽香；空氣清新透明，泥土鬆軟芬芳。草地上有一窪窪亮晶晶的
小水潭，倒映著天空中柔軟、暖和的團團白雲。

　　宿舍大樓後面的梨園靜悄悄的；風是這麼輕，只見樹葉在
動，卻聽不見一絲半毫聲響。窄窄的泥徑兩旁，雨水把散開的毛
茸茸的梧桐球攏成小堆；濡濕的樹腳下，狂風吹落了一顆顆大小
不一的嫩梨。

　　落日的金光變白了：它懶散地爬過梧桐的葉縫，泄在一簇梨
樹的橢圓葉片上。梨葉顫抖得更厲害了，彷彿害怕似的。卻無論
如何甩不掉一身閃爍不定的大水珠兒。

　　草地邊緣的小樹林也是靜悄悄的。樹腳下是一座座凸凹不平
的小土堆，上面爬滿青青的草蔓。在一座隆起的高丘上，長滿成
熟了的油菜和豆莢鼓起的蠶豆。有人在那兒收割。他們的談話聲
受了這黃昏的寂靜的影響，幾乎像蚊子的嗡嗡。一個小女孩褲子

挽到膝蓋，站在小水塘邊，用手撩水洗腳。不一會，泥巴洗去，兩條嫩生生的小腿肚露了出來。她穿上涼鞋，提起一只大竹籃，有點費力地順著小路走去。當她走攏時，我才看清那是一籃飽滿圓胖的蠶豆，剛從地裏摘下的。

越過大樹梢頭向西天看去，濃雲豁開一道巨大的裂口，落日嵌在裂口的下緣，大半已遮得看不見了。我低頭找尋著泥巴較少的路，忽然第一次發現附近的青草叢中開滿了喇叭花。外白內紅，生著五只棱角，活像一只精工製作的小喇叭。

我沒有看手中的書。此情此景，相形之下，書又算得什麼。

太陽不知什麼時候隱在大樓的背後，撤去了它最後一絲遊光。薄暮中，看得見一兩個讀書人的身影和他們手中隱隱的白斑——書。

成排的梧桐聳立在湖邊，幽暗的樹影投在地面。從那靜穆的綠葉深處，不時發出「嘎嘎」的聲音。這聲音持續不斷。我向它走去，想看個究竟。突然，聲音消失了，聽到石子擊在樹幹上的脆響和笑鬧的人聲。這時，另一種聲音，我一直沒有注意到的聲音，灌進了我的耳朵。這是紡織娘甜美、綿長、密不透風的和聲，還伴隨著遠處的蛙鳴。

黃昏即將來臨時，我來到陰暗而寂靜的林中空地。挺拔的雪松撐開一排排秀麗的傘；參天的梧桐垂下茂密的帷；頭頂凝集著一塊塊長長的白雲，像巨大肥胖的蠶兒，安眠在藍色的天鵝絨上；腳下滿鋪著一堆堆散亂的枝葉，一踩上去便嗤嗤啦啦作響，散發出一股松節油和泥土的香味。凝然不動的枝葉，在徘徊的天光中呈現暗綠；只有樹梢還殘留著金色的返照。

夜來臨了，房裏點上了日光燈。燈光照亮了三面白牆，唯留下一面黑洞洞的窗。呀，這是什麼？他喊，手指著窗戶。我擡頭

看去，第一眼看到的是一片深紫色的光，泛濫在窗頂之上。接著看清了，這是外面那排整齊的梧桐樹冠和窗頂之間形成的一條窄窄的天空。它常像一面明鏡映照著那片桐林和我們的窗口，而現在卻發出如此迷人的光彩。……我拉開窗戶，五彩繽紛的停雲，深淺不同的葉塊便一齊躍入我的眼簾。……重新關上窗戶，又是一片莊嚴凝重的深紅暗紫。

上課時，教室的空氣是嚴肅的、重濁的。下課時，還是嚴肅的、重濁的。平板如小堵白牆。

我踏著下課鈴出了大樓。一股清香鑽進鼻孔，全身一個激靈，疲勞困頓瞬間跑了。這香氣使我流出了口水，它有金桔的酸汁；這香氣把我眼睛照亮，它有白雪的靈光。這香氣宛若纏綿的小夜曲，繚繞在耳際，這香氣猶如透明的大霧，籠罩著全身。這香氣就在那叢雨水洗淨泛著天光的綠葉上。

黃昏尚早。身後，落日距珞珈山山頭三竿高；身前，兩排白楊伸進碧綠的小山包；在碧清見底的湖面上，在靠近岸邊無波無瀾的地方，湧出另一個太陽，像最黑暗的夜中對著眼打開的電棒。

轉過一座小山岡。太陽不知道落了多少，水裏的太陽臉拉長了，越過湖面，透著冷光。一葉漁舟一進入光照的範圍，立刻全身著火，通體透亮。他說，這是小船駛進了太陽。

山把湖遮了一半。往前走了幾步，回頭一看，深碧的森林梢頭，重甸甸地掛著一只滾圓柔軟的金桔。

山讓了道，露出全部湖面。落日曳下金紅光滑的筒裙，有一道道銀環。

繼續前走。日將盡。西天地平線上壓著一層渾沌的黑雲。黑雲之上是青灰、淺灰、灰藍、淡藍、淺藍、青藍、翠藍及整

個天空。

殷紅的落日隱去了　半，是降落傘。隱隱可見無數道繩索延伸到一個交點，形成穩定的三角形。誰在拽繩頭？是通紅的圓屋頂。是一只金龜的背⋯⋯是黑灰爐中即將熄滅的木炭。是一點殘留在視覺上的紅點。是⋯⋯水上面的那條筒裙顏色越來越深，體積越來越膨脹，最後，極細微地晃了一晃，沒進了湖水的深處。

道路轉了一個直角彎。正對日落的地方。天際燒紅了。整個西天浸在濃濃的鮮橙汁中。湖水和西天一個顏色。有的地方卻因不同角度的天光照耀，打破了協調，使湖水具有少女有紅有白龐兒的麗俏。不。一片湖水泛著白光，呈不完整的三角狀，恰似一匹欲展鰭遊去的鳳尾魚。

黃昏降臨。連空氣都是暗紅的。無數黑色的蝙蝠在銀紅的湖水上，在翠紅的森林邊，在深紫的大氣中，在紅紅的液體中輕盈地游泳。

蚊子少了。最美的時候，也是蚊群最多的時候。如今美去了，蚊，也去了

碼頭邊小吃旁。

「兄弟的媳婦，喂，跟你嫂子拿碗粥來。」一個白襯衣撐皺得像皺紋紙的人喊，翹起大拇指往身邊一個臉色平板的女人。

「叫個麼事兄弟媳婦呢？就叫你的媳婦吵。」另一個頭髮梳得光光坐在對面的說。

「喂，你麼叫冬瓜呀？告訴我啊，你麼叫冬瓜呀？兒子！」一個衣襟大敞的人對我身後的一個人喊。

接著便是有一搭沒一搭的談話。

「老子百事喝，只要是流的東西。」

「那個把媽的，叫你去喝敵敵畏好吧。」

「那不行，老子這條命不能輕易送它，還要留著享受幾天。」

金銀花素描。

這一枝金銀花剛摘到手中時，只開了四朵嫩黃的花，其他的都還打著朵兒。金銀花的花瓣跟大多數花不同，不是五瓣，而是兩瓣。一瓣寬寬的，展在前邊，構成優美的曲線。在花瓣的頂端，有小片重疊的齒牙，使這一瓣花看去像一只伸出的肥胖的手。翹在後面的另外一片上細下粗的花瓣活像大拇指。在大拇指和手掌形成的肉窩窩中曲曲彎彎地冒出六根細長的蕊。除了一根外，其他五根都頂著一只小巧的毛茸茸的東西，看去像剛出蠶籽的蠶，不過是淡綠色的罷了。那一根與眾不同的花蕊頭上嵌著一顆極工細的珠子，像一粒透明的祖母綠。

沒開的花蕾有的形如瘦瘦的黃瓜，在綠葉中探著腦袋。有的像穿著白尼龍襪的腳，優雅地翹在外面。

我把花放在漱口缸裏，灌滿自來水。令我驚訝的是，本來已失去光澤，即將枯萎的花瓣這時好像從睡眠中甦醒過來，全身放著異彩，發散出濃郁的香氣。不一會兒，白尼龍襪子綻了口，從那兒可以看見擠成一團的肉都都的腳趾頭。忽然，尼龍襪子消失了，代之而起的是包得緊緊的、沒有半絲皺紋的柔滑潔白的頭巾，頭巾下露出幾綹美麗的捲髮。

最後我才注意到葉子。葉面呈桃形。共有六片。分別一邊三片，兩片大的兩片小的。大的各長在兩朵金花或銀花的根部，同主莖連在一起；四片小的每片各托一支花莖。

　　東湖全景（從賽艇看臺）。放眼望去，是一派浩渺無邊的大水。東邊，是時斷時續的山巒，蔥蘢蒼翠。北邊，是連綿蜿蜒的地平線，模糊灰暗。西邊，是密不透風的林帶，繁茂蕪雜。湖心蕩著一葉扁舟。漁夫揮槳的身影映襯在天幕上。船卻紋絲不動。（5.18日12點35分）

　　售票員。汽車上沒什麼好看的，我就看售票員。女的沒什麼好看的，不是太老，就是長得不太好。眼前來了一位，聲音沙啞地喊著：「買票啊，買票啊。」是個男的。他約摸二十四、五光景，長髮蓋耳，劉海齊眉，尼龍港衫，黑白相間滌綸喇叭褲，褲縫筆挺；方頭小皮鞋，油光燦亮。左肩一只票包，左手一塊票板。無獨有偶，在另外一輛公共汽車上，又碰到了一個類似的青年售票員，也是差不多打扮。不同的是後者一擡頭，後衣領就看不見了。（5.18日12點50分）

　　愈近黃昏湖水愈白，樹幹愈黑而樹葉愈綠了。
　　黃昏。高大的梧桐垂下濃密的蔭影。彎彎的小徑伸進林樵深處。冬青樹形成的籬笆外泛著一片白光，——湖水風平浪靜。操場上年輕小夥子在踢足球，吶喊聲、大笑聲傳得很遠，幾個服飾鮮艷的姑娘坐在綠色的草坪上，有的一只腳擱在另一只腳背，有的雙臂抱著膝頭，有的胸部貼著地面，手掌托著腮幫，有的脫掉粉紅的涼鞋，面對藍天仰躺。
　　湖濱大道上來來往往、悠閒徜徉的是晚飯後散步的人們。大都成雙結對。燙著頭髮，穿著高跟的女學生；梳著長辮穿著長裙的游泳的姑娘；心不在焉、東張西望的男人；梳洗乾淨著意打扮的女工。時而，一輛自行車緩緩駛過，一幅車後的女人緊偎男

人的剪影；時而，幾輛小轎車刷地閃去，一陣輪胎碾地的「嗦嗦」聲。

　　清晨，天上大片大片破碎的雲。湖上團團浮動的輕霧。遠山隱隱顯現出淡淡的輪廓，近水輕蕩著淺淺漣漪。太陽一露面，湖上就是一片金光，被霧照得發白，彷彿水在沸騰。（5.19日1點）

　　晨光。當朝陽升起在磨山之上時，湖面上從東至西就有一道粗粗的光柱。它一直延伸到我的腳邊。金光燦爛，耀得人睜不開眼。我躲在一棵大樹背後，樹身與光柱剛好重合，探出半只腦袋、瞇縫起眼看那無數閃閃爍爍的光斑在跳躍、浮動、變幻，消失、再現、重疊、融合，直到眼睛看花了為止。

　　弟弟說這兒是最好看的地方。我順他手指看去：湖水銀光閃閃，遠山蒼蒼郁郁。近前有一座怪石，突出水面，生滿雜草小樹。一條羊腸小徑，在野草中出沒，蜿蜒地通向石峰頂。岸邊有絕壁丈余，陡峭險峻，俯臨深潭。

　　黃昏。一束落日的余暉穿過岸邊的梧桐，落在沙底上。彷彿在水面開了一只窗。水底是綠色的岩石，大小不一，有圓有方，上面有一道道亮晶晶的光在活躍地滑動。那是由於陽光折射的波紋。

　　冬青樹葉在薄暮中顯得鐵青、硬亮，像擦了油的牛皮鞋面。（5.21日1.10分）

　　朝暾升起時，澄清的湖水被一道彩光撕為兩半。這是一把金光燦爛的火把。柄上鑲著大顆大顆滾圓滾圓的珍珠，閃閃地射著毫光。火在柄上延展開去，那是由一片又細又密的火焰排列成的

火，——一片銀色的火。我瞇縫起眼睛照直看去：下雨了，雨金箭般射落下來。在雨網中，那些圓溜溜的珍珠一閃一閃，煞是好看。這是睫毛的效果。然後我睜開眼看去：珍珠忽然滾動起來，撲通撲通濺進水裏，又咕都咕都冒了出來，連綿不斷，迅疾如飛。更像一個個胖胖的金娃娃，躲在黑幕布後一會兒露面，一會兒消失，沿水平線跑動。

流光不定，泛金如雨。

黃昏。一群工人坐在湖邊青草坪上。一個白胡子正從口裏摘下粗大的牛角煙斗。一個中年人洗白的褲子直卷到膝上，露出亂爬蚯蚓似的血管。還有一個，光著脊梁，穿條褲衩，低頭，兩腿盤著，兩膝向外叉出去，兩手從兩邊圈住膝頭。透過臂彎可以看到一方湖水。（5.22日12.59分）

一場初夏的雨過後，你去野外散步，低著頭，小心地避開泥路上出現的一個個亮晃晃的小水塘。這時候，你就會發現在那繁茂葳蕤的野醋栗和款冬花中，在那濕漉漉青幽幽的苔蘚上，撒滿了一顆顆圓溜溜的草莓，經雨一洗，鮮紅嬌嫩。那樣子就像一只細腳的綠色托盤，托著一顆紅色的寶珠。我用食指中指和拇指輕輕撮下一顆，捧在手心，仔細觀察著：它的皮是肉桂色的，上面極整齊極有規律地排列著密密麻麻的紅圓點，比芝麻還小。用手指稍稍一按，就會從破口處流出一道清亮的液汁。用舌頭嘗嘗，還有些淡淡的甜味兒呢。但你趕快把那液汁連著唾沫吐掉，怕中毒。據說第一個吃西紅柿的人是英雄。但如今，你我都還不是吃草莓的英雄啊。

金銀花憔悴了。我以為這是因為杯中自來水的緣故，於是我便來到山中，來到密的草叢中。卻驚異地發現，它們已經枯萎

了。原來自然的力量再大，也不能在金銀花凋謝的時節使她們復活呀。

杯中的金銀花開放時，散發出一陣陣清香。這香氣具有使人忘卻一切的魔力。我常常忘記我是在看書，不由自主地把鼻子湊近花瓣——花香卻神奇地消失了。我嘆口氣，把鼻子移開，知道太心切了反而得不到。

金銀花初開時，是銀白的。一天後顏色就逐漸加深，猶如太陽落山時的湖水。淺黃、嫩黃、鮮黃，一直到金黃。當第一批銀花變成金花時，第二批銀花剛剛綻苞吐蕊，黃白相間，煞是好看。可是，既然山中的花逃脫不了寂滅的厄運，這靠自來水滋潤的也難避劫數。第一朵金花墜落了。她從根部斷掉，花瓣皺縮卷攏起來，浮在水面上。慢慢地，黃色褪去消盡，代之而來的是銹鐵一般的褐色。從那以後，天天都有一到兩朵殞落，葬身在無情的清碧中。從那以後，幾枝含苞欲放的飽滿的花苞逐日消瘦憔悴，及至開出花來，竟沒有足夠的力量張開她又白又胖的小手掌，托出她那幾根纖細的花蕊，沒過多長時間，便焦黃了，消殞了。然而我想，倘若在山中，她們是無論如何也不會不盛開而逝去的。因為我在山中看到了她們那雖然皺縮但卻飽滿的軀體。（5.25）

我想睡覺，當我一聽到樓下某個房間傳出來的軟綿綿的音樂。像是一大團一大團又松又軟的棉花朝你浮來，在你身邊聚攏，越堆越多，越堆越高，周圍的空氣重濁了，疲乏了，旋轉了，沉悶了。要不，就是雜亂無章的音符的跳動，像一個瘋子在跳踢踏舞，或一個傻子猛敲大門。又像陰溝的臭水嘩啦啦不斷從你頭上傾瀉下來，夾著刺鼻的屎臭，濺進你的鼻孔，濺進你的眼

角，鑽進你的耳膜，鑽進你的牙縫。奇怪的是，有些人竟陶醉在這種臭烘烘的享受之中。我簡直要發瘋了。

　　生活在這種音樂中，人的身心逐漸披上了一層冷漠的厚繭。人的思想也像爛醃菜一般發散出熏熏的臭氣。

　　然而，我卻忘不了那一天聽音樂的感受。

　　我彷彿是在沙漠中行走，綠色的沙漠，在藍天下。我在走，無目的地。驀然我聽到音樂聲。是鋼琴的脆響。叮叮咚咚，叮叮咚咚。周圍的空氣頓時清涼了，臉上可以感受到絲絲的細雨。睜開眼，從頭頂上森森的古柏和郁郁的虯松間，有一股極細極細的泉流，滲過腐枝敗葉，在黑色的山岩間靜靜地流動著。綠色的泉流。緩緩地，緩緩地，被岩石的棱角激起小朵白浪花。突然，山岩斷了。萬丈懸崖。泉水垮下來，像一道向下突噴的白色焰火，濺得我滿臉冰涼。葉味、泥香，剎那間充滿我的鼻孔。綠泉不見了。吊在眼前的是一條白絲帶，飄進深不見底的一汪清潭，在那兒撩起悅耳的咕嘟咕嘟，便消失了。從潭底升起一串串珍珠般的水泡。一個緊挨一個，一個比一個大，像一團螺旋升起的煙。潭面上映著天光雲影，還有我憔悴的面容。雲影在擴大、在加濃、在翻騰、在迅跑，整座大山被隱去，整條河流被吞走，「咔嚓嚓」，雲霧發出冰碎的巨響。裂開了；金黃色的阡陌，翠綠的田莊，閃著銀光的大河。太陽迷蒙的遠方，倏然消失。狂風陡起，飛沙走石。什麼雲呀、霧呀、山呀、水呀，都不見了。夜空高遠而深藍，嵌著琳瑯清脆的小星。月光靜靜地瀉著，給下面靜靜的松林染上一層幽幽的清光。在長垂到地的柳樹背後，有一對人影。從他們相挨的腦袋中可以清晰地看見一根一根柳絲和半個圓圓的月亮。我是在買飯的，我卻走進了盥洗室。（5.26）

五月末天氣就熱到三十六、七度。我知道這不正常。

果然，熱氣剛剛把窗戶和門全烤開，冷雨就挾著乾灰打了進來。「劈裏啪啦」一陣亂擊，窗前的桌上地下就被水染黑了。雨水送來成桶的涼意。聞得到乾泥、路灰、焦葉和大樹的氣味。

梧桐樹下的大道，漸漸變窄，漸漸變小，縮成一條彎彎曲曲的小徑，在野花和雜草的簇擁下，穿過梨樹林、垂楊和苦楝樹，若隱若現地爬上山坡，在那兒稍稍停留，望一望遠處閃光的湖水，便一頭扎進半人高的芭茅中。（5.26）

每天晚上從八點起一直到十點半鐘熄燈止，走廊盡頭拐彎那間房裏就聚集著一群喧鬧的小夥子。有的靠牆，有的倚窗，有的立在門邊，觀看房中間一對年輕人打乒乓球。那蹦過來跳過去的乒乓球是他們興趣的中心；那砰砰啪啪的球拍響是他們最愛聽的音樂。他們常常為了一個好球而發出忘形的歡呼，手舞足蹈，甚至情不自禁拍起巴掌，敲打乒乓臺；也會為了一個壞球而大聲奚落、嘲笑，把他們尖銳的笑聲送進每一條門縫。

你如果上廁所解溲或打水洗臉，經過門邊時，你就會看到燈影下一個個打著赤膊、穿著短褲的身體，白皙的皮膚，肌肉突起的胳膊，飽滿的胸脯，汗濕發亮的長髮，還有一股強烈刺鼻的氣味——從無遮無蓋的胳肢窩下發出來的氣味。

在離開他們兩間房過去，住著一些離群索居、似乎跟他們毫不相干的人。他們很少打赤膊穿短褲，即使在最熱的時候，下樓時還是要換上全套衣服的。他們的房裏靜得出奇，不知情的人還以為裏面沒住人。但窗口透出的燈光卻從沒見熄過，除了熄燈時間。那時候，隨著房門的打開，你看到黑暗中幽靈般出現一個個的人影，拖著沉重疲乏的腳步，在黃慘慘的路燈映照下，一張

張臉就像供電不足的燈，透著些幽光。眼睛是浸過蠟的，暗淡無光；走過你身邊時，你會聞到只有圖書館書庫裏的那種氣味，看著他們慢慢移去的背影，你幾乎要錯把他們當成活動的書櫥，甚至他們手臂的伸展也活像書頁的打開。他們雖相處咫尺，在精神上和情趣上卻如住在兩個星球上的人。

有時候，那群光膀子的小夥子們鬧得實在太不像話，喧鬧聲不斷撞開上了閂的門，雷鳴般在每間宿舍裏迴響。這時，從那小山凹的書堆式高圍牆的書摞中，就會擡起驚愕的頭，無光的眼睛亮了一下，是憤怒的火，但立刻就滅了。頭顱重新埋進書堆，可以聽到「真倒楣！」、「嗨」的嘆氣聲。

今天下午湖水呈現出另一番景象。狂風怒號，巨浪翻騰。鉛灰色的雲團團飛滾，濁黃色的浪朵朵激濺。高大的梧桐在一片呼嘯聲中，一律轉過身去，像人背上的衣服吹翻卷了，露出白綠色的葉背。風在湖面上掃過，發出像抖被單似的聲響。浪頭推著白花過來了，「嘩」，在石岸上砸得粉碎。一隻水鳥從高空中掠過，是迎著風頭去的。接著不知從哪兒飛出來三隻巨大的黑鳥，像被人扔出的大黑石頭，直往湖心墜。只見一陣強風起處，黑鳥的翅膀像帆一樣鼓了起來，眨眼間就被刮得無影無蹤。

會議開始了。坐在最後的人只能看見前邊排成幾何圖形的脊背和頭顱，還有一個面對觀眾的人形。他開始研究這些幾何圖形。穿黃軍衣的占三分之一；留平頭的占三分之二；襯衣白的居多，外套灰藍的不少。有幾個長髮的。長髮上面有一道分得很清晰的痕跡，可以看見發亮的梳齒印。一隻手優雅地按在額前，慢慢往後撫，一直撫到後頸子，然後短暫地消失，又在頭頂出現，重新開始藝術的構思。（5.27）

　　年輕人尋求刺激。這往往是通過聲音體現出來的。藝術修養高的，便把他們心中那股莫名其妙混亂不清的東西，盡情發泄在小提琴的琴弦上，手風琴的琴鍵上，笛子的笛孔裏，產生出莫名其妙混亂不清的聲響。這些音調常常拉得很不準、忽高忽低，忽強忽弱，既不協調，又異常刺耳。手風琴像鼓風機樣老是重複同一個調子；小提琴弓的扯動聲，令人覺得好像風吹斷了樹枝，每拉一下，就斷一根樹枝。而笛子儘管喉嚨沙啞，卻一個勁地自吹自擂，孤芳自賞。藝術修養稍差，沒有樂器幫著解悶的人，自有一套解悶的法兒。有的人撮起嘴唇，射出一長串尖銳的口哨；有的受了樂器的感染，不知不覺跟著隨便什麼曲子瞎哼起來；有的則大笑大叫，大聲爭吵，尋找一種聽感官的享受；有的不甘寂寞，想來個別具一格，使用腳踢門，手拍椅，來一場打擊樂表演。各種各樣的聲響沒日沒夜、無休無止地在他們這片樂土上震盪著。甚至快到夜深人靜的十二點，也還會偶爾聽到一大群人的合唱。要不，就是把收音機旋到最大，往裏邊加進下圍棋子的劈裏啪啦。這真是一群restless人。

　　黃昏。雲層厚薄不均，布滿整個天空。梧桐、雪松、雲柏全都肅然凝立在黃昏的空氣裏。走到開闊地時，遠遠看見湖邊桐林上的雲豁開一道裂縫，桔黃橙紅，鮮潔瑩徹。形狀猶如一條長長的黃鱔。在它橙紅背景的映襯下，顯現出一組黑雲的群山，峭拔奇秀，險峻高聳。在來到第一段樓梯平臺看到同樣的橙紅色，抹在天邊的樹梢上。當我為了找書再次來到那片已空無一人的草地上時，西天的橙紅色已快消逝，我卻驚異地發現，它神奇地出現在我眼前：白色的教學大樓頂樓窗戶，電燈全亮了，一律金黃色，一長排橫在天和地之間。

　　當小路只有模模糊糊一條灰跡時，螢火蟲亮了。草叢中，

一閃一爍；樹枝裏，一閃一爍；小道上，一閃一爍；溪流邊，一閃一爍。眼前只是一片爍爍的光。我聽到陰溝（不是溪流）的流水，咕咕聲彷彿震得螢火蟲的燈熄了，接著又震亮了。但它們卻在陰溝附近的水草叢中飛或逗留。我想起晨光中掛在草尖上的露。可這是夜。黑糊糊的一片草地，忽兒這裏兩三顆綠點，忽兒綠點又跑到另外的地方。

夜幕降臨，烏雲散去。一眉清月，出於中天。幽幽月白，湛湛天藍。西天雲黑，東天雲紅。藍天澈若鏡湖，凝雲繞如沙灘。滿地蟲聲，唧唧唧唧；一溝蛙鼓，呱呱呱呱。揀無人之小徑，踏夜露之草莽。（5.29日1.03分）

昨天大清早醒來，右手習慣地摸到左腕上的表，中指指甲貼著皮膚插到表下，食指和拇指就觸到發條硬硬的小旋鈕。食指指甲和拇指指甲輕輕地嵌進旋鈕和表體的縫隙中，然後往外一拔，只聽「咔嚓」一響，睜開朦朧的睡眼一看，一段短短的細銅管露在外面，出了毛病了。兩根指頭用多肉的地方夾住帶齒紋的旋鈕頭，稍稍旋動，使長針朝前走了十分鐘──每天必慢的時間，然後連銅管帶旋鈕一起推進表內，旋頭大些自然留在外面。接著是上發條。手指頭感不到發條彈簧的彈性，耳朵也聽不到「吱吱」的發條繃緊聲，只覺得凸輪像粒活動的小扣子，任人擺布地在手中轉來轉去。長針也隨著在表面上擺過來擺過去，一會兒指著十點，一會兒指著二點。後來一整天的學習只好是這樣的，「現在幾點鐘了？」「四點。」統一本書出去看書。「喂，多少了？」「十點。」該是洗臉口的時候了。有兩次忘了表已取下放在抽屜裏，習慣地往腕上看時間，一個略像表形的白痕印。

於是，今天下午我上表店去修表。

　　表店給人一種擁擠卻又空蕩、幽暗而又明亮的感覺。我在門口猶豫地停了一下：側邊一面敞亮的櫥窗，裏面兩排擺成直角的玻璃櫃臺。靠牆長凳上坐著個女的，好奇地打量著我，臉上帶著店主迎客時那種討好的笑。剛一走進門，我就想出來，好像走錯了鋪子似的。但是這時櫃臺後邊兩個女人已經看見了我。她們冷冷地掃了我一眼，便低頭幹自己的事。另一邊櫃臺後邊有好多人，相對坐在桌前，一人面前一盞罩子燈，埋頭擺弄表件。我一下子沒了主意，不知究竟該找誰談修表的事。只好求助地問身邊長椅上那個女人，這是不是修表的地方，她有點不屑地用下巴頦朝那兩個女人點了點。

　　我走過去，其中一個站著倚靠在牆邊的女人擡起頭來，盯著我，沒有迎上來的意思。我急急忙忙地解釋說表哪兒哪兒壞了，說得都有些結結巴巴。我是怕她不耐煩了。她把一只手突地伸過來，手掌攤著，說：「好了，好了，拿過來我看，別多說。」

　　她接過表，調了個面，把表帶拉松，露出全部表底殼。我的臉有點發燒，我看見她弄松表帶的手指猶豫了一下，彷彿厭惡似的。表帶已有大半年沒洗，縫隙中浸滿了汗泥，穿表帶的接頭處已出現銅綠。但她找了把表起子，套在殼上，三旋兩轉，表肚子裏的一大堆零件就露了出來。她把表起子往桌上一扔，「喀啷」，抓起一個黑乎乎的東西，就往眼睛上戳，那東西就被上眼皮和下眼泡扣住，遮去了她那浮腫的眼睛，原來是一只黑膠木放大鏡，專用來檢視手錶內部精密零件的。

　　她一邊擺弄著手錶一邊用一種含糊不清的外地口音問：「手錶從前修過沒有？」當然修過，還是在你們這兒修的。從那以後就沒復原過。半年保修期內就修過三次。我沒有對她講這些，這只是剎那間的回憶。我對她說好像原先就是在這家店鋪修的。我

說得很有禮貌，生怕傷了她的自尊心。什麼，我們這兒修的表還會出問題？她跳起來。她並沒有跳起來，但聲音更含糊不清了，還隱隱地含著厭煩的調子。最後，她把表往我手裏一推，說聲：「好了。」就重新靠到牆上去，用一雙浮腫的眼盯著我。我想在這兒修一下，我的話剛出口，就發現她看的並不是我，而是我頭上某個東西，或是我肩頭後面的某個東西。我扭扭發條，頗有彈性。好吧，不花錢就修好了，倒也合算。就跟她說了聲謝謝，沒有得到回答，甚至連個點頭都沒有。只看見她身邊的牆上從上到下掛滿了銀光閃閃的手錶，每一只表上都有一片寫著數字的小紙牌。

出得大門，我在櫥窗上看見自己一身破爛的衣服。於是，嘆了一口氣，我離開了表店。（5.29）

他除了自己本科必讀的書外，無所不看，無所不讀。從柏拉圖，亞里士多德到馬克思，從魯迅到哈代，從心理學基礎到家教入門，從詩經到*Golden Treasury*，凡是弄得到手的書，務求一睹為快。一本500頁的小說，他一個晚上就可以看完。記性好得驚人。看一次古裝片，以後很久他還可以跟你背誦裏面的詩。他百無禁忌，越是不許看的書，他越是要千方百計地找來看。相反，為眾人所稱道或權威所推薦的書，他嗤之以鼻，不屑一顧。要是來了個朋友，碰巧對他味口的，他可以跟他徹夜地談今說古，沒完沒了地扯。什麼究竟先有桌子還是先有思想，什麼文道不行該行武道之類的。他在談話中大段大段地引用名人的語錄，以充實他的理論。

他生性軟弱柔順，優柔寡斷，反覆多變，沒有恒心。他很容易地提出一大套理論，又很容易地承認這套理論是錯的。凡是

已被公認是正確的真理的東西，他都持懷疑態度，但到頭來行動上還是不得不照此辦理。他會忽然產生一個念頭學畫畫，到商店裏把一應畫畫的工具買齊備，頗像樣子地從事了三天，第四天他就厭倦，畫畫有什麼意思，只不過是純粹的照抄自然罷了。他像一股風，一忽兒刮到東，一忽兒吹到西。看到哪裏新奇就往哪裏跑。好在世界之大，並不乏新鮮之物，厭倦一個還可撿起另一個。（6.1）

　　下午第二節課後，來到校園中心草坪上。墨綠的針柏腰桿挺得筆直，腦袋插進了白雲裏。鮮紅或淡紫的龍船花一大朵一大朵地仰著臉，驕傲地亭立在花園裏。一棵棵的桂樹，聚成一團團碧綠的停雲；一叢叢的野菊，織成一片片白色的錦緞。白蝴蝶飛來飛去，翅膀忽閃忽閃。繁茂的夏草一動不動，沐在靜謐的陽光中。有時，吹來一陣輕颸，連臉都試不到，頭上卻響起不安的刷刷聲，像一群少女走過時裙裾的摩擦。空氣中洋溢著春末夏初慵懶而又新鮮的魅力。（6.8日11.5分）

　　冬青花又開了。空氣中瀰漫著甜香。眼前這棵冬青，獨立在樹林的邊緣，枝頭滿綴一簇簇的花，大都是雪白的，也有少數已經黃了，土坡上淺淺地覆著一層落英。來遲了，我不覺嘆道。我移步走入林中。幾個月不來，這兒已成了一座欣欣向榮的野生植物園。縱橫交錯的小道隱沒在繁茂叢生的野草中。不知名的花兒處處盛開。被春雷擊斷的一棵枝椏倒垂下來，皮色焦黃、木質乾燥，露出尖銳的斷口，擋在道上。梨樹果實累累，雖都是些還沒有鼻子大的梨，但由於沒人過問，倒也安閒自在，快要成熟。一只小蜻蜓在我前面飛行引路。我看見她停在一片草葉尖上，葉尖

微微地顫了顫。這是一只美麗的小蜻蜓，淺綠的身體，橙紅的尾巴又細又長又圓， 一對翅膀透明到幾乎看不見。她特別敏感，只要我的腳在地上稍稍往她挪動一點，她就飛起來，停到另一片草葉上去。我是如此地全神貫注在她身上，竟沒注意到我的眼睛下面是一片湖水一樣的白花。這種花每株都有四五朵，每朵由8到6簇小花組成，很像夏夜聚在空中的一團團星。我來到林中空地：一棵高大獨立的苦楝樹旁的休耕地上。夕陽在密密匝匝的樹葉背後，漏進一兩點靜靜的光。頭上是一角藍天，蕩著兩三片遊雲。從珞珈山深處時時飛出淡黃肚皮的鷦鷯，滑進平靜如水的藍天，飛向太陽落山的地方，一只大肚皮，有小片翅膀的蜻蜓「嗡」地一聲，不知從哪兒鑽出來，倏地轉了個圈，便落在一枝光禿禿的枯枝頂上。翅兒劇烈地煽動了幾下，使人覺得有如電扇快速轉動時的感覺，便不動了。通過半透明的薄翼，可以看見天上的遊雲。這四只翼翅微微向前折著，彷彿想去擁抱枝頭，突然往後一撐，又嗡地一聲飛起來，打了個迅速的圈圈，回到枝頭上。我用湯匙敲敲碗邊，它不動。我揚起手，做出趕麻雀時的手勢，它仍不動。那麼，它是既看不見又聽不見的了。突然，它又飛起來，重複著原先的動作。我始終不理解它為何如此不安，為何又如此地死守住這根枯枝。這情景就像我在讀Frost的詩一樣，只看得見surface meaning而看不透其中更深一層的奧妙。

我記得上次來時，周圍的樹木都已換上綠裝，梨樹開滿白花，唯獨那只苦楝仍然光禿禿的。擡頭一看，我吃了一驚，枝枝椏椏上雖全是手掌大的綠葉，卻有幾枝一片葉子也沒有。我仔細看了看，這幾枝無葉的樹枝並不像剛才被雷擊的樹枝那樣乾枯憔悴，而是有機地長在苦壯的樹身上的。我不明白這是什麼道理。難道這是一種崗位制度嗎？大約明年春天，這幾枝無葉的枝椏在

休息了一年後就會長出新葉而讓其他忙著生產綠葉的枝椏輪休一下。我不知道。對面黃桷樹濃密的葉子忽然抖動起來，好像平靜的水面起了泡，隨著「啪噠噠噠」的悶響，從裏面飛出兩只大鳥，互相追逐著飛出林中。一隻畫眉立在白楊的尖上，對著西邊的落日，一聲一聲地啼叫著，引得腳邊草叢裏一隻蟋蟀也「嚦嚦嚦」地吹起亮哨子來。我赤著腳，在休耕地上走來走去。黃色的土坷垃，寸草不生，硌得腳生疼。我想起兒時赤腳在烈日曬燙的堤坡上走時的情景。青草的氣味濃烈刺鼻，那是我童年的氣息！被我「呱唧」一聲扔在地上的碗和調羹，爬著密密麻麻的螞蟻。一隻黑底白花的大蚊子，細腿兒快活得一伸一縮，正得意地吸著血，肚子圓脹起來，紅得有些發亮。（6.9）

他喜歡懶懶散散、安安閒閒地過日子。他雖要求不高，也還談不上得過且過。別人老早起來了，他還睡在床上，睜著眼。他喜歡多躺一下，總有一些事情需要回味回味、計畫計畫呀。別看他不如別人勤快，他可從不遲到。他生活過得極有規律、不緊不慢，消消停停。起床、穿衣、刷牙、洗臉、上廁所、買早飯、上課、買午餐、打開水、聽收音機、睡午覺、喝牛奶、聽收音機、吃晚飯、聽收音機、看書、就寢，從早到晚，每天如此。他不大看書，桌子前總是光溜溜的。別人的書看過一遍，就爬滿了蜘蛛網──做的筆記，他的書不管看多少遍還是完好如新，光溜溜的，就像他那保養得很好，沒有半絲皺紋的臉一樣。他看起書來也跟別人不同，看十分鐘恐怕要想十個鐘頭。（6.9）

五年前一個夏夜，他倆坐在高高的堤岸上。月色皎潔，風聲輕柔，江水喁喁地舔著岸草。

他對她說：「我愛你。」

她對他說：「我愛你。」

他們彼此可以聽到對方的呼吸，雖然中間保持著一棵草的距離。

五年後的一個夏夜，柔和的綠紗燈，照著帳子裏兩個混合在一起的人影。還是他和她。

他很激動，他失去控制了，他一定要，他說他愛她，要發瘋了。

「這已經夠多了，難道這就叫真正的愛嗎？難道這就叫真正的愛嗎？」她低低地問道。（6.15）

* * *

心靈是漆黑的夜，即便點亮全世界的燈，也是照不亮的。黑夜在白日中死亡，心靈在光明中死亡。心靈最隱秘的角落藏匿著置它自己於死地的武器。

沒有愛情的性交固然是動物性的多情，沒有性交的愛情卻是人性的無情。

她對我說：「我們這兒只有一個男子沒有找到女朋友。二十七、八的人，又矮又醜，誰要他！」「為什麼『誰要他』呢？他畢竟是一個人，這樣的語言——」我躊躇著，一股同情之心油然而生。「我很可憐他，」她勇敢地說。我現在才體會到原來可憐這個詞意正是可厭可鄙可悲的同義語呀，而且還替說話者罩上一層大發慈悲的光環。

她說：「在我一生中，沒有一個女的值得我崇拜，除了居里夫人，因為我只讀過有關她的傳記。也沒有一個男人值得我崇

拜，除了——你。」我忽然想起我的一個朋友曾經講過類似的話，他說：「她對我佩服得五體投地。」我想，如果她現在愛上的是另外一個人，她可能說同樣的話。愛的對象也就是崇拜的對象。而崇拜的對象在愛者心目中只可能有一個，否則愛將會因此而削弱。

抱怨孤獨的人其實是害怕孤獨的弱者，是內心真正孤獨的人。只有那雖幽居獨處卻自得其樂的人才是內心充實的強者。她說：「我沒有知心朋友，我覺得我並不需要。」我不覺想起他的話：「我沒有什麼朋友，也沒有人願和我交朋友。因為我個性太強，總是渴望向上，而且不喜歡乞求人的幫助。」

她說：「我最不喜歡參與她們的談話，老是在背後議論人。」過了一會兒，她走過來悄悄對我說：「你瞧，XX會她的朋友去了，可能又要玩到十二點鐘才回。」人們討厭背地裏議論人，可在不知不覺中卻又扮演了這個角色。

在別人看起來孤獨的人其實是最不孤獨的。

荷花在農人眼中不過意味著泥中的藕罷了。

無情無義的人是在無情無義的環境中生養的。

男女有了那種關係後，所有的漂亮辭句都和華美的衣服一樣，是為了刺激，也是為了脫得光光而裝飾的。

沉溺於小家庭生活的人，必然貪戀口腹之欲與床第之樂。

（8.28）

從早到晚，天氣一直悶熱不堪。儘管四堵白牆上的門和窗全都大敞著，對於外面的那道密不透風的綠牆，卻是無能為力的。濃密的灰雲壓得同天花板差不多高低。口裏不停喊熱，手裏不住扇扇，身上卻又不見半粒汗珠，用手一摸，粘糊糊的，拿到眼前

一看，像抹了一層油，散發出令人惡心的汗味。照說熱度這高，屋裏該乾燥吧，你低頭瞧一下，發現地上是一塊塊的濕斑，肉貼在桌椅上便粘不拉搭的，寫字還得在手臂下墊張什麼，免得紙打濕。

晚飯後屋裏是呆不住了。我帶上一本詩集，去同闊別已久的東湖重逢。上學期新建的水泥大道積著寸把厚的灰，一落腳，便印上一個深深的腳印。我這雙穿拖鞋的腳得特別小心。邊走邊看書時，感覺到周圍的景物起了變化，擡頭茫然環視了一下：春天生著茂盛的油菜花。肥大的蠶豆棵的那片隆起的土坡不見了，原來的地方空無所有，只是一片黃土和幾個和土色差不多的幹活的人影。灰色的磚牆，在夏日裏鳴著河蛙的池塘那邊，襯著幾棵枝葉刪得差不多光禿禿的梧桐，樹幹慘白，像粗大的枯骨。這灰牆橫亙在湖水和校園草地之間，冷漠無情，毫無生氣。我知道原先那個缺口無疑已經堵上，抄近路是無望的了，便仍然繼續沿大道走我的路。

很快，來到了湖邊。眼光剛透過重重樹簾落到湖面上，耳朵裏便響起一片噪聲，我不得不轉回頭，只見一輛形如河馬的建築運貨車，咣咣啷啷全身發響，蹦跳著開來。我重又轉向湖面，看見水色異常的綠，彷彿跟梧桐的色調差不了多少，尤其近岸的部分，更是如此。我還從未見過湖水綠到這種程度，連明亮的天光也不能稍微減色，哦，原來天色晦暗得很。這時，又來了一陣噪音，比前次更響，不僅使耳朵不清靜，而且攪擾得心中也不安寧了。我走近岸邊，再次細看湖水：綠色太濃太厚，一時竟使我覺得我看見的是浮在水面上的綠油漆似的浮渣，心中更有些不快。

我走在公路邊，公路是黑色的，上有來來往往呼嘯而過的車輛，右邊是鐵灰的厚牆；左邊是浩浩蕩蕩綠色的湖水；上面是遮

天蔽日的梧桐，這裏那裏露出一點葉縫，可以看見凝固的灰雲。我失望地注目在書上，聽得有細細的沙沙聲，又聽得一個人「哎呀」了一下，擡頭就看見那人轉過身，加快步子經過我身邊走掉了。手臂上試著清涼的一滴，我這才意識到下雨了。本來就沒有什麼路人的大道這時更加空蕩蕩的。雨不大，加之桐葉太厚，走了好一段路，書頁竟沒有打濕，只疏疏落落印著幾個麻點。

　　回到房裏不久，窗外電閃雷鳴，風雨大作。屋裏點著燈，雖然開著窗，但除了兩塊長方形的黑洞，什麼也看不見，也許可以說，看見了黑暗中刷著樹林和大地的雨聲吧。（8.30）

　　我想去梧桐樹林中的小道上走走。在那兒，一個人細細咀嚼著書中的含義，或沉思默想，或口讀筆記，或徘徊，或靜坐，自有說不出的樂趣。況且時時可以透過籬笆似的冬青，眺望湖上的煙景，或者傾聽深草叢中蟋蟀發出的叫聲。我的確很想去走走，尤其是在闊別兩個月後。

　　我去了，什麼也看不見，因為我的眼前高高地橫著一堵牆。（8.31）

　　他看了我寫的詩後，嘆著氣說：「嗨，我的詩沒你的充實，具有社會性，太空洞了。我真渴望眨眼間長大十歲，也有你這麼多的知識和社會經驗，那真是太好了！哪像現在，又年輕，又幼稚，什麼都不懂。」

　　我看見坐在對面的他的唇上浮現出一個意味深長的笑，聽見隔壁的他在捉摸不定地竊笑，還聽見自己無言的心聲在嘆著氣說：「嗨，要是眨眼間讓我轉回去十年，該有多好喲。」

　　「孩子是和生物一樣的東西，活在世上還是應該求知。」

　　「那麼一個有知識的成人又是什麼樣的東西呢？一座walking library還是一個懂得錢的價值的什麼呢？」

　　「也許……不管怎樣有知識總比沒知識好。」（9.1）

　　「讓我告訴你第一次見到大海的感想吧，」大腿上和肚子上的汗毛比胡子還長的T說。「你別打岔。第一眼看見白色的浪花飛濺在甲板，藍藍的海波一望無際時，心裏真是歡呼雀躍、喜不自勝，可是竟忘了一句形容的話。不久，便逐漸習慣了眼前的景色：天、海、地平線、自己乘坐的船，除此而外，空無所有。繼而，開始有些煩躁不安，甚至厭看這一層不變的風光而鑽進艙房，這時，才真正感到孤獨、寂寞，也就是isolation, alienation，彷彿置身於孤島一般。其實，要真有什麼島才好，因為到後來我們渴望見到哪怕是表示島的一個黑點。你可以想見我們見到陸地的感覺，彷彿兒子見到失散多年的親娘，彷彿越過大荒漠回到了溫暖的家。」（9.1）

　　海涅的詩《賽拉芬》解析如下：「（1）我散步在黃昏的林中／（此句寫地點時間，粗寫）在夢幻一樣的林中／（加上了詩人的感覺，定下了全詩的情調，迷離恍惚，但終究是怎樣的夢境，還是不得而知）你那溫柔的清姿（出現了詩人所要描寫的對象，表明這是一首愛情詩）老是在我身旁閃動／（閃動，就不是走動，和夢境吻和）。（2）那是你白色的面紗？／那是你溫和的面龐？（為什麼兩個「那是」？而第二個不是「還是」？如果說「還是」就顯得沒有再說的了，而兩個「那是」暗示著下面還有很多形象待說。這兩句用問號，增強了夢的效果。現實中發生的事情是清清楚楚的，而夢中的則使人起疑。）還是從黑暗的松

林裏／（哦，原來第二個「那是」是為這個「還是」讓路的。）
透露出來的月光？／（月光第一次出現，黃昏已經過去，夜幕降
臨，詩人一定在林中漫步了好一會。月光放在最後一句比放在頭
一句好。面紗和面龐實際上都是詩人看見月光時所產生的的幻
象，因為是白面紗，面龐也一定是白的。同月光互相映襯。又
是一個問號。詩人該不會在林中未寫詩時就有這些問號吧。）
（3）我聽到輕微的流動之聲／（大約是泉水之聲吧，那一定更
增加詩意了。）那是我自己的淚珠？／（不是泉水，是淚珠。淚
珠「流動」，該是象小河一樣呢。假若此句不用問號，試試看，
不僅太露太直，而且破壞了迷離惝恍的味，顯得乾巴巴的了。）
還是你，最親愛的人啊，／真個在我身旁且走且哭？／（這兩句
只覺得寫得特別好，竟找不到適當的語言來形容。詩中的夢意、
懷念之情、憂傷全融和在一起）。」

全詩特點：明白如話，清麗動人、情景交融，含而不露。

第二首：（1）在靜靜的海濱（靜靜的，setting the mood）／
夜幕已經上升（「夜幕上升」似乎有些awkward。一般都說「夜
幕降臨」，查字典有「夜幕籠罩大地」之說，而無「夜幕籠罩上
升」的說法。此句寫得不好，喚不起形象。）／月兒露出雲端，
／海波竊竊相問：（「竊竊」切合「靜靜的」，這兩個形象都不
是多余的，用處在下文見）／（2）「那人是個癡子，／還是害
著相思？／看來又喜又悲，／悲中卻又有喜。」（四句本是詩人
心中已有的情感，卻不直說，而通過海波來表達。這種手法可能
是他詩中的一個特點，較含蓄。）／（3）月兒在天空大笑，／
說得非常高聲：／「他又害相思、又是癡子，／而且還是一位詩
人。」（這四句不知怎麼讀來索然寡味，也許是最後一句引起的
吧。）不過此詩還是有兩點值得學習，一是用擬人的手法，讓自

然景物道出自己的情感，一是詩的結合緊湊，上下貫連，沒有多余的形象和多余的話。

第三首：（1）那是一只白鷗，／我看它在那兒盤旋，（一個「那是」，又一個「那兒」，用了兩句話，還不能喚起非常鮮明的形象，是不是敗筆？）／飛翔在黑暗的波上呢？（那麼，這是晚上了，而且是在海邊。幹嘛不說「我看見一只白鷗，飛翔在黑暗的波上」呢？怎麼，像我這樣的小人物還敢這樣評論他的詩嗎？但不一定海涅的詩句句皆是珠連璧合、天衣無縫呀。）／月兒高掛在天邊。（四句繪了一幅晚景。）／（2）琵琶魚和沙魚，／猛然躍出海面，／海鷗上下飛旋，月兒高掛在天邊（四句寫景，有沒有symbolic meaning？不知道。但對「月兒高掛」的「高」字要質疑了。既在天邊，有何高不高掛的呢？如果在中天，「高」字就恰當，而在天邊，「垂」字似更恰當。也許這是translator的疏忽吧。）／（3）啊，可愛的無恒之心啊，（「無恒之心」？跟有恒之心相對。誰的？詩人的。）／你是這樣的憂愁哀怨！（竟同自己的心說起話來！還是比說「我心中充滿憂傷」好。詩人總不願直接表露情感，有時也很討厭。記得有個詩人說的：「天便教我霎時見她何妨！」被稱為佳句，大約就是因為整個詩壇充滿了那種「含蓄」才使人們喜歡更露一點的。總要這樣才好，不要含蓄得晦澀。也不要直接得露骨，兩面互相調劑。）／海水靠得你很近，／月兒高掛在天邊。（讀到這裏就不得不停下來想一想了。海指誰？月兒又指誰？既然海靠得近，那就暗含著月兒離得遠。有魚躍出海面，海肯定不平靜，心兒靠海近，不會不為不平靜的海水擾亂。Hence以海喻自己的心潮的不平。月兒會不會是戀人呢？什麼樣的戀人？被棄的？因為前面有「無恒之心」呀。白鷗又是誰？整首詩是如此富於象徵意味，我不能不

傾向於認為白鷗指的是他自己。「一只」，象徵著「孤獨」。）

　　也許詩人寫詩時完全沒考慮到這些，這是很可能的。但我不管，為了學詩，分析一下是有必要的。本首每段末尾都重複「月兒高掛在天邊」，有一嘆三詠之味，也說明詩人無論看什麼景色，那個月兒老離不了心頭，不斷重複出現。（9.13）

<h2 style="text-align:center">《思想》</h2>

　　綠瑩瑩的湖波，任憑清秋的風掌輕輕地推著，無言地沉思著滾過來了。

　　我的眼是兩泓綠瑩瑩的光，也由著心靈的風掌輕輕地揉著，默默地瀉在我的腳尖。

　　腳下是堅硬的石岸。晶綠在那兒幻成雪白。沉思在那兒快樂地囁嚅。

　　我眼中的光，一忽兒雪白，一忽兒晶綠，跳在我的腳尖上。（9.13）

　　夕陽總是那樣甜靜，柔婉、軟和，只是有點逆來順受，任著大地把它往下拉，它也默默無言。可是，他也並不是毫無反抗的能力的，你看看他那不緊不慢、不慌不忙在天邊樹叢中踱步的樣子，是不是？不過，我沐浴在夕光中時卻沒有這些思想，不過覺得自己也和夕陽差不多了。

　　在朝陽升起的時候，我沒有這種感覺。校園裏見不到朝陽，見到的都是和高樓大廈接觸過而顯得暗淡無光的半朝陽。要看還是得到湖邊。一到湖邊，我連忙躲到一棵樹後。怎麼了？原來我的眼光剛剛落到湖上，就有千萬把明晃晃的尖刀，帶著銳響，閃

電般向我飛來。我的眼立刻被刺瞎了。那是湖水接受了朝陽的指令，對我的懲罰。我藏在樹後，仍在回味那電光的一擊，那尖銳的一響。（9.13）

讀馬致遠〔雙調〕壽陽曲箚記。

第一首「山市晴嵐」。花村外，草店西（「村外店西」四字就概括了全個山市，古人簡潔由此可見一斑。又添上「花、草」，點染出詩意。）／晚霞明雨收天霽（此句有點怪，「天霽」是說放晴，那麼是指明雨收後放晴還是晚霞明雨兩共收後放晴呢？按道理只能說明雨收後放晴，露出晚霞。這才是正常語序，但偏偏把晚霞放在頂前面，大約有強調之意。）／四圍山一竿殘照裏（此句寫得好）／錦屏風又添鋪翠（全詩只這一句用一個隱喻「錦屏風」。顯然沒有前面不用比喻的差。）

這是純寫景詩，但字裏行間作者的情趣尚可窺見。如用了「明雨」、「錦屏風」和「又添」。寫作順序是：地點、時間、全景，由上至下至四圍。

缺陷：晴嵐是雨後出現的霧氣，詩中未提到，有點不切題。（9.14）

＊　＊　＊

鄧格拉斯是一味只替自己打算的人，這種人生下後就已在耳朵邊上夾了支蘸水筆，心裏藏著一瓶墨水。一切在他看來都只是加減乘除而已。他估計一個人的生命還不及一個數字那樣寶貴，因為數字能使總數有所增加，而生命卻只會漸漸減少。（from

《基督山伯爵》p. 103, 9.22）

bastard：私生子。dastard：欺軟怕硬的懦夫。（9.22）

The more we know the less we feel.（e. e. cummings）

小說標題：A too conscious and sensible man.（9.22）

　　隔壁數學班有個同學走起路來，挺胸昂首，睥睨一切，頗像個土幹部，因此大家叫他「大隊書記」。有一次開團會，會上有人說他們大部分將分到中學當老師。「大隊書記」聽到這大大地嘆了一口氣說：「嗨，爹娘真不該生下我的呀！」另有一個「大隊長」，又矮又壯，人家吃麵包是一個個地吃，而他是兩個夾在一起吃。（9.22）

　　「他拉琴是以不連貫為特點的，」當Gz問Yao時，後者這樣commented道，這是一種比較閃爍的說法。（9.22）

　　我有一個同學因失戀而瘋了，說話雖不是語無倫次，但從外表上看得出不正常。他的病一到春天就發，跟許多神經病患者一樣。（9.22）

　　《中國青年報》82 9.21號上有一張《八十年代青年人》攝影比賽作品選，畫面上有個女青年，白襯衣，黑裙子，長過膝蓋，白高跟涼鞋，挎黃書包，埋著頭一邊走一邊讀書。
　　同期載了一篇文章《快快鑄起堅強的精神支柱》，這個標

題使我想起了反面的東西，那就是精神支柱已經崩潰。文章大呼「不要沿著為個人名利而學習的階梯往上爬了。」他列舉了許多為共產主義獻身的人和學習他們的名言，然後說：「共產主義理念，是一個強大的精神支撐，支持著革命者的理想大廈，永遠不會坍塌。」也有說得對頭的：「誰要珍視自己的價值，就得給社會創造價值。」（9.22）

我忽然想起自己變成了一個疑心很重的人，開始懷疑那天送來錄音的磁帶是否有問題，他怎麼沒有按期來拿呢？我把那些錄好了音的磁帶小心翼翼地取出，然後遠遠地扔向一座岩石，看是不是會爆炸，磁帶摔得粉碎，發出瓶子破碎時的聲音。什麼也沒發生。（9.22）

常言道：樹杈不砍要長歪，子女不教不成材。（9.22）

詩題：《報幕員》。（9.22）

晚上不知哪個系在體育館演出，老遠就聽得到廣播大喇叭傳來的歌聲。我在湖邊散步，本要回去的，受著前天一個思想的支配，「決不要放過一個參加大學裏任何活動的機會，」我轉頭向那兒走去。還沒到便聽到一陣陣叫好聲加鼓掌聲，便加快了腳步。正趕上看一個男聲獨唱。這人有些靦腆，臉部肌肉很不自然，扯得很緊，歌聲平平，但觀眾卻報以熱烈的掌聲。下面是女聲二重唱，這兩個女同學蓄著短髮，圓胖紅臉，雖然有些不自然，一個玩著衣角，儘量露出一點笑容，另一個時時向後面看，但都很天真可愛，拉手風琴伴奏的開始得太慢。她們倆人雖然越

來越不安，無所事事地每多站一分鐘，對她們來說就是受罪了。手風琴一響，她們一開始唱，拘謹、害怕好像被歌聲沖淡了一些。歌聲使我想起一次在湖邊讀書時見到的兩個姑娘，她們一邊走一邊唱，沿著梧桐的涼蔭慢慢走過。那時候我覺得她們的歌喉特別美，甚至比錄音機裏professional的歌聲都美，樸素而動人。這兩位是否就是那兩位？接下去是單口相聲，這人長得乾瘦，褲子和上衣顯得更寬鬆了。他光講為什麼說單口相聲差不多就用了三分鐘，整個節目的一半時間，還提到自己的房間在4層，號碼是一六○五。電話號碼是滴滴涕。只有少數人笑，這明顯是嘩眾取寵的噱頭。他講的是一個不學無術偏愛賣弄知識的人在外國出洋相的故事，比如說「心曠神臺」，又說「北京牌酒」等等。

我看了看觀眾，黑壓壓一片，接近午後的受著燈光的映照，是一張張黃黃的臉，越往後越淡，沉在幽暗之中。近前幾個人都戴著眼鏡。大家全都支著脖子看戲，除了有一個人在看書外。門口有一堆人，看樣子全是民工。（9.22）

在人做的東西中所表現的美完全是摹仿的。一切真正的美的典型是存在在大自然中的。我們愈是違背這個老師的指導，我們所做的東西便愈不像樣子。因此，我們要從我們所喜歡的事物中選擇我們的模特兒。（《愛彌爾》，p. 502）

我們的碑文，儘管洋洋灑灑地寫了一大堆，其實是只適宜於用來吹捧小人的。古代的人是按照人的本來的面目描寫他們的，因此可以看得出他們確實是人。色諾芬在追憶萬人大撤退中被奸細出賣而犧牲的幾個戰士時，稱讚他們說：「他們死了，但在戰爭和友愛中沒有留下任何的汙點。」……請你想一想，在如此簡

短的一句贊辭中，作者的心中是充滿了什麼感情。誰要是看不出它的美處，誰就太可憐了！（Ditto, p. 505）

愛彌爾是更喜歡讀古人的著作而不喜歡讀我們今人的著作的，唯一的原因是：古代的既生得早，因而更接近於自然，他們的天才更為優異。不管提莫物和特拉松神父怎樣說，人類的理性是沒有取得什麼真正的進步的，因為我們在這方面有所得，在另一方面便有所失；所有的人的心都是從同一點出發的，我們花時間去學別人的思想，就沒有時間鍛鍊自己的思想，結果學到的知識固然是多，但培養的智力卻少。（我要問：智力難道不是隨著知識增長的嗎？）同我們的胳膊一樣，我們的頭腦也習慣於事事都要使用工具，而不靠自己的力量去做了。封特納耳說，所有一切關乎古人和今人的爭論，歸納起來不過是：從前的樹木比現在的樹木長得更高大。（Ditto, p. 506）

我也讓他到學院去聽學生們如何誇誇其談地瞎說一通；我將使他看出：他們當中每一個人如果都自己單獨研究的話，其作用是比同大夥兒一起研究更好一些的。（Ditto, p. 507）

「戲中的箴言和寓意，且不去管它，我們在這裏要學習的，不是這些東西。」演戲的目的不是為了表述真理，而是為了娛樂；我們在任何學校都不可能像這裏一樣如此透徹地學會使人喜悅和打動人的辦法。研究戲劇，就必然會進一步研究詩歌；這兩者的目的是完全相同的。（Ditto, p. 507）

我的主要的目的是：在教他認識和喜愛各種各樣的美的同

時，要使他的愛好和興趣貫注於這種美，要防止他自然的口味改變樣子，要防止他將來把他的財產作為他尋求幸福的手段，……所謂審美，只不過就是鑒賞瑣瑣細細的東西的藝術，他的確是這樣的；不過，天然人生的樂趣有賴於一系列的瑣細的事物，那麼，對它們花這樣一番心思也不是毫無意義的；我們可以通過它們去學習利用我們力所能及的東西所具有的真正的美來充實我們的生活……我所說的只是排除了偏見色彩的感性的美，真正的官能享受的美。（Ditto, p. 508）

在享樂方面……我好聲色而不好虛榮，我要盡情地講求舒適的享受而不炫耀於浮華的外表……我的財富的第一個用場是買閒暇和自由，其次是用來買健康……我時時刻刻要儘量地接近自然，以便使大自然賦予我的感官感到舒適，因為我深深相信，它的快樂愈相結合，我的快樂便愈真實。（Ditto, p. 509）

（插曲：有一段譯文是「他休想拿毒藥當山藥來敲詐我的竹槓」。原文用的是「Poison」和「Poisson魚」這兩個形似音近的詞，如直譯則為「他休想高價把毒藥當魚賣給我。」但比前一句差多了。）（Ditto, p. 509）

我也不學有些人的樣子：他們總覺得其他的地方比他們目前所在的地方舒服……他們在冬天偏要過夏天，在夏天偏要過冬天，（我的天呀，今天中午在我還未讀到這裏時，我寫了一首詩，大意就跟這句話的意思差不多，是說人們總喜在冬天渴望春天，而在春天又傷悼春花的凋零，其實是杞人憂天，四時不同景物各異，都有它特別的美處。）……至於我……我將盡情地享受

一個季節中一切令人賞心悅目的美，享受一個地方獨具一格的特
殊風味……我決不提前享受下一個季節的美。打亂了自然的秩
序，是只會帶來麻煩而不會帶來樂趣的。（Ditto, p. 511）

世人啊，你們不要灰心，大自然還活著咧！（Ditto, p. 509）

一件往事驀地兜上心頭。我和HX、H在街燈下走，談各自
的興趣。我說我喜歡一個人靜靜地住在鄉間，讀書寫書；HX嘲
笑我，這是燕雀的生活，他說他在夢中常夢見天翻地覆海水乾涸
了，整個世界破碎了，而他孑然一身地佇立在世界的瓦礫場上。
他還說有一次他做夢，夢見自己彎腰拾起一分錢，前面閃閃發光
地排列著一串分子錢，一直伸向看不見的地方。他就這樣彎著腰
拾個不停。他說一想起這就感到心悸。（9.22）

支配我們的人是藝術家、大人物和大富翁，而對他們進行支
配的，則是他們的利益和虛榮。他們或者是為了炫耀財富，或者
是為了從中牟利，競相尋求消費金錢的新奇的手段。因此，奢侈
的風氣才得以風靡，從而使人們反而喜歡那些很難得到的和很昂
貴的東西，所以，世人所謂的美，不僅不酷似自然，而且硬要作
得同自然相反。這就是為什麼奢侈和不良的風尚總是分不開的原
因。（《愛彌爾》, p. 502）

Music is like a magnet that arranges our feelings like鐵屑。（9.23）

小說題。（未定）完全用不規整的語言寫，以此表明一個受
了創傷的人是終身難以恢復其創痛的，也表明任何文化也挽救不

了他，但必須有真情（提出這個問題，究竟是有真情好，還是有好的文字好。）（9.23）

I do want to be a teacher now. If I be one, I would have enough time to read and write, essentially to think.（9.23）

　　圍繞著ZZZ的一首詩，我倆進行了一場有趣的談話。

　　「你的詩太狂，但缺少真情。」我說「無真情，即無詩。而且話說得太多，用了17頁紙，卻幾乎沒說什麼東西。」

　　「可我當時是怎麼想就怎麼寫的呀，」他說。

　　「當然，也不能說不真，因為空洞無物就表明了你目前精神的空虛。你追求的東西不過是虛無縹緲的。」

　　「以前我曾刻意追求意境的創造，沉溺在溫柔鄉裏，黃鋼批評過我這一點。現在我便把全副精力放在熱情的流瀉上，但不知怎麼搞的，總覺得那點熱情快耗乾了，需要什麼東西來將它點燃，什麼呢？不知道。」

　　「要談狂，你的詩狂得還不夠。如果一定要狂，就要狂到100°沸騰，要讓讀者也跟著狂起來。要把整個宇宙納入胸中。」

　　「你的詩不知怎麼不夠狂，」一個同學插嘴說。

　　「讓我看一下，」另一個同學說。「我只看頭一頁就知道好壞了。『生命交響曲』死亡、死亡、死亡。怎麼都是死呀？哦，生死是相輔相成的，『蛆蟲』、『腐朽』。難怪，這是寫你在廁所的見聞呀，你真可以稱之為『廁所詩人』了。」

　　「不能像那樣狂，」他說。「現代的人不喜歡那樣。他們喜歡帶點小感傷、低吟淺唱似地發狂，不喜歡那種輕狂或狂妄。」

「你寫的詩到底是迎合大眾口味呢，還是抒發內心真實的感情？我問你？」

「這個——不管怎麼說，我自己本身也不喜歡那種狂妄。至於說迎合，如果不迎合你的詩又怎麼發表得了？還是寫這種詩受人歡迎，唱點不痛不癢的頌歌。再說人活在世上總得有所追求有所希望吧。」

「追求希望什麼呢？」

「理想。」

「理想又是什麼呢？」

「這個——出名嘛，那就是說，人家都知道了。而且，後人——」

「那時你已睡在墳墓裏了。我的同志。我來給你回答：出名意味著你可以拿到一大筆錢，有個漂亮的老婆，有很舒適的家庭。不過如此而已。」

「那不一定。漂亮的老婆就現在這樣隨便也可以物色一個。當個工人的錢也並不少。溫暖家庭也並不難建立。說到底——如果像你這樣看穿紅塵，那咱們乾脆什麼都不做得了。」

「我不是看破紅塵。我只是覺得除了金錢、名譽這兩者外，還有其他的高尚的目標可尋。」

「是什麼呢？」

「這個，我看這得你自己去探索了。比如說真善美吧，Keats就曾說過：『Beauty is truth, truth is beauty, that's what I know and want to know.』這恐怕比名利要強吧？」

「什麼名利！我看還是虛榮心罷了。我只不過想滿足自己的虛榮心。我想起這些來就感到害怕。真不知道以後怎麼辦。」他說完站起身來。（9.23）

小說題：《馮大興日記》（以第一人稱）（9.23）

　　大詩人筆下常出現典的活用現象，如亞當和夏娃受蛇誘惑，偷吃了分別善惡樹上的果子，被耶和華趕出伊甸園，在海涅詩中這個耶和華神的靈主則被比喻成那些剝奪人民自由的德國王公們。（見海涅《新詩集》，p. 178）。

　　聖經中還有這樣一個故事，婦人蘇珊娜在院內洗澡，有兩個年長的法官窺視並伺機向她作非禮之求，威脅說如不答應便要給她加上不清白的惡名。蘇寧可死也不願失身，大呼著跑出去。兩暴者誣告事之原委，蘇被處死刑，不料先知Daniel提出異議，要求重審。最後查明事實真相，判處兩長者死刑。蘇無罪獲釋。這個故事本是說上帝明察秋毫，終必懲惡揚善。但寫「Peter Quince at the Clavier」的作者Wallace Stevens則只選取了蘇之肉體引起長者情欲一段。可見在藝術創作過程中，只要適當，詩人可引用歷史故事自由裁剪。（見*Comprehensive Study Guide to Five Poems by Wallace Stevens*, p. 14）（9.23）

　　讀著海涅的《亞當一世》時，不知怎麼想起一件往事來。那個腦袋挺大的小範有一次不是把他一本本的詩在我眼前亮嗎？他是那麼真切地談到母親的去世。他那時該是25歲了吧。我呢？只有17歲左右。喲，不正好和ZZZ的年齡差不多嗎？那時他總是給我規定一些作文題寫。什麼「六裏坪的清晨」，等等。其實他自己根本不動手，所以我也不以為然，後來漸漸和他疏遠了。以後回來碰見過他幾次，聽說他結了婚。經過幾次挫折之後，他再

沒有那種詩人不可一世的氣質了。誰知他現在是否還在寫詩呢？
（9.23）

我多麼希望自己也能像海涅那樣對著「威風」而「渺小」
的亞當一世喊出：「我已嘗智慧之果／你已無法更移。」啊！
（9.23）

詩題：苦果（喻智慧）（9.23）

「你若要金錢榮名，／你必須俯首聽命。／……君王有長的
臂膊，／教士有長的舌頭，／而民眾有長的耳朵。！／」（《新
詩集》，p. 180）

上次他跑長跑落在人後面，眼看要輸，便大罵起裁判來。他
說老子練了兩個星期，就為了拿個名次，你他媽的站在那兒不做
事，信口胡編著。（9.23）

如果我在小說裏大量引用外語我將受到怎樣的斥責呢？文
學如果分成上流和下流是不是就有脫離群眾不平等之嫌呢？不一
定！為什麼？（9.23）

小鮑爾好勝心特強，贏了便手舞足蹈，又唱要笑，輸了便
一聲不做或者滿腹牢騷。今天去班上乒乓球冠亞軍決賽他對S。
結果輸了，我們坐在房裏聽見隔壁傳來人們談論決賽的結果，雖
聽不大分明，但也能猜到幾分，鮑爾輸了，因為沒有他大叫大嚷
的興奮的喊聲了。過了一會他走進來，一臉晦氣的樣子，叫日光

燈一照，臉上又皺又灰象陰天的湖水。他不耐煩地問G要了幾片藥，說是不舒服。這個字肯定是有兩層意思的。毫無疑問。他出去時忘了關門。不久又聽到走廊裏有一聲長嘆，顯然從他的sad mouth裏面傳來的。G說他就是輸不得，什麼都想贏。他說自己無所謂，雖然自己這次得了三名，但要不要那個毛巾都無所謂。他言談舉止間有一股超脫的味道，或者至少是裝出一股超脫的味道，因為，從他有時候的沉思冥想，或呆呆出神的樣子看，他是有很深的心事的，只是盡量做得不讓人看出來罷了。他的愛睡懶覺，也許是因為這。睡眠真是醫治心靈傷痛的良藥。夢境有時就是仙境，不記得工廠的那個小陳常神往地和我講他的夢境嗎？（9.23）

Jack just told me that John Kennedy's father taught him and his three brothers in their childhood to always win in everything and never admit any failure. Hemingway, when young, was a most adventurous boy who loved hunting, fishing and boxing and above all who loved success and he did succeed. If one had that character one could hope to win. Unlike me, whose hopes were dashed one by one. （9.23）

But I don't admit. I'll fight on! （9.23）

親愛的，你我都知道得很清楚，在政治上是沒有人，只有主義，沒有感情，只有利害的。在政治上，我們不是殺一個人，而是移去一個障礙物。（《基度山伯爵》，p. 128）

我為什麼要這樣忙忙碌碌，放著今朝的福不享，硬要等到

以後呢？一個人處處同自己過不去，是不能過愉快的生活的。所以，恩珀多克利斯責備阿格裏‧仁托說，他們一方面把享樂的東西堆存起來，好像他們只有一天的命好活似的，而另一方面又在那裏大興土木，好像他們是要長生不死的。（《愛彌爾》，p. 513）

我和我所交往的人之間的唯一的聯繫是：互相友愛、興趣一致和性情相投；……我不容許在我和他們交往的樂趣中摻雜有利害關係的毒素……我希望我周圍的人是一群同伴而不是趨炎附勢之徒，是朋友而不是食客。（Ditto, p. 515）

我們是不能用金錢買得一個朋友或情人的。只要捨得花錢，當然是容易得到女人的，但是用這個辦法便不能得到一個忠實的女人。愛情不僅不能買賣，而且金錢是必然會扼殺愛情的。任何一個男人，即使他是人類最可愛的人，只要他用金錢去談愛，單單這一點就足以使他不能夠長久地受到女人的愛。（Ditto, p. 515）

占有如果不是雙方互相占有的話，那等於是沒有占有，頂多占有她的肉體，而未占有她這個人。（Ditto, p. 515）

一個青年人是應該受到我們的保護的，要是他第一步路走錯了，就不可避免地要掉進苦難的深淵，使他除死亡以外就無法擺脫苦難的折磨。既然這樣，我們為什麼要使他淪為犧牲呢？其原因無他，是人的獸性、虛榮、愚蠢的謬說在作怪。這樣一種享樂，其本身就是个符合自然的；它產生於人的偏見，產生於以一

個人的自暴自棄為開端的最卑劣的偏見。（Ditto, p. 516）

由於我們徒然去追逐那些轉瞬即逝的快樂，恰巧反而喪失了同我們常相伴隨的快樂。我們要隨著我們年齡的增長而改變我們的興趣。（Ditto, p. 517）

善於變換環境和興趣的一到了今天就會抹去昨天的印象，他在別人的心目中好像是沒有這個人似的；不過，他是很快樂的，因為他每時每刻在每一件事情上都是順著他自己的意志去做的。我也要惟一無二地永久採取這種方式，我到了一個環境，就過那個環境的生活而不問其他的環境如何；我每一天都按當天的情況去做，好像它同昨天和明天毫不相干似的。（Ditto, p. 519）

欲采新菱趁晚風，塘西采遍又塘東，滿船載得胭脂角，不愛深紅愛淺紅。（民謠《長江日報》82.9.24，第五版）

摸獲菱角在農曆九月，采菱人稱為「七菱八落九推索。」（Ditto）

「螯峰嫩玉雙雙滿，殼凸紅脂塊塊香。」黛玉啄菊品蟹句。（Ditto）

字怕千張紙，書怕百日改。（報錄）

「在特殊情況下，黨的中央和省、自治區、直轄市委員會有權直接接收黨員。」這是82年新黨章中的一條。T談到這裏停了

下來，說：「這跟以前的有所不同。過去，不經過基層黨組織，誰也別想入黨，哪怕黨的最高領導機關也沒有這個權利。比如文革時期鬧得很紅的朱洪霞，全省都出了名，但在本單位印象很壞，一直沒能入黨。」他有這樣一種能力，也頗有耐心，肯一字一字地打長長的文件。（9.24）

「黨的各級組織的權利和其他宣傳工具，必須宣傳黨的路線、方針、政策和決議，」這也是黨章中的一條。根據這一條我們回顧了一下，發現全國並沒有一家民報，無論大大小小的報紙皆屬黨報。」例如，《黃岡報》每天的稿樣必由地宣部審稿方能付印，甚至連我們的院刊也要由院委審稿。（9.24）

詩題：（她親熱什麼也得不到，故意疏遠反而得到的親熱多些，就像桂花，離遠了便聞到香氣。）（9.24）

這些82級來的新生中有幾個我是在盥洗房認識的。有一個高個兒洗衣時問我：「你是東北來的嗎？」我回答說不是。「聽你的話很像東北口音呀。」聽說我是湖北人，他臉上的笑消失了，有些失望；又有一個洗臉時發現水池堵塞，池子積著水，想了一想，便把盆裏的水倒在地上。要是個老生決不會這樣。又有一個是用掄摔的辦法洗衣，他正啪噠啪噠地起勁掄呢，被我止住。「你把水都弄到別人身上來了！」還有一個因為房燈熄了，便去總閘察看，拉錯了閘，把我們這邊的燈也弄熄了，辛穆一出門便大聲呵斥他，而他也不示弱，大聲分辯。Yao說：「現在的新生好厲害呀，不像咱們那時。」（9.24）

　　F. D. X日記：夜幕降臨的時候，他出了門，心裏老是安靜不下來，他本想求得片刻的解脫，卻不料四周大樓的燈光耀人眼目，使明月黯然失色，教室裏同學們的歌聲壓過了蟋蟀的鳴叫。他逃到湖邊，遠遠地便看見車燈劃著大弧砍過來了。他再度逃回校園，但是他已經完全發狂了，這是誰的腳步聲？兩個黑影走過來，低低的聲音，是一男一女，這男的在動手動腳，女的被擠到路一邊去了，到了他的懷抱裏，兩個黑影溶成了一個，時而分開，時而閉合，像一朵黑色的蓮花。這與你有何關係？聽這討厭的腳步老跟在後面，還有屬於腳步的那個人，幽靈一般，真恨不得殺了你！喂，你快點走過去好不好？你是誰派來的？你不知道這樣不緊不慢地跟在我後面是對我的折磨嗎？我並不認識你，為何你卻要這樣對待我？快走開，快走！那人慢慢走來，他的身影映著大樓的燈光，有一種說不出的淒涼。這人看樣子也是和我一樣孤獨的人，不該說那些話的，好在，他並沒有聽見。

　　現在還到哪兒去呢？再密的樹也擋不住大樓射出來的日光燈。可偏偏這時她又闖進了心房。她，這個性格捉摸不定，郁郁寡歡的她，永遠也不會給自己帶來幸福。這些痛苦的記憶！然而怎樣才能把這個關係斷掉呢？如果找另一個姑娘，又沒興趣，況且於良心上不忍；等她先採取行動吧，她才無所謂，女人的忍耐力總比男人強。良心值什麼？她不就是因為講道德才使得兩人的關係完全變得毫無生趣了嗎？究竟怎樣才是道德？把天性完全扼殺，使自己變成一個純精神的人？不如成批生產好了。何必要這個包含著罪惡的生育呢？可這是資產階級的觀念，無產階級認為精神更為重要，可是那不是虛偽得很嗎？因為，背地裏人們還是在幹著。可是我的天哪！我生活在這個國家，卻偏要接受那樣的思想，又不能實現，還不如什麼思想也沒有好，痛苦就會少多

了。（9.24）

　　我們自己做自己的仆人，以便成為自己的主人。（《愛彌爾》，p. 520）

　　只有同人家分享的快樂，才是真正的快樂；要想獨自一個人樂，是樂不起來的。（Ditto, p. 523）

　　只要你想得到快樂，你就可以得到快樂，只因習俗的偏見，才使人覺得一切都很困難，把擺在我們眼前的快樂也全都趕走了；要得到真正的快樂，比在表面上偽裝快樂還容易一百倍。一個善於欣賞和真正懂得逸樂的人，是不需要有金錢的，只要他有自由和自己做自己的主人就行了。任何一個身體健康、無凍餓之虞的人，只要他拋棄了他心目中臆想的財富，他就可以說是一個相當富有的人了，這就是賀拉斯所說的以「中庸為貴。」（Ditto, p. 524）

　　男人和女人共同的地方在於他們都具有人類的特點，他們不同的地方在於他們的性。（Ditto, p. 527）

　　重要的不在讀很多書，而在想很多書。（9.24）

　　有時覺得自己胸襟很褊狹，比如說野盡看過自己很多的詩，但從來不表任何態，實際上等於表了態：不好。時間一長這就叫人吃不消，尤其是當他自己吹著自己寫得如何如何時，更是如此。一個詩人詩的好壞是要由讀者評價的。我想，你這樣看重自

己的東西而瞧不起別人的，說明了什麼呢？如果要談瞧不起，我更有理由。轉念一想，何必跟他一般見識。人貴在自知之明，不知道自己的人最可悲。難道我不了解自己？我了解自己，知道自己寫的東西哪好哪不好。幸喜的是沒有誰值得我嫉妒。（9.25）

翻譯老師寫了一個例句「Exchange of ideas is a constant and vital necessity.」然後在下寫道：思想交流是一種永恒的、極其重要的必需品。
一個同學說「是消費品。」大家都笑起來了。（9.25）

天不怕，地不怕，就怕湖南人說普通話。（俗語）（9.25）

樹立單一的主要概念：一張照片只能有一個主要概念，其他景物皆處於從屬地位，烘托主體，要能從眾多的景物之中取一部分作為興趣中心，而將其他部分作為背景。若要反映有兩個景物以上的復合興趣中心，必需要有比較寬闊的背景去突出它。（《國際攝影》82.4，9.25摘）

主體不一定要求是人、地方或東西，可以是一個形狀、一個線條、一個物體面部的質感，或若干物體之間的關係。（Ditto）

翻了半天的詩，一點收穫都沒有，反而心裏更沉重憂鬱了。倒是一本攝影雜誌幫了我，不僅開了我的眼界，而且給我很大啟發。認識到所謂詩外功夫，除文學外的知識領域廣闊得很，學這些知識主要是加強我對事物的觀察能力，而文學則助我了解人的性格和心靈。（9.25）

詩題：（1）星期六賣電影票的。（2）飯堂路（它碗在下，滿碗平端）。（3）跟隊的dilemma（4）桂（以春天、秋冬、雨晴夜晨變換描寫）（5）以學校為一大題材（描寫各個方面。）（9.25）

第七屆最高人民會議第一次會議根據全體朝鮮人民的意志和願望，再次選舉了締造了朝鮮民主主義人民共和國，並把它加強和發展成為戰無不勝的革命政權，創造了今天的幸福和燦爛的未來的偉大領袖金日成同志為朝鮮民主主義人民共和國主席……（《朝鮮》畫報，82.5）

親愛的領導者金日正；為金日成祝壽晚會致。（Ditto）

生活的意義就在於追求幸福，這是毫無疑義了的。Wain先生說目前在美國到處充斥著各種各樣教人幸福的書。其實這正表明人們的生活不幸福。今天在武大報欄看見日本攝影家在世界各地拍攝的萬人照片中的幾張，這些人膚色各異，國籍不同，有男有女，有老有少，但個個臉上帶笑，有的人即使看起來似乎有著不可名狀的憂愁，在憂愁之下還是有著波浪一樣往外湧的笑意。問題不在於大家是否追求幸福，而在於追求什麼樣的幸福，搞得不好就會成為痛苦，如像我現在所追求的，恐怕會prove to be bitterness。（9.25）

雄獅在大家庭中只是暫時被母獅所容的客人，而且它們常常受到更兇猛的雄獅的威脅。雄獅之間的爭鬥是你死我活的。通常

由同胞兄弟或朋友作伴的流浪獅子總是到處尋找一個家庭。如果遇到獅群中雄獅的數量不多，或是體力衰退，傷殘病老，那麼雙方就會進行廝殺。敗者總是渾身血淋淋地逃竄而去。如果說受傷的雄獅還能苟延殘喘地活下來，那麼那些被拋棄的老獅子卻只能在飢餓中孤獨地死去。在決鬥中獲虜的雄獅會立即把戰敗者留下的幼獅通通咬死。

　　獅子的吼聲能傳8──9公里以外，世界上無任何野獸能發出如此雄壯的聲音。（《環球》，82.8，9.24）

　　獅子喜歡在昏睡一天之後吼幾聲（並非驚嚇獵物），是為了提提精神。它也喜歡在黃昏時吼幾聲，算得是一種表示存在的方式吧！（Ditto, p. 43）

　　獵物被獲時，一般是為首的雄獅以一家之主之身分先食，其他雄獅則按地位高低先後取食。最後輪到母獅和幼獅。（Ditto, p. 43）

　　成年獅子不欺侮同一家族中的幼獅。聽憑幼獅從它們嘴裏搶肉吃。（Ditto, p. 43）

　　獅子速度跑不快。每小時40公里，而羚羊可跑80公里。母獅可跑50公里。（Ditto, p. 43）

　　今天看了一場香港電影，名叫《歡天喜地對親家》，是個令人捧腹的喜劇片，但很有些地方over done。比如男主角阿牛從醫院偷跑出來時一路的狂笑，不但不能引人發笑，反而使人覺得很

痛苦。（ZZZ說這是因為他吸了麻醉藥，觸動了笑氣所致。）而結尾時兩個親家的大哭也很好笑。有些觀眾對此部影片的反映也很怪。當看到一個男角色偷拍男女私情的照片時，竟鼓起掌來。另有一次男女主角出外遊玩，發現兩個準備情死的人，便大喊搶劫的人來了，以這種方式救了那兩個情人。後面一個觀眾說：「現在在這個地方救得了他們，如果是在別的什麼地方他們還會死的。」（9.25）

廣東省兒歌「雞公仔，尾彎彎，做人『心埔』（媳婦）實艱難……」（《青年一代》，82.4，p. 53）

有個女青年性格內向，好學不倦。但因耳畔生有一塊像濕疹般的東西，一直沒有處理婚姻大事。她自己也十分冷漠。去年十一月出走，上普陀山「削髮為尼」，但沒被接受，回來後，領導同志找上門談心，她不願與人深談，十分憂鬱。她學英文，對自己的工作不滿意，還發表過譯作。（Ditto, p. 53）

「灰姑娘」自述：做人真難，尤其像我這樣有缺陷的人，小時因受意外刺激，智力減退。一直在家受父母兄妹嫌棄。中學畢業分配到農場，仍遭人嘲笑，身上常挨泥塊襲擊。臉常無緣無故被打腫。（從小到大都被叫做「憨大」）腦袋上挨「毛栗子」更是家常便飯。想去圖書館看書，但人們拋來的眼光嚇得我不敢再去。沒一個朋友，曾有人同情，但一接近我就倒楣。我想自殺過，（大手腕血管處，有一道清晰的刀痕）為了找尋溫暖，常陷入夢想和幻想。我害怕回家，害怕那些譏笑惡罵，無路可走，一個路人問我到哪去？是个是身體不好？一下子就把我的心抓去

了。從來還沒人對我如此關心。我到編輯部並不想提過份的要求，只是想訴說自己的苦惱，博得一點同情。（Ditto, p. 52）

　　《小秦的死責任在何方？》。成都西郊一姑娘，少言寡語，頗有心計，七七年考大學夠分數線，但留在師範當了老師。教研組長向她求婚被拒，便懷恨在心，分配時派她去小學任教。她第一次背上思想包袱。這時有一個年輕漂亮的小夥子愛上了她，人們便議論說找這樣一個醜姑娘太不合算，甚至說出「我就是打一輩子光棍，也決不會愛上這個醜八怪。」讓她聽見了，回去大哭了一場，從此染上輕度精神分裂症，被退學。每月十五元生活費，為期兩年。在母親姐姐精心護理下，她的病總算有了轉機。她想回原單位工作，但教育局不同意，說她這種病只適於做工人。兩年眼看就滿，她急了，同意當工人，但領導乾脆不同意，說人員已滿。這時她弟弟在戀愛上又遭波折，人家以「你家有個瘋姐姐」為由，她氣得睡了三天，憂傷地對一同學說：「因為我，害得弟弟結不了婚。要不是我想到媽媽和姐姐，早想死了。」就在學校停發生活費的前夕，她全身換上新裝懸梁自盡了。（Ditto, p. 49）

　　隨著資義物質文明的高度發展，人們在生活中越來越注重實利主義，很多人在精神上無所寄托，就把追求感官享受作為人生的目的。

　　同居家庭之兩個原因：（1）這樣可以去掉虛偽性，而且為此締結的婚姻，更經得起時間的考驗。（2）未婚時每人納稅一年1172美元（若果他的年薪是一萬元的話）婚後就要納稅2739美元。（Ditto, p. 35）

　　第三者介入的離婚案有三個特點和三多：（1）雙方矛盾尖銳。（2）情節複雜、嚴重。（3）當事人很難回心轉意。三多：城市多，幹部、知識分子多，男方尋求第三者多。（Ditto, p. 23）

　　要說沒意思，世界上沒有一件事有意思。可是，人到世上來的頭等大事還是生活。他必須生活，沒有這一點談什麼意思不意思。往往是那些生活得很優裕的人閒得沒事幹去尋找什麼意義。結果自取滅亡。（9.27）

　　譯稿寄出去了。石頭並沒有落地，也談不上落不落地，因為根本無石頭可落。臨走前又閱了一遍稿，還沒看完頭兩張就不敢往下看了。又有許多要改動，已經有一個地方改得面目全非，審稿的人一定會把這當作對他們的侮辱。怎麼才能達到perfection？我不知道。我早已預感到這是一個failure。（9.27）

　　晚飯時大家在一起閒談真是有趣，不僅可以聽到很多聞所未聞的事，還可以觀察到各人的言談舉動。現在就把今天聽到的一些記錄如下。

　　「咱們班的三個年紀最小、個兒最矮的姑娘，都不可小看。L1的心肥得很，有城府。L2油菜花，總想露兩手，只要有機會，她就表現自己。不過，她很難找到這樣的機會，一來是她的家庭地位不如別人，二來學習也不一定比它人好，三來個子也矮了，人家瞧不起。但她心裏有一股不可遏止的表現欲。T比她們倆個都陰些，不喜歡拋頭露面，你看她總是穿一套深藍色的衣服，凡

在公眾場合她就躲到看不見的地方。有好多次我看見她一個人在林間遊蕩，時時俯下身去摘野花，很富有詩意。女生中現在有好些人都愛看心理學，不管學得怎樣，至少她們有這個願望，而實際上在看，這就說明問題。」

「這說明她們彼此間很少了解，心靈沒有多少相通之處，只好求助心理學來相互了解。」

「女生有什麼了不起。一個個都長得不像糧食。」

「你還不是因為她們在背後說你不懂事才這樣還擊她們。不過咱班這些女生都高傲得不得了，她們說男生的字沒咱們寫得好。你們瞧不起人，知不知道人家還瞧不起你們呢！事實上就是這樣，誰瞧不起別人，他也同樣被人瞧不起。」

「幾個矮的走路都挺有意思。L1兩手前後擺動幅度很大，象個小大人；L2後腳跟擡起，幾乎是用腳尖走路，像跳芭蕾舞；T總是蹦蹦跳跳，所以我覺得她比別人高些。長得矮的總想長得長些，而長些的卻想變矮。班上的幾個長人走路總是駝背哈腰，尤以C為明顯。她又乾又瘦，滿臉病態，不像她這個年紀的姑娘。」

「那天開了她一個玩笑，她可能還懷恨在心呢。玩笑開過後我向她道歉說，你別記仇啊。她說她早就知道這是我幹的。」

「是怎麼一回事？」

「就是那次聖誕搞secret friend時，他送了一張畫給C，一張披頭散髮的大腦袋、細頸子的女人。貼在開水瓶上，結果她拎著開水瓶走，來往的人都看見了，她還沒看見。」

今天談起女生，是由Ft講的一句話引起的：

「到目前為止我算了一下，基本上每個女生都和我說過話。據說有的人到現在還有沒跟女生說過一句話的。」

「我就有幾個沒說話的嘛。」

「你看過了四年大學生活了，連一句話都沒說。將來想起來都要後悔的。」（9.27）

屋裏是這樣安靜，外面一只乒乓球擊在乒乓板上發出的聲音，清晰地送進耳鼓。我想起了那些安謐的黃昏，獨個兒在墨綠的雲杉掩映下，徜徉在小道上的情景。時光是怎樣地流逝喲！（9.27）

詩題：沒有人和我談話（以女子口說出來）。（9.27）

In 'A Clean, Well Lighted Place', Hemingway presents of true picture of old man's void life. He emphasizes 'nothing' of life.（Most westerners look for the meaning of life through religion, love, money, family.）which weighs down on us with torturing depression. I wonder how people would live in the 21st century or the 22nd.（9.28）

Life這個東西的meaning是不能深究的。越深究就越沒意思。中國現在還沒受到西方那種depression和isolation的影響。一個原因恐怕是中國人大都隨遇而安，對生活的意義不管不問；這也與教育有關。如果教育普及程度提高，恐怕那時候人們就有許多時間能從事這種meaning of life的探索了。那就是isolation和depression的開始。為什麼一個農民總沒有一個知識很多的人那樣悲觀？（9.28）

西方在提到偉大的作者寫書的動機時，都有這一點：for

money and for his own enjoyment。咱們的則是為了「四化」「革命」「人民」。誰的作品具有lasting effect呢？（9.28）

今天的lecture on painting is from文藝復興時期到二十世紀現代派。

達・芬奇的《最後的晚餐》為時四年，耶穌對眾人說：「我知道你們中間有一個人要出賣我。」這話在就餐者當中引起巨大反響。各人臉上表現出不同的神態。猶大被放在門徒中最陰暗的地方。聽這話後有點不自在，身子往後仰，這畫主要是用正三角形來表現的。顯示出穩定性，以靜表動，以冷色調（黑白等）來襯托暖色調（紅黃藍）。這幅畫現在常掛在教堂餐室裏。

《蒙娜莉莎》模特兒本不常笑，（其美是淺近、文雅的美，她母親就是這樣）但在畫她時他用了音樂，使她微笑了起來。這女人是一個商人之妻，有象徵當時意大利文化發展之意。

文藝復興之興：達・芬奇、拉斐爾，米開朗其羅。

拉斐爾的「聖母」沒有把聖母處理成通常所畫的樣子，如為光環所罩等等，而把她畫成一個善良的平民的像。

提香：（非常討厭學問。常跑到外面畫畫，一直活到90歲。他出身富貴之家，特別喜用金黃色，所以有「提香的金色」）。「花神」原名叫「佛羅拉」，一個女神。十五世紀理想美人的典型：金褐色的發，半月形的眉，藍色大眼，寬肩，聳胸。「Warbin美神」，一個商人的妻子，裸體，沒把她放在天上，而放到婦人家中華麗的地毯上，安靜地躺著，彷彿思索著什麼，富有肉感，更富有人生的樂趣，（他最注重這一點）把神話題材放到室內表現這是一個大突破，他常用白、黑、紅三色畫人的肉

體，畫結束時常用手指塗抹。

倫勃朗的《解剖學教授》：教授面對死屍，臉上一副得意的樣子。

《馬拉之死》by大衛，畫的是馬拉坐在澡堂裏簽署文件時被刺的景象。

認識到兩點：畫家求真而且是有思想的（如畫聖母像的）

誰能說畫家畫得像不像呢？因為誰也不知道畫家畫的對象，無法對比，那麼為什麼我們覺得真實呢？

安格爾的《泉水》表現理智，畫《土耳其浴室》，強調莊嚴的美。

（這個老師說話很有意思，把《懺悔錄》讀成《千悔錄》，還把肉體說成「肌肉」，這些肌肉很好看；當時這幅畫在歐洲掀起了廣大正義人士的同情。）他說我們有些畫家還沒畫南京大屠殺之類的畫，如果不是麻木不仁，起碼是不愛國吧。）

現實主義畫家：米勒，農民畫家。

畫家的傾向性表現在他所畫的人物。

印象派：（資義商品化後出現的產物），光即繪畫的主人，這是光的產物。《草地的野餐》遭到許多畫家的批判，主要是因為它在色彩和線條上使用得不同。

印象派不注重內心感情，而把注意力放在色彩的光上。「我做畫時象動物，彷彿受獸性的支配，不關心任何人的內心活動。」某一印象大師說。

詩題：電影場一瞥（記某次印象）（9.28）

　　印象派畫家塞尚不滿足色彩，成為後期印象派，他們追求形體感。於是有了三度空間的畫，（側面、正面、上面）；畢加索批評說他們表現不出背面。

　　現代派：馬蒂斯（野獸派）要求把色彩從自然主義中解放出來，要隨便使用色彩，他畫畫省略一切背景和細節，由單純的線條和色彩組成。他繪畫前把屋裏放上各種色彩然後互相拼湊，我最合適的色彩，叫色彩遊戲，他不愛任何思想，只講外形。馬蒂斯的畫對裝飾有啟發貢獻。

　　立體主義畫派：畢加索（現代派的大師，頭子）用新的方式創造形體，創造四度空間。

　　抽象派：康定斯基：脫離自然界，完全追求抽象的東西，把藝術看作完全下意識的活動。把色彩和線條巧妙地結合在一起，即使毫無意義，也能喚起画的美感和滿足。他認為繪畫可以表現音樂，因此命名自己的作品為一號。

　　達達主義：杜桑「毀滅過去一切藝術」。這種藝術是「非理智非藝術」，他用針隨便往字典上一扎，扎進多深有多深，結果剛好扎到「達達」兩字。有一次玻璃碎了，他粘合起來，說是一幅好畫。

　　超現實主義：達利，主張「下意識、無意識、做夢、潛意識。」

　　世界上的任何東西，你要說它有意思就有意思，無意識一點意義也沒有，就看你用什麼解釋罷了。（9.28）

　　他認為一切外在形體都帶有「性。」

　　還有「機械工業派」：「世界一切都是運動的」，所以就產生了一匹奔馬有無數條移動的腿。（9.28）

右前方坐著幾個姑娘，都長得不怎麼樣，有一個才洗了頭，髮都散著，這給後邊的一個同伴找到了消遣，於是她便給她編辮子。她在整個lecture中只是在那兒用心地編辮子。左邊一個姑娘則專心致志地用指甲挖鼻孔，然後拿在眼前看，用另一個手指將指縫的黑泥剔出。右邊的兩個姑娘不知在嘰嘰喳喳說些什麼，無論如何也聽不清。一定是很有趣的事，不然，她們怎麼笑得那麼開心呢？（9.28）

詩題：給我！／給我！／給我！／青春的coat／...（9.29）

人類的社會越發展，人們擇偶越趨向理智而不是本能。五花八門的擇偶標準都出現了。（9.29）

L對R說：「e. e. cummings is a黃色詩人，according to Chinese critics.」

「No. 我like他的詩，什麼黃色不yellow!」（9.29）

詩題：一個人。（9.29）

需要探索的一個問題：詩歌中不用比喻，及其他修辭手法，純用白描行嗎？（9.29）

在宿舍裏那麼深切地感到沮喪、失望、憂傷等種種複雜的感情，一出來就忘得乾乾淨淨。據我看來，現代的建築物只能給人那種陰暗的感覺，而大自然才是唯一能夠喚起安寧、平和、和諧

的因素。（9.29）

　　我沿山道走著，打了一聲噴嚏，我為自己的聲音大吃一驚，這哪像二十七歲人的聲音，這活脫是一個80歲的老人在發出的喘息。路旁草叢裏開著花，黃蕊白瓣的菊花，黃蕊藍瓣的菊花；稀稀疏疏地有些紅草莓在深草中探頭探腦，一輛自行車從山上疾馳而下，刷地從身旁經過，我看自己被senselessly地撞倒在地。那人扶起我來要送我上醫院，我謝絕了，渾身疼痛步履跟蹌地走回家。（9.29）

Everyone has his own way of life. One man should not force the other to follow his example.（9.29）

　　照相館：開展文明禮貌活動建設社會主義精神文明，下面是大塊窗，板子隔成一間房，右邊是照相室，布景、椰子樹，被照者座位旁有一嬰孩椅；燈一熄暗如夜晚；一個姑娘在照，穿球鞋，換了兩遍衣服，照了兩次，「別這樣扭來扭去呦！」照相的女服務員說。「你身子都坐得那樣別著，不自然！」有幾張木椅，幾張怪樣子的藤椅。相燈一打開，照相的好像一個幽靈在光線範圍外晃動，我則覺得有四五個太陽照在身上，眼角什麼也看不見了。從那間隔開的小房可以看見武大的足球場。（9.29）

　　這位姑娘全身米灰，褲子太小，臀部太肥，兩條腿一走動，後面疊起許多柔軟的皺紋；另一個「哎呦」了一聲，原來被自己太高的淺黃高跟鞋絆了一下，她身上的顏色是半銀灰半淺棕，布紋像網眼，褲子比衣裳顏色淺。（9.29）

即使在我寫這些的時候，我也毫無任何感情。她們這種美不叫我驚異和羨慕。又有一個女的把自己置身於她男朋友的鏡頭下，整個頭偏過去，只把鋪在肩上的一面髮顯出來。她調過臉時我看清了，這女人雖穿得非常華麗，可臉上是黃褐色，沒有一絲笑容。她並不幸福。（9.29）

公劉在一首詩中寫道：「我有許多朋友，他們是雲、是虹、是⋯⋯」但我知道你怎麼想。你對她說。（你的心碎了）你將不久於人世，因為你在這個世上只剩下一個人，唯一的一個人。（9.29）

那時他叫你去算命，你為什麼沒去？你早就有死亡感，算命的老太婆會說些什麼。你知道不管誰算什麼樣的命，你始終是一個failure。（9.29）

詩題：生命交響曲（需要構思）。（9.29）

他們每晚學習到一兩點，Jz說他要把那本《英國文學史》全部背下來，還要搞作品分析。我也學習到1點，似乎感到有人在嘲笑：「你又不考研究生，這麼傻學幹什麼?!」各人有各人的理想，各人有權用他自己的方式去實現這個理想，憑什麼指責人？（9.29）

晚上在山道中行走時，聽見一種蟲鳴，清脆極了，像一顆顆小鋼珠掉在鋼板上，節奏鮮明，跳蕩，像拍電報的聲音；在湖邊

時又聽到一種蟲鳴，彷彿是流水中發出的，但水很平靜，使人不相信它就是在水中鳴唱。（9.29）

老師說「mad doctor」【作者註：原稿錯成「mad man」——11/2/18，at home in Kingsbury】這個詞有人譯成「發狂的醫生，」是非常錯誤的。但我認為，如不這樣譯，體會不到原文的幽默，任何人在第一眼看到這個詞時，可能都會本能地反應為「發狂的醫生，」進而一想或查查字典，才恍然大悟，不覺有幾分好笑。如果意譯了，這種幽然感就會完全消失。英文中有專門的「精神病醫生」的詞。作者偏用「mad doctor」其中必有奧妙。（9.30）

一個學生課間在黑板上偷偷寫了「No smoking」兩字，上課鈴一響，老師走進去就看見了。「不吃煙？」他問。學生們哈哈大笑。（9.30）

「一名之立，旬月知『廚』」，老師想了半天，在本子上找了半天，還是沒有找到什麼寫法。「下課我再找給你們看。」（9.30）

他愛吃零食。不管在哪兒你總看見他口裏在嚼著什麼，或者手上剝一個地瓜，或者掰開一個橘子。他在哪裏經過，就要留下足跡，不是一堆空板栗殼，就是幾條黃黃的蘋果皮或核。（9.30）

紅紅綠綠的小男孩小女孩ran around在快要枯黃的秋草上；

一個小男孩光著屁股蹲在那兒屙屎，一條長圓形的物體從白白的屁股中往下擠，滑落在草叢中。他們互相追逐，含混不清地唱歌，喊著笑著。「我要屙巴巴了，」一個小女孩說。她有點害怕，便「段老師，段老師」地一邊喊一邊跑過去請教她的老師。我為什麼看他們呢？我並不是far from the cradle嘛。（9.30）

小說題：他向她承認自己愛過許多女人。（9.30）

外國的評論不僅讀來生動，而且能喚起許多聯想。（9.30）

小說計畫：長篇《一個自殺者的日記》，心理分析小說。（9.30）

歌德的《漫遊人的夜歌》據說是他的「頂峰」詩，至今譯著甚眾，傳神極少。俄國一詩人將他們的譯者所譯進行比較，發現萊蒙托夫的最為傳神。然而改動太大，幾乎成為自己的詩。（《文藝研究》82.4，p. 25）

歌德的「公開的秘密」論：自然有其內在矛盾規律。有的已發現，有的還待發現，還有不少秘密。（許多偉大的詩裏面彷彿會有不可窮盡的真理就據此而來。）（Ditto, p. 21）

歌德說：我全部的詩都是即興詩，它們被現實激動，在現實中獲得堅定的基礎。我瞧不起空中樓閣的詩。現實提供材料。詩人熔鑄成美的整體。（Ditto, p. 26）

他談到和席勒的分歧時說：「詩人究竟是為一般而找特殊，還是在特殊中見出一般，這中間有一個很大的分別。由第一種程序產生出寓意詩，其中特殊只作為一般的例證或典範；但是第二種程序根本就是詩的本質；它表現一種特殊，並不想到或指明到一般。誰若是生動地把握住這個特殊，誰就會同時獲得一般，而當時卻意識不到，或事後才意識到。」Marvelous!!!（Ditto, p. 26）

一個問題：歷來詩人寫的詩究竟是寫人民多些還是寫美、真理和自己？要研究！！！（9.30）

歌德說：根本我們都是集體性人物，不管我們願意處在什麼地位。……如果我們坦率地說，什麼是我的呢？我只不過有能力和志願，去看去聽，去區分和選擇，用自己的精神給所見所聞以生命，用一些技巧把它再現出來，如此而已。我絕不把我的作品只歸功於自己的智慧，還應歸功於向我提供素材的成千上萬的事情和人物。（《文藝研究》82.4，p. 28）

詩題：我恨圖書館／那催人的鈴聲／恨白天那無情的白光……（9.30）

即使我在作詩時，我也知道我決不會成為一個詩人，同時想寫小說的願望在心中激蕩，真想把詩筆丟開，大頁大頁地描寫生活啊！可是，一旦自訂了計畫，我一定要完成。
中午，還有一只蟬在快黃的樹上疲倦地吱吱著。（9.30）

我討厭什麼作家的修改之類。司湯達的紅與黑有很多缺點，

誰改得了？偉大總是和渺小共存的。改正了渺小，偉大也就隨之消失。（9.30）

就在我寫上面的東西時，我沒注意一輛汽車已停在我身邊。我把本本放進荷包，一擡頭就從開著的車窗看見一個中年婦女在那邊的門旁織毛衣。我心裏回想起許多記不清的往事。（9.30）

現在出了許多雜誌，為什麼就不出一本專選梗概的雜誌？誰看了梗概若覺得有意思，可以再看原文，這樣節約了許多時間。（9.30）

世界上的事情就是這麼怪：越想為大眾寫作的東西，大眾越不愛看（如惠特曼），為大眾弄的菜永遠不及錢貴些而味美的佳肴；寫自己個人感受的東西可以成為歷代佳品（如《靜夜思》）。

為什麼？（9.30）

他的敵人偷看了他記載內心隱秘的日記，有一天便當眾抖出來羞辱他，不料他心一橫，「嗖」地跳到講臺，大聲說：「聽著，我是幹過這樣一件事。可是，我過去不曾後悔，現在不後悔，將來也不後悔。我覺得這是高尚的，你們不要扭頭、塞耳朵，總有一天你們會處在我同樣的境地，那時候看你們怎樣用人類的『道德』來處理對付這樣的事吧。原諒我的粗魯，但我要說的是真理。我為我有了愛而驕傲，我愛她，她的什麼不是我的呢？她愛我，我的什麼不是她的呢？你們有理智，愛機器人去好了！終將有一天，你們會感到後悔不及！」（9.30號，摘自

一小說）

《文學的思索》摘錄：「到底什麼是當前這個時代的主要內容？代表時代發展方向的是哪些力量？各階層人民群眾正在感受著和思考著一些什麼問題？他們的物質世界和精神世界發生了什麼變化？都有一些什麼樣的理想、願望、情趣和要求，與五十年代、六十年代相比，現在的人們特別是青年在心理上和思考問題的方式上，是否已有所不同？群眾目前迫切需要解決的問題是什麼？」

關於新時期文學主題：揭露四人幫罪惡，歌頌老一代事業家→追溯四人幫的歷史根源、描寫留下的精神創傷、家庭悲劇、社會悲劇→十一屆三中全會後，描寫四化建設者的業績和遇到的阻力。

作家需要問自己：有沒有粉飾生活？

Opinion：新時期文學當前正處在一個比較集中的思索期。出現藝術上向多元發展的趨向。最突出的問題，是文學走出傷痕之後向哪裏去的問題。

其他問題：有些作品不同程度地流露出一種回避現實生活中的矛盾，企圖脫離開時代的意向。具體表現在：（1）轉向歷史（2）記錄奇聞逸事，抒寫個人情懷。（3）回到內心走向自我（「表現自我」不算正確，強調到與廣大群眾相脫離的地步，和文學要反對時代精神對立起來，顯得更加有害。）註：「已有流露出宗教情緒的作品。」我認為這說明Mao的精神支柱已不大起作用，是人們尋求新的精神支柱的表現。這一類的作品認為現實是荒謬的。歷史完全由偶然性支配，只有漫遊到「生活的彼岸世界，人的精神苦痛才能得到解脫。」作者說：「這種人生的空幻

感，與表現自我走向內心的文學主張有沒有一定的聯繫？」我要問：與現行的政治和心靈的要求有沒有聯繫？

關於國外現代派：其世界觀是落後，腐朽以至反動的；其文藝和美學觀是直覺主義、非理性主義，或佛洛依德學說，與馬列主義哲學不能同日而語。只能借鑑其藝術技巧，而不能吸收其世界觀。

要點：革命的現實主義過去、現在、將來，都是我們必須遵循的最主要的創作原則和創作方法。（防止形式主義、唯美主義的產生。）

說得很對的一點：沒有我國民族特點的作品，無法進入世界文學之林。（《人民日報》，82.9.29）

「我碰到黃鋼先生了，又和他來了一場爭論。他往青海投了兩篇詩稿，特別為人家來信中『詩意甚濃』兩句而驕傲。他說他的創作目的是為了娛樂，過了一會又說是為了得到社會承認。是要給自己獲取一些賴以生存的更好的東西。我說詩歌要走向社會，描寫下層，揭露醜惡，歌頌真理。他大不以為然，他就是要歌頌，把自己的學校生活拋在一邊，盡寫些刻意雕琢、言之無物的東西。」（9.30）

「我最討厭虛偽的人，那些不如我的人，只要誠實，我願與她們為友，雖有知識，卻虛情假意，我根本看不上眼，」她說。（9.30）

「我沒有什麼創作目的，不知道為什麼寫，但我心裏想到什麼就寫什麼，就是這。」ZZZ對那個黃鋼說。（9.30）

　　「我說羅曼‧羅蘭的第一篇稿子退回時，editor說這樣子的稿再不要寄來，可黃鋼說我們怎麼能跟羅曼‧羅蘭比呢？」ZZZ說。（9.30）

　　不妨用這種方法寫詩，先隨便寫一首壞詩，再著意寫一首好詩，使兩者對立，愈見壞詩之壞，愈見好詩之好矣。（10.1號2點）

　　「天氣好了！」她叫道，打開窗。我隨聲朝外看了一眼，還是陰沉沉的。「好像太陽照在樹葉上，你看，都黃了。」她說秋天的黃葉像是太陽光，有意思。（10.1）

　　ZZZ的弟弟送給他的一本筆記本的扉頁上有這幾個字：「我的願望是做一個有名的人。」「考不上大學我不是人，考不上重點大學就是一個沒有用的人，天下英雄非我而莫屬。」
　　ZZZ的詩《自白》：我是一個狂人／唱狂曲，唱著咖啡般的心情／我的早晨、早晨、再早晨／我的黃昏、黃昏、再黃昏／早晨裏有黃昏／黃昏裏有早晨／哎喲喲／我的愛情、愛情、再愛情／我拋棄了一切，我一貧如洗／我拎著詩筆，日日作流浪的遊戲，／流浪、流浪／天涯何處不是我的領地／哎喲喲／我吞吐著山霧，擁抱那／大銀幣、小金幣般的月亮／星星／我是一個狂人／唱狂曲，勾引大自然的愛情／我一把揪住朝霞／咬吻她的紅唇／我雙臂攬緊夕陽／撕扯她的紅裙／我跪在月下作我虔誠的懺悔淚如雨下／惹得月亮傷心得像一塊冰／哎喲喲／我是一個狂人／我愛呀，我痛呀，我恨／（10.1）

　　「一次黃昏回來，我看見幾只雞呆立著伸長脖子看湖水，一下子我不知道自己是雞還是雞是我。」ZZZ。（10.1）

　　我幫雍姑娘拿東西，ZZZ也幫她（靜）拿東西，野盡嘆了一口氣：「我幫誰呢？」他捋了一把草：「還是你吧！」（10.1）

　　路上來了幾個背挎包、風塵仆仆的小男孩。一邊嘴裏在嚼著什麼。原來，挎包裏鼓鼓囊囊全是半生不熟的小柿子。一個小男孩往我們每人手裏塞了一把。又來了兩個光腦袋的小男孩騎著自行車。野盡和他們飛了一個吻，騎車子的那個也用嘴做了一個表示親吻的動作，他們的光頭使我們哈哈大笑。
　　野盡要去洗車。雍姑娘說：「別把你的腳也連帶洗了。」階梯處有一對戀人。女的偎在男的耳畔。「別去，」我說。
　　「我這樣走嘛，」野盡說著側過身，將背對著他們走到水邊。（10.1）

　　真善美是主題，但需要站得高，看得深。（10.1）

　　菲酒薄茶表謝意，賓朋親友滿堂座。（10.2）

　　正面：熱烈歡迎中央樂團（中夾一鐘）其上「國家」優質產品白內障滴眼劑武漢制藥廠「其下」武漢市美術廣告公司，「承辦各類廣告。」其左從上至下順次是「請使用千裏光復方中藥散尼通牙膏」（止）、「小兒退熱散」、「武冷牌制冰、冷藏空調設備」（中）、「武漢10W蘑菇型燈泡榮獲部優質產品」

（下）。

　　（現在唱的是女高音梁美珍，閃光藍芯絨的拖地長袍，胸前露出三角形，左胸一朵花。）其右從上至下「白可明防止白內障新藥」（上）「鸚鵡牌優質盒式磁帶」「榮獲省優質產品稱號的15W普泡為您的家庭帶來光明」（中）「成套液化器竈具請放心使用」（下）。其他各處都有五花八門的廣告，耀人眼目。左臺上方高掛「一九八三年全國甲級隊籃球聯賽（第二階段）」。

　　（梁in turn faced the audience singing the applause was not heated. But the last song was a German song；這很難說。Which fasinated the audience of the south stage.）

　　買票時，那人說是李谷一演唱的音樂會，我就有疑，來到大門見路牌上寫的是「由李谷一等」演唱，這才恍然大悟。又是打著大人物的招牌。（10.2）

　　下面是李X昌演唱，報幕員一報「駝鈴」，立即響起歡迎的掌聲。可是這個《駝鈴》不是觀眾的那個《駝鈴》。

　　（詩題：太陽是快燒紅的鐵，我一拳打去，打瘓成金箔，抽成金絲，繞地球一圈，照亮全地球。）（10.2）

　　《牡丹之歌》一報，也引起掌聲。

　　演奏肖邦的鋼琴曲卻很少有人拍巴掌。

　　李谷一穿一身顏色綠郵遞員服裝的西服，紅高跟鞋，眼睛elegantly往觀眾席上徐徐掃了一眼。（10.2）

　　雍姑娘看著飯館裏夥計起勁地用雙手攪拌著餃餡，小聲對我說：「真刺人！」

「刺人？」一個胖胖的店小二笑著說：「可吃起來香唦。」
（10.3）

詩：我是世界的公民。（10.3）

要想寫出驚世嚇俗的作品，沒有高瞻遠矚的氣度，洞察幽微的觀察力和闊大雄偉的胸懷，是不行的。（10.3）

野盡君之所以常樂，其原因之一在於他很少認識到自己有錯。不過，他不像有些人，因為自己沒錯便自視過高。他只不過僅僅只認為自己沒錯罷了。他的詩改到第二遍就覺得好得不能再改，搖頭晃腦地朗誦幾遍便交出去。最近寫了幾首詩，每首都排在床頭或房間牆上，高興時便大聲自我欣賞地讀讀，修改兩個字，但實際上修改得並不多。似乎並不覺得寫詩是一件需要付出極大勞動代價的工作。光憑熱情又能幹好多事呢？有的句子簡直不通。我不能讓這種現象在自己詩中出現。（10.3）

今天看《三家巷》有點小小的感想，總覺得沒有原著好，主要還是幾個主要人物的性格不鮮明，周炳「傻」，可這個傻就表現得不充分，讓人看不出。區桃死後，他曾有一段時間意消氣沈，終日飲酒，但他的頭髮卻一絲不亂，身上也穿得整整齊齊，臉龐還是紅活圓潤（這一點不好辦，不能讓演員瘦呀。）所以雖然他痛哭，那情景確實並不感人。（10.3）

Jz看了《春天的童話》評價是：「像一部報告文學。」他只用了不到兩個小時便看完了這本書。（10.3）

《春天的童話》寫得好，真實的生活，真實的人，對愛執著的追求，對醜無情的鞭撻。這樣的作品，為什麼要禁？難道又要等到作者死了四五十年後再去作什麼rediscovery？

社會真是豈有此理！

唯一不足的是，作者純粹從自我出發，肯定的少，否定的多。對自己有利的即是好的。反之，即是壞的。不太具備典型性。缺少世界性偉大作家所具有的那種闊大的胸懷和對人類的博愛精神。（10.3）

今天早上過漢口，沿途所見，皆和樂之態。情侶對對，徜徉街頭；母子雙雙，相攜來往；而這些姑娘們長得又是如此美。今天陰雲也散了，藍天、太陽。中午在飯館吃飯時，店夥計那麼和藹，還專門過來解釋：「好吃嗎？我們這用手用慣了，剁肉。笞魚，切菜，都是用手。」我連連說好吃，事實上餃餡也的確可以。坐車回去時，她對面一個陌生的男子提醒她不要把手中的蛋碰破。

怎麼今天遇到這麼多好人？我想。也許是因為我倆和好後我心情愉快所致？可這些是事實，並不是我感情的產物呀；也許，這世界上本來就沒有一個壞人吧。（10.4）

今天看了一則很有趣的啟事「找球（原文用手畫了一個球的圖——作者註，2018年2月10日at home in kingsbury）啟事」每角各貼一張剪畫。上兩角是一外國足球明星的像，下兩角是中國足球隊的英姿。還有一個球員奔跑的姿勢，「看他那憂慮的目光，不正是在為我們丟失足球著急嗎？是的，我足球隊在與別人

比賽時，一足球不慎在四球門旁丟失。請失者留下貴址面謝。」
（10.4）

有的人把「沾沾自喜」讀成「貼貼自喜」。（10.4）

鮑爾把他自己形容成一個衣架在一件空空的衣服裏面。
（10.4）

我們談起一個繼承了十萬元遺產的人退職後將過怎樣的生活。
「也沒意思，如果年紀輕輕什麼也不做。」
「出去旅行，比如周遊世界還可以。」
「十萬元還想周遊世界？！了不起在國內玩玩。」
「建一幢別墅，並辦一家小店，雇用自家的親戚，找一個漂亮的妻子，舒舒服服地過一生，這還不錯。」
「嗨，窮人日子不好過，太富了，日子同樣也難過呀。」
（10.4）

剛才又開了野盡一個玩笑，辛穆悄悄把桌上那瓶氣味濃烈的腐乳藏在桌下，打開瓶蓋，然後假裝問野盡關於書上的一個問題，等野盡整個注意力被辛穆指在書上某個地方的手指所吸引，辛穆突然將敞開的瓶口塞到野盡的鼻子底下，後面的情景可想而知了。（10.4）

寫了一首《明天，是什麼日子？》兩Z和懷柔看了後都覺得寫得好。今天膳正準備交稿前，給野盡過目。他看後一聲沒做便還給了我，這完全在我預料之中。我為什麼感到突然一陣不快甚

至生氣呢？我的目的並不乞求他的贊揚啊。這種沉默委實叫人引起很多猜想，而我並不想假惺惺地問他：「怎麼樣？提點意見吧。」

也許他的這種沉默是對我的報復吧，因為我從來很少對他的詩表示過任何贊揚，憑心說，寫得好的極少。

關鍵的是，要自己了解自己，不要太自我陶醉、忘乎所以。別人有千言萬語，我有定規一條。只有既看得出人的優點也看得出缺點的人才算得上某種意義上的完人，否則，便失之偏頗。嫉妒、怨恨、猜忌，這些都是最要不得的惡性。怕就怕自己不知道自己的斤兩。（10.4）

難道說不需要自然的影響就能形成習俗的聯繫！難道說我們對親人的愛不是我們對國家的愛的本原！難道說不是因為我們有那小小的家園我們才依戀那巨大的祖國！難道說不是首先要有好兒子、好丈夫和好父親，然後才有好公民！（《愛彌爾》，p. 535）

她們愈是想學男人的樣子，她們便愈不能駕馭男人；這樣一來，他們才會真正地成為她們的主人哩。（Ditto, p. 537）

婦女以婦女的身分做事，效果就比較好。如果以男人的身分去做，效果就比較差；無論在什麼地方，只要她們善於利用她們的權利，她們就可以佔據優勢；但如果她們要竊取我們的權利，她們就當然會不如我們的。（Ditto, p. 537）

喬治桑追求個性解放、女扮男裝、抽煙喝酒，似比盧梭進

步。（10.4）

盧梭說：男因欲望依賴女，女不僅因欲望而且因需要依賴男；男無女能存，女無男不能存。「由於自然法則的作用，婦女們無論是她們本身或就她們的孩子來說，都是要聽憑男子來評價的。」（Ditto, p. 535）

無論天性或理性都不可能使一個婦女愛男人身上跟她相同的地方，反過來說，她也不應該為了取得男人的愛就學男人的樣子。（Ditto, p. 539）

婦女使男子產生的輕薄行為，遠遠多於男子使婦女產生的輕薄行為。（Ditto, p. 540）

關於教育小姑娘，盧梭說：只要告訴她們別人在怎樣談論她們，就可把她們管束得好好的；而這一套對男孩完全無效。（Ditto, p. 540）

盧梭說，斯巴達的女孩子做軍操不為打仗，而是為將來生育能忍受戰爭艱苦的兒子。因此，應通過輕鬆愉快的活動培養青年女子的體格。

他還說，希臘男女體格優美，是因為穿的衣服寬大，不束縛身體。他說：「在任何年齡都要長得自然。」即二十歲的女人就扮成二十歲的，四十歲多的決不要扮成四十歲的姑娘。

「所有一切妨礙和束縛天性的東西都是由於風尚不好而造成的，就身體的裝飾和心靈的修養來說，確實是這樣的。生命、健

康、理性和舒適，應該是壓倒一切的，不舒適的事物決不會顯得優美。」（Ditto, p. 543）

《詩歌概論》說到要寫出有獨創性的詩歌，作者須具備四點，我掩卷想了一下，應是：（1）觀察深刻。（2）感情豐富。（3）表達力強。開卷看時見是（1）深刻觀察體會生活。（2）以正確思想對生活進行提煉。（3）獨特的藝術本領。（4）努力進行創作實踐。

還是覺得少一點，那就是感情，這東西是作詩的骨。（10.5）

詩題：對比描寫大學生崇拜大自然，然而河南農民的生活卻──。（10.5）

在生活中有誰真正關心過多少人？越住得近的人，互相之間感情交流得越少。詩歌應成為心靈的渠道。（10.26）

前天，一個面熟的同學指著我腳上布滿灰塵的涼鞋說：「天氣這麼冷了，人人都穿皮鞋或布鞋，你怎麼仍穿涼鞋？不合時宜的人終歸是要撞得頭破血流的呀。」

今天，兩位尖嘴利舌的女大學生指著露天報欄裏登出的學生的習作詩歌，說：「太狂！在這種時代如此之狂又有什麼好下場呢？葉文福不就是榜樣嗎？」

「聽說到單位報到允許有三個月的期限，」晚上一群姑娘沿湖走過，嘰嘰喳喳地講著話，「那就彌補了空缺的假期。喲，要不了兩個月，就可以拿到工資了，啊！」

月光把厚重的雲層割破了幾道口，幽幽地瀉下三兩條光。兩個民工在爭論：「是四角！」「二角！」「四角！」「兩角！」

這些事情發生在不同的地方，不同的時間，被我無意中聯綴成文，有何意義呢？

實惠——這就是當今的中國。（10.26凌晨）

五四以後，中國的文壇上湧現出一大批出類拔萃的傑出人物，如郭沫若、矛盾、魯迅、巴金等。不經意地想了想，忽然發現這樣一個事實：他們全是留洋生。又回顧了一下從五四到今天這段歷程，不覺驚道：文壇為數不多的幾個巨星全是留洋的學生，這真叫我氣餒。難道說不留洋這文壇上就不能出現新的巨星，就不能徹底改觀嗎？

是什麼原因使得留洋生無論在思想水平、知識水平上都勝過國內受教育的人呢？將來的變化是不是還有待於新時代的留學生呢？（11.3）

Jz剛才把我們大家嚇了一跳，他說中國「報載」某地曾經有一群男女青年裸浴。隨後我們開起玩笑。我說我小時遊過裸泳，那是跟一個同學一起，那個同學起先是怕，後來聽我催促說沒有關係，才跳下水。「這算什麼，我20歲的時候還賽過裸跑呢，」Jz說。「百米。你瞧這樣。」他撅起屁股，做出跑的樣子。惹得大家哈哈大笑。（11.3）

Great things are done when Men and Mountains meet;/This is not done by Jostling in the Street.（By a poet [即William Blake]）

詩：青年，啊，青年。（11.4）

要想考好試，背就是了。別想它的道理，否則，什麼也學不進。

關於色彩：相鄰色——橙黃、綠青。互補色——紅綠、黃紫互補，互補色之對比，使畫面色彩特別豐富鮮明；相鄰色的對比，則令畫面顯得柔和協調：綠色的太陽等。（報錄）

但丁把詩的風格分成4種：（1）平板無味的。（2）僅有味的。（3）有味而有風韻的。（4）有味的、有風韻的而且是崇高的。（報錄）

一個愛吹牛的人什麼東西都可以拿來當作吹牛的資料。比如原先有個同學作文寫得極慢，又不好，但他總說這是因為自己不輕易下筆，喜歡深思熟慮的緣故。（11.4）

就連營業員也以一種非常蔑視的態度對待我，當我問她：「怎麼一個碗要九角五分錢呀。真貴！」

「怎麼連吃碗還是吃飯都分不清了，」她睡意朦朧，嘟嘟嚷嚷地說。

這句話的作用是慢慢擴大的。起初我想問她，要她再重複講一次，馬上我就止住，因為話裏的含意已經開始發作，等到我離開商店門時，我心裏氣悶得很，為什麼人們都像這樣對待我呢？因為我是一個失敗者？（成功者的經驗對失敗者是永遠不適用的。）（11.4）

　　就是買了這只碗，我還十分擔心它會不會掉，不安全感永遠籠罩在胸頭，在大自然中從沒這種感受。（11.4）

　　想做真正的人，你就做不了詩人；想做詩人，你必須不做真正的人。（11.4）

　　小說跟詩歌的思維方式完全不同，構思小說時腦子裏的詩意蕩然無存。我真怕從此自身的一點詩人的氣質要因為作小說而泯滅。但有時我在寫詩時，又感到一種強烈地要用小說形式表達的欲望。小說太需要構思了，進行構思時又不能參雜進任何無關的雜質，諸如晚上還要讀什麼什麼書等等。吃過晚飯後的散步簡直令人痛苦，我第一次體會到構思不出時人所受苦的難受。不知道生孩子的母親是否有同感？我的頭想得發昏，胸口悶塞，肚子也好像冷起來。有時候不得不嘆幾聲大氣，解除重壓。寫了兩篇完全不一樣的小說，都起名為《碗》，但一篇都不令人滿意。筆頭澀得要命，全篇沒有一句耐讀。（11.4）

　　永遠也不要灰心喪氣，春陽，永遠也不要灰心喪氣！（11.4）

　　詩：向共產主義進軍。工，民工，都是民工！（11.4）

　　我要獨立於世！任你們世人去鑽營吧。我將獨立於世！我不羨慕你們那種你嫉我妒的朋友。我不稀罕你們那種你吹我捧的交情。我討厭裝腔作勢，我討厭無知的驕傲。但我將把這一切置於腦後，獨立於世。我義無反顧，堅定地走向我將去的地方。我會

走到的。（11.4）

　　寫意識流的人必須頭腦清楚，他構思時的大腦一定不是像意識流樣混亂。

　　沒有很好的寫作底子，想寫出意識流的作品是非常困難的。

　　眼光尖銳的博愛者同眼光尖銳的厭世者的區別就在於，前者清楚地知道人類一切的罪惡缺點，但卻持寬容忍讓同情理解的態度。而後者卻對人類這些罪惡產生極度厭惡。（11.5）

　　要自由必須有知識。一個無知的人如果得到了自由，他還不知道幹什麼呢。（11.5）

　　今天早上用了新碗。洗後放在架上，心裏還惴惴地，這麼嶄新的碗，還不一下就被人看中拿走嗎。上面又沒打個記號，拿走了也找不到了。我走到半途，幾乎想轉回身把碗裝進書包。又轉念一想，還是不如把碗上的瓷全敲碎。這樣，碗的命就可以保全了，同時卻有一種強橫、兇惡的情感控制著我：如果誰再拿走碗，那就別怪我用了別人的碗了。我要把所有的碗全丟到外面去，並藏起幾只來。社會對我是仇視的。（11.5）

　　昨夜Yao說他的生薑都要爛了。需要裝一些乾沙埋著，不然，就放不到過年。

　　「你要在這兒過年？」辛穆問。

　　「嗯。」

　　「留著燒雞吃才好吶，」Le說。

　　「怎麼，你也不回去了？」

「我不知道別人怎樣，反正至少這個房間的三個人是不回去的了。」

一聽這話，我還以為把我算進了，立刻就意識到，這是說的他們三人。他們一聲不做，看著自己的書，臉上卻帶著滿意渴望的神情。

「那很好呀，」辛穆說。

這話一說出口，我便想起Yao有一次對我和某個同學歡聚時所說的話：「真的那好玩嗎？」這話裏暗含著一種刺人的意味。我立即察覺了，但今天我的心情並不像當時他說那話時的心情，因為我並不嫉妒他們，即使你們三人結成同盟，我也不在乎，我將超然於世，我不屑於這樣的結盟。人的價值並不是通過這些表現出來的。洗澡回來，想找兩個衣架，沒找著，Yao幫我取下晾著衣服的架子。心裏又感到好受多了。

今早Lj，Le和懷柔坐在桌邊看書，紋絲不動，我說了聲：「要打水呀。」其實我是對Le說的，但他無絲毫反應。我拿著水盆出去時，氣得鼓鼓的，這麼懶，難道你就不用水？難道你不是這個房裏的一員？連自己的被子也從來不疊。站起時連看都不往這邊看，理都不理一下，有什麼了不起？哼，就恨你又怎麼樣？因為是你引起的，走的那一天要對你說，回顧四年沒做過對不起你的事。內心無愧。但你對我說的話永遠記在心裏。越想越氣，從今以後不和這個人交朋友。這是決計不可能的。（11.5）

我發現碗又不見了。這一回，我心中的火熊熊地燒起來，我不顧一切，拿了一只碗，也不管是誰的，到門外便往石上猛敲，一直敲到漆色掉下來，才拿去洗了買飯。這時來了一個人向我要碗看。他反來復去地看了一陣子，然後勃然大怒：

「這是我的，你怎麼把它弄成這樣！」

「這是我的！這是我的！」我和那人互相大罵，接著便扭打起來。Between barrier and barricade? Mrs Wain's voice drew me back to reality.（11.5）

我在課堂上一閉上眼睛就產生很多形象。剛才看見一條金色的火焰像大河一樣從面前流過。忽而變成灰水，裏面湧出一座摩天大樓。（11.5）

好端端的碗上刻下一個歪歪扭扭的字。為什麼呢？就為怕被人偷。找油漆找不著，到處都沒有。在這個充斥著書本的地方，你是找不出一件工廠裏常見的東西的。貼膠布「那等於白貼，」一個同學說。最後只好求助於湯匙，將湯匙反過來，匙尖抵著碗外面，用勁捺著在上面劃過，便留下一道黑亮的印子。這麼好端端的碗，卻受著如此不公平的待遇。心裏有苦難言呀。可是總比被人偷好些。「用破碗就不會有人拿了。上次我的一只新碗，用了沒兩天就被人拿走。」A把他的破碗給我：「你看，一直用到現在，什麼事都沒出。」

ZZZ中午來，心情有些不暢快的樣子。信還沒有來。「會不會遺失？或者，竟會因為詩中的觀點被人抓把柄了呢？」他表示現在搞詩不實際，還是考研究生好些。

我感到，在我們這個社會，詩歌要想存在，必須是為大眾的，為「錢」的，否則，只會遭到放棄的下場。他說：「有什麼必要進行詩探索呢？這個社會不需要太獨特的東西。一切全要合乎大眾口味才是好的。」（11.5）

英國一天文學家認為地球每年以十分之一mm的速度在收縮。自形成以來，半徑已縮減了三百公里；他還提出假設，當地球所含元素的放射性結束，地球冷卻時，它的外殼將擴張而爆炸，但這是億萬年以後的事。報錄。（《湖北日報》，11.5）

有一種蟲死後只剩一副輕飄飄的空架子。構造外常對稱，一邊四個框架，一端聚在一點，一端向外分開。像兩個底端相觸的V，不知道這是一種什麼蟲子。（11.5）

今天下午華師一位副教授來講如何欣賞《紅與黑》。我到遲了一點，坐了沒五分鐘就走了，走到門檻上說了一句：「見鬼去吧！」這個人給我留下的印象是裝模作樣，指手劃腳，故作鎮靜。每說一下便伸出食指在眼前權威似的晃一下，as if he knew。一眼就看出這個人說話並不很行，卻很能掩蓋自己說話的缺點，那就是故意拉長每一個字的音，既顯得威嚴，又能為下面的字做好準備。「欣賞外國文字，我們要看你是欣賞，故事情節的離奇呢，還是，……」像對小學生一樣說話，而且也不乏陳詞濫調，什麼中國小說的人物無性格等等，高大女沒丈夫男沒妻子等等，早聽厭了。（11.5）

關於靜，她現在已經完全墮落了。這一點從我跟她談話中就可以看出。她已完全被我影響。她說現在就是要及時行樂。以前她很刻苦學習的，現在晚上九點不到就走了。有時伏在桌上好半天才起來，這我在圖書館都看見的。她這些時打扮得好起來，肯定有談朋友的心事。她要是再談一個朋友那可不好。若是那個男朋友主動，她說了她知道怎麼對付他。她現在已經有了經驗。

ZZZ說。

　　關於自己的那位：「她前天拿來一封信說，你的（我）事業心真大，我很感動，還寄來一張照片，但我不能給任何人看，反正我是一定要她來見見你的。」

　　關於詩：「我現在只想成名，也不想家裏那個她，也不想一切，上課都在想詩。可是Jz家都在考研究生，我心裏也有些癢癢。好像搞詩是不務正業，其實她知道如果一心一意撲在上面，我肯定會成名。但總是不甘心，明天考試，也不想復習了。」

　　關於社會：「共產主義社會太虛無縹緲。我現在對一切都失去了信心。我什麼也不會想了。只想成名。」（11.5）

　　（湖）

　　她總對我訴說著什麼／當我走近她／但是我若仔細聽／又聽不見任何話／風聲濤聲秋葉聲／麻雀夕陽下。（11.5）

　　不能完全拋棄前人的思想，一味追求original。沒有前人也就沒有現在，關鍵在抓精髓。（11.5）

　　路邊那個姑娘的褲子那麼小那麼緊，卻使我毫不動心，要是在十年前，我一定又會有種燃燒的感覺，再小又有什麼用呢？還隔著一層。如果脫光，只要不喜歡，也難以引起任何欲望。（11.5）

　　偉大的詩人都是同時代格格不入的。

　　這決不是偶然的。迎面走來四個黑影，沒有一絲聲響。立時給我一種恐怖的感覺。我彷彿看見他們向我撲上來扼住我的喉

管，向我要錢；接下去不遠碰到一個手裏吱吱吱地玩著兩顆大鋼珠的人。跟他擦肩而過時，我感到他像要舉手用鋼珠甩在我的腦袋上。我腦漿飛迸地倒在地上。再接下去是兩個拿盆的士兵，和他們擦肩時，我又看見他們把盆扣在我頭頂，我一聲不做，被他們拖進一間空房子；路上只要有一輛汽車駛過，我便緊緊貼到路邊，——這是怎麼回事啊？這難道是偶然的嗎？（11.5）

你聽這雨：梧桐
我帶回滿湖的愁

寫這樣一種詩：每行字數根據行數變，第一行一個字，第二行二個字，由此類推下去。（11.5）

簡單說，現在我要的是成名！對，是成名！（11.5）

「我害了她。真的。她每回看見我就說我是一個大騙子。說我會演戲，說從我這兒學到了不少東西。哎，我得懺悔呀。」（ZZZ, 11.5）

問我崇拜誰，我崇拜很多人。但問我不崇拜誰，我又可以不愛我所崇拜的所有人。（11.5）

詩人的責任（天職）就是抨擊一切黑暗罪惡的東西。歌頌真善美。但一個偉大詩人的真善美是出格的，是時代所不能接受的（如智利詩人的那篇散文詩）。
他將這一切都告訴我／我暗暗地歡喜／原來他是一個醜惡的

人／但我比他更醜惡／因為我有一顆醜惡的心／雖然我從未把醜惡實行。（11.6）

謝謝你，陌生人／還是讓我獨自地走／獨自地接受上天普降的甘霖／（11.6）

陌生的姑娘啊／你請接受這只傘呀／它能為你遮雨　這就夠了／至於我　我是一個愛雨的人／你只管去吧（11.6）

任何詩人，不管他把社會描寫得如何一團漆黑，他的目的也不是在於推翻這個社會，而是在於使社會意識到它的壞的地方，從而改正它們，推動社會前進。（11.6）

快樂是可以與人共享的，而真正的痛苦，卻是無法與任何人共同分擔的，因為它根本就無法言傳。（11.6）

我的快樂／就像掠過手邊的蝴蝶／一閃即過／卻又老不重合（11.6）

「這些情侶，不管我們多愛他們。畢竟不是我們的，不像現實的東西那樣純潔神聖。我們自己才是現實的。我們已經有了孩子。我們互相獻出過年輕的身體，我們保證過要白頭偕老。」（厄普代克）

我常常為內疚所折磨，痛不欲生，我不能滿足於她的原諒。我要的是她對我犯罪，從而讓她得到我的寬恕，於是我做了一件奇跡……（11.6）

　　象徵主義的出發點是神秘感。認為：神秘是現實的本質。現實世界是虛幻痛苦的。「另一個世界」才是真的美的。詩的目的：在於暗示「另一個世界」。不能直接描述現實，只能以象徵手法和隱喻方式抒發詩人在現實生活中混亂模糊、捉摸不定的內心體驗。

　　象徵主義是詩歌的理想主義潮流，它不崇奉任何傳統的詩歌形式。主張詩的形式應適應於千變萬化的內在世界。它打破了傳統詩的格律。不講嚴格的押韻和對仗。詩行可長可短，詩人完全根據自己的激情和幻想安排詩的節奏。

　　象徵主義鼻祖（Charles Baudelaire）提出「交感」說，認為自然界萬事萬物互相感應，互相象徵；色聲味相互溝通，視覺聽覺嗅覺之間存在深刻的統一。

　　保爾・魏爾倫認為，詩歌應具音樂性，又認為「最為可貴的是令人半醉的，模糊和明晰相互融合的詩」。

　　馬拉美認為「詩歌乃是一種神秘」，提倡「類推法」的技巧，即形象不按情理組合，而是一形象喚起和暗示另一形象。

　　蘭波認為要否定一切，破壞一切，對詩歌進行徹底革新，聲稱要創造一種「不管從什麼角度來理解都行」的詩歌語言，提出詩人的主要課題在於「認識自我」。「經過推理的錯亂而成為通神者。」他的《醉船》公認為象徵主義詩歌的代表作，是二十世紀超現實主義詩歌的先聲。《外國文學》（2.10號）

外國文學編輯部（北京外國語學院91號信箱）

今後的詩：寫傳統詩練筆，寫象徵詩練性。（11.6）

讀書一定要會讀，否則只會被書毀掉。（11.6）

有的人一輩子不讀書，他的知識比誰都多。（11.6）

一字起頭詩：全部用形象，每一形象喚起另一個直至無窮。（11.6）

我要感謝現在的黨和政府，使我能夠隨心所欲地創作。（11.6）

我不為錢不為名，只為發泄自身的創造力！（11.6）

我渴望光明／但這光明不同於眾人／它是黑暗的化身……（11.6）

黎明的光明／我不要／來得太容易／……的光明，我不要……（11.6）

他得意，他總是很得意／學習好，工作也好……（11.6）

詩人應是超地域超時代的／我沒有國籍／我只屬於世界／屬於整個宇宙間的一粒星球。（11.6）

「我發現你很能寫好幾種不同口味的詩，」A對B說。
「這個嘛，」B說，「讀者的口味不同，詩的口味就應該不

同，我反正是根據讀者的口味調整我詩的口味。」

「那我不這樣看，」C說，他一直站在旁邊不作聲。「我認為作者的思想是複雜的。因此，為了表達這些複雜的思想，他必須藉助不同形式不同口味的詩，才能達到這個目的。」

「我看數學決不能同詩聯繫起來，」A說，「一種是純粹邏輯思維，一種是純粹形象思維，無論如何也不能攪到一起的」

「你這個不可能的結論下得太早了！」C說。「任何事情能成功，就是不相信有這個『不能』，我可不相信有什麼不能，除非你是嘗試過一千次一萬次乃至一億次失敗了，那也許是不能。但我還是不相信，也許在第一億零一次的時候能了呢？你年紀還這麼輕就把一切事情看作不能，豈不是束縛太深了一些嗎？當然，這個主要是就藝術而言的。」（11.6）

另一種詩形式：只押頭韻，不押尾韻。（11.6）

「創作詩的大腦，就像一個磨得溜圓的石頭，在詩的形象中自如地滾來滾去。然而你只要一使用邏輯思維，這個圓球就會被撞擊得凹凸不平，根本難以轉動了。我如果構思了幾天小說，我起碼沒有上十天恢復過來，使詩的大腦磨光again。」（11.6）

他雖然把我給他看的《外國文藝》接了過去，但我有種感覺，他不會愛看的。我時時朝他瞥一兩眼。他坐在床前，端端正正地翻書，翻到第一面，上體保持正直，頭微微低一點。這樣坐了一會，便躺下去，半個身子倚著床欄，接著又起來，眼睛離開書本，看著腳尖，並用手拍打了一下褲腿上的泥土，至此，我完全肯定他根本不愛看外國文學，因為我想起昨天他看一本中篇小

說一直看到十二點多。果不其然，我再瞥一眼時，他手中已換了一本雜誌。我的那一本一半卷著，攤放在身邊。也許他就是怕我不高興，才一直沒敢看別的書。因為畢竟是我主動給他的呀。（他是辛穆的一個朋友，瘦高挑，長臉，表情很堅毅，像個南斯拉夫遊擊隊員。）（11.6）

昨夜的談話：（ZZZ）

「那天我在圖書館她心神不寧的樣子，真想一下子跪倒在她腳下，向她懺悔。你知道她說什麼嗎？她有一次對我說，她要下一個男人好好嘗嘗她的厲害。有一次她說要殺我，是帶著很愛的樣子說出這話來的。我就用手掐住她的脖子，我怕什麼，說我要掐你容易得很，她說是呀，我一在你面前就有種無能為力的自卑感。我們班上有個同學心裏很想談朋友，但他面上總不顯出來。不過，被我看破了。有時候，我說有些人別看表面上道貌岸然，心裏想的可不簡單呢。他一聽就明白，但一句話也不敢說。他後來在喝醉酒那次對我說，他認為自己應該壓抑。自己沒有魅力，姑娘們看不上。有一次，他寫了兩首詩送給某系一個姑娘。那姑娘竟跟他出去談了幾次，他高興地說：「現在我才覺得，我還是有些魅力的。」他的自卑感很強。你比如我班那個同學，進校時還天真到說出「城市的姑娘個個都漂亮」的話來，後來不就墮落到追求一個77級的女生嗎？」

「這不是什麼墮落！」我說。「他除了追以外，並沒做任何壞事。他應該得到理解和同情，為了純潔的愛情所做出的一切都應該得到理解和同情。」

「我將來一定孤獨。沒有了你，在社會上還有什麼朋友

而言？很想一睹你朋友的芳容（指W）。我父親說不贏我便只好說：「不管你怎麼說，你得聽我的。這個家是我當家而不是你！」我過去跟家裏還吵過幾架的。有一次深夜跑到野外高粱地裏，媽媽領著人到處喊：「兒啊，你在哪裏？」我聽見她那撕心裂肺的哭喊，心就軟了。還有一次，那是七歲左右的時候，在鄉下勞動，幾個同學一起去遊亂葬崗，他們好像相約了一樣，一下子躲得不見了。那是秋天的晚上，我嚇得直哭，到現在我一想起那段故事，心裏還發慌。回到家裏，祖母用水把我全身上下沐浴一遍，嘴裏念念有詞。你看我現在又沒錢了，家裏一月只給十元。不過這裏我領的是甲等助學金。但不夠呀。我看要找家裏那位要了。你看好不好？她可能已經失身，因為有一次在公園裏，我看見一對男女摟得很緊，她卻沒有絲毫反應。我真羨慕你的生活，你有一個矢志不渝的女友。（他知道我這時的想法嗎？我真是有苦難言呀！只好不說話。）不敢再交女朋友，再交只有又到那種地步，那太可怕！我的靜那次對我說，一想到我跟一個男人有這種不明白的關係，真是心都顫栗了！」（11.7凌晨）

我每隔一會就要把額前的頭髮掠到一邊去。我很不喜歡這種長髮，猶如年輕時非常喜歡一樣。現在不喜歡穿小褲子，一切的穿戴都從舒適的角度出發，但年輕人並不是從這個角度出發的。

早上在餐館過早，那裏有個人唱《想起往日的苦》，這是20年前的老歌。可見有些歌給人的印象很深，竟達二十年之久。（11.7）

人們強調解放天性，總是片面強調性的一面，即對人有利的一面，卻忽視或故意忽視了另一面，獸的一面：自相殘殺，弱肉

強食的一面。（11.7）

　　哪兒有前路哪兒有前路／這一片黑暗這一片荒丘／有！有！往前走一直往前走！（11.7）

　　小說：《偷情》（心理）（11.7）

　　以：「這一次她向我走來了」結尾。（11.7）

　　我需要一個女子狂怒地愛我，粗野地愛我。（11.7）

　　買高跟鞋的細節。（11.7）

　　我在構思小說時，要對一切偉大的文學家說：滾你娘的！（11.7）

　　小說：他和我經常談話，有時很有趣，像大有深意似的。於是我對他說：「你花點時間把我倆每天的談話整理一下，寫成文章，說不定哪天成名了，（當然我是不會成名的，至少希望不大。）咱們的這些談話便成了像歌德對話錄那樣的佳作呢。」他一下興奮起來，便答應了，從此以後，他使自己的談話帶上了一種哲學色彩，發表了很多有意思的看法。他為了名傳千古，不惜一個人占領了整場談話，我理解他的心情，便滿有興致地聽他講。後來，他把我們這段時間的談話整理成文。給我看，是這樣的……（11.7）

這個世界上，每樣東西都能各得其所，唯獨人類缺少空間。（《凱旋門》）

這個世界上，如果沒有愛情，跟女人，睡睡覺是最無關緊要的事兒。（Ditto）

如果可能，咱們待人應當儘量仁慈一點，因為咱們一生中也會有一些所謂罪過的。（Ditto）

一個人常常是孤單的，但又永遠不會孤單。（Ditto）

生活並不想使咱們變成完美無瑕的人。誰完美無瑕，誰就該進博物館了。（Ditto）

小說：一大學生的覺醒（被開除因為同一有夫之妻發生關係。）（11.8）

詩：支柱。（許多人在惶急地奔跑／支柱已潰倒／他們焦急地四望……錢、精神，最後他們抱住了一個大支柱，原來是：自我。（11.8）

將來的中國文壇一定要湧現一批新的作家，他們懂得幾門外語，並能融會貫通地使用。（11.8）

我要盡可能地打扮我的情人，讓她永遠美麗芬芳。（11.8）

小說：Odd man out.（11.8）

小說：開車帶人。（暫名。以一事為主，主要寫心理活動）（11.8）

我緊摟住赤裸的身體／以為這是一根支柱／眨眼間變成一根枯骨／我……（11.8）

Go to Hell，分數！（11.8）

無論付出多大代價，也要在文學中事業上作出貢獻來。分數算得什麼？跟錢一樣，在我如糞土！（11.8）

我在教室一閉上眼，就出現各種畫面，剛才是一位穿著輕紗似雪白長裙的姑娘迎著陽光向我走來。我覺得自己縮小了，只看見她的大腿越邁越近，從我頭上跨過。（11.8）

「像高伐林那種詩，誰要看？對誰有利？除了為他自己賺一點稿費外就毫無價值，下個月就會被人忘卻。詩歌不來點變化，就只能保持在現有水平上駐足不前。而要來個突破，必須有pioneer。即使這些pioneer是無名小卒，也比那些麻木僵化的鼎鼎大名強。要想創造，就得不怕付出代價。我願以自己的生命作為一個代價。你敢登嗎？敢嗎？敢嗎？敢嗎？敢嗎？敢嗎？敢嗎？當然你可用你的擋箭牌：沒有藝術性。寫得不好。你的能力也只到此為止。」

好了！不取就給我退回來，或乾脆扔進廢紙簍，再不，就替

你點煙吧。

　　謝謝！

　　一個瘋子（11.8）

　　又及：即使取了，也不要寄你有損尊嚴的匯款單來，否則，我會撕得粉碎寄還給你的。（11.8）

　　現代人的生活豐富多彩，現代人的思想複雜多變。那麼，現代人的詩歌就不應不豐富多彩，現代詩歌的思想就不能不複雜多變。一枝獨放，固然可悲；雖有百花卻一園獨植，又焉屬可喜？一徑桃溪，固然荒僻；常有無言走過，也成通衢。（11.8）

The thought of buying that pair of high-heeled shoes filled me with a very queer sensation. My whole frame was shaken in a very sweet almost-close-to-sexual-intercourse vibration. I could feel the shiver of the tip of my heart. I said to myself,「I would starve to buy it for her.」（11.8）

The gain is gloss.（J. V. Cunningham）

Though the two enmesh like gears in motion, each with each conspires to be at once together and alone.（Ditto）

　　我不願要一個妻子。我願要一個母親、一個妹妹、一個知心的女友。（11.8）

連我的牙縫都充滿了音樂。

我把筆插進墨水瓶，觸到了湖水。是我的槳觸到了墨水？

墳墓也比這兒安全。

十年以後我還會在這兒走嗎？百年以後呢？千年以後呢？

女人高跟鞋走在地上的聲音像手打在肉上的聲音。

外在的世界是內在的：風在響，那是我心在響。心的聲音消失了，心在響，風在響，風的聲音消失了。

郭沫若的中文底子好，但若沒接受外國先進思想，也許終其生只不過一個老死書齋的冬烘先生吧？（11.8）

兩件傳聞：

1. 報載一篇題為《一個大學生的墮落》的文章，報道華師有一名大學生同廚房一個比他大五歲的女工發生男女關係。女的在外省工作的丈夫回家得知此事，氣得準備跳長江大橋，後被警察解救。事出後，人們紛紛指責是女的道德敗壞，引誘男的上鉤。但男大學生把所有的責任全部承擔，被開除出校（這個大學生在學校學習很好，他不錯；受存在意義思想的影響）。華師另有幾名學生受存在主義思想影響到了這樣的地步，他們宣稱退學，要過自由自在的生活，便卷起鋪蓋走了。臨行前有許多人送行，並送給他們很多生活費。結果是他們被抓回來給予嚴重處分，連那些送行者也分別受到處分。

2. 我校一個五十歲的老師，因想達到與一18歲青年女工結婚的目的，把自己的妻子姑娘用毒氣毒死，並製造假象。現在經公安局驗證，屍內食物含毒，判明是他作案，於今天將他逮捕。（我眼前忽然出現一個年過半百的憔悴不堪的老人，在一群旁觀者的簇擁下，五花大綁地走著。）為什麼呢？人不僅是他人的敵

人，而且是自己的危險的敵人。每個人的身上都存在一種潛在的危險。

這時辛穆說：「時間一長，丈夫和妻子之間必然產生不和直至仇恨，任何一對都是這樣。以後要制定這樣一條法律便好：五年為期，如不好，便可自行離婚，再尋新歡。」

「可是孩子呢？」Yao問道。「父母對他們要負責任呀。道德觀念沒變，這些東西就難以改變。不管哪個社會的道德觀念都不是起推動社會前進的作用，而是起保持現狀乃至阻止社會前進的作用。」（11.8）

我不相信有枯竭的時候，即便枯竭時也要寫枯竭的東西！（11.8）

爹死娘嫁人，各人顧各人。（一諺）

「我認識一個老師，」辛穆說。「有一天他調回到妻子工作的單位。正撞上妻子和別人發生關係，他已扭開門，雙方都知道了。但他隨即把門輕輕關上，走到外面，一直等到裏面的事結束，那個男人走掉，然後走上前去，平靜地對妻子說：『咱們分手吧！』妻子求他他也不肯。最後硬是離了。我認識他的孩子嘛。」（11.8）

辛穆說他最喜歡讀沫若的《天上的街市》。（11.8）

我驀然想起一件往事。原先糧店的黃店長說我是一個偽君子。那是在我只有十五六歲的時候。（11.8）

人的價值，不是像商品一樣，靠別人評定的。人的價值從根本上講要靠自己評定。只有真正認識自己的人才知道自己的價值，否則便是假的。（11.8）

我現在這樣愛說真話是不是同過去一致的呢？記得小時少有撒謊的事，但也並不是沒有的。不過，即便有也是在被威逼下做出來的。奇怪，年輕時不反抗，現在倒想做個non-conformist！真是奇怪。（11.8）

我又枯竭了。我知道原因。沒有情，怎麼寫得出詩來喲。（11.8）

同那些辛酸地靠賣淫過活的女人相比，在那些後來跟男人睡過覺的女人當中，婊子更多。那些結了婚的女人就更甭提了。（《凱旋門》）

為什麼虔信宗教的人總是不大忠誠？……憤世嫉俗的人是最好的人，理想主義者最不可靠。（Ditto）

生活是永遠不會過去的，……它極為重大，在咱們停止呼吸之前，決不會過去的。（Ditto）

我的task of poetry究竟是什麼？我想了一下，我既不想流芳千古，也不求一鳴驚人，我只想做一面明鏡，真實地反映現代大學生的生活。（11.9）

詩：鴻篇巨制：imaginary university.（11.9）

葉子浸泡在水中，水面反映出一片天空和天上的樹葉，凝然不動。（11.9）

以後自己創作的東西，不到自己滿意決不拿給任何人看。請人看有幾個毛病：（1）顯示自己。（2）暴露自己沒有判斷能力。沒有自主權。（3）表明自己不願深究，請想象李白杜甫屈原等大詩人的詩，如果當時請人看以至修改。還會寫得那麼好而流傳至今嗎？（11.9）

再說一遍，自身的價值在於自己的獨立，在於對自己透徹的了解。不在於別人的一句褒獎或詆毀。（11.9）

我的心就是這窗外的大樹s／永遠不息地在秋風中呼嘯／我要用我的意志、用我將殘的力量／最後一次地淹沒世俗的聲音／淹沒人類的貪欲。（11.9）

詩：《吃蒼蠅》（一飯館所見）（11.9）

蜘蛛在日光燈下結了一張網／我小心翼翼取下這網／給她做了件夏天的衣裳。（11.9）

詩：《窮源》（由一個字追尋下去，一直到不能為止。得出結論，任何事物的質是不可窮盡的。）（11.9）

　　詩：《意義》（cite examples to draw a conclusion that do not think of any meaning is meaning.）（11.9）

　　詩：寫無論在形式內容形象上都不和諧的詩，看能不能產生美。（因為大自然本身就是一個不和諧的整體，但卻具有不朽的美）。這種詩叫做irrational poetry。（11.9）

　　春心：用各種美好的顏色寫一首心形的詩。與「秋街」相對。（11.9）

　　詩：《我心中一陣陣的熱浪喲》（接信感）。（11.9）

　　黃色的秋風吹過了原野／無邊的原野籠罩上了陽光／黃色的秋風吹過了樹林／蕭蕭的林木發出銅的擊響／黃色的秋風吹進了心中／陽光的心啊像銅一樣震響（11.9）

　　詩：對面是她的五樓，中間隔著一座深淵／沸／中／霧氣蒸汽……（11.9）

　　他很不謙虛。一次他說他從來不記筆記。沒有這個習慣。但考起試來總不差；另一次他發一個什麼見解，說這是個grand idea，還說到目前為止肯定還沒有人想到過這一點；又有一次他說本應考四節課的考試完全可以縮為兩節課考完，因為他是肯定可以考完的。（J）（11.9）

I cannot say I don't love money. Money, stay with me but if anyone wants it, take it!

必須具有physical powers或者spiritual powers，否則，人在這個世上就難於超然獨立。

過去看似最有意義的東西現在看來毫無意義那麼現在的到死後呢樹葉在地上發出腳的聲音。

註：今晚須將停電時他的講的兩個故事記下來！（11.9）

我發現這樣一個事實，捕捉住一個思想，寫的時候卻不知不覺變了，無論如何也跟原先想的東西合不上，有時雖合得上，但總不能十分緊密。（11.9）

兩個故事：

1. 某莊一個地主兒子，年紀很大才娶上媳婦。婚後三天，媳婦要回娘家，順便帶錢回來，便向財經隊長請假得到同意。第二天一早她懷裏揣著三百元人民幣離開娘家往回走。快到家時天已黑了。四野沒有一個人。秋風尖利地呼叫。她一個人走在田埂上，不覺有些害怕。誰知道這時後面響起了一種聲音。她不敢往回看，只顧深一腳淺一腳往前走。那聲音越響越近，忽然變成一個頭蒙布的影子站在她面前，向她要錢，用一種含混不清的聲音，她不給，那人便施用暴力，硬將錢奪下，並掏出兩個亮瓶子（黑夜中只看得見這點光亮），逼著她喝下一瓶。

地主的兒子見人一去不回，有點擔心，便上娘家找，聽娘家人說已經回來，就著急了，忙沿路找人。村裏其他人也幫找。一直到天亮，才發現她躺在田中央，口吐白沫，已經死去。

　　當天下葬，地主的兒子把所有她出嫁的好衣裳全給她穿上，因為他是很愛她的。公安局查不出這件案子的禍首，但那人就是財經隊長。因他的兒子馬上就要結婚，卻沒有錢。他們當晚約定去盜墓。到了晚上，兩人帶了鍬鋤去新填的墳頭，把屍體掘出，剝光了衣服，然後草草往屍體身上扔了幾鍬土，就溜了。

　　這屍體誰知一觸外面的空氣，竟復活了。哇啦啦吐掉肚裏的臟水，便動彈起來。她慢慢地爬回家，敲自家的門，嚇得正在守靈的地主兒子魂不附體。最後把門打開，見是她，還以為是她的魂靈歸來了。

　　事情就是這樣的。

　　2. 一個財經隊長賭博輸掉無數的公款，有一天他寫了份遺書告訴妻子他準備自殺。妻子問故，他無奈說了，他說他就是這一輩子也還不清這個帳，還不如一死了事。妻子也好改嫁。

　　妻子聽了反倒安慰他，說這事好辦。原來她也是一個老賭棍。她想出一條妙計。有一天去賭博提了個大黑提包，裝滿一提包紙片。外面看鼓鼓囊囊像錢，便上了賭場，連贏只贏，一下子就贏了許多，她把贏的錢藏在大衣夾襖裏，塞了幾張在提包裏作幌子。看看已賺得差不多，便起身說上個廁所。場上的人有相熟的，證明她不會弄假，就讓她走了。黑提包沒拿走。

　　她一去不來。場子上的人曉得不妙趕到河邊時，已人財兩空。回來打開包一看，盡是白紙。（11.10凌晨）

　　I: Text, why should I memorize you so well?

　　Text: I don't know. But why should I be hated and soon forgotten?
（11.10）

我主張文學是所有人的事。人人都有發表自己作品的權利和
地方。不管其優劣。因為這自有定評。（11.10）

An unpleasant murmur suggestive of nervousness like that of a tight
rope on the point of breaking.（in today's class）（11.10）

摳了漿糊的指頭／就往門上擦／留下一條條黑跡……
（11.10）

詩：生命力。

數學的三角形是穩定的，而在人類中，卻不是這樣。男女二
人才形成穩定。（11.10）

一個女人對自己的貞潔真的看得那麼重？（11.10）

西方作家的作品有個很大的特點，主人翁很少引用大人物的
名言。但他說的話有的就可以當作名言。因為那實際上是他思索
出來的生活真諦。我們作家的作品中出現這種現象與傳統有關。
（11.10）

「突然，我對這些都膩煩了。我想回去，按照老規矩一勞永
逸地結婚，養孩子、過安靜生活、崇奉上帝、愛惜生命。」妓女
凱特・海格斯特在《凱旋門》中說。

每一個人的天性中都有一種對美好事物的向往和追求。這就

是為什麼最壞的人也有可能改造得好的緣故。（11.10）

　　誰想了解呀？了解就是世間一切誤解的原因。（《凱旋門》）

　　罪惡的根子是無法尋的。否則，細細尋起來就會越尋越遠，如拿碗的事。（11.10）

　　目前西方出現的isolation和pessimism跟西方世界大戰很有關係。正如我們同文化革命的關係一樣。（11.10）

　　一小時就是一生，片刻最接近於永恒。（《凱旋門》）

　　最不可能的事情實際上往往是最合邏輯的。（Ditto）

　　詩：寫一首關於宿舍的詩。（11.10）

　　能動的東西總是強於不能動的東西。海水比岩石強。（《凱旋門》）

　　誰會在愛情中講究道德呢？那是懦弱者的發明，受害者的哀歌。（Ditto）

　　我要寫一首詩，題為黃昏，內容卻全是早晨的。（11.10）

No one knows the compass of his mind which is like a universe. What one has to do is to explore it.（11.10）

罪惡總是和黑暗相聯的，而黑暗又是和死亡相聯的。人活在世上，就是為了生活，而生總是同光明相聯的，光明又是同善良相聯的，因此，即便是心靈再黑的人，只要他想活下去，他必得追求光明。（11.10）

日軍侵華間進行了駭人聽聞的「研究」，對無辜抓來的中國人「圓木」進行活體解剖，慘無人道到了難以置信的程度。（11.10，《外國文學報道》，82年5月，p. 66）

進行此項研究的713部隊人員均未受到任何法律制裁，因為他們將研究所得悉數交給美國，換取了免受戰犯起訴。（Ditto）

事情往往總是這樣可悲：窮苦的人、醜陋的人，他們所追求的美永遠也追求不到，而那些富有、美貌的人只要花錢和面容就輕而易舉地取得。哎，如果一個醜陋的人一旦得到一大筆錢，用這錢買得了美人，他的行為也無可厚非呀。（11.10）

魯迅說作家寫妓女生活不一定要當妓女，這有些武斷。一個作家的想象力再豐富，也豐富不到親身經歷所給予的感覺的強烈。（11.10）

不該遺忘的角落，報道某市搞服務行業的青年男女極難找到朋友。I wonder if it is the same with the most.（11.10）

廁所每個月都要換燈泡；圖書館得守人；報刊欄上的報常被偷走；廚房裏的碗也不見；⋯⋯

我的身體坐飛機飛越千山萬水。我身體的一切都嘗受過各種樂趣。但我的大腦卻從此生銹⋯⋯（要加工）（11.10）

關於誰最重要誰最不重要的爭議實在是毫無必要的？是一個偉大的母親重要還是她的兒子重要？（11.10）

風啊，你吹起來吧，不然我要像這湖一樣睡去了
沒有愛沒有恨沒有情沒有一切，啊⋯⋯（11.10）

沒有名就沒有愛情沒有詩，啊，這樣的生活，你還得持續多少時？（11.10）

分類：（1）直截了當地說出心裏要說的話，完全不加修飾。（2）神秘的詩，沒有任何意義。（3）哲理詩。（4）印象詩（不帶任何感情色彩）（11.10）

中文的詞匯看來沒別的辦法增加，除了靠一個個字造句記背外。現在就開始這樣實行，鍥而不舍。（11.10）

沫若在《女神之再生》一詩劇中表達了他渴望創造出一個新鮮的太陽的願望。這無疑是先進的、大膽的、有預見性的，果然毛澤東脫穎而出，改變了整個中華的面貌。現在如果有誰也像郭沫若這樣寫，他的下場是可想而知的。其實，新鮮的太陽豈是五四時期需要，任何一個社會時期都需要，否則就會阻止社會的進

程。（11.10）

問T：
1. 什麼是true love？
2. 丟了手帕的難堪

With a brain always prepared for examination（or filled with examinations and texts…）（11.11）

一個乾涸的游泳池上的小空房外寫著：工總好。打倒陳大麻子。（11.11）

我們來到一座墳山，看到一些有趣的碑文。（1）半丘青松長垂千秋陰靈。／一湖碧濤盡洗百歲哀辛。（2）孀居早年扶幼艱／激勵後人永向前。王代子孫賢／德高望重百歲終／激勵後人永向前／（3）有一個碑上寫著張艷軍的名字，四四年生，七七年死。只活了三十三歲。立碑的人是她女兒周芳勤。這是一個可憐孤獨的女人。

有的碑上嵌著小玻璃片，裏面是死者像。像片因年深月久而發黃。有的墳上插著尚未燃盡的香；有的墳上有被雨水沖毀的花圈。（11.11）

突然，我發現大道上的一切都可愛了，連車聲、連行人、連那兩個拖板車的農村姑娘。（11.11）

每人的心都是一座墳墓／每天埋葬著一些東西／又生出一些

青草兒（前面直接描寫墳場景）。（11.11）

　　Anecdote：「我親眼看見槍斃人。那個殺人犯只有十九歲。人家一往他背後插上尖頭的斬標，他就一切都明白了。不住哀哀地喊著：『饒了我這條狗命。我再也不了。我再也不了。』打了三槍還沒死。哎喲，那血可真怕人。連行刑的人都不敢看，把槍對著他眼望天。可是有些沒打的人還躍躍欲試呢。那個年輕人直到推上刑場時才意識到生命的寶貴。」這時，我們走到一所房屋前，屋頂上垂下一束乾枯的野草。草上懸著一串串紫紅的野果。（Jz）

　　「這是那年輕人流下的血淚呀，」我說

　　「那些四川民工什麼都吃。昨天我親見他們從水裏撈起一只泡膿了的狗子，剖開把肝取出來，一邊說『好狗、好狗』呢，」（L）（11.11）

　　晚和桑麻一起出去散步談話。他說到現在學習漸漸下降。將來寫論文也只想應付一下。復習了幾天，這會子很想放鬆一下。又盤算起找個朋友的事。除大學生外其他都不想要。這是他的主題思想。不在畢業之前找到一個，畢業後就難了，這是他的 main fear。現在很孤獨，星期天回到家中，只有他一人。兩個哥哥結婚分居了。父母各有各的事。關於L1的事，他說早已踢到一邊了。但話語裏透著不堅決。（他是不會那麼快就忘掉這一切的。）過去的女同學（無論在代課的、中學的、下放的）都比他年紀大。不好找。代課的學生又太小。現在皮想替他找一個某軍區文工團的女演員。尚在醞釀中。

　　下午，一起出去。他們在地裏掘蘿蔔、摘辣椒、掐扁豆。我

在湖邊找到一條死魚（新鮮的），回來「大」吃了一餐。光一條魚就熬了三碗湯，大家還吃得滿有味呢。野盡樣子最怪，把書包帶子放長，書包一直到膝蓋。最下一顆扣子掉了，他索性又解開第二顆，並把一邊衣角扯出來，蓋住書包帶，這顯得很怪。他可不怕。「就是要讓他們覺得奇怪！我才不怕呢！」他一路就嚷著要找「拐棗」吃、要打雞。（11.12凌晨）

愛情會使女人聰明，使男人糊塗。（《凱旋門》）

「我並不希望生活在一個具有歷史意義的時代。我只向往快樂，希望生活不要那麼艱苦困難，如此而已。」這是（《凱旋門》裡）的話，反映了動亂年代西方人的心理。（11.12）

逸事：一女子在澡堂中洗澡時發現裝有金表的衣服被另一個女子偷走，便不顧一切衝上前去。完全沒有意識到自己的身體是赤裸的。街上的人都以為她瘋了，都大眼瞪小眼地看著這個場景。手裏拿著衣裳的那個女人專揀人最多的地方跑。這個跟著的女的猛然發現人們都在看她，便往自己身上一看。啊！她倒地便死了。

（ZZZ）據說這是由於強烈的羞恥所致。（11.12）

沒有想到《譯林》會退稿。（這些大刊往往是不退的）。而且還在油印紙上寫了幾個字，又有「把字寫端正」的字樣。我不禁感到羞愧。其實這種羞愧感在信寄出後就有。但一想到將會遇到的命運，就惱火，也不管後果怎樣了。現在想起來，實覺不該。從今以後，凡外寄或內寫的東西，一定要求工整、乾淨。仔

細回想了一下，最大兩個缺點乃在於馬虎、不求甚解。今後就專攻這兩個地方。（11.12）

Evil在哪裏？你說是在那個拿碗的人那裏？他為什麼要拿呢？因為他有evil。那麼，你也想拿人家的碗，你有沒有evil呢？（11.12）

詩：湖上斷想。（11.12）

78外有一姓C的學生。性格非常孤僻。因為文革中他父母（都是搞英文的）被關進牢中。他被寄養在山溝裏的姥姥家，還得看眼色吃飯。

現在的幾句話。理想理想，有利就想，前途前途，有錢便圖。（11.12）

有三個19歲青年（一大學生）搶劫了倉庫，劫得人民幣8000多元和一架彩電。捕獲歸案後，問他們目的何在。他們說這只不過是人生道路中一次小小的玩笑罷了。關於偷電視時他們曾有過一些小討論。一個說要偷就不偷工農。他們窮。要偷只偷幹部，這是大學生的意見。另一個卻說。那晚上誰知道誰是什麼呢！搶錯了怎辦？還是搶公家的好。第三個說，對，搶公家最好。與任何人無關。（11.12）

《少女之心》現在中學很流行，而且上面蒙上《閃光的青春》的封皮。（11.12）

早上一進教室，就看見黑板上寫著：「表揚：今天Jz同學一大早主動擦黑板。特此表揚。」一看黑板，果然擦得明光錚亮。後來Jz大笑著告訴我這是他自己寫的。（11.12）

昨晚上幾個人痛痛快快地大笑了一頓。主要是笑懷柔，他優柔寡斷，反覆多變，一會兒說他想去武鋼玩。當別人提出順便去住在鋼廠附近一個女同學家去玩時，他又變卦，說這不像話，勸說了半天，方才同意，而且似乎很高興，但到了晚上，當大家商量怎麼同那個女生講時，他又變了。叫他們不要去找。於是，我們幾個便大開玩笑。（11.13）

「I know you hate me and I hate you. We had better part right now.」老師念完這句，接著念了譯文：「我知道你恨我，我也嫌你——」

「哎，這一句怎麼譯成恨呢？」桑麻打斷老師的話。

「書上是這樣的嘛，」老師的臉埋在帽子下。

「恨翻得不對。人民內部矛盾怎麼能說恨呢，說討厭還可以。說什麼恨呢。」

桑麻是個喜歡刨根問底、在小事上糾纏不清的人。老師被問得不好作答，一直把頭埋在書上，嘴裏吶吶地說著什麼。這時，他的頭猛然擡起，口中迸出這樣一句：「我恨透了你！」滿臉綻開了笑。這一句話具有原子彈的威力，一下子把全教室的笑聲炸開了。從這些混雜的笑聲中我聽出了嘲笑、奚落和無知的frivolity。我也感到雖然老師面帶笑容，他所說的話確實是他心裏要說的。他其實最反對學生不同意他。這時Jz說：「你聽見SM最後說了什麼嗎？沒聽見？他說：『我也嫌透你了！』」

（11.13）

　　記得上次翻譯老師說他的講稿還是給77屆講的原稿。可見他對工作的敷衍和教學工作的停滯不前。（11.13）

　　Imaginary names：月屋、金鏡。（11.13）

　　伸手不打笑臉人：The man with a smile is spared a smite.（11.13）

　　徵婚：本人男，今年35歲。已婚。初中文化程度。某工廠工人、工資級別14級。本人五官端正身無疾病。若有願與我結為婚姻者……（11.13）

　　真心話一旦吐露出來，就顯得可鄙了。（《凱旋門》）

　　女人都是泥土和黃金制成的，他想，是謊言和迷戀制成的，也是欺騙和無恥制成的。（Ditto）

　　山高水長、玉質金相、人文蔚啟、邦家之光（左家家譜）（11.14）

　　君子之澤。五世而斬。
　　要想學會彈琴，必得先一個音階一個音階地練。
　　隨便地在鋼琴上亂彈，只會是一堆雜亂無章的音樂，永遠也不可能創造出任何東西來。寫詩和文章恐怕也是這樣。

（11.14）

蟹黃抹在手上像碘酒；蟹殼像烤麵包；大小像塊雞蛋糕。
（11.14）

昨日訪舅的總印象：活命哲學、對文學的懷疑，對有本事的渴求。

英語造詞能力極強。Wain談到邏輯力太強的人時，隨口就說出一個「head people」，令我聯想起有一天他的妻子把發課本的那一天稱做「our book-day」。（11.15）

小舅舅講他們那兒有一種菜，用大糞做肥料的，非常可口。而用了化肥後，無論如何也不好吃。儘管樣子都長得好看。這使我想起很多東西用手做的比用機器做的好吃。（11.15）

「我們再繼續執行『依靠貧下中農』的階級路線不適宜了。以後的工作路線……可以叫做團結組織和依靠農村的先進分子，向廣大工農群眾做思想政治工作。先進分子包括合格的共產黨員、合格的共青團員、幹部、農民中三中全以來執行黨的政策表現較好的人，還有復員軍人、中小學教員、知識青年。」（《中國法制報》1982.11.12）

我是一個fighting pessimist。（11.15）

One has to develop either his mental abilities or physical ones or both or die without those.（11.16）

　　Emily Dickinson之所以偉大就在於雖幽居獨處，卻還不倦地探索真理，並不企望得到任何報酬。還在於她不讀許多書卻能自己創造出一個藝術的世界。我的大腦呀，何時能變得更聰明一些？（11.16）

　　他嘆了一口大氣，放下手中的書，倒在床上，自言自語道，還是先睡一下，把要想的事想完。怎麼搞的，一個paragraph還沒看完。他確實心神不寧。剛才就說看不進書，眼睛盯在書上，腦子裏卻七想八想，他說自己是emotional type。很軟弱。現在他躺在床上，讓半面帳子遮著自己，偷偷地在看信。無疑是情人的來信。（11.16）

　　我第一次聽大舅說自己耳朵長，一看，果然不錯，耳朵的下緣與嘴巴齊平。小舅舅胖，胖到這種程度，褲子長2尺9，褲腰也有2尺九。他身體好。60歲的人每天騎車上班，往返走二個小時。冬天只穿件毛衣從不穿襪子。（11.16）

　　每到9點多鐘就感到困乏不堪。剛才坐在桌邊看T. S. Eliot的「The Waste Land」，看了半天不知所云，只模模糊糊覺得這人用典太多。為了驅趕疲勞，我提前去洗了一個冷水澡。真冷啊。全身只打顫。但只要咬緊牙關挺一挺，一切都過去了。回到房裏穿衣時，忽想起招辦的幾個人來。第一個就是老蘇。對他們回憶沒有給我任何好的感覺。他是個假情假意、滿臉堆笑的人。我還記得他裝做大方地伸手給我大把抓糖的樣子，那好像是想把整盒的糖都裝進我的荷包（當然真是這樣我也不會同意）結果只有幾

顆。不到十粒吧。我覺得非常不好意思；另外華工有一個人，在我離開招辦後幾個月第一晚去那兒打聽招生的事時，他馬上變臉，冷冰冰地說他不負責，彷彿根本不認識我。我心中感到好笑，我來這兒的目的並不是想托哪個幫忙，只想問一個情況，你何必那麼緊張呢？（11.16）

沫若在《春蠶》一詩中寫道：「蠶兒呀，我想你的詩／終怕是出於無心，／終怕是出於自然流瀉。／你在創造你的『藝術之宮』，／終怕是為的你自己。／」這實際上表達了他的創作觀：即詩要天真自然，同時是為自己，而非大眾。沫若提倡寫自我，不為社會承認，而現在誰要想寫自我，就大棍打下去。這說明什麼呢？我懷疑沫若生在今天，是絕難寫出什麼好詩的。黑暗的時代有黑暗時代的好處，它創造了最偉大的人（如詩人、文學家、政治家等。）就怕不黑暗又不光明的社會。（11.16）

沫若之詩富有浪漫氣息，感情熾烈。情詩寫得真摯動人，也偶有些小詩，寫得頗有意思。如這一首《鷺鷥》：鷺鷥！鷺鷥！／你自從哪兒飛來？／你要向哪兒飛去？／你在空中畫了一個橢圓，／突然飛下海裏。／你又飛向空中去。／你突然又飛下海裏，／你又飛向空中去。／雪白的鷺鷥！／你到底要飛向哪兒去？／
中間那幾段讀來叫人透不過氣，給人一種急迫感。形象也不貧乏。可算做一首印象詩。（11.16）

發現沫若的詩應作為我的model。他的詩不押韻，也不多用rhetorical devices。詩句也不晦澀，但色彩濃麗，感情健康。常常

抒發一時之情，很能作為我的借鑒。（11.16）

「愛情不能被表現友好的事兒所玷汙。結束就是結束。」這是《凱旋門》裏的一句話。這說得倒是個事實。儘管有些偉人說愛人分手時還應該像朋友一樣，但在目前，至少在幾百年內，這種愛與友誼一同斷掉的現象還將存在。（11.16）

好像沒有一個人制訂生活計畫。比如結交多少朋友、弄懂什麼生活問題。人人都幹有實利的事，像我，制訂學習計畫等等。（11.17）

我閉上眼，看見一輛車橫衝直撞過來，我躲避不及，倒在地上。一灘血泊，車停住了。人們圍上來了。墳墓，車還在走。（11.17）

我發現自己的心像一個長圓形塑料筒，塞滿了濕毛巾。我伸手進去，一條一條往外掏，結果是掏空了，什麼也沒有。一個空筒子。（11.17）

我的心境有時這樣寧靜。我閉上眼睛，彷彿看見我的胸脯異常寬廣，空無所有，像一片浩瀚無際的沙海，我躺在上面，眼望天空，藍澈澈的天空。（11.17）

有時看見zzz的那種裝扮，不由自主感到幾分厭惡。一個人如果只有外在的東西沒有內在的東西，對於我來說等於毫無價值。（咦，我正要把他們比做空氣，忽然停下筆來。空氣雖然

空，卻非常有價值，是人不可缺少的生命來源呀。這是一個有趣的paradox，看我來做一首詩。）（11.17）

《凱旋門》中有許多描寫妓女的章節，作者並沒用猥瑣的筆法描寫她的生活，在他的筆下，妓女大都是善良、純潔、熱情的人，最後他說娼妓只是一種迫不得已的職業，並非一種罪惡。我覺得這話說得很對。（11.17）

不管學什麼，先得把自己的本行搞好。否則就兩頭失踏，抱無所謂的態度是不行的。活在世上就得活好一點，沒有技術沒有知識又怎能活得好些呢？（11.17）

工棚一瞥。
這顆心就是大自然。

混合物好？還是單一的好？將屈原、李白、杜甫、郭沫若等全部熔於一爐好呢，還是完全自成一體好？那就等於是問專吃蜂蜜好還是吃蜂蜜的混合物（白糖、各種）好？（11.17）

需要做幾件事：（1）收集Chinese idioms（2）收集感情的色彩形容詞。（3）學詞匯（美與醜）。（11.17）

中午翻譯時，我喝著新泡的熱茶，忽然起了一種感覺，彷彿自己是一個中年人，頸後長著一個大肉包，腹上垂著厚肉。妻子在廚屋拾掇。孩子在門外玩耍。我則坐在桌邊做我每天必做的工作。翻譯。多可怕！我一下子老了十歲。也就是：三十七。

（11.18）

詩：如果我寫日記／在二十七／我……（11.18）

詩：創造兩個地方：一座墳墓、一座大道。一死一生；前者象徵，埋著希望，青春等等一切；後者象徵，通向光明等等。（11.18）

詩人是不應受任何規律束縛的；在這一點上來說做詩人有個好處，那就是可以隨心所欲地寫作。野盡有點這樣，因此，我對他的詩只能抱此態度：能激起感情的便是好詩。否則就棄之。（11.18）

精神分析派把就醫的女青年患者帶著近似愛的情感接觸醫生，成為轉移性戀愛。（《青年心理學》（日），p. 54）

現實這就是一切，Dickinson這是不實際的。Thoreau這是不實際的。（11.18）

Important facts in this conversation：

他說：「當時填志願他們都勸我填中文系，我不願填。中文系太苦，而且將來分配不好。當然，學習成績拔尖，可能分好地方，但誰能擔保自己能拔尖呢？」停了停。「不自由哇，生活在大學真不自由。你知道，學習、虛榮心、驕傲、成績等等，不能不抓分數。不然便讓人笑話。去年得了全系總分第一，過去總是

大考大玩，現在，嗨，真不自由。不到兩年了啰。過了年底，就只有一年半了。我提前點說，自己寬自己的心，太難熬。」床頭有本《祝你家庭幸福的書》。（好像如此）我一翻，翻到新婚第一夜的那章。（他在看這種書了！而且是在玩朋友的時候！）

他們的洗臉架都放在走廊靠門邊，上次去怎麼沒注意到這一點。「沒人偷，」他說。「誰掉了什麼，他可以在任何時候找到。」（11.18）

問賓戈立體電影《歡歡笑笑》如何。「一般，就是影片中打棍子、開火車，好像是沖人而來。樹葉和花彷彿可以觸摸。時間一長，便習慣了，棍子來了不但不躲，反而把頭迎上去，真實感倒不那麼強烈。」

有趣。儘管現代科學能發明色香味立體俱全的電影，還是不能使人完全有身臨其境的感覺。相反，普普通通的電影，如果藝術手法高超，給觀眾的真實感要比這種電影強過許多倍。什麼原因？現實並非要使人的身體置身於其中，而是要使他的精神感情置身於其中，否則真實的就不真實了。（11.18）

感謝你，賓戈，你告訴了我自強不息。不是你，是雜誌？也不是雜誌，是雜誌上的一篇文章，是那篇文章的一段話，是引用歌德的名言「自強不息」。

這句話正是我連日來思考還未能成文的話。（11.18）

啊，不要全天享樂，／虛度你一生的時光！／要是子彈打不著你，／你就讓她們去放槍。

／有一天幸福飛過你的身旁，／你就拉住它的衣裳。／

我還要勸你，把房子造在山谷裏，／可不要造在山頂上。／
（──海涅）

　　幸福是一個輕薄的姑娘，／不愛老待在一個地方；／她撫摩
你額上的頭髮，／慌忙地吻你，就逃得不知去向。／
　　不幸卻和她相反，／總是把你摟著和你糾纏；／她說，她沒
有要緊的事情，／她老是坐在你的床邊編結絨線。（──海涅）

　　舊時婦女道萬福叫拜拜。跟英文的byebye正相符。（11.18）

　　有時身上起著突如其來的顫栗，具有淪肌浹髓，震撼全身的
力量。給人一種異樣的快感。彷彿一根鋼條觸到旋轉的飛輪上，
一刹那間迸出萬道金光。（11.19）

　　何處是頂點？究竟何處是頂點？哲學、自然科學、社會科
學、文學等等。何處是終極？共產主義社會就是終極？有沒有超
共產主義社會？有沒有超超超超共產主義？理性發展到高度便反
理性，工業發展到高度便反工業。哦，何處是終極？去宇宙，去
宇宙，去無窮裏探索。地球太小、太小、容不了我。（11.19）

　　有時真奇怪，寫出了狂言，到頭來發現自己還是原樣：an
unimportant person.（11.19）

　　詩：印象、窗口（教室）。（11.19）

　　俗話：寒門出貴子。（11.19）

我穿著一件雪衣冰賞。你暖不化它。挖呀挖，……裏面有什麼？（11.19）

中午翻譯了一個小時的詩，到了該自習的時候簡直罷不了手。真想把這些課本扔進角落。一心一意譯詩、寫詩、寫小說、譯小說。從事創作呀！（11.19）

我讀著讀著忽然感到心兒陡地沉重下來，好像太陽躲進了雲中。我的思想，也藏進了那即將來到的節日氣氛中。春節，我該怎麼過？冷冷清清，寂寂寞寞？啊，就待在這兒吧！（11.19）

生活是無meaning。但我們要學會在無meaning中尋找meaning。不然活著幹嘛？難道死又有meaning？我要學會一身本領。就這！（11.19）

悲劇是自己造成的。說生活苦，說受害深，那為什麼偏有些人百折不撓地活了下來呢？而有的人去要自殺呢？後者只是膽小鬼。要想生活，必須有膽量。（11.19）

靜一點，還要靜一點。（11.19）

一個戴斗笠的巨人。他的許多鼻子被黑夜剜去，留下一個個方洞。

相信群眾、相信黨，對！但我要補一句，還要相信自己！……

我目前這段生活最有趣。有許多事等著我做。但我還能

忙裏偷閒出來走，真可怕。一味埋頭讀書，詩來得特慢了！
（11.19）

　　求助者不拒，不取人分文。這是我的宗旨。（11.19）

　　「他的詩歌宛如他的靈魂，／純潔真實，無垢無汙──／」
這是海涅寫的一首歌頌希伯來大詩人耶符達・本・哈勒維的讚美
詩中的一句。我這個靈魂已染上汙垢的人能寫詩嗎？能嗎？我也
不相信現代的詩人都是生活在真空的，靈魂沒有沾上絲毫的汙
垢。（11.19）

　　海涅對他這樣說：「獲得聖寵的這種詩人，／我們就稱他為
天才；／他是思想王國中的／沒有責任的國王。／」這種理論對
當今的中國評論家來說，不是簡直有些大逆不道的味口嗎？社會
主義的國家永遠也出不了這種詩人，即使有，也不會讓出。這就
是為什麼李白生在當世就完蛋的道理。」（11.19）

　　詞：垂暮之年。臨終的頭顱；皇冠、朝笏；倉皇逃遁；氈
帳，禮盒，豪華的碧玉，精美的圖畫；親佩禦寶；奉贈給太後；
條紋瑪瑙；（他的）一代嚴師；

　　每天必做：
　　至少寫兩首詩。改一首詩。
　　譯一首詩。改一首詩。（譯的）
　　看五首詩。（英文詩兩首）精讀一首中文詩。
　　看一篇短篇小說。（中文、英文各一篇）

這所有的完成後（但一定要優先考慮課文）
可寫小說！（11.5訂）

《怎樣寫散文》
《雪峰文集》
《李季文集》
《青年期》（美：霍爾）

《飛天》1982.11中《獵戶星座》第一首。《大叔》中「繃緊」二字用得不好。飽才繃，餓是松。詩要表達的不是飽。《甘南草原》《午憩》（11.20）

我心情沉重。我不再想往外投寄任何稿件。但我仍將創作。（11.20）

國家圖書館出版品預行編目

綠色 / 歐陽昱作.-- 臺北市：獵海人, 2019.03-
　　冊；　公分
　　ISBN 978-986-96985-7-3(第3卷：平裝)

857.7　　　　　　　　　　108003012

綠色
——第三卷

作　　者／歐陽昱
出版策劃／獵海人
　　　　　Otherland Publishing
　　　　　www.otherlandpublishing.com
製作銷售／秀威資訊科技股份有限公司
　　　　　114 台北市內湖區瑞光路76巷69號2樓
　　　　　電話：+886-2-2796-3638
　　　　　傳真：+886-2-2796-1377
網路訂購／秀威書店：https://store.showwe.tw
　　　　　博客來網路書店：http://www.books.com.tw
　　　　　三民網路書店：http://www.m.sanmin.com.tw
　　　　　金石堂網路書店：http://www.kingstone.com.tw
　　　　　讀冊生活：http://www.taaze.tw

出版日期／2019年3月
定　　價／600元
【限量100冊】